La isla de Arturo

La isla de Arturo

Elsa Morante

Traducción de
Eugenio Guasta

Lumen

narrativa

Primera edición: febrero de 2017

Título original: *L'isola di Arturo*

© 1957, Herederos de Elsa Morante. Reservados todos los derechos. Publicado por acuerdo con The
Italian Literary Agency S.r.l., Milan, Italia. Publicado en Italia por Giulio Einaudi Editore, Turín.
© 2017, Penguin Random House Grupo Editorial, S.A.U.
Travessera de Gràcia, 47-49. 08021 Barcelona
© 1969, Herederos de Eugenio Guasta, por la traducción
© 2017, Juan Tallón, por el prólogo
Colaboración editorial de Antonia Martín Martín

Printed in Spain — Impreso en España

ISBN: 978-84-264-0328-5
Depósito legal: B-306-2017

Compuesto en M. I. Maquetación, S. L.
Impreso en Egedsa
Sabadell (Barcelona)

H 4 0 3 2 8 5

Penguin
Random House
Grupo Editorial

Dedicado a Remo M.

La que tú creíste un puntito en la tierra
lo fue todo.
Jamás se hurtará ese único tesoro
a tus celosos ojos dormidos.
Tu primer amor nunca será violado.

Virginal se envolvió en la noche
como una gitanilla en su chal negro.
Estrella suspendida en el cielo boreal,
eterna: ningún mal la alcanza.

Amigos jovencitos, más bellos que Alejandro y Euríalo,
por siempre hermosos, protegen el sueño de mi muchacho.
La enseña del miedo no cruzará el umbral
de la pequeña isla celeste.

        Y tú no conocerás la ley
que yo, como otros muchos, aprendo,
y que destrozó mi corazón:

fuera del limbo no hay felicidad.

Yo, si en él me recuerdo, bien me parece…

UMBERTO SABA, *El cancionero*

Prólogo

Las geografías infinitas

Prócida, la isla en la que Elsa Morante y su entonces marido Alberto Moravia se refugiaron del fascismo durante algún tiempo, en plena Segunda Guerra Mundial, es uno de esos territorios de ficción que un escritor no deja escapar fácilmente. Morante reconstruyó sobre su geografía una las infancias más sugerentes de la historia de la literatura, como es la de Arturo Gerace, que junto con su padre Wilhelm y su madrastra Nunziata forman un triángulo cuyas esquinas son imposibles de enumerar, como si ese pequeño triángulo nunca se acabara de recorrer.

La gran escritora dispone para ellos una casa señorial e inhóspita, en una Prócida que es un universo del que Arturo se siente dueño y del que no sale hasta que su inocencia se rompe, y de pronto, en plena adolescencia, le llega la edad adulta. Entretanto, la isla es el escenario de esa clase de vendavales, a menudo secretos, que cambian a las personas.

Elsa Morante es una autora que captura como pocos ese movimiento perpetuo que se produce dentro de todo ser humano. Sus personajes jamás se detienen, aunque permanezcan tendidos, en silencio, o solo sueñen. Algo los zarandea continuamente. Viven una evolución constante, y en su interior van y vienen. No son los mismos ahora que dentro de unas páginas. Siempre hay un cambio, un salto, un vuelo. La autora, con su habilidad para poner en juego matices frase tras frase, acaba por crear personajes inagotables, de los que nunca lo sabemos todo. Esta habilidad permite que una novela como *La isla de Arturo* funcione como un tratado sobre los afectos y el hastío, mostrando de qué modo es a veces posible pasar de la ternura al odio, o del desprecio al apego de un modo casi natural, inapelable.

La relación del joven Arturo con su padre es paradigmática del tránsito de la admiración al desencanto. Abandonado entre hombres, después de que su madre muera sin llegar a conocerla, Arturo es un niño acompañado simplemente por su imaginación. Morante lo construye sobre las ausencias que lo rodean. No va a la escuela, no tiene amigos, no tiene reglas ni horarios, y casi podría decirse que carece de padre. Está Wilhelm, sí, pero es más personaje que persona, alguien que casi nunca está a su lado, y que cuando regresa de sus incontables viajes, siempre misteriosos, repudia los afectos. «Mis días transcurrían en absoluta soledad», hasta el punto de que «me parecía mi condición natural», sostiene Arturo. Y sin embargo, admira a su padre hasta convertirlo en una referencia mítica. «Él era la imagen de la certidumbre y cuanto decía o hacía representaba el dictamen de una ley universal de la que deduje los primeros mandamientos de mi vida.» Todo cuanto hace está encaminado a conquistar su aprecio y admiración. Lo idealiza, y lo hace sin importar que su amor por él jamás sea correspondido. Wilhelm repudia cualquier muestra de afecto o sentimiento. Arturo, que también está construido sobre los desdenes paternos, admite que algunas veces «anhelaba que me besara y me acariciara como hacen los demás padres con sus hijos». No recuerda que Wilhelm le haya dado un beso alguna vez.

Aferrado a su Código de Certezas Absolutas, que lo empujan a venerar a su padre, y a ejercitar el valor y la lealtad, será justamente una traición lo que acabe abriendo los ojos de Arturo, y lo que lo alejará de Wilhelm. La primera grieta en la relación padre-hijo se produce con la llegada de Nunziata a la isla. Con ella el chico experimenta su primer impulso en contra de su padre, aunque pasajero. Es un presagio, un movimiento del futuro. Arturo ha crecido en un mundo que desprecia a las mujeres. «La aventura, la guerra y la gloria eran privilegios viriles», mientras que «las mujeres, por su parte, encarnaban el amor», sentimiento que él atribuye a una invención de los libros. Jamás se enamorará de una de ellas, llega a prometerse. Al empujarlo a hacerse esa promesa, Morante se retaba a sí misma a provocar un giro narrativo de ciento ochenta grados. ¿Podría Arturo llegar a amar algo que odiaba con todas sus fuerzas?

La aversión hacia la nueva esposa de su padre parece difícil de superar. De acuerdo con los libros que ha leído en la biblioteca familiar, «una madrastra no podía ser sino una criatura perversa, hostil y digna de odio». Por lo que a él concierne, nunca la llamará mamá, o madre, ni siquiera por su nombre, Nunziata. Para dirigirse a ella le dice: «Oye, dime, tú», o si no, le silba. Ese es el punto de partida, que no hace sino agravarse con los celos.

Es una suerte que Arturo esté rodeado de huecos y ausencias. Cuando se da cuenta de que su madrastra ha ocupado algunos de ellos, ya es tarde. En silencio y lentamente ha empezado a tender afectos. El giro está dado, aunque no lo sepa. De hecho, casi sin ser muy consciente ni dominar en condiciones su propio cuerpo, en una acción inesperada, «la abracé y la besé en la boca». No es un beso cualquiera. Es todos los besos que su padre nunca le dio. Es un beso fatal, una señal de que el fin de la inocencia está cerca. Después de besar a su madrastra, que solo tiene dos años más que él, la odia más que nunca y se siente amargamente solo, a punto de hacer un magnífico y terrible descubrimiento: le guste o no, está enamorado de una mujer. Es la primera gran promesa rota; la segunda la desbarata su padre, y con ella se desmoronará el mundo que Arturo había construido en torno a su isla. Quizá haya llegado el momento de buscar nuevos horizontes y ensanchar su universo.

Es difícil no sentirse concernido por la historia de Arturo. Todos nos hicimos mayores casi de repente, sin esperarlo, después de alguna frustración que nos dejó con los pedazos de un sueño roto en las manos. Hay lecturas que se vuelven una experiencia, como la de ser el niño y el adolescente que fue Arturo, y al final de la novela descubrir que ya somos adultos. Inolvidable.

JUAN TALLÓN

1

Rey y estrella del cielo

… el Paraíso alto y confuso…

SANDRO PENNA, *Poesías*

Uno de mis primeros motivos de orgullo fue mi nombre. Pronto descubrí —fue él, me parece, el primero en contármelo— que Arturo es una estrella: ¡la luz más veloz y brillante de la figura de Bootes, en el cielo boreal! Y que además así se llamaba un rey de la Antigüedad, jefe de un grupo de seguidores, todos ellos héroes, igual que lo era el mismo monarca, quien los trataba como a iguales, como a hermanos.

Desgraciadamente, más tarde me enteré de que el famoso rey Arturo de Bretaña no era un rey de verdad, sino de leyenda, de modo que lo abandoné por otros más históricos (las leyendas me parecían infantiles). Pero había otro motivo que bastaba para dar un valor heráldico a ese nombre; según supe después, quien me lo puso —creo que quizá ignorando el símbolo nobiliario— fue mi madre. Era en esencia una mujercita analfabeta, pero más que una soberana para mí.

En realidad, de ella siempre he sabido poco, casi nada, ya que murió antes de cumplir los dieciocho años, al nacer yo, su primogénito. La única imagen suya que he conocido es un retrato del tamaño de una postal. Una figurita descolorida, mediocre, casi fantasmal, pero objeto de una adoración fabulosa durante mi niñez.

El pobre fotógrafo ambulante al que debo esta única imagen de mi madre la retrató en los primeros meses de embarazo. El cuerpo, pese a los pliegues del holgado vestido, muestra que está encinta. Tiene las manos enlazadas delante, como si se escondiera, en una postura tímida y pudorosa. Está muy seria, y en sus negros ojos se lee no solo la sumisión propia de las muchachas recién casadas del pueblo, sino también un interrogante asombrado y un tanto temeroso. Como si, entre las ilusiones normales de la maternidad, ya sospechase su destino de muerte y de olvido eterno.

La isla

Todas las islas de nuestro archipiélago, en el mar napolitano, son hermosas.

Sus tierras tienen en gran parte un origen volcánico, y sobre todo cerca de los antiguos cráteres nacen millares de flores silvestres como no he visto nunca en el continente. En primavera las colinas se cubren de retama; viajando en junio por el mar, su dulce olor agreste se reconoce en cuanto uno se aproxima a nuestros puertos.

Subiendo hacia el campo por las colinas, mi isla tiene caminitos solitarios flanqueados por muros antiguos, detrás de los cuales se extienden huertos y viñedos que parecen jardines imperiales. Posee varias playas de arena clara y delicada, y otras menores escondidas entre los enormes arrecifes y cubiertas de guijarros y conchas marinas. En aquellos elevados peñascos que sobresalen del agua anidan las gaviotas y las tórtolas salvajes, que, sobre todo por la mañana temprano, dejan oír sus voces, unas veces quejumbrosas, otras alegres. En los días serenos, el mar es apacible y fresco, y se deposita sobre la playa como el rocío. ¡Ah!, no pretendo ser gaviota ni delfín; me contentaría con ser una escorpina, el pez más feo del mar, para volver allí a jugar en el agua.

Las calles que rodean el puerto son callejones sin luz, flanqueados por casas toscas, de siglos de antigüedad, que surgen severas y tristes, a pesar de estar pintadas con los bellos colores de las conchas marinas, rosado y gris ceniza. En el alféizar de las ventanitas, angostas como aspilleras, se ve alguna vez un bote de hojalata con claveles plantados, o una jaula que se diría idónea para un grillo y que encierra una tórtola capturada. Las tiendas son hondas y oscuras como cuevas de bandidos. En el cafetín del puerto hay un hornillo de carbón donde la dueña prepara el café a la turca en una cafetera esmaltada de color azul. Enviudó hace muchos años y lleva siempre un vestido negro de luto, un chal negro y aretes del mismo color. La fotografía del difunto cuelga en la pared, al lado de la caja, rodeada de guirnaldas de hojas polvorientas.

El posadero cría en su local, situado frente al monumento de Cristo Pescador, a un búho sujeto con una cadenilla a una tabla que sobresale en la parte superior de la pared. El ave tiene las plumas negras y grises, delicadas, un elegante copete, párpados azules y grandes ojos de color oro rojo cercados de negro. Siempre le sangra un ala, porque él mismo se la desgarra continuamente con el pico. Si la gente tiende la mano para hacerle cosquillas en el pecho, inclina la cabecita con expresión maravillada.

Al atardecer empieza a agitarse, intenta alzar el vuelo, cae, y muchas veces acaba aleteando cabeza abajo suspendido de la cadenilla.

En la iglesia del puerto, la más antigua de la isla, hay santas de cera, de menos de tres palmos, en vitrinas de cristal. Tienen faldas de encaje auténtico, amarillentas, mantillas de brocado descolorido, pelo de verdad y, colgados de las muñecas, minúsculos rosarios de perlas legítimas. En sus deditos, de palidez mortuoria, las uñas aparecen esbozadas por un tenue trazo rojo.

En nuestro puerto casi nunca amarran las elegantes embarcaciones deportivas o de crucero que pululan en los otros puertos del archipiélago; se ven barcazas o gabarras mercantiles, además de los botes de pesca de los isleños. Durante muchas horas del día la plaza del puerto está casi desierta; a la izquierda, junto a la estatua de Cristo Pescador, un coche de punto espera la llegada del vapor de línea, que se detiene unos minutos para que desciendan tres o cuatro pasajeros, casi siempre gente de la isla. Nunca, ni siquiera en verano, nuestras solitarias playas conocen el alboroto de los bañistas que, llegados de Nápoles y otras ciudades, o de todas las partes del mundo, invaden las playas de los alrededores. Si por casualidad un extranjero desembarca en Prócida, se asombra al no encontrar la vida alegre y heterogénea, las fiestas y las conversaciones en las calles, los cantos, el sonido de guitarras y mandolinas, todo eso por lo que la región de Nápoles es conocida en el mundo entero. La gente de Prócida es huraña, taciturna. Las puertas permanecen cerradas, casi nadie se asoma a la ventana, cada familia vive entre sus cuatro paredes, sin mezclarse con las demás. No cultivamos las amistades. Más que curiosidad, la llegada de un forastero despierta desconfianza. Si hace preguntas, se le contesta de mala gana, porque a los de mi isla no les gusta que se metan las narices en sus cosas.

Son de complexión menuda, morenos, de ojos negros y alargados, como los orientales. Se parecen tanto entre sí que se diría que todos son parientes. Las mujeres, a la antigua usanza, viven enclaustradas como monjas. Muchas llevan todavía el pelo largo enroscado, la cabeza cubierta con el chal, vestido largo y, en invierno, zuecos sobre las gruesas medias de algodón negro; en verano algunas van descalzas. Cuando pasan caminando con los pies desnudos, rápidas, sin hacer ruido y esquivando encontronazos, parecen gatas salvajes o garduñas.

Nunca bajan a la playa. Para ellas es pecado bañarse en el mar, e incluso ver cómo otros se bañan.

Muchas veces, en los libros, las viviendas de las antiguas ciudades medievales, agrupadas o dispersas por el valle y las laderas en torno al castillo que domina la cumbre más alta, semejan un rebaño alrededor del pastor. De la misma manera, las de Prócida, desde las numerosas que se apiñan cerca del puerto hasta las que ascienden por las colinas y las casas de labranza aisladas en el campo, parecen desde lejos un rebaño diseminado al pie del castillo. Este se alza sobre la colina más alta, que, entre las otras, parece una montaña. Ampliado por construcciones superpuestas y añadidas a lo largo de los siglos, ha adquirido la mole de una ciudadela gigantesca. Desde los barcos que bordean la costa, sobre todo por la noche, de Prócida solo se divisa esa masa oscura, así que nuestra isla semeja una fortaleza en medio del mar.

Hace unos doscientos años el castillo se convirtió en un presidio, uno de los mayores, creo, del país. Para muchas personas que viven lejos, el nombre de mi isla es el nombre de una cárcel.

Hacia el lado de poniente, que mira al mar, mi casa queda frente al castillo, pero los separan muchos centenares de metros en línea recta, con numerosas caletas de las que por la noche parten las barcas de los pescadores con las luces encendidas. La distancia impide vislumbrar las rejas de los ventanucos y el ir y venir de los carceleros alrededor de los muros. En invierno, cuando hay bruma y las nubes pasan por delante del castillo, el presidio semeja una fortaleza abandonada, como las que se encuentran en muchas ciudades antiguas. Una ruina fantástica, habitada solo por serpientes, búhos y golondrinas.

Noticias sobre Romeo el Amalfitano

Mi casa se alza, como única construcción, en lo alto de un montículo escarpado, en medio de un terreno sin cultivar salpicado de piedrecitas de lava. La fachada mira al pueblo, y en ese lado una vieja muralla erigida con pedazos de roca refuerza la ladera del montecillo. Allí habita la lagartija celeste, que no se encuentra en ninguna otra parte del mundo. A la derecha, una escalera de piedras y tierra desciende hacia el camino de los coches.

Detrás de la casa se extiende una amplia explanada, y más allá el terreno se vuelve escarpado e intransitable. Atravesando un tramo alargado de material de derrubio se llega a una pequeña playa triangular de arena negra. No hay sendero que lleve a ella, pero con los pies descalzos es fácil deslizarse casi perpendicularmente entre las piedras. Allí había amarrada una única barca: la mía, que se llamaba *La Torpedera de las Antillas*.

Mi casa no queda lejos de una plazuela casi de ciudad —tiene hasta un monumento de mármol— y de las apiñadas viviendas del pueblo. Sin embargo, en mi memoria se ha convertido en un lugar aislado, en torno al cual la soledad abre un espacio enorme. Allí está, maléfica y maravillosa, como una araña de oro que ha tejido su tela irisada sobre toda la isla.

Es un palacio de dos pisos, sin contar las bodegas y el granero —en Prócida las casas de unas veinte habitaciones, que en Nápoles parecerían pequeñas, se llaman palacios—, y, como casi todas las viviendas de Prócida, que es un pueblo muy antiguo, se construyó hace al menos tres siglos.

De color rosa desvaído y forma cuadrada, es rústica y carente de elegancia; parecería una enorme casa de labranza si no fuese por el majestuoso portón central y las rejas curvas, de estilo barroco, que protegen las ventanas exteriores. El único adorno de la fachada son dos balconcitos de hierro suspendidos a ambos lados del portón, delante de dos ventanas tapiadas. Al igual que las rejas, en otro tiempo estuvieron pintados de blanco, pero ahora están manchados y corroídos por la herrumbre.

En una de las hojas del portón central se recorta una puertecita, que es por donde siempre se entra en la casa. El portón jamás se abre y las enormes cerraduras que lo cierran por dentro se han transformado en artefactos inútiles debido a la herrumbre que las devora. Por la puertecita se accede a un atrio amplio, con losas de pizarra y sin ventanas, al fondo del cual, según el estilo de los palacios de Prócida, se abre una verja que da a un jardín interior. Vigilan la verja dos estatuas de terracota pintadas, pero muy descoloridas; representan unos personajes con capucha, que no se sabe bien si son frailes o sarracenos. Al otro lado de la verja, el jardín, encerrado entre los muros de la casa como un patio interior, se presenta como un triunfo de verdor salvaje.

Allá, bajo el hermoso algarrobo siciliano, está enterrada mi perra Immacolatella.

Desde el tejado de la casa se divisa el contorno alargado de la isla, que parece un delfín; las ensenadas, el presidio y, no muy lejos, en el mar, la silueta azul púrpura de la isla de Ischia. Más allá, las sombras plateadas de islas más lejanas. Y, por la noche, el firmamento, por donde camina Bootes, con su estrella llamada Arturo.

Durante más de dos siglos desde el día en que terminaron su construcción, nuestra casa fue un convento de frailes; es algo muy común entre nosotros y no tiene nada de novelesco. Prócida ha sido siempre un pueblo de pescadores pobres y campesinos, y sus escasos palacios fueron, inevitablemente, conventos, iglesias, fortalezas o prisiones.

Después aquellos religiosos se mudaron y la casa dejó de pertenecer a la Iglesia. Durante las guerras del siglo pasado y más tarde albergó compañías de soldados; luego estuvo mucho tiempo deshabitada y abandonada, hasta que por fin, hará medio siglo, la compró un particular, un rico agente de transporte amalfitano de paso en Prócida, quien la convirtió en su hogar y vivió ocioso en ella durante treinta años.

Transformó parte del interior, en especial el piso de arriba, donde derribó los tabiques de muchas celdas del convento primitivo y cubrió las paredes de papel pintado francés. Todavía en mi época la casa, aunque muy maltrecha y cada vez más ruinosa, conservaba la disposición y decoración de cuando él la dejó. Los muebles, elegidos con una arbitrariedad pintoresca e ignorante en los negocios de los pequeños anticuarios y ropavejeros de Nápoles, daban a las habitaciones cierto aire romántico y pueblerino. Al entrar se percibía el espejismo de un pasado de abuelas y bisabuelas y de antiguos secretos femeninos.

Sin embargo, desde el momento en que se erigieron hasta el año en que llegó mi familia, aquellas paredes no vieron a ninguna mujer.

Cuando, hace poco más de veinte años, mi abuelo paterno, Antonio Gerace, emigrante procitano, volvió de América con una modesta fortuna, el Amalfitano, ya anciano, aún vivía en el antiguo palacio. Se había quedado ciego en la vejez, y se decía que eso era un castigo de santa Lucía, porque el Amalfitano odiaba a las mujeres. Siempre las odió, desde su juventud, hasta el extremo de que se negaba a recibir a sus hermanas carnales y cerraba la puerta a las hermanas de la Consolación cuando iban a pedir limosna. Por eso no se casó, y tampoco fue nunca a la iglesia ni a las tiendas, donde es fácil toparse con mujeres.

No le disgustaba ser sociable, al contrario: como tenía un carácter muy espléndido, a menudo organizaba banquetes e incluso bailes de máscaras y disfraces, y en tales ocasiones se mostraba generoso hasta la locura, por lo que se convirtió en una leyenda en la isla. Pero en sus fiestas no se admitían mujeres, y las muchachas de Prócida, envidiosas de los novios y hermanos que participaban en aquellas veladas misteriosas, por despecho llamaron a la morada del Amalfitano la Casa dei Guaglioni (en dialecto napolitano, *guaglione* quiere decir «chiquillo», «muchachito»).

Al desembarcar en su tierra tras varios lustros de ausencia, mi abuelo Antonio no pensaba que el destino reservara la Casa dei Guaglioni a su familia. Apenas si se acordaba del Amalfitano, con quien nunca había tenido amistad, y el viejo convento-cuartel, perdido entre los espinos y las chumberas, en nada se parecía a la morada que había soñado para sí durante el exilio. Compró una casita de campo con unas tierras en el sur de la isla y allí se fue a vivir, solo con sus colonos, pues era soltero y no tenía parientes cercanos.

En realidad, había un pariente cercano de Antonio Gerace, pero él no había llegado a verlo. Era un hijo, nacido de la relación que, al principio de su vida de emigrante, tuvo con una maestrita alemana a la que pronto abandonó. Durante varios años después del abandono —tras un breve período de trabajo en Alemania, el emigrante partió hacia América—, la joven madre siguió escribiéndole: le suplicaba que la ayudase porque estaba sin empleo y trataba de conmoverlo con maravillosas descripciones del niño. Pero en aquel entonces él mismo se hallaba en una situación tan miserable que terminó por no contestar a las cartas, y la muchacha, descorazonada, no volvió a escribirle. De regreso a Prócida, envejecido y sin herederos, Antonio intentó buscarla y se enteró de que había muerto dejando en Alemania a su hijo, que ya contaba dieciséis años.

Antonio Gerace mandó llamarlo para darle por fin su apellido y su herencia. De ese modo, el que más tarde sería mi padre desembarcó en la isla de Prócida cubierto de andrajos como un gitano (según supe después).

Debía de haber tenido una vida dura, y su corazón infantil debía de guardar rencor no solo al padre desconocido, sino también al resto de inocentes procitanos. Además, quizá estos, por algo que hicieron o por su modo de ser, ofendieron desde el principio y para siempre el orgullo irritado del muchacho. Y es verdad que en la isla su aire de indiferencia y desprecio le valió el odio de todos. Con su padre, que intentó ganárselo, se mostró desagradable hasta la crueldad.

La única persona a la que frecuentó en la isla fue el Amalfitano. Desde hacía tiempo este no organizaba reuniones ni fiestas y vivía encerrado en su ceguera; intratable y soberbio, se negaba a recibir a quienes querían visitarlo y apartaba con el bastón a los que se le acercaban por la calle. Su figura, alta y triste, se había vuelto odiosa para todos.

Su casa se abría para una sola persona: el hijo de Antonio Gerace. Los unió una amistad tan estrecha que el muchacho pasaba todo el día en compañía del viejo, como si este, y no Antonio Gerace, fuera su verdadero padre. Por su parte, el Amalfitano volcó en el chico un afecto exclusivo y tiránico: parecía que no pudiera vivir un solo día sin él. Si el muchacho se retrasaba en su vista diaria, salía a esperarlo al final de la calle. Y, como no podía ver si llegaba por el otro extremo, con su ansiedad de ciego gritaba de vez en cuando el nombre con una voz tan ronca que parecía la de una persona sepultada. Si algún transeúnte le informaba de que el hijo de Gerace no estaba, arrojaba al suelo monedas y billetes de banco, sin control y con desprecio, para que los vecinos, pagados de ese modo, fuesen a llamarlo. Si luego volvían diciendo que no lo habían encontrado en casa, lo mandaba buscar por toda la isla e incluso soltaba a los perros para que participaran en la batida. En su vida no había otra cosa que estar en compañía de su único amigo o esperarlo. Dos años después, al morir, le dejó en herencia la casa de Prócida.

Al cabo de poco tiempo también falleció Antonio Gerace. Su hijo, que unos meses antes se había casado con una huérfana nacida en Massa, se mudó a la casa del Amalfitano junto con la joven esposa, ya encinta. Él tenía casi diecinueve años y ella aún no había cumplido los dieciocho. Por primera vez en los casi tres siglos que tenía el viejo palacio, una mujer vivía entre aquellas paredes.

En la casa y en la finca de mi abuelo quedaron los colonos, que continúan allí como aparceros.

La Casa dei Guaglioni

El temprano fallecimiento de mi madre, fallecida a los dieciocho años en su primer parto, confirmó, o quizá originó, el rumor de que, debido al odio del propietario difunto, para las mujeres era funesto vivir o simplemente entrar en la Casa dei Guaglioni.

A mi padre ese cuento pueblerino le merecía apenas una media sonrisa, de modo que desde el principio aprendí a considerarlo con el debido desprecio como la patraña supersticiosa que era. Sin embargo, la historia había adquirido tal autoridad en la isla que ninguna mujer aceptó jamás ser sirvienta nuestra. Durante mi infancia nos atendió un mozo de Nápoles llamado Silvestro, quien entró en nuestra casa —poco antes de mi nacimiento— con catorce o quince años. Regresó a Nápoles para cumplir el servicio militar y lo sustituyó uno de nuestros colonos, que acudía tan solo un par de horas al día para prepararnos la comida. Nadie se preocupaba por el desorden y la suciedad de nuestras habitaciones, que a nosotros nos parecían algo tan natural como la vegetación del descuidado jardín encerrado entre los muros de la casa.

Resulta imposible ofrecer una descripción aproximada de ese

jardín, hoy cementerio de mi perra Immacolatella. En torno al viejo algarrobo se pudrían, entre otras cosas, armazones de muebles cubiertos de musgo, ollas rotas, damajuanas, remos, ruedas, etcétera. Y entre las piedras y los desperdicios crecían plantas de hojas grandes, con espinas, algunas tan bellas y misteriosas como plantas exóticas. Después de las lluvias renacían centenares de flores de especies más nobles, cuyas semillas y bulbos permanecían enterrados desde quién sabe cuándo. Y todo aquello se quemaba, como si hubiera un incendio, con la sequía estival.

Pese a nuestra prosperidad, vivíamos como salvajes. Un par de meses después de mi nacimiento, mi padre se fue de la isla y estuvo ausente casi medio año. Me dejó en brazos de aquel primer criado, que era muy serio para su edad y que me alimentó con leche de cabra. También él me enseñó a hablar y a escribir; más tarde me instruí yo mismo leyendo los libros que encontré en casa. Mi padre nunca se preocupó de enviarme a la escuela: disfruté de unas vacaciones continuas, y mis días de vagabundo, sobre todo durante las largas ausencias de mi padre, no conocían reglas ni horarios. Solo el hambre y el sueño me indicaban la hora de volver a casa.

Nadie me daba dinero y yo tampoco lo pedía, pues no sentía la necesidad de tenerlo. No recuerdo haber tenido un centavo en toda mi infancia.

La hacienda heredada del abuelo Gerace proveía de los productos necesarios a nuestro cocinero, que en el arte culinario no distaba mucho de los hombres primitivos y de los bárbaros. Se llamaba Costante. Era rústico y taciturno en la misma medida en que su predecesor, Silvestro —a quien en cierto modo podría llamar mi nodriza—, había sido gentil y amable.

Las tardes de invierno y los días de lluvia me dedicaba a leer. Después del mar y de los vagabundeos por la isla, la lectura era lo que más me gustaba. Casi siempre leía en mi habitación, recostado en la cama o en el canapé, con Immacolatella tendida a mis pies.

Nuestros dormitorios daban a un pasillo estrecho, a lo largo del cual, en el pasado, se abrían las celdas de los frailes, que debieron de ser unos veinte en total. A fin de disponer de estancias más espaciosas, el antiguo propietario había derribado gran parte de los tabiques pero, quizá prendado de las tallas y los adornos, dejó algunas de las viejas puertas de las celdas tal como estaban, en fila en el pasillo. Ese es el motivo de que, por ejemplo, el cuarto de mi padre tuviera tres puertas dispuestas en hilera en el pasillo y cinco ventanas igualmente alineadas. Entre mi habitación y la suya se conservaba, con sus dimensiones originales, una celda, donde durante mi infancia se acostaba Silvestro, el criado. Allí continúan su sofá cama —mejor dicho, esa especie de catre— y el baúl en el que guardaba la ropa.

La ropa de mi padre y la mía no se guardaban en ninguna parte. En nuestras habitaciones había cómodas y armarios que amenazaban con desplomarse cuando los abríamos y que despedían los olores de una desaparecida burguesía borbónica. No servían para nada, salvo quizá, en mi caso, para arrojar en su interior los objetos que se amontonaban en el cuarto, como zapatos viejos, arpones rotos, camisas hechas harapos, etcétera. O para esconder algún botín: conchas fósiles, de la época en que la isla era un volcán submarino; cartuchos; culos de botella multicolores encontrados en la arena; piezas de motor oxidadas. Y plantas subacuáticas y estrellas de mar, que se secaban o se pudrían en los cajones.

Quizá por eso no he hallado en ninguna otra parte el olor que se respiraba en nuestros dormitorios, ni en habitación humana ni en las madrigueras de animales terrestres; únicamente, quizá, me pareció percibir uno similar en el fondo de alguna embarcación o en el interior de una cueva.

Las enormes cómodas y armarios, al ocupar gran parte de las paredes libres de las habitaciones, apenas dejaban espacio para las camas. Eran las habituales camas de hierro con incrustaciones de madreperla o paisajes pintados que se ven en todos los dormitorios de Prócida y Nápoles. Las mantas, en las que en invierno dormía envuelto como si me hubiera metido en un saco, estaban agujereadas por las polillas, y los colchones, cuya lana nunca se mullía ni se cardaba, se habían achatado con el uso hasta quedar como una hoja de pasta.

Recuerdo que en ocasiones mi padre, usando como escoba una almohada o una vieja chaqueta de cuero que había pertenecido a Silvestro, barría las colillas esparcidas en torno a su cama, que amontonábamos en un rincón para luego tirarlas por la ventana. En nuestra casa era imposible saber de qué material y color era el suelo, pues lo cubría una capa de polvo ya endurecida. Los cristales de las ventanas estaban ennegrecidos y turbios. En lo alto de los rincones y entre las rejas se veían brillar las irisadas telas de araña.

Creo que las arañas, las lagartijas, los pájaros y en general todos los seres no humanos debían de pensar que nuestra casa era una torre deshabitada desde los tiempos de Barbarroja, o incluso un farallón. En los muros exteriores, las lagartijas asomaban por grietas y pasadizos como si salieran de la tierra; millares de golondrinas y de avispas construían sus nidos. Pájaros de otras regiones que pasaban por la isla en sus viajes migratorios se detenían a descansar en los alféizares. Y hasta las gaviotas, tras sus zambullidas en el agua, se secaban las plumas en nuestro tejado, como si fuera el mástil de un barco o la cima de un peñasco.

En nuestra casa vivían con toda seguridad un par de búhos por lo menos, pues, aunque nunca logré descubrir dónde se escondían, al caer la tarde los veía salir volando con toda su familia. Otros búhos y mochuelos acudían de lejos a cazar en nuestro terreno, como si fuera una selva. Una noche se posó en mi ventana un búho inmenso, de los que llaman reales. Por el tamaño pensé al principio que se trataba de un águila, pero tenía las plumas mucho más claras y, además, lo reconocí por las diminutas orejas puntiagudas.

En algunas estancias deshabitadas de la casa, las ventanas permanecían abiertas, por descuido, todas las estaciones del año. Sucedía que, al entrar en ellas cada tantos meses, encontrábamos un murciélago, o bien oíamos el alboroto de misteriosas nidadas escondidas en un arcón o en las vigas del techo.

Incluso aparecían seres extraños de especies jamás vistas en la isla. Una mañana en que estaba sentado detrás de la casa, cascando almendras con una piedra, vi surgir del derrubio un animalillo muy gracioso, a medio camino entre el gato y la ardilla. Tenía una cola muy gruesa y hocico triangular con bigotes blancos, y me observó con atención. Quise atraerlo tirándole una almendra pelada, pero el ademán lo asustó y huyó.

En otra ocasión, de noche, al asomarme al borde del despeñadero vi avanzar desde el mar hacia nuestra casa un cuadrúpedo blanquísimo y gordo, más o menos del tamaño de un atún mediano, con la cabeza armada de cuernos curvos, como los de la luna.

Nada más verme retrocedió y desapareció entre los escollos. Pensé que podía tratarse de una vaca marina, esa rarísima especie de rumiante anfibio que, según algunos, nunca existió y, según otros, ha desaparecido. Sin embargo, muchos marineros aseguran haber visto más de una vez alguno de los que habitan en las cercanías de la gruta Azul de Capri. Viven en el mar, como los peces, pero les gustan las hortalizas y por la noche emergen del agua para robar en las granjas.

En cuanto a los humanos, ni los de Prócida ni los forasteros visitaban la Casa dei Guaglioni desde hacía años.

En el primer piso se encontraba el antiguo refectorio de los frailes, transformado en sala de estar por el Amalfitano. Era un salón enorme, cuyo techo se alzaba el doble que el de las otras habitaciones y cuyas ventanas, colocadas muy altas sobre el suelo, miraban al mar. Las paredes, a diferencia de las demás de la casa, no estaban revestidas de papel francés, sino decoradas con un fresco que reproducía una galería con columnas en las que se enredaban sarmientos y racimos de vid. Contra la pared del fondo había una mesa de más de seis metros de largo, en torno a la cual se esparcían sofás y butacas desvencijados, sillas de todo tipo y almohadones descoloridos. Una gran chimenea que nunca encendimos ocupaba un rincón. Del techo pendía una inmensa araña de vidrios coloreados, toda cubierta de polvo; solo le quedaban unas pocas bombillas ennegrecidas, de modo que no daba más luz que un candelabro.

Era ahí donde, en tiempos del Amalfitano, se reunían los *guaglioni* para cantar y tocar. Alguna huella de las fiestas quedaba todavía en el salón, que recordaba un poco las salas de aquellas villas ocupadas por los conquistadores durante la guerra y, en algunos aspectos, los grandes comedores o dormitorios de las cárceles, y en general todos los lugares donde muchachos y jóvenes se encuentran solos, sin presencia de mujeres. La tela sucia y maltrecha de los sofás mostraba quemaduras de cigarrillos. En las paredes, al igual que en las mesitas, se veían inscripciones y dibujos: nombres, firmas, frases burlonas y hasta melancólicas y de amor, junto con versos copiados de alguna canción. Al lado de un corazón atravesado por una flecha aparecía un barco o un futbolista con una pelota en la punta del pie. Algunos dibujos eran graciosos: una calavera fumando en pipa, una sirena que se cubría con un paraguas.

Otros muchos dibujos y escritos fueron borrados, no sé por quién. El estuco y la madera de las mesas mostraban claras señales de que algo había sido raspado.

En otras habitaciones quedaban asimismo huellas de los huéspedes de otro tiempo. Por ejemplo, en un cuartito que ya no se usaba, sobre una pila de agua bendita de alabastro —resto del antiguo convento—, en el papel francés aún se distinguía, aunque descolorida, una firma escrita en pluma entre muchas rúbricas: «Taniello». Aparte de esas firmas desconocidas y de los dibujos sin valor, en la casa no había nada que ofreciera testimonio del tiempo de las fiestas y los convites. He sabido que, tras el fallecimiento del agente de transporte, muchos procitanos que en su juventud habían participado en las fiestas acudieron a la Casa dei Guaglioni para reclamar objetos y recuerdos. Afirmaron —y cada uno se presentó como garante de los otros— que el Amalfitano se los había prometido como regalo para después de su muerte. Hubo un verdadero saqueo. Se llevaron los disfraces y las máscaras de los que aún se habla tanto en la isla, y las guitarras, las mandolinas y los vasos con brindis escritos en oro sobre el cristal. Es posible que gran parte de aquel botín se guarde todavía en las casuchas de los pescadores y los campesinos de Prócida. Las mujeres de la familia, ya ancianas, mirarán suspirando esas reliquias y volverán a experimentar los celos que de muchachas sintieron al verse excluidas de aquellas fiestas misteriosas. Casi tendrán miedo de tocar esos objetos muertos, capaces de transmitirles el influjo negativo de la Casa dei Guaglioni.

Otro final misterioso fue el de los perros del Amalfitano. Se sabe que tenía muchos y que los quería, pero tras su fallecimiento desaparecieron sin dejar rastro. Hay quien afirma que, después de que lo trasladaran al cementerio, los perros languidecieron, se negaron a comer y se dejaron morir. Otro cuenta que vagaron por la isla como bestias salvajes, gruñendo a quien se les acercara, hasta que se pusieron rabiosos; entonces los guardias les dieron caza y los mataron arrojándolos desde lo alto de un peñasco.

Todos los hechos sucedidos en la Casa dei Guaglioni antes de mi nacimiento me llegaron envueltos en incertidumbre, como si se tratase de aventuras de siglos atrás. Ni siquiera del breve paso de mi madre logré encontrar una sola señal en la casa, aparte del retrato que Silvestro guardó para mí. Por el mismo Silvestro supe que, cuando yo tenía unos dos meses y hacía unos días que mi padre había partido de viaje, llegaron unos parientes de Massa con aspecto de campesinos y se llevaron, como si fuese su legítima herencia, cuanto había pertenecido a mi madre: el ajuar, entregado como dote, los vestidos y hasta los pequeños zuecos y el rosario de madreperlas. Se aprovecharon de que no había en la casa ningún adulto que les hiciese frente, y Silvestro llegó a temer que quisiesen llevárseme también a mí. Con un pretexto corrió a su celda, donde me había puesto a dormir en su cama, y a toda prisa me escondió en el baúl en que guardaba su ropa que al tener la tapa destrozada, dejaba pasar el aire. Depositó a mi lado el bibe-rón con leche de cabra para que, si me despertaba, me quedara callado y no diese señales de vida. Pero no me desperté y permane-cí mudo durante la visita de los parientes, quienes, por otra parte, no se preocuparon mucho por saber de mí. Cuando ya estaban a punto de irse con su fardo, uno de ellos, por cumplir más que por otra razón, preguntó si me criaba bien y dónde estaba. Silvestro le dijo que me habían puesto una nodriza. Satisfechos con la res-puesta, regresaron a Massa y no volvimos a tener noticias de ellos.

Así transcurrió mi infancia solitaria en el palacio negado a las mujeres.

En el dormitorio de mi padre hay una fotografía grande del Amalfitano. Es el retrato de un anciano delgado, vestido con una chaqueta larga y pantalones pasados de moda, demasiado ajusta-dos, que dejan a la vista unos calcetines blancos. El cabello, cano-so, le cae detrás de las orejas como la crin a los caballos, y la fren-te, alta y lisa, sobre la cual da la luz, parece de una blancura irreal. Los ojos, apagados, abiertos, tienen la expresión clara y fascinada de los ojos de ciertos animales.

El Amalfitano adoptó ante el fotógrafo una pose estudiada, arrogante. Adelanta una pierna y esboza una sonrisa amable, como si saludara a alguien. Con la mano derecha le da vueltas a un bastón de paseo oscuro que tiene la punta de hierro, y con la izquierda sujeta por la traílla a dos perros grandes. Bajo el retrato, su letra insegura de viejo ciego y medio analfabeto trazó la dedica-toria para mi padre:

A Wilhelm
Romeo

Ese retrato del Amalfitano me recordaba la figura de Bootes, la constelación de Arturo, tal como aparecía dibujada en un mapa grande del hemisferio boreal que había en un atlas de astronomía barato que teníamos en casa.

La belleza

Lo que sé sobre los orígenes de mi padre lo descubrí ya de mayor. Desde pequeño había oído a la gente de la isla llamarlo «bastardo», pero la palabra me sonaba como un título que otorgaba autoridad y un prestigio misterioso, igual que «margrave» u otro cargo similar. Durante muchos años nadie me reveló nada sobre el pasado de mi padre y de mi abuelo. Los procitanos no son muy locuaces y yo, por otra parte, siguiendo el ejemplo de mi padre, no confiaba en los de la isla ni me relacionaba con ellos. Costante, nuestro cocinero, era una presencia más animal que humana. En todos los años que nos sirvió, no recuerdo haber intercambiado dos palabras en una conversación; además, lo veía muy poco. Terminado el trabajo en la cocina, regresaba a la hacienda, y cuando yo volvía a casa, a la hora que se me antojaba, sus comidas de bárbaro me esperaban, ya frías, en la cocina vacía.

La mayor parte del tiempo mi padre vivía lejos. Regresaba a Prócida para pasar unos días y volvía a partir; a veces sus ausencias duraban toda una estación. Si sumáramos sus escasas y breves estancias en la isla, resultaría que, al cabo de un año, de los doce meses habría estado en Prócida conmigo solo dos. Así pues, mis días transcurrían en absoluta soledad, y esta soledad, que comenzó en mi primera infancia al marcharse mi ayo Silvestro, me parecía mi condición natural. Consideraba cada visita de mi padre a la isla como una gracia extraordinaria de su parte, una concesión personal, de la que me enorgullecía.

Creo que al poco de aprender yo a andar me compró una barca. Y cuando yo tenía unos seis años me llevó un día a la hacienda para que escogiese uno de los cachorros de un mes que amamantaba la perra pastora del colono. Elegí el que me pareció más travieso y con los ojos más simpáticos. Resultó ser hembra y, puesto que era blanca como la luna, la llamamos Immacolatella.

Mi padre se acordaba muy de vez en cuando de procurarme zapatos y ropa. En verano yo solo llevaba puesto un par de pantalones cortos; con ellos me zambullía en el agua y luego dejaba que el aire los secase. En raras ocasiones les añadía una camiseta de algodón, demasiado corta, llena de rotos y muy holgada. Mi padre tenía algo más de ropa: un bañador de tela colonial; aparte de esto, su único atuendo en verano eran unos viejos pantalones desteñidos y, abierta sobre el pecho, una camisa a la que no le quedaba ningún botón. A veces se anudaba al cuello un pañuelo floreado, como los que las campesinas compran en el mercado para ir a misa los domingos. Aquel trapo de algodón me parecía en él una señal de primacía, un collar de flores reservado para el glorioso vencedor.

Ni él ni yo teníamos abrigos. En invierno me ponía dos jerséis, uno encima del otro; él se ponía un jersey y una chaqueta de lana a cuadros, muy gastada y sin forma, con los hombros demasiado estrechos, lo que subrayaba el poder de su gran estatura. Prácticamente no usábamos ropa interior.

Él tenía un reloj de pulsera —con caja de acero y una pesada correa también de malla de acero— que señalaba incluso los segundos y podía sumergirse en el agua. Tenía además unas gafas para ver bajo el agua cuando nadaba, un fusil y unos prismáticos de marino con los que se distinguían los barcos que navegaban en alta mar, con las figuritas de los marineros sobre el puente.

Mi infancia fue como un país feliz, donde él reinaba con un poder absoluto. Siempre estaba de paso, siempre se marchaba, pero durante sus breves estancias en Prócida yo le seguía como un perro. Quienes se topaban con nosotros debían de considerarnos una pareja graciosa. Él avanzaba con resolución, como una vela al viento, con su rubia cabeza forastera, los labios orgullosos y los ojos duros, sin mirar a nadie. Y yo caminaba tras él mirando a derecha e izquierda con mis ojos moros, como diciendo: «Procitanos, ¡pasa mi padre!». Por aquel entonces no debía de medir más de un metro y mi pelo, ensortijado como el de los gitanos, no conocía al peluquero (cuando lo tenía demasiado largo, para no parecer una niña, yo mismo me lo cortaba enérgicamente con unas tijeras; en muy raras ocasiones me acordaba de peinarme, y en verano lo tenía cubierto de sal marina).

Casi siempre nos precedía Immacolatella, que corría por delante, retrocedía, husmeaba las paredes, metía el hocico en cada puerta que veía y saludaba a todo el mundo. Su familiaridad con nuestros paisanos me impacientaba, y con silbidos imperiosos la obligaba a volver a la fila de los Gerace. Eso me permitía ejercitarme en el arte de silbar, en el que me convertí en un maestro apenas mudé los dientes. Con el índice y el dedo del corazón en la boca, lograba obtener sonidos marciales.

También cantaba bastante bien. Mi ayo me había enseñado varias canciones. A veces, cuando paseaba con mi padre o salíamos a navegar, cantaba una y otra vez «Las mujeres de la Habana», «Tabarin» y «La sierra misteriosa», o bien temas napolitanos, como el que dice: *Tu si' a canaria!, tu si' l'amore*, «Tú eres una canaria, tú eres el amor», con la esperanza de que mi padre admirase mi voz. Pero ni siquiera parecía oírme. Se mostraba siempre taciturno, sombrío y apresurado, y a duras penas me dedicaba una mirada. Pero para mí ya era todo un privilegio que mi compañía fuera la única que toleraba en la isla.

En la barca él remaba y yo, sentado en la popa o a horcajadas sobre la proa, vigilaba el rumbo. A veces, ebrio de aquella felicidad divina, me dejaba llevar y con enorme presunción comenzaba a dar órdenes: «¡Ánimo, remo derecho! ¡Ánimo con el izquierdo!, ¡vamos!». Pero, en cuanto él levantaba la vista para mirarme, su silencioso resplandor me devolvía la conciencia de mi pequeñez. Y me sentía como un pececito en presencia de un gran delfín.

La razón principal de su superioridad sobre los demás estribaba en que era diferente del resto, y ahí radicaba también su misterio. Era distinto de todos los hombres de Prócida, de todas las personas que yo conocía en el mundo e incluso —¡oh, amargura!— de mí. Antes que nada, destacaba entre los isleños por su altura, pero esa diferencia se advertía únicamente por comparación, viéndolo junto a ellos. Cuando estaba solo, aislado, casi parecía menudo, pues era de proporciones elegantes.

Además de por la estatura, se distinguía de los demás por sus colores. En verano su cuerpo, embebido de sol como si se impregnara de aceite, adquiría un suave esplendor moreno, pero en invierno volvía a ser claro como una perla. Yo, que en todas las estaciones tenía el mismo tono oscuro, veía en eso el signo de una estirpe que no pertenecía a la tierra, como si mi padre fuese hermano del sol y la luna.

Su pelo, lacio y suave, era de un rubio mate, y ciertas luces encendían reflejos preciosos en él. En la nuca, donde lo llevaba muy corto, casi al rape, parecía de oro. Y sus ojos, celestes violáceos, recordaban el color del mar en calma enturbiado por las nubes.

El hermoso cabello, siempre cubierto de polvo y en desorden, le caía en mechones sobre la frente arrugada, como si pretendiera ocultar con su sombra los pensamientos de mi padre. Y la cara, que en el transcurso de los años seguía conservando los rasgos resentidos de la adolescencia, tenía una expresión arrogante y hermética.

En ocasiones un destello de sus secretos íntimos, en los que siempre parecía enfrascada su mente, le atravesaba el rostro. Por ejemplo, una sonrisa rápida, salvaje y casi seductora; una leve mueca ladina e insultante; un arranque de mal humor inesperado, sin motivo aparente. Para mí, incapaz de atribuirle caprichos humanos, su ceño era majestuoso como el atardecer, un indicio evidente de acontecimientos misteriosos y tan importantes como la historia universal.

Sus secretos le pertenecían solo a él. A sus silencios, sus alegrías, sus desprecios, sus tormentos nunca les busqué explicación. Para mí eran como sacramentos; importantes y serios, ajenos a toda medida terrenal, a toda futilidad.

Si un día, por ejemplo, se hubiese presentado borracho o delirante ante mí, no por eso le habría supuesto sujeto a las mismas debilidades que el resto de los mortales. Al igual que yo, jamás enfermaba pero, si lo hubiese visto indispuesto, su enfermedad me habría parecido uno de los muchos accidentes de la naturaleza. A mis ojos habría adquirido casi el sentido de un misterio ritual, en el cual Wilhelm Gerace habría sido el héroe y los oficiantes llamados a atenderlo habrían recibido el privilegio de una consagración. Y desde luego creo que no habría dudado de que ese misterio paterno debía acompañarse de alguna conmoción cósmica que sacudiría desde los paisajes terrestres hasta las estrellas.

En la isla existe un llano situado entre rocas altas donde hay eco. Al llegar allí, a veces mi padre se divertía gritando frases en alemán. Pese a desconocer su significado, yo me daba cuenta de que eran palabras terribles y temerarias: las lanzaba con tono desafiante y casi de profanación, como quien viola una ley o rompe un sortilegio. Cuando el eco las repetía, mi padre se echaba a reír y prorrumpía en palabras aún más brutales. Por respeto a su autoridad, yo no me atrevía a imitarlo y, aunque temblaba con un ansia belicosa, oía en silencio aquellos enigmas. No me parecía asistir al acostumbrado juego del eco, tan común entre los muchachos, sino a un duelo épico. Estábamos en Roncesvalles, y en la explanada surgiría de pronto Roldán con su cuerno. O nos hallábamos en las Termópilas y tras las rocas se escondían los guerreros persas con sus cascos puntiagudos.

Cuando en nuestros paseos por el campo se topaba con una cuesta, le acometía la impaciencia y echaba a correr con la furia con que se emprende una tarea maravillosa, como se trepa por el mástil de un velero. No se preocupaba de saber si yo lo seguía; aun así, me precipitaba tras él, pese a la desventaja de mis piernas más cortas, y la alegría me encendía la sangre. No era como las carreras que echaba mil veces al día compitiendo con Immacolatella. Se trataba de un torneo célebre. ¡En lo alto nos esperaban las aclamaciones de la meta y treinta millones de dioses!

Su vulnerabilidad era tan misteriosa como su indiferencia. Recuerdo que una vez, mientras nadábamos, lo rozó una medusa. Todos sabemos qué efecto causa ese accidente: la piel enrojece durante un tiempo breve y sin ninguna consecuencia. Desde luego él también lo sabía, pero al verse en el pecho aquellas rayas de color sangre sintió tal horror que le palidecieron hasta los labios. Huyó corriendo a la orilla y se dejó caer boca arriba, con los brazos abiertos, como si ya lo acometiera la náusea de la agonía. Me senté a su lado. Más de una vez yo mismo había sido víctima de erizos, medusas y otros seres marinos, sin conceder jamás mayor importancia a sus ataques. En cambio, aquel día en que la víctima era él, me invadió un solemne sentimiento de tragedia. En la playa y el mar se produjo un gran silencio, en el que el grito de una gaviota que pasaba me pareció un lamento femenino, una Furia.

Las Certezas Absolutas

No tenía interés en conquistar mi corazón. Nunca me enseñó el alemán, su lengua natal; conmigo hablaba siempre en italiano, pero un italiano distinto del que Silvestro me había enseñado. Todas las palabras que él decía parecían recién inventadas, todavía salvajes, y hasta mis vocablos napolitanos, que él usaba a menudo, en sus labios se volvían insolentes y nuevos, como poesía. Ese lenguaje extraño le otorgaba la gracia de las sibilas.

¿Cuántos años tenía? Unos diecinueve más que yo. Su edad me parecía solemne y respetable como la santidad de los profetas y del rey Salomón. Cada acto suyo, cada una de sus palabras, poseía para mí una fatalidad dramática. En efecto, él era la imagen de la certidumbre, y cuanto decía o hacía representaba el dictamen de una ley universal de la que deduje los primeros mandamientos de mi vida. Esa era la mayor seducción de su presencia.

Por nacimiento era de religión protestante, pero no profesaba ninguna fe y mostraba una despreocupación desabrida por la eternidad y sus problemas. Yo, en cambio, soy católico desde mi primer mes de vida por iniciativa del ayo Silvestro, que se ocupó de que me bautizaran en la parroquia del puerto. Creo que esa fue la primera y la última vez que visité una iglesia en calidad de súbdito cristiano. En ocasiones me gustaba pasar un rato en alguna, como quien está en un hermoso salón señorial, un jardín o un barco. Pero me habría avergonzado arrodillarme, o hacer cualquier otra ceremonia, o rezar, aunque solo fuera con el pensamiento, como si de verdad creyera que era la casa de Dios y que Dios estaba en comunicación con nosotros, si es que existe.

Mi padre, que había recibido instrucción gracias a la maestrita, su joven madre, tenía libros —la mayoría heredados de ella—, algunos en italiano. A esa pequeña biblioteca familiar se agregaron en la Casa dei Guaglioni muchos otros dejados por un estudiante de letras que fue huésped de Romeo el Amalfitano varios veranos. Había además novelas de las que gustan a los muchachos, policíacas y de aventuras, de diversa procedencia. Así dispuse de una biblioteca respetable, aunque compuesta de volúmenes viejos y desencuadernados.

La mayor parte eran obras clásicas, escolares o didácticas: atlas y diccionarios, textos de historia, poemas, novelas, tragedias, antologías poéticas y traducciones de libros famosos. Excepto los textos incomprensibles para mí —escritos en alemán, griego o latín—, los leí y estudié todos, y algunos, mis preferidos, los releí tantas veces que todavía me los sé de memoria.

De las numerosas enseñanzas que me proporcionaron mis lecturas, de manera espontánea elegí las más fascinantes, las que mejor respondían a mi actitud natural con respecto a la vida. Con ellas, y en mayor medida aún con las primeras certezas que ya me había inspirado la personalidad de mi padre, se formó en mi conciencia, o en mi fantasía, una especie de Código de la Verdad Absoluta, cuyas leyes más importantes podrían enumerarse del siguiente modo:

1. LA AUTORIDAD DEL PADRE ES SAGRADA.
2. LA VERDADERA GRANDEZA VIRIL RESIDE EN EL CORAJE EN LA ACCIÓN, EL DESPRECIO DEL PELIGRO Y EL VALOR EN EL COMBATE.
3. NO HAY MAYOR BAJEZA QUE LA TRAICIÓN. TRAICIONANDO AL PADRE, AL JEFE, AL AMIGO, ETC., SE ALCANZA LA MÁS PROFUNDA VILEZA.
4. NINGÚN CONCIUDADANO QUE VIVA EN LA ISLA DE PRÓCIDA ES DIGNO DE WILHELM GERACE Y SU HIJO, ARTURO. PARA UN GERACE, LA FAMILIARIDAD CON UN CONCIUDADANO SIGNIFICARÍA DEGRADARSE.
5. NO HAY AFECTO EN LA VIDA QUE IGUALE AL DE LA MADRE.
6. LAS PRUEBAS MÁS EVIDENTES Y TODAS LAS EXPERIENCIAS HUMANAS PARECEN DEMOSTRAR QUE DIOS NO EXISTE.

La segunda ley

Estas certezas infantiles fueron durante mucho tiempo no solo mi honor y mi amor, sino también la sustancia de la única realidad posible. Más que deshonroso, en aquellos años me hubiese parecido imposible no vivir de acuerdo con esas grandes certidumbres.

Sin embargo, por falta de un interlocutor apropiado con quien poder hablar en confianza, jamás dije a nadie ni una sola palabra acerca de ellas. Mi código siguió siendo un secreto íntimo; y esta era una cualidad aristocrática y orgullosa, pero también difícil. Otra cualidad no menos difícil fue una omisión. Me refiero a que ninguna de mis leyes nombraba lo que yo más odiaba: la muerte. Tal reticencia era un signo de elegancia y de desprecio hacia el objeto de ese odio, al que solo le cabía insinuarse entre las palabras de mis leyes de un modo solapado, como un paria o un espía.

En mi felicidad natural, apartaba todos los pensamientos sobre la muerte como si se tratara de un ser con vicios horrendos: híbrido, enigmático, cargado de males y de vergüenza. Pero al mismo tiempo, cuanto más la odiaba, más me divertía y me exaltaba con pruebas audaces; no me gustaba ningún juego que no entrañara la fascinación del peligro. Así pues, crecí con esta contradicción: amaba la valentía y odiaba la muerte. No obstante, es posible que no fuese una contradicción.

Toda la realidad me parecía clara e inequívoca: solo la enturbiaba la enigmática mancha de la muerte. Por lo tanto, como ya he dicho, mis pensamientos retrocedían horrorizados ante ella. Pero en ese horror creía reconocer un indicio funesto de mi inmadurez, como el miedo a la oscuridad de algunas mujercillas ignorantes (la inmadurez era mi vergüenza). Esperaba, como una señal de maravillosa madurez, que esa única sombra —la muerte— se disolviese en la claridad de la realidad como el humo en la atmósfera transparente.

Hasta que ese día llegase, no podía considerarme sino un ser inferior, un chiquillo; y, como movido por la atracción insidiosa de un espejismo, entretanto me desahogaba «dándomelas de bravucón» —según decía mi padre—, con mil valentonadas pueriles... Pero naturalmente esas valentonadas no bastaban, a mi juicio, para que ascendiera al grado envidiado —la madurez—, ni para liberarme de la íntima y suprema sospecha que de mí mismo tenía.

En realidad, en el fondo se trataba de juegos, la muerte seguía siéndome ajena, era casi una fantasía inverosímil. ¿Cómo me comportaría ante la verdadera prueba, en una guerra por ejemplo, viendo avanzar y agigantarse ante mí aquella mancha oscura y monstruosa?

Escéptico respecto a mis juegos de valentía infantil, desde el principio aguardaba el último desafío como un provocador y un rival de mí mismo. ¿Acaso se debía a que era un vanidoso y nada más, como una vez W. G. me acusó de ser? ¿Acaso aquella amargura precoz ante la muerte que me ensombrecía no era más que el deseo de gustarme a mí mismo hasta la perdición…, el mismo deseo que supuso la ruina de Narciso?

¿O tal vez era un mero pretexto? No sé qué decir. Por otra parte, son asuntos míos. En conclusión: en mi código, la segunda ley —en la que la mencionada omisión se agazapaba de forma más natural— era para mí la más importante de todas.

La cuarta ley

La cuarta ley, inspirada por la actitud de mi padre, fue, junto con una inclinación natural mía, la causa primera de mi soledad en la isla. Me parece verme, pequeño como era entonces, caminando por el puerto entre el trajín del gentío, con mi aire de superioridad desconfiada y huraña, igual que un forastero en medio de un pueblo hostil. El rasgo más humillante de aquellas gentes era su perpetua sumisión a las necesidades prácticas, una característica que resaltaba aún más lo diferente que era mi padre, su porte glorioso. No solo los pobres, sino también los ricos parecían estar siempre ocupados en sus intereses y ganancias: desde los pequeños harapientos que se peleaban por una moneda, un pedazo de pan o una piedrecita de colores, hasta los propietarios de barcas que discutían el precio del pescado como si fuese lo más importante de su vida. A ninguno le interesaban los libros ni los grandes hechos históricos. A veces los chicos de la escuela se dirigían en fila con el maestro a una explanada para realizar ejercicios premilitares. El maestro era un gordo linfático; los muchachos no mostraban ni capacidad ni entusiasmo, y en mi opinión el espectáculo de los uniformes, los gestos, las actitudes era tan poco marcial que enseguida dejaba de mirar con un sentimiento de pena. Habría enrojecido de vergüenza si mi padre me hubiera sorprendido viendo esas escenas y a esos personajes.

La fortaleza del presidio

Los únicos habitantes de la isla que parecían no provocar el desprecio y la antipatía de mi padre eran los invisibles y desconocidos reclusos del presidio. Su aire romántico de hombre maldito me hacía suponer que una especie de fraternidad o complicidad lo unía no solo a ellos, sino a todos los condenados a cadena perpetua y los encarcelados de la tierra. También yo los apoyaba, no solo por imitar a mi padre, sino por una inclinación natural a considerar que la prisión era una monstruosidad injusta, absurda, como la muerte.

La ciudadela del presidio me parecía un reino lúgubre y sagrado, y por lo tanto prohibido, y no recuerdo que en toda mi infancia llegara nunca solo hasta allí. En ocasiones, como fascinado, iniciaba el ascenso por la cuesta que llevaba al recinto, pero huía en cuanto veía surgir las puertas.

Recuerdo que en aquella época, durante los paseos con mi padre, dos o tres veces crucé con él los portones de la ciudadela y recorrí los patios solitarios. Y en los recuerdos de mi niñez esas excursiones han quedado como viajes a una región alejada de nuestra isla. Siguiendo a mi padre por un callejón desierto miraba los tragaluces del sótano, atisbaba tras las rejas de la enfermería el triste color blanco del uniforme de un condenado… y de inmediato apartaba la vista. Tenía la impresión de que la curiosidad, e incluso el interés, de las personas libres y dichosas era un verdadero insulto para los presos. En aquel sitio el sol me parecía una ofensa, y los gallos que cantaban en las terrazas y las palomas que zureaban en las cornisas me irritaban por su indiscreta impertinencia. Lo único que no encontraba ofensivo era la libertad de mi padre. Al contrario, la consideraba reconfortante, la única certidumbre de felicidad en aquella lamentable cima. Con su elegante paso rápido, un poco bamboleante como el de los marineros, y la camisa azul celeste hinchada por el viento, a mis ojos era como el mensajero de una aventura victoriosa, de un poder maravilloso. En lo más profundo de mi ser estaba casi convencido de que solo por un misterioso desdén o descuido todavía no se había decidido a ejercer su voluntad heroica abatiendo las puertas del presidio para liberar a los encarcelados. Me costaba imaginar que su poder conociese algún límite. Si hubiese creído en los milagros, lo habría juzgado capaz de obrarlos, pero, como ya he dicho, no creía en ellos ni en las fuerzas ocultas a las que otros confían su destino, como las pastorcitas a las brujas y a las hadas.

Valentonadas inútiles

Está de más decir que mis libros preferidos eran los que con ejemplos reales o fantásticos celebraban mi ideal de grandeza humana, de la que mi padre era para mí la encarnación viva.

Si hubiera sido pintor y hubiese tenido que ilustrar poemas épicos y libros de historia, creo que bajo el ropaje de sus héroes habría pintado mil veces el retrato de mi padre. Y antes de comenzar el trabajo habría tenido que derretir sobre la paleta una buena cantidad de polvo de oro, para colorear de forma fiel la cabellera de esos protagonistas

Del mismo modo que las niñas imaginan rubias a las hadas, las santas y las reinas, yo imaginaba que todos los grandes capitanes y guerreros eran rubios y se parecían a mi padre como si fueran sus hermanos. Si al héroe de un libro que me gustaba se le describía como moreno y de estatura mediana, optaba por pensar que se había deslizado un error. Pero si la descripción estaba documentada y no cabía ninguna duda sobre ella, entonces el héroe me gustaba menos y dejaba de ser mi campeón ideal.

Cada vez que Wilhelm Gerace se marchaba de viaje, no me cabía la menor duda de que se disponía a emprender actos arriesgados y heroicos. Le habría creído a pies juntillas si me hubiese contado que partía a la conquista de los polos o de Persia, como Alejandro de Macedonia; que al otro lado del mar lo aguardaban los valientes que se hallaban a su mando; que era el azote de corsarios y bandidos, o que, al revés, él mismo era un corsario, un bandido famoso. Pero él no pronunciaba ni una sola palabra acerca de su vida fuera de la isla, y mi imaginación se consumía en torno a esa existencia misteriosa y fascinante, en la que, naturalmente, me parecía que no era digno de participar. Respetaba de tal modo su voluntad que no me permitía, ni siquiera de pensamiento, espiarlo o seguirlo a escondidas; tampoco me atrevía a interrogarlo. Quería ganarme su aprecio, incluso su admiración, y esperaba que llegara el día en que me eligiera como compañero de viaje.

Entretanto, cuando estábamos juntos siempre buscaba la oportunidad de mostrarme valiente e intrépido. Cruzaba descalzo, de puntillas, los arrecifes caldeados por el sol; me arrojaba al mar desde las rocas más altas; realizaba extraordinarias acrobacias acuáticas, ejercicios vistosos y turbulentos; mostraba mi dominio de cualquier estilo de natación, como un campeón; nadaba bajo el agua hasta quedarme sin aliento y volvía a la superficie con mi botín submarino: erizos, estrellas de mar, caracolas y conchas. Lo observaba desde la distancia buscando en vano una mirada de admiración, o al menos su atención. Se quedaba sentado en la orilla sin hacerme el menor caso, y cuando yo, desenvuelto, fingiendo no dar importancia a mi hazaña, corría hacia él y me tiraba a su lado en la arena, se ponía de pie con una languidez caprichosa, la mirada distraída y la frente arrugada, como quien escucha una misteriosa invitación susurrada al oído. Estiraba los brazos despacio; tendido de lado, se dejaba llevar por el agua. Y se alejaba nadando lentamente, como si abrazara al mar, como si el mar fuese una esposa.

Noticias sobre Puñal Argelino

Un día creí que por fin había llegado el momento tan esperado de demostrarle mi valor. Nos bañábamos juntos y, nadando en el mar, perdió de manera inexplicable su famoso reloj anfibio, del que estaba muy orgulloso y que llevaba incluso en el agua. La pérdida nos entristeció a ambos. Él observaba el mar con una mueca de rabia y volvía a mirarse la muñeca desnuda. Cuando me ofrecí a ir al buscarlo en el fondo marino, se encogió de hombros. Aun así, me tendió sus gafas de buceo y me alejé temblando de ambición y orgullo. Él se quedó en la orilla.

Exploré todo el fondo del trecho que habíamos recorrido a nado. El agua no es muy profunda en esa zona y está salpicada de bancos de arena y arrecifes. La búsqueda se prolongaba y las rocas altas me ocultaban; cuando salía para respirar, le oía llamarme silbando. Al principio no le contesté, pues me daba vergüenza no poder anunciarle un triunfo, pero luego pensé que tal vez temiera que hubiese desaparecido en el mar como el reloj y, para tranquilizarlo, le respondí con un largo silbido desde lo alto de un peñasco. Me miró en silencio, sin hacer ningún gesto, y al ver aquella figura dorada por el sol del verano, con aquel cerco pálido en la muñeca, me dije: «O regreso con el reloj o me muero».

Volví a ponerme las gafas y retomé la exploración. En ese momento encontrar el reloj ya no representaba tan solo la recuperación de un tesoro, era algo más que una cuestión de honor. La búsqueda había adquirido un extraño sentido ineluctable, su duración se me antojaba inconmensurable y su término, casi el final de mi suerte. Vagaba por aquellos fantásticos fondos multicolores, fuera del reino de los hombres, desechando minuto a minuto la esperanza increíble de brillar como un prodigio a ojos de Él. Eso era nada menos lo que estaba en juego. Y nadie podía ayudarme. No había ángeles ni santos a quienes rezar. El mar era un esplendor indiferente, como Él.

La búsqueda resultó infructuosa. Extenuado, me quité las gafas de buceo y me aferré a un escollo para descansar. La roca me ocultaba la orilla y ocultaba a mi padre la escena de mi derrota. Estaba solo, sin dirección, peor que si me encontrara en un laberinto.

Agarrado al peñasco, me balanceaba tristemente en el agua cuando entreví un destello metálico. Apoyándome sobre las manos salté al escollo y encontré el reloj perdido, que brillaba en un hueco seco de la piedra. Estaba intacto, y al acercármelo al oído oí su tictac.

Con el reloj en la mano y las gafas colgando del cuello, en pocos segundos llegué a la playa. Los ojos de mi padre se iluminaron al verme llegar victorioso. «¡Lo has encontrado!», exclamó, casi incrédulo. Con un gesto posesivo y de afirmación de un derecho, me lo quitó de las manos, como si se tratara de un botín que yo hubiese pretendido disputarle. Se lo acercó al oído y luego lo miró con satisfacción.

—Estaba allá, en aquella roca —grité, aún jadeante. Estaba fuera de mí, habría querido saltar y bailar, pero me contenía porque no deseaba demostrar que daba demasiada importancia a mi proeza.

Mi padre miró el reloj con el ceño fruncido, pensativo.

—¡Ah! —dijo al cabo de un instante—. Ahora me acuerdo. Me lo quité cuando buscábamos moluscos y crustáceos para arrancar las lapas adheridas a la punta del peñasco. Entonces me llamaste para enseñarme el erizo que habías atrapado y se me olvidó. Si no hubieras fanfarroneado tanto con tu erizo de mar, no me habría olvidado. ¡Perdido! —añadió con tono sarcástico, alzando los hombros—. Ya sabía yo que no podía perderlo. Tiene un cierre segurísimo, garantizado. —Y con gran complacencia se lo ciñó a la muñeca.

La suerte se había burlado de mí: mi acto perdía casi todo su valor. Con la desilusión, que me subió igual que la fiebre, me temblaron los músculos de la cara y me ardieron los ojos. «Llorar sería una deshonra», pensé, y para defenderme con violencia de mi debilidad me arranqué con rabia del cuello las gafas, que no habían servido para nada, y se las entregué furioso a mi padre.

Las cogió lanzándome una mirada arrogante, como si dijera: «Ojo, mocoso», y yo, incapaz de mirarlo tras el desaire que le había hecho, quise marcharme. Entonces, como quien juega, me detuvo apoyando con fuerza el pie descalzo sobre el mío, también desnudo, y vi que inclinaba el rostro hacia mí sonriendo con una expresión fabulosa que, por un instante, hizo que se pareciera a una cabra. Me puso bajo los ojos la muñeca con el reloj, y con voz áspera me dijo:

—¿Conoces la marca de este reloj? Léela, está escrita en la esfera.

En la esfera, escrita con letras casi imperceptibles, leí la palabra AMICUS.

—Es una palabra latina —me explicó—. ¿Sabes qué quiere decir?

—¡Amigo! —respondí, bastante satisfecho de mi rapidez.

—¡Amigo! —repitió—. Este reloj, con este nombre, tiene un significado de gran importancia. Una importancia de vida o muerte. Adivina.

Sonreí al creer por un momento que con el símbolo del reloj quería proclamar nuestra amistad en la vida y en la muerte.

—¡No lo adivinas! —exclamó con una leve mueca de desprecio—. ¿Quieres saberlo? Verás, este reloj es un regalo de un amigo mío, el amigo más querido que tengo. ¿Has oído alguna vez decir: «dos cuerpos y una sola alma»? Hace unos años, en Nochevieja, estaba en un lugar donde no conocía a nadie. Solo, sin dinero y con el frío que hacía, tuve que pasar la noche bajo un puente. Aquel día mi amigo estaba en otra ciudad. Hacía tiempo que no tenía noticias mías, de modo que ignoraba dónde y en qué situación me encontraba. Como era fin de año, durante toda la tarde se había preguntado: «¿Dónde estará? ¿Con quién celebrará esta noche?». Se acostó temprano, pero cerca de medianoche se despertó tiritando, con un frío que no acertaba a explicarse. No tenía fiebre, estaba en una habitación caldeada, en una cama con buenas mantas, y aun así siguió temblando toda la noche, incapaz de entrar en calor, como si estuviera al aire libre, sin ningún abrigo.

»Otra vez, bromeando con él, me caí y me hice daño en la rodilla con unos vidrios. Entonces él, con un puñal argelino que le había regalado, se hizo una herida en la rodilla, en el mismo lugar que la tenía yo.

»Cuando me regaló el reloj me dijo: "En este reloj encerré mi corazón. Ten, te doy mi corazón. Dondequiera que estés, cerca o lejos de mí, el día en que este reloj deje de latir, también habrá dejado de latir mi corazón".

Era algo extraordinario que mi padre hablase tanto conmigo y con semejante confianza. Aun así, no me dijo el nombre de su amigo, y de pronto me vino a la mente un nombre: ¡Romeo! Sí, Romeo Boote, el único amigo de mi padre del que tenía noticia. Sin embargo, había muerto, de modo que no podía ser el amigo al que se refería. Entonces lo llamé Puñal Argelino. Vivía en aquellos espléndidos países a los que siempre regresaba mi padre; era el primero de los satélites que en aquella región austral seguían la luz de Wilhelm Gerace. ¡El favorito! Lo imaginé abandonado en unas magníficas salas de tragedia, quizá en los Grandes Urales, solo, esperando a mi padre, con el rostro hechizado, semítico, la rodilla ensangrentada y un vacío en el lugar del corazón.

La partida

Ese mismo día mi padre debía partir. Como de costumbre, Immacolatella y yo observábamos cómo metía en la maleta, sin orden ni concierto, las camisas sin botones, la chaqueta gruesa, el jersey, etcétera. Cada vez que se marchaba, se llevaba toda su ropa, pues nunca se sabía cuánto tiempo pasaría fuera: unas veces regresaba al cabo de dos o tres días; otras su ausencia se prolongaba durante meses, hasta el invierno, o más incluso.

Siempre se ocupaba de los preparativos del viaje en el último minuto, con una precipitación mecánica en los movimientos pero con gesto distraído, como si su mente ya hubiese abandonado la isla. Cuando cerró la maleta, sentí de pronto que el corazón se me estremecía con una resolución inesperada y le pregunté:

—¿No podría irme contigo?

No había planeado pedirle tal cosa y enseguida advertí que ni siquiera tenía en cuenta mi petición. Se le ensombreció un poco la mirada y sus labios dibujaron un gesto casi imperceptible, como si pensara en algún otro asunto.

—¿Conmigo? —dijo mirándome de arriba abajo—. ¿Para qué? Eres un niño. Espera a crecer para venir conmigo.

Rápidamente rodeó con una cuerda la maleta —que era de lo más normal y estaba medio destrozada— y la aseguró con un nudo marinero fuerte y diestro. Luego Immacolatella y yo lo acompañamos a la planta baja. Dejaba la Casa dei Guaglioni con paso veloz, la maleta agarrada por un extremo de la cuerda, las mejillas encendidas y los ojos llenos de impaciencia, convertido ya en un ser fabuloso e inalcanzable, como un gaucho que atravesara la pampa argentina con un toro atrapado con el lazo; como un capitán de los ejércitos griegos arrastrando con el carro, por los campos de Troya, los restos de un troyano vencido; como un domador de caballos de la estepa que corriera al lado del potro, dispuesto a saltar sobre su grupa a la carrera. ¡Y pensar que todavía llevaba en la piel la sal del mar de Prócida, donde se había bañado conmigo esa misma mañana!

Una vez en la calle, esperaba el coche que debía llevarnos al puerto. Yo me sentaba a su lado en el asiento de damasco rojo y, como siempre, Immacolatella, contentísima, nos seguía para competir con el caballo. Ya en los primeros metros nos adelantaba y nos sacaba una gran ventaja, y luego volvía corriendo desde el final de la calle con las orejas al viento y ladrando como si quisiera saludarnos y provocar al caballo. Este seguía con su trote de siempre, sin tomarla muy en serio, considerándola sin duda una exaltada.

Sin decir nada, mi padre miraba el reloj una y otra vez; después miraba la espalda del cochero y al caballo con una impaciencia feroz, como para incitar al primero a usar la fusta con más fuerza y al segundo a correr. Mientras tanto mi fantasía se alzaba como una llamarada hacia esa otra partida que se me había prometido. Cuando llegara aquel día, me sentaría otra vez junto a mi padre en el coche, pero no para acompañarlo hasta el puerto y decirle adiós desde el muelle mientras él se alejaba en el vapor, ¡no!, sino para embarcar y marcharme con él. Iríamos a Venecia o a Palermo, quizá a Escocia, o a la desembocadura del Nilo, o al Colorado, a reunirnos con Puñal Argelino y nuestros otros compañeros, que estarían esperándonos.

«Espera a crecer para venir conmigo.» Sentí rebeldía contra el carácter inamovible de la vida, que me condenaba a recorrer una infinita Siberia de días y noches antes de que se me permitiera librarme de la amargura de ser un niño. En aquel momento, mi impaciencia era tal que me hubiera sumido gustoso en un largo letargo para atravesar sin darme cuenta los años de la infancia y la juventud y encontrarme de repente convertido en un hombre, igual que mi padre. ¡Igual que mi padre! Lástima —pensé mirándolo— que, aunque llegue a ser un hombre como él, jamás seré igual que él. Nunca tendré el pelo rubio ni los ojos color azul violáceo, ni seré tan apuesto.

El vapor de Ischia que iba a llevarlo a Nápoles todavía no había entrado en el puerto. Debíamos esperar varios minutos. Nos sentamos sobre la maleta, e Immacolatella, cansada de las carreras, se echó a nuestros pies. Parecía convencida de que aquella parada en el muelle representaba el final de nuestro viaje y de que, una vez establecidos en nuestro destino, podíamos descansar los tres, sin que tuviéramos que separarnos nunca más.

Sin embargo, cuando el barco tendió la pasarela y mi padre y yo nos pusimos en pie, también ella se levantó en el acto, moviendo la cola, sin mostrar el menor asombro. Al alejarse mi padre en el vapor, que se apartaba del muelle, Immacolatella ladró con fuerza, como si acusara a la embarcación, pero sin hacer un drama. No le dolía demasiado la marcha de mi padre, ya que me consideraba a mí su amo. Si hubiese partido yo, sin duda se habría arrojado al agua con la intención de alcanzar a nado el buque y habría vuelto desesperada a tierra para quedarse en el muelle llamándome y llorando hasta morir.

Immacolatella

En cuanto abandonaba Prócida, mi padre se convertía en una leyenda. El período que habíamos pasado juntos, todavía casi presente, deslumbrador, aún parpadeaba un poco, indeciso, ante mí y ejercía una fascinación amarga con su belleza espectral. Luego, igual que el buque fantasma, se disipaba con una rapidez vertiginosa girando sobre sí mismo. Tan solo quedaban una especie de niebla centelleante y el eco de palabras fragmentarias, llenas de arrogancia viril y de mofa. Me parecía que todo había sucedido fuera del tiempo y de la historia de Prócida, que ni siquiera era algo perdido, sino inexistente. Las huellas de su paso por la casa —el hueco dejado por su cabeza en la almohada, un peine desdentado, un paquete de cigarrillos vacío— se me antojaban rastros milagrosos. Igual que el príncipe al encontrar el zapatito de oro de Cenicienta, me repetía: «¡Entonces, existe!».

Cada vez que mi padre partía, Immacolatella daba vueltas a mi alrededor, preocupada por mi desgana, invitándome a jugar y a olvidar el pasado. ¡Cuántas tonterías hacía la locuela! Saltaba en el aire y se lanzaba al suelo como una bailarina. Se transformaba en un bufón; yo era el rey. Al ver que no me interesaba por ella se acercaba impaciente y, mirándome con sus ojos castaños, parecía preguntarme: «¿Qué estás pensando? ¿Se puede saber qué te pasa?». Se comportaba como las mujeres que, cuando ven a un hombre serio, creen que está enfermo; o se ponen celosas porque los pensamientos graves de él les parecen una traición a su frivolidad.

Y, como si ella fuese una mujer, la apartaba diciendo: «Déjame un rato en paz. Tengo que reflexionar sobre unos asuntos que tú no comprendes. Ve a jugar por tu cuenta; luego nos vemos». Pero era obstinada y no había modo de convencerla. Y al final, viendo sus ojos enfurecidos, volvía a tener ganas de jugar y de divertirme con ella. Immacolatella habría podido jactarse de su victoria, pero tenía un corazón alegre, carente de vanidad. Acogía maravillada su triunfo y se lanzaba a una galopada final pensando que mi seriedad de antes era fingida, como una figura del baile de la tarantela.

Alguien dirá: ¡Mira que hablar tanto de una perra! Pero de niño no tuve más compañía que la suya y es innegable que era extraordinaria. Para conversar conmigo inventó una especie de lenguaje mudo: con la cola, los ojos, las posturas y los distintos matices de la voz sabía comunicarme sus pensamientos, y yo la entendía. A pesar de ser una hembra, amaba la audacia y la aventura. Nadaba conmigo, y en la barca hacía de timonel y ladraba al divisar algún obstáculo. Me seguía en los paseos por la isla y todos los días, al volver conmigo por veredas y campos recorridos mil veces, se entusiasmaba como si fuéramos dos pioneros en tierras inexploradas. Cuando atravesábamos el pequeño estrecho y desembarcábamos en el desierto islote de Vivara, situado a pocos metros de Prócida, los conejos huían creyendo quizá que yo era un cazador llegado con su perro de caza. Ella los perseguía un rato, por el puro placer de correr, y regresaba a donde yo estaba, contenta de ser una pastora.

Tenía muchos enamorados, pero hasta los ocho años no se quedó preñada.

¿Nieto de una bruja?

Puede decirse que en toda mi niñez no conocí más ser femenino que Immacolatella. En mi famoso Código de las Certezas Absolutas no figuraba ninguna ley acerca de las mujeres y el amor, pues a ese respecto no podía tener ninguna, salvo el cariño materno. El mejor amigo de mi padre, Romeo Boote, las odiaba. ¿Habría rechazado también a mi madre, como mujer? Esa pregunta era un motivo de desconfianza entre la sombra del Amalfitano y yo. Y seguía sin tener respuesta, porque mi padre no me contaba nada del Amalfitano ni de las mujeres, y su sonrisa cada vez que se mencionaba el terror que estas sentían por la Casa dei Guaglioni, lejos de explicar nada, aumentaba el enigma.

Creo que durante todo ese tiempo solo nombró a mi madre un par de veces, pero de pasada y por casualidad. Recuerdo que al pronunciar aquel nombre su voz parecía recogerse un instante, volverse casi tierna, y después seguía hablando con un apresuramiento hosco y agrio. En tales ocasiones parecía un gato exótico, noctámbulo e insolente, que se detiene un momento a mirar y rozar con su pata aterciopelada la piel fría de una gata exánime.

Yo deseaba con fervor que me contara algo de mi querida madre, pero respetaba su silencio, pues comprendía que debía de resultarle muy amargo recordar la muerte de su esposa.

Sobre otra difunta guardaba asimismo silencio. Me refiero a mi abuela alemana. Sin embargo, contra ella debía de albergar algún reproche terrible; o al menos eso deduje de un breve episodio que nos sucedió.

Un día que estaba en su habitación revolviendo algunos libros del armario mientras él, a unos pasos, fumaba distraído, encontré una fotografía que nunca había visto: mostraba a un grupo de muchachas de más o menos la misma edad, entre las cuales una aparecía señalada con una crucecita a tinta. Como es lógico, mi mirada se detuvo en ella con mayor interés, y durante el breve minuto en que la contemplé me pareció una muchachona bastante corriente. Vestía blusa y falda y llevaba el cabello recogido con una cinta. Se advertía un busto opulento bajo la blusa blanca, cerrada hasta la garganta, pero las restantes formas del cuerpo y las líneas del rostro eran demasiado grandes, recias y marcadas para que pudiese ser guapa. No obstante, su pose romántica delataba una necesidad casi patética de sentirse débil y hermosa.

Al pie de la foto había unas palabras escritas en alemán. Además, en la mirada y en la boca de la joven se reconocía, pese a su mediocre belleza, un vago parecido que enseguida me llevó a intuir quién era. Espoleado por una curiosidad natural, quise buscar en mi padre la confirmación a mi sospecha. Corrí a mostrársela y le pregunté si la mujer rubia era mi abuela alemana.

Saliendo de sus distraídos pensamientos, dirigió una mirada rápida y hosca al retrato que yo le tendía triunfante, y con brusquedad me lo quitó de las manos.

—¿Qué reliquias estás revolviendo? —me dijo—. Es tu abuela, sí, mi madre —admitió a continuación con tono áspero, subrayando «mi madre» con una mueca, casi grosera, de ostensible rechazo. Y agregó por lo bajo, entre dientes—: Difunta, por suerte.

No pronunció ni una palabra más, pero se acercó a la cómoda y arrojó la fotografía en el último cajón, que cerró brutalmente con el pie. En ese momento su rostro, alterado por el desagrado, como el de un torvo verdugo, parecía decir: «Quédate ahí, mujer nefasta, pérfida e insoportable. Y que no vuelva a verte más».

Eso fue todo, pero bastó para que en mí naciera la sospecha de que mi abuela paterna había sido en vida una verdadera bruja, o algo por el estilo. Más tarde quise echar un vistazo en el cajón, pero la fotografía había desaparecido. Mi padre debió de guardarla en un escondrijo todavía más oscuro.

En conclusión: con respecto a las mujeres, la ciencia de mi padre no disipaba en lo más mínimo mi ignorancia.

Mujeres

Con excepción de la maternidad de mi madre, nada me parecía importante del enigmático mundo de las mujeres, y no me interesaba mucho averiguar sus misterios. Todos los grandes actos que me fascinaban en los libros eran obra de hombres, no de mujeres. La aventura, la guerra y la gloria eran privilegios viriles. Las mujeres, por su parte, encarnaban el amor, y en los libros aparecían personajes femeninos magníficos y admirables. Pero yo sospechaba que tanto esas mujeres como el maravilloso sentimiento amoroso eran invenciones literarias y no realidades. El héroe perfecto existía de verdad, y así lo probaba la existencia de mi padre; en cambio, mujeres maravillosas, soberanas en el amor, como las de los libros, no conocía ninguna. Quizá el amor y la pasión, ese fuego del que tanto se hablaba, fuesen quimeras fantásticas.

Porque, si bien lo ignoraba todo sobre las mujeres de carne y hueso, me bastaba con entreverlas para concluir que no tenían nada en común con las de los libros. A mi modo de ver, las reales carecían de esplendor y magnificencia. Eran seres pequeños, jamás alcanzarían la talla de un hombre, y se pasaban la vida encerradas en habitaciones y salitas; de ahí su palidez. Envueltas en los delantales, las faldas y las enaguas con que debían ocultar su misterioso cuerpo, me parecían figuras torpes y casi informes. Siempre atareadas, huidizas, se avergonzaban de sí mismas, quizá porque eran demasiado feas, y caminaban como animales mustios, sin elegancia ni desenvoltura, a diferencia de los hombres. Con frecuencia se reunían en corro y conversaban con gestos apasionados, lanzando miradas alrededor por temor a que alguien oyese sus secretos. Debían de tener muchos, quién sabe de qué tipo. Pero todos serían pueriles. No podía interesarles ninguna certeza absoluta.

Todas tenían los ojos del mismo color: negros. Y el pelo oscuro, basto y alborotado. Por lo que a mí respectaba, podían mantenerse tan alejadas como quisieran de la Casa dei Guaglioni. Jamás me enamoraría de ninguna y no pensaba casarme.

Muy de vez en cuando pasaba por la isla alguna que otra forastera. Bajaba a la playa y, sin respeto ni vergüenza, se desvestía para bañarse como si fuese un hombre. Al igual que el resto de los procitanos, yo no sentía la menor curiosidad por los bañistas de fuera. Mi padre parecía considerarlos personas ridículas y odiosas, y ambos evitábamos los lugares que frecuentaban. Con mucho gusto los hubiéramos echado. No nos gustaba que invadiesen nuestras playas. A esa clase de mujeres nadie las miraba. Para los procitanos, e incluso para mí, no eran mujeres, sino una especie de animales locos caídos de la luna. Ni siquiera me pasaba por la cabeza que sus maneras desvergonzadas pudiesen tener algún atractivo.

Creo que he expresado casi todas las ideas que sobre las mujeres tenía entonces.

Cuando en Prócida nacía una niña, la familia no se alegraba. Y yo pensaba en el destino de las mujeres. De pequeñas no parecían más feas que los hombres, ni muy diferentes, pero no podían acariciar la esperanza de transformarse en un héroe hermoso y valiente. Solo podían aspirar a convertirse en la mujer de uno de ellos: servirlo, adoptar su nombre, ser su propiedad indivisible, respetada por todos, y tener un hermoso hijo parecido al padre.

Mi madre no tuvo esa satisfacción: apenas le dio tiempo a ver a ese hijo moreno y de ojos oscuros, opuesto a su marido, Wilhelm. Y si ese hijo, aunque moreno, estaba destinado a convertirse en un héroe, ella tampoco lo supo, pues murió.

La tienda oriental

En la instantánea —la única imagen que conozco de ella—, mi madre no parece más hermosa que las otras mujeres. Pero de pequeño, ante ese retrato que contemplaba y admiraba, nunca me pregunté si había sido fea o bonita, ni se me ocurrió compararla con las demás. Era mi madre, y es imposible expresar cuántas cosas maravillosas significaba para mí en aquel tiempo la pérdida del cariño maternal.

Había muerto por mi culpa; era como si yo la hubiese matado. Fui la fuerza y la violencia de su destino; pero su consuelo curaba mi crueldad. Esa era la primera gracia que nos unía; mi remordimiento se confundía con su perdón.

Al recordar su retrato me doy cuenta de que apenas era una muchachita. No ha cumplido aún los dieciocho. Tiene una actitud seria y retraída, como una adulta, pero el rostro curioso de una niña; y las formas de la pubertad todavía se advierten en la figura deformada y mal envuelta en ropas de embarazada.

Sin embargo, por aquel entonces, en su retrato yo solo veía a una madre; no podía ver una criatura infantil. Ahora que lo pienso, la edad que le atribuía era, quizá, madura; una madurez casi como la de la arena o la del verano sobre el mar. Tal vez la considerara incluso eterna, virginal, gentil e inmutable como una estrella. Era una persona inventada por mi añoranza, y por lo tanto reunía toda la gentileza deseable y las voces y expresiones más diversas. Pero sobre todo, debido a la nostalgia incontrolable que por ella sentía, me evocaba fidelidad, confianza, conversación; en definitiva, todo aquello que, según mi experiencia, los padres no eran.

La madre era alguien que hubiese esperado en casa mi regreso pensando en mí día y noche. Habría aprobado cada una de mis palabras, habría elogiado todas mis empresas y habría alabado la gran belleza de la tez morena, del pelo negro, de la estatura mediana y hasta un poco pequeña.

¡Ay del que osara hablar mal de mí en su presencia! A su juicio yo sería, sin discusión, la persona más importante del mundo. Para ella el nombre de Arturo sería un estandarte de oro. Bastaría con pronunciarlo para que todos supieran que se hablaba de mí. Los otros Arturos del mundo serían imitaciones, personajes secundarios.

Hasta las gallinas y las gatas dan a su voz delicadas modulaciones especiales para llamar a sus hijos. Es fácil imaginar el sonido delicioso de la de mi madre al llamar a su Arturo. Y, desde luego, hubiese acompañado el nombre con mil lisonjas femeninas que yo, por elegancia, habría rechazado, como Julio César rechazó la corona. En efecto, es noble mostrar desdén hacia las adulaciones y los mimos; pero, como uno no puede mimarse a sí mismo, la madre resulta muy necesaria en la vida.

Vivía privado no solo de halagos, sino también de besos y caricias, lo que, para mi orgullo, era un honor. Pero en ocasiones, sobre todo al atardecer, cuando me encontraba solo entre las paredes de una habitación y comenzaba a extrañar a mi madre, «madre» significaba para mí «caricias». Suspiraba por su cuerpo, grande y santo; por sus manos de seda; por su aliento. En las noches de invierno, mi cama era fría como el hielo; para calentarme abrazaba a Immacolatella, y así me quedaba dormido.

Puesto que no creía en Dios ni en la religión, tampoco creía en la vida futura ni en el espíritu de los muertos. Si escuchaba a la razón, sabía que cuanto quedaba de mi madre se hallaba bajo tierra, en el cementerio de Prócida. Pero la razón retrocedía ante ella, y sin darme cuenta sí creía en un paraíso para mi madre. ¿Qué otra cosa era, si no, esa especie de tienda oriental levantada entre el cielo y la tierra y llevada por el aire donde moraba sola, entregada al ocio y la contemplación, con los ojos dirigidos hacia el cielo, como transfigurada? Cada vez que recurría a mi madre, en mis pensamientos se me aparecía allí. Luego llegó el día en que dejé de buscarla y desapareció. Alguien desmontó la suntuosa tienda oriental y se la llevó.

Desde muy niño, siendo un sentimental, en lugar de rezar como los demás, me dirigía a ella. Mi madre vagaba en todo momento sobre la isla y estaba tan presente, suspendida en el aire, que a veces creía conversar con ella, como se conversa con una muchacha asomada a un balcón. Era uno de los hechizos de la isla. Nunca visité su tumba, porque siempre he odiado los cementerios y todos los símbolos de la muerte; no obstante, uno de los encantamientos que me encadenaban a Prócida era aquella pequeña sepultura. Puesto que mi madre estaba enterrada en aquel lugar, casi me parecía que su fantástica persona se hallaba prisionera allí, en el aire celeste de la isla, como un canario en una jaula de oro. Quizá por eso cuando, navegando en mi barca, me alejaba un poco de la costa, enseguida me invadía una amargura nacida de la soledad que me obligaba a volver. Era ella, que me llamaba como las sirenas.

Esperas y regresos

Pero en realidad había otra razón aún más fuerte por la que, cuando me alejaba de la costa, no tardaba en volver la proa hacia Prócida: la idea de que mi padre regresara durante mi ausencia. Me parecía insoportable no estar en la isla cuando volviese, y por eso, a pesar de ser tan libre y de amar las grandes aventuras, nunca salí del mar de Prócida en dirección a otras tierras. A menudo me sentía tentado de huir en la barca en su busca, pero luego comprendía que la esperanza de encontrarlo entre tantas islas y continentes era absurda. Si dejaba Prócida corría el riesgo de perderlo para siempre, porque Prócida era el único lugar adonde, antes o después, volvería. No era posible adivinar el día de su regreso. Unas veces reaparecía pocas horas después de haber partido, y otras no lo veíamos durante meses. Todos los días, con la llegada del vapor, o al anochecer, cuando volvía a la Casa dei Guaglioni, tenía la esperanza de verlo. Esa esperanza era otro de los hechizos de Prócida.

Una mañana, viajando en *La Torpedera de las Antillas,* Immacolatella y yo decidimos llegar hasta Ischia. Remé durante casi una hora, pero al darme la vuelta y ver que Prócida se alejaba sentí una nostalgia tan amarga que no pude soportarla. Volví la proa y regresamos.

Mi padre jamás escribía cartas, no nos hacía llegar noticias suyas, ni siquiera mandaba saludos. Para mí era algo fabuloso que existiese y que los instantes que yo vivía en Prócida él los viviera en quién sabía qué paisajes, qué habitaciones, entre compañeros extranjeros que yo imaginaba magníficos y felices por el mero hecho de estar con él (no dudaba que el asiduo con mi padre constituía el título nobiliario más codiciado por las sociedades humanas).

En cuanto pensaba: «En este mismo momento él...», sentía un gran desgarro en mi interior, como si en la mente se hubiese quebrado una barrera, y entonces surgían maravillosas visiones novelescas. En esas imágenes de mi fantasía, mi padre casi nunca estaba solo; lo rodeaban sus secuaces; y junto a él, siempre a su lado como una sombra, se encontraba el elegido de aquellos aristócratas: Puñal Argelino. Blandiendo una pistola con gesto desafiante, mi padre salta sobre la proa de un inmenso buque de guerra y Puñal Argelino, exhausto, quizá herido de muerte, se arrastra tras él para entregarle los últimos cartuchos. Mi padre avanza por la selva intrincada junto a Puñal Argelino, que, armado con un cuchillo, lo ayuda a abrir un camino entre las lianas. Mi padre, en su tienda de guerra, reposa tendido en un catre de campaña, y a sus pies, acurrucado en el suelo, Puñal Argelino toca una canción española con la guitarra...

«Espera a crecer para venir conmigo.»

En mis días de soledad, a veces los sentidos me engañaban haciéndome creer que mi padre había regresado. Mirando el mar un día de tormenta, entre el estruendo del oleaje me parecía oír su voz llamándome. De inmediato me volvía hacia la playa: estaba vacía. Una tarde, al acercarme al puerto tras la llegada del vapor, divisé a lo lejos a un hombre rubio sentado en el café de la plaza. Eché a correr hacia allí convencido de que mi padre, recién desembarcado, se había detenido a tomar un vaso de vino de Ischia, y me encontré ante un forastero moreno que llevaba puesto un sombrerito de paja... Cenando en la cocina veía que de repente Immacolatella aguzaba el oído y a continuación se precipitaba hacia la ventana. Corría tras ella con la esperanza de verlo en la calle, llegado por sorpresa, y atisbaba un gato que, tras asomarse a mirar nuestra comida, saltaba de la reja y huía.

Immacolatella y yo presenciábamos a diario casi todas las llegadas del vapor de Nápoles. Los pasajeros que desembarcaban eran casi siempre personas conocidas, la mayoría de ellos, procitanos que habían partido por la mañana y regresaban al atardecer: el agente de transporte, la mujer del sastre, la comadrona, el dueño del hotel Savoia. A veces, tras los pasajeros corrientes descendían los presos destinados al presidio. Vestidos de civil pero esposados, y conducidos por guardias, subían de inmediato al furgón de la policía, que los llevaba al castillo. Durante su breve trayecto a pie yo evitaba mirarlos; no por desprecio, sino por respeto.

Entretanto los marinos retiraban la pasarela y el vapor zarpaba hacia Ischia: una vez más, el hombre rubio al que yo esperaba no había llegado.

Pero al final llegaba, aunque precisamente el día en que, por un motivo u otro, yo no estaba en el muelle en el momento en que atracaba el barco. Al volver a casa me encontraba con lo que siempre se me antojaba una quimera: mi padre, sentado en la cama, fumaba un cigarrillo, con la maleta sin abrir a sus pies.

«Hola. ¿Ya estás aquí?», decía al verme.

En ese instante Immacolatella, que se había entretenido en la calle, entraba en la habitación como una flecha y mi padre se enzarzaba con ella en la lucha de siempre, exagerada como de costumbre por las muestras de alegría de la perra. Entonces intervenía yo. «¡Fuera! ¡Basta!», gritaba. Aquel entusiasmo me parecía muy poco juicioso. ¿Qué se creía? ¡Quién sabe cuántos perros mucho mejores que ella había visto mi padre durante su ausencia! Por otra parte, en mi opinión aquel gran recibimiento que le dispensaba no era más que un pretexto para armar ruido. En realidad le traía bastante sin cuidado que hubiese regresado: Immacolatella me consideraba a mí su amo.

Cuando se calmaba, mi padre, fumando el cigarrillo, preguntaba: «¿Alguna novedad?».

Pero no prestaba mucha atención a las novedades que le contaba. Me interrumpía para preguntarme: «¿La barca está bien?»; o escuchaba la hora que daba el campanario y, tras compararla con la de su reloj, protestaba: «¿Cómo? ¿Las seis menos cuarto? Qué va, ya son casi las seis. Ese reloj está loco». Después, seguido por nosotros dos, recorría taciturno y agresivo la Casa dei Guaglioni abriendo de par en par puertas y ventanas, para retomar su dominio. Y en ese momento la Casa dei Guaglioni parecía un inmenso navío al que un viento oceánico impulsara hacia rutas maravillosas.

Por fin mi capitán volvía a su habitación y se tumbaba de espaldas sobre la cama, con expresión distraída y descontenta; ¿quizá pensaba ya en volver a partir? Miraba el cielo a través de la ventana y decía: «Luna nueva». Y era como si dijese: «¡Siempre la misma luna. La acostumbrada luna de Prócida!».

Más noticias sobre el Amalfitano

Observándolo reparaba en que tenía una arruga bajo los párpados, entre las cejas, junto a los labios. Pensaba con envidia: Son señales de la edad. Cuando me salgan arrugas, querrá decir que ya soy mayor, y entonces podremos estar siempre juntos.

En espera de esa época mitológica, acariciaba para el presente otra esperanza que ni siquiera me atrevía a confesarle a mi padre, pues me parecía demasiado ambiciosa. Hasta que una tarde por fin me decidí y con toda valentía le pregunté: «¿No podrías traer un día a alguno de tus amigos a Prócida?». Dije «alguno de tus amigos», pero pensaba sobre todo en uno (P. A.).

Al principio su única respuesta fue una mirada tan distante que tuve la impresión de que se me helaba hasta el corazón, y me sentí tan ofendido que estuve a punto de irme a mi cuarto a consolarme con la amistad de Immacolatella. Pero entonces vi que sus ojos brillaban y se animaban, como si mirándome hubiese cambiado de idea. Sonrió, y reconocí aquella sonrisa fabulosa que me recordaba la expresión de una cabra y que en otra ocasión había sido el preludio de sus confidencias.

Aunque seguía enfadado, le sonreí. Y arqueando las cejas hizo esta extraordinaria declaración:

—¿Qué amigos? Debes saber que para mí en Prócida hay solo un amigo y no puede haber ningún otro. No quiero ninguno más. Es una prohibición eterna.

Ante semejante declaración, sentí que casi me transfiguraba. ¿Quién era su único amigo en Prócida? ¿Era posible que mi padre se refiriese a mí?

Mirándome con severidad, añadió:

—¡Mira allí! ¿Sabes de quién es ese retrato? —Y señaló la fotografía del Amalfitano que tenía en la habitación.

—De Romeo —murmuré.

—Muy bien, muchachito —exclamó con un tono mordaz de superioridad—. La primera vez que viene a Prócida —comenzó a contar, con una mueca provocada por los recuerdos—, enseguida me di cuenta (por otra parte, ya lo sabía antes de desembarcar) de que para mí era una isla desierta. Acepté llamarme Gerace porque lo mismo da un nombre que otro. Lo dice incluso una de esas poesías que las muchachas escriben en el álbum de pensamientos:

¿Qué importa el nombre? Llama a la rosa
con otro nombre: ¿será menos dulce su aroma?

»Para mí, Gerace significaba: futuro propietario de una hacienda y sus rentas. Por eso me adorné con este apellido procitano. Pero en este cráter desierto solo he tenido un amigo: ¡él! Y si Prócida es ahora mi tierra, no fue por los Gerace, sino por él.

»Recuerdo que cuando llegué (y todos me miraban mal, como si fuese un animal exótico) los únicos que me trataron con la consideración que merecía fueron sus perros. Eran ocho, todos bravos; atacaban a cualquiera que se les acercara. En cambio, cuando subí aquí para verlos de cerca (los había divisado desde abajo y me interesaron, pues eran de razas distintas y hermosísimos), me rodearon los ocho y me hicieron fiestas, como si yo fuese ya el dueño de la casa y me reconocieran. Aquel día comenzó mi amistad con él, de la que tanto se ha hablado. Y a partir de ese momento puede decirse que no pasó un día sin que viniera aquí. A decir verdad, venía para jugar con los perros más que por él, porque, por muy ingenioso que intentara ser, no me resultaba muy divertido escuchar la charla de un viejo, que además era ciego. Pero, aunque prefería la compañía de los perros a la suya, él estaba contento: ¡lo importante era que yo viniera!

»De vez en cuando me decía: "Siempre he tenido suerte, y ahora, antes de morir, me llega la mayor suerte que pueda conocer. La única razón por la que lamentaba no haberme casado era no tener un hijo al que querer como a mí mismo. Y ahora he encontrado a mi ángel, a mi hijo. Eres tú".

»Aseguraba que la noche antes de conocerme había tenido un sueño tras otro, todos proféticos. Por ejemplo, soñó que retrocedía a la época en que había sido agente de transporte. Un día llegaba a sus manos, sin que supiera de dónde, una cajita de madera aromática que contenía magníficas piedras de colores y especias orientales que olían tan bien como un jardín. Después soñó que, siendo todavía un hombre sano y fuerte, iba a cazar a Vivara y sus perros sacaban de la madriguera, pero sin hacerles daño, a toda una familia de liebres. Uno de los lebratillos era hermoso como un ángel; en el pelaje, que era negro, tenía un mechón dorado. Después soñó que en su habitación crecía un naranjo amargo, encantado, plateado por la luna. Y soñó muchas otras cosas de ese estilo.

»Yo me reía oyéndole contar esas historias porque sabía que eran fanfarronadas. Pretendía hacerme creer que desde que estaba ciego tenía sueños fantásticos, más vívidos que la realidad, y que por eso dormir era una verdadera fiesta, una aventura novelesca, en fin, una segunda vida. Pero yo, que lo tenía calado, reconocía de inmediato la marca de fábrica de sus jactancias. Me daba perfecta cuenta de que eran invenciones con las que deseaba pavonearse para no quedar mal ante mí con su miserable vejez. La verdad es que había dejado atrás los años en que el sueño proporciona consuelo. Como les sucede a los ancianos que se acercan al final de la existencia, sufría insomnio y tenía manías estúpidas, caprichos, obsesiones que lo desazonaban día y noche. Todo eso se sabía en Prócida, pero él no quería confesármelo, en primer lugar por vanidad, y también porque adivinaba que, si se lamentaba ante mí de sus males, yo no tardaría en dejar de acudir. Yo soy así, no tengo vocación de hermana de la caridad. Mi madre me lo repetía cada dos por tres: "Tú eres de esos de los que el Evangelio dice que, si un amigo les pide pan, ellos le dan una piedra".

»Pues bien, a pesar de todos esos alardes, su único sueño hermoso era mi amistad; no hacía falta mucho para darse cuenta. En lo tocante a mí, aunque me apeteciera cambiar, en Prócida no había mucho donde elegir en materia de pasatiempos. No tenía ningún otro amigo, ningún lugar adonde ir; además, siempre andaba sin un céntimo en el bolsillo. Tu abuelo, antes de dejarme su herencia, no aflojaba la mosca y yo tampoco le pedía nada. Prefería recurrir al Amalfitano, pero él me daba el dinero de mala gana, y solo un poco, el justo para el paquete de cigarrillos, porque temía que me fuese de la isla si dispusiera de más.

»Así, dando vueltas y más vueltas, todos los días acababa aquí.

»A veces él me decía: "¡Y pensar que he visto tantos paisajes, a tantas personas! Con la gente que conozco podría poblarse un país entero. Y al amigo más querido de toda mi existencia, que eres tú, lo he encontrado ahora que estoy ciego. Para decir que conozco todas las bellezas de la vida me habría bastado con ver a una sola persona: a ti. En cambio, no puedo verte. Ahora, cuando pienso que tengo que morir y dejar la vida y esta bella isla donde he conocido la alegría y la felicidad, me consuelo con una esperanza: hay quienes creen que los muertos son espíritus que lo ven todo; ¿será cierto? Si lo fuera, tras la muerte podría verte. Para mí es un consuelo. ¿Tú qué opinas?". Yo le respondía: "Espera, espera, Amalfi" (así lo llamaba siempre), "y si los muertos de veras ven, te alegrarás de morirte. Verme a mí vale la pena. Es una lástima que la realidad sea otra. ¿Quieres saber qué diferencia hay entre un ciego como tú y un muerto?". "¿Qué diferencia hay? Dímelo." "Un ciego como tú todavía tiene los ojos, aunque no tenga la vista, y un muerto no tiene la vista, pero tampoco los ojos. Puedes estar seguro, Amalfi, de que a mí no me has visto ni me verás por los siglos de los siglos."

»Continuamente me pedía que le dijese cómo era yo, que le

describiera mis rasgos, el color de mi tez y de mis ojos, que le dijese si tenía el iris jaspeado o un círculo en torno a las pupilas, etcétera. Para no satisfacer del todo su curiosidad, cada vez le contestaba una cosa, según lo que se me ocurriera. Un día le decía que tenía los ojos inyectados en sangre como un tigre y otro le aseguraba que tenía uno azul y el otro negro. O le contaba que tenía la cicatriz de una cuchillada en la mejilla y contraía los músculos de la cara de tal manera que, cuando se acercaba a tocármela, se encontraba con un tajo profundo y le quedaba la duda de si era verdad.

»Entonces me decía: "Será mejor que no te vea cuando esté muerto. No me esperaría más que una amarga aflicción, ya que tendría que ver cómo haces otros amigos, cómo estás con ellos igual que antes estabas conmigo. ¡Verte con otros amigos, quizá en esta misma isla, donde nuestra amistad está escrita sobre las piedras y hasta en el aire!". Y yo le respondía: "¡Ah!, puedes estar seguro de eso. La compañía de los muertos estará muy bien en el más allá, pero yo estoy vivo, y buscaré a mis compañeros entre los vivos. Desde luego, no pasaré los días cultivando crisantemos sobre la tumba de un difunto". Él no quería que viese lo mucho que le dolían mis palabras, pero palidecía y parecía que de pronto se le demacraba el rostro. Para él, sufrir era mucho peor que para cualquier otro, pues hasta esos últimos años de su vida no había conocido el dolor. En el pasado su existencia había sido tan solo juego y fiesta. No sabía lo que era sufrir a causa de otra persona. ¡Lo aprendió conmigo!

»Lo que más lo angustiaba era el miedo de que un día, por impaciencia, me marchase de Prócida sin previo aviso. En cuanto me retrasaba un poco, sospechaba que me había ido sin decirle nada y que ya estaría lejos de la costa. Pero en los dos años que todavía vivió no me alejé jamás de la isla. Hasta que una noche, mientras yo dormía en casa de tu abuelo, como de costumbre, murió de repente, solo, sin poder siquiera despedirse de mí. El día siguiente fue muy extraño.

»Quise convencerme con todas mis fuerzas de que se trataba tan solo de un desmayo. Arremetí contra el médico, le dije a gritos que era un medicucho de pueblo, un desgraciado, y que por eso decía que no había nada que hacer, cuando su deber era encontrar enseguida un remedio. Algún medicamento, una inyección. ¡Era su deber! ¡Yo se lo ordenaba! En definitiva, pretendía que lo resucitara. Estaba fuera de mí. Cuando el médico se marchó y me quedé solo con el muerto, sufrí un ataque de nervios (era un muchacho todavía) y me puse a llorar. El llanto me enfureció e insulté al difunto, le llamé cobarde, bufón, asqueroso, porque había muerto sin despedirse siquiera. Eso me parecía lo peor de todo, lo más inaceptable; no sé qué importancia singular y funesta daba a esta despedida. Me encolerizaba recordando todas las veces en que, sin tener nada que hacer, por gusto, mal carácter o fanfarronería, había dejado al Amalfitano solo, esperando en balde mi visita durante días enteros. En realidad había hecho muy bien. Es mejor no malacostumbrar a los demás y mandarlos de vez en cuando al infierno, porque, si no, sería el final. Nuestra vida avanzaría pesadamente, como una barcaza con un gran lastre, y correríamos el riesgo de morir ahogados… Pero en aquel momento los nervios me impedían entrar en razón, y todas las horas que había pasado lejos del Amalfitano para que sufriera y por hacerme el difícil me parecían tesoros que había dilapidado sin obtener la menor satisfacción.

(En ese momento mi padre interrumpió su evocación y levantó los ojos hacia el retrato del Amalfitano con expresión cariñosa, como se mira a un amigo, pero de repente lanzó una carcajada teatral, irreverente, como si se burlase del muerto.)

—Me parecía que, en comparación con Romeo el Amalfitano, no había ninguna persona con la que valiera la pena pasar el tiempo. Estaba convencido de que no encontraría a nadie tan maravilloso y fascinante como él, a nadie más hermoso. Sí, para mí era indudable que solo él poseía la gloria de la belleza. Aunque me hubiesen traído a la reina de Saba, al mismo Marte o a la diosa Venus, al lado de Romeo los habría encontrado vulgares, como bellezas de revista de variedades o de tarjeta postal ¿Qué otra persona poseía aquella sonrisa un tanto febril, pícara y delicada, aquella estatura desmesurada y aquellas manos pequeñas que gesticulaban con cada palabra, sobre todo cuando contaba patrañas? Y aquellos ojos que lo adornaban con su gracia más terrible, porque estaban heridos. Tenían una expresión de mirada perdida, sin alma, enloquecida, diferente de las miradas humanas.

»¡Y sus maneras! De hombre indefenso, indeciso y cohibido, porque la ceguera le producía una amarga vergüenza, pero al mismo tiempo eran fastuosas, irremediablemente fastuosas. La gracilidad de los mejores bailarines y de los ángeles no era nada comparada con la suya.

»Hasta el pelo, que le caía en rizos grises detrás de las orejas como una crin, y su estilo provinciano de vestir, con aquellos pantalones estrechos, casi ridículos, me parecían el colmo de la elegancia. Y su gracilidad y elegancia aumentaban mi desesperación en aquellos momentos. ¡Ciego maldito, idiota! Si es que había infierno, deseaba que ya hubiese llegado allí.

»Pensar que su compañía, que hasta el día anterior había sido fiel, un hecho cierto, con el que podía contar, se convertía en un imposible me enfureció hasta el punto de que me arrojé al suelo llorando y mordiendo los barrotes de su cama. Lo llamé: ¡Amalfi! ¡Amalfi!; y me acordé de todos los desprecios que le había hecho. Me arrepentía, pero de pronto casi me dieron ganas de reír al recordar que a veces, mientras me contaba sus sueños con grandes ademanes, yo me alejaba sin hacer ruido para esconderme en un rincón y fingir que me había evaporado como la niebla. Al cabo de un rato él reparaba en mi ausencia y me llamaba desconcertado; me buscaba a tientas por las habitaciones, golpeando las paredes con el bastón. Los perros, azuzados por mis gestos, en lugar de ayudarlo alborotaban a su alrededor, como si les divirtiera ponerlo nervioso. También ellos tendrían remordimientos, y por eso se dejaron morir, si es cierto que tuvieron ese trágico final, como parece.

»Y ahora era él quien no respondía cuando yo lo llamaba. Si se hubiese despertado siquiera una hora, habría oído de mis labios las cosas más maravillosas, todas ellas verdaderas, sin una sombra de mentira. ¡Entonces sí habría tenido razones para pavonearse! Pero ya no oiría ni vería a nadie hasta el fin de la eternidad y yo lo sabía; aun así, quería a toda costa darle una prueba, una prenda, que salvase de la muerte nuestra amistad.

»Entonces, apoyando la palma sobre su manita rígida, cubierta de anillos como la de un sultán, juré que, por muchos amigos que tuviera en el futuro, no tendría ningún otro de Prócida. En esta isla, habitada para mí solamente por nuestra amistad, su recuerdo sería mi único amigo para siempre. Eso juré. Por eso en Prócida, donde los nombres de Wilhelm y Romeo están escritos juntos hasta en las piedras y el aire, no tengo ningún amigo. Si lo tuviera, me mancharía con la traición y el perjurio y condenaría nuestra amistad a la muerte.

Un sueño del Amalfitano

Tras esas solemnes palabras mi padre miró con malicia el retrato del Amalfitano, como diciéndole: «Eh, muerto, ¿estás contento con este homenaje que brindo a tu locura caprichosa?», y suspiró.

Por eso en la isla mi padre tenía siempre al lado a Romeo, como un fiel compañero, del mismo modo que fuera de Prócida tenía a Puñal Argelino. Ambos compartían el cariño y los secretos de mi padre; ambos seguían siendo para mí desconocidos e inalcanzables. Mi niñez era la causa de mi amargo destino, pensaba suspirando. Postergada por la muerte de Romeo y la madurez de Puñal Argelino, quedaba excluida de los reinos encantados de mi padre.

Permanecí un momento en silencio y luego le dije:

—Durante dos años no saliste de Prócida. ¡Ni una sola vez!

—¡Qué época más feliz!, pensé. ¿Por qué no habría nacido yo aún?

—No, nunca —confirmó mi padre—. ¿Qué te parece? Fue un caso único. Pero no fue mérito mío, sino de Amalfi. Era un mago, sabía retenerme en Prócida. Por otra parte, yo pensaba: Es viejo, pronto se morirá, puedo concederle parte de mi tiempo. Además, me resultaba muy cómodo. Y, si no para otra cosa, me sirvió para heredar esta hermosa casa.

Mi padre se rió brutalmente en la cara del Amalfitano, como si quisiera provocarlo. Después, quizá arrepentido, volvió a mirarlo con una sonrisa inerme, casi infantil, y se dejó llevar otra vez por los recuerdos.

—Cuando me nombró heredero de esta casa, me dirigió un discurso de circunstancias muy bello, digno de una novela. "Este palacio", me dijo, "es el objeto más querido que poseo sobre la tierra y por eso te lo dejo. También te dejo una cantidad de dinero que tengo en el Banco de Nápoles y que, sumada a las propiedades de tu padre, te convertirá casi en un señor. Me satisface mucho pensar que podrás vivir sin trabajar, porque el trabajo no es para los hombres, sino para los tontos. Es posible que el esfuerzo nos proporcione placer alguna vez, siempre que no sea un trabajo. Un esfuerzo ocioso puede resultar útil y agradable, pero el trabajo es algo inútil y además sofoca la fantasía. De cualquier modo, si no tuvieras suficiente dinero y te vieras obligado a buscar trabajo, te aconsejo un oficio que favorezca la fantasía, como por ejemplo el de agente de transporte. Pero vivir sin oficio es lo mejor, aunque haya que conformarse con comer solo pan. Bienvenido sea, si no hay que ganárselo.

»"Este palacio que te dejo ha sido para mí el palacio de los cuentos, el paraíso terrenal, y el día que deba abandonarlo me consolará pensar que será tu casa. Me he resignado a otra idea: que no vivirás tú solo aquí, sino con una mujer. Aunque parezca extraño, eres de esos que no saben vivir si no tienen una mujer esperándolos en alguna parte. Y eso está bien, no me opongo a tu destino ni a tus deseos: trae a la mujer a esta casa. Por suerte yo no estaré aquí, pues hasta mi último aliento preferiría exhalarlo frente al verdugo antes que frente a una mujer. Aun siendo ciego, la idea de tener una mujer ante los ojos me estropearía la muerte. Mi muerte no sería siquiera una muerte, sino algo así como reventar. Al prójimo puede perdonársele todo, al menos en la hora de la muerte, pero no la fealdad. Y cualquier fealdad me parece agradable si la comparo con la de las mujeres. ¡Dios mío, qué feas son! ¿Dónde más puede encontrarse una fealdad tan amarga, tan singular? Aunque no las mires ni las veas, solo por saber que están ahí te sientes insultado.

»"Mejor no pensarlo. Dejémoslo. Tú, Wilhelm mío, te casarás, traerás a tu esposa y tendrás una familia. Está escrito. En cuanto a mí, ya te he dicho que no me opondré. Son asuntos tuyos, no me conciernen. Pero tengo una esperanza: que el espacio de la amistad, al menos en esta casa y en esta islita de Prócida, lo reserves solo para mí.

»"Pero basta ya. Así pues, esta es tu casa, a la que volverás siempre, estoy seguro, porque siempre se vuelve a casa. Y para ti esta isla mía es un jardín encantado.

»"Regresarás, sí, pero debo añadir que no te quedarás mucho tiempo. A ese respecto, querido amigo, no quiero hacerme ilusiones. Los que, como tú, tienen dos sangres en las venas nunca encuentran reposo ni contento: cuando están allá quisieran estar acá y apenas regresan sienten deseos de volver a partir. Irás de un lugar a otro, como quien escapa de una prisión o corre en busca de alguien, pero en realidad perseguirás los destinos que se mezclan en tu sangre, porque tu sangre es como un animal mitológico, como un grifo o una sirena. Hallarás compañía de tu agrado entre tanta gente como hay en el mundo, pero te sentirás solo muy a menudo. Los que tienen sangre mixta rara vez se encuentran a gusto estando en compañía: siempre recelan de algo, como el ladrón y el tesoro, que recelan el uno del otro.

»"Y a propósito de esto quiero contarte el sueño que tuve anoche. Soñé que era joven, elegante y gallardo. Me había convertido en un gran visir o en algo por el estilo. Vestía un traje turco de seda de un color muy vistoso, como el de los girasoles, para que te hagas una idea. ¡Pero qué digo girasoles! Mucho más bello todavía. No se me ocurre nada que se le asemeje. Llevaba un turbante con una pluma larga y los pies calzados con babuchas de bailarín, y andaba canturreando por un precioso rincón de Asia donde no se veía ni un alma, en unos prados cubiertos de rosas. Me sentía alegre, lleno de vida, satisfecho, y oía suspirar a mi alrededor. Pero los suspiros me parecían algo muy natural (es lo que tienen de extraño los sueños) y en mi mente me explicaba la razón con toda claridad. Y de esa explicación me acuerdo incluso ahora que estoy despierto, y es de lo más lógica, un verdadero concepto filosófico. Quién sabe por qué siempre tengo sueños tan extraordinarios. Escucha y verás si no es un concepto hermoso.

»"Por lo visto a las almas vivientes pueden sucederles dos cosas: nacer abeja o nacer rosa. ¿Qué hace el enjambre de las abejas con su reina? Va y en cada rosa roba un poco de miel para llevarla a la colmena, a la pequeña celda de la reina. ¿Y la rosa? Tiene en su interior la miel: miel de rosa, la más dorada, la más preciada. Tiene en sí misma lo más dulce, lo que enamora; no necesita ir a buscarlo fuera. Aun así, en ocasiones las rosas, esos seres divinos, suspiran de soledad. Ignorantes, no comprenden sus propios misterios.

»"La primera de las rosas es Dios.

»"De las dos, la rosa y la abeja, en mi opinión la más afortunada es la abeja. Y la reina de las abejas tiene una suerte soberana. Yo, por ejemplo, nací abeja reina. ¿Y tú, Wilhelm? Para mí, Wilhelm mío, tú naciste con el destino más dulce y el más amargo.

»"Tú eres abeja y eres rosa".

Un sueño de Arturo

Al reflexionar sobre aquellas conversaciones con mi padre y revivir las escenas de aquella época lejana, todo adquiere un significado muy distinto al de entonces. Y me viene a la mente el cuento del sombrerero que siempre lloraba y reía a destiempo porque percibía la realidad únicamente a través de las imágenes de un espejo encantado.

De las palabras de mi padre, ya fueran pronunciadas en tono de comedia, de tragedia o de juego, nada podía entender yo en aquel tiempo salvo lo que concordaba con mi certidumbre indiscutible: que él era el ejemplo encarnado de la perfección y la felicidad humanas. A decir verdad, es posible que favoreciera esas ideas infantiles mostrándome, por puro hábito, su personaje bajo una luz de superioridad. Pero, aunque hubiese tenido el capricho —supongamos algo inverosímil— de denigrarse haciéndome las más negras confesiones y declarándose un canalla insolente, para mí habría sido lo mismo. Sus palabras nada tenían que ver con la razón y los valores terrestres. Yo las escuchaba como quien oye una liturgia sagrada, donde el drama recitado no es más que un símbolo, y la verdad última de lo celebrado es la beatitud. El significado último y verdadero es un misterio que solo conocen los bienaventurados; de nada sirve buscar una explicación por medios humanos.

A semejanza de los místicos, yo no quería explicaciones suyas, sino dedicarle mi fe. De él esperaba un premio a mi fe, y ese paraíso ambicionado me parecía aún tan lejos que —y no lo digo por decir— ni en sueños lograba alcanzarlo.

Soñaba a menudo con mi padre, sobre todo durante sus ausencias. Sin embargo, mis sueños no eran de esos que se diría que pretenden compensar la realidad —o adulterarla— con falsos triunfos. Eran siempre sueños severos, que me recordaban con aspereza las amarguras de mi condición y rechazaban sin contemplaciones las promesas en las que hubiera podido creer de día. En aquellos sueños experimentaba un claro y agudo sentimiento de dolor que —dada mi natural ignorancia infantil— desconocía en la vida real.

Guardo en la memoria uno de aquellos sueños:

Mi padre y yo recorríamos una calle desierta. Él, altísimo, caminaba cubierto con una armadura deslumbrante, y yo, un niño que apenas le llegaba a la cadera, era un recluta con las pantorrillas ceñidas por polainas y un uniforme de paño verdigrís que me quedaba grande. Él camina a zancadas, y yo, lleno de fervor, intento seguirle el paso. Sin siquiera mirarme, me ordena con brusquedad: «Ve a comprarme tabaco». Orgulloso de recibir sus órdenes, retrocedo a la carrera hasta el estanco y, a escondidas, beso la cajetilla antes entregársela.

Él, que no me ha visto besarla, advierte en ella, nada más tocarla y mirarla, algo que merece su desprecio. Y con voz cortante, como un latigazo, me grita: «¡Negro melindroso!».

Últimos acontecimientos

De esta forma transcurrió la niñez de Arturo. Cuando me faltaba poco para cumplir los catorce, Immacolatella, que tenía ocho, encontró novio. Era un perro negro, crespo, de ojos apasionados, que vivía bastante lejos, en una casa que daba a Vivara, desde donde acudía todas las tardes, igual que un pretendiente, para verla. Había aprendido nuestras costumbres, y para encontrarnos en casa se presentaba a la hora de cenar. Si veía que la ventana de la cocina todavía estaba oscura, nos esperaba con paciencia; si la veía iluminada, se anunciaba ladrando desde lejos y luego arañaba la puerta para que abriésemos. Nada más entrar nos saludaba con una exclamación muy alta, de notas agudas, como el anuncio de los trompetas reales, y daba tres o cuatro vueltas corriendo alrededor de la cocina, como los campeones antes del torneo. Sabía comportarse de maravilla y con galantería: mientras comíamos nos miraba agitando la cola sin pedirnos nada, para que comprendiéramos que el único motivo de sus visitas era una cuestión de sentimientos; y si yo le arrojaba un hueso no lo tocaba, pues esperaba que lo cogiese Immacolatella. Debía de ser un cruce con un perro de carreras: tenía siempre la cabeza levantada y un carácter audaz. Immacolatella estaba contenta. Yo la mandaba afuera, bajo las estrellas, a jugar con él y me quedaba apartado; pero al poco rato ella lo dejaba y volvía a mí, a lamerme las manos, como para decirme: «Mi vida eres tú».

Cuando llegó la estación del amor, Immacolatella quedó preñada por primera vez en su vida. Pero quizá fuera ya demasiado vieja o tuviese alguna malformación congénita, porque murió al parir sus cachorros.

Eran cinco: tres blancos y dos negros. Yo esperaba salvar al menos a dos y mandé a Costante a buscar por la isla una perra que los amamantase. Al cabo de muchas horas regresó con un animal rojo y flaco, que parecía una loba; pero quizá fuera ya demasiado tarde, pues los cachorros no quisieron arrimarse a ella.

Pensé en alimentarlos con leche de cabra, como había hecho Silvestro conmigo, pero ni siquiera tuve tiempo de intentarlo. Estaban débiles y habían nacido antes de tiempo: los enterré junto a su madre en el jardín, bajo el algarrobo.

Decidí no tener más perros. Prefería estar solo y acordarme de ella antes que sustituirla con otro. Me resultaba odioso ver al perro negro, que andaba despreocupado como si nunca hubiera conocido a ninguna Immacolatella en la isla. Cada vez que se acercaba con la intención de retozar y jugar conmigo como antes, lo echaba.

Cuando al cabo de cierto tiempo mi padre regresó a Prócida y me preguntó lo de siempre: «¿Alguna novedad?», me di la vuelta sin responderle. No me sentía capaz de pronunciar estas palabras: «Immacolatella ha muerto».

Se lo dijo Costante. La noticia le disgustó, porque le encantaban los animales y tenía mucho cariño a Immacolatella.

Esa vez se quedó en Prócida apenas una tarde y una noche: solo había ido a recoger unos documentos del ayuntamiento. Estuvo fuera casi un mes y regresó para volver a partir al día siguiente, tras cobrar al colono una suma de dinero. Al despedirse de mí, por primera vez en nuestra vida me dijo adónde iba y cuándo regresaría.

Me informó de que hacía unos meses se había prometido a una napolitana y de que iba a Nápoles a casarse. La boda se había fijado para el jueves de esa semana, y ese mismo día volvería a Prócida con su esposa.

Me dijo que por eso el jueves siguiente tenía que ir a esperarlo al muelle, adonde llegaría en el vapor de las tres.

2

Una tarde de invierno

Era invierno, y ese jueves un chubasco frío oscureció Prócida y el golfo. En días como aquel, tan infrecuentes entre nosotros, la isla parece una flota que ha arriado sus mil velas de colores y se deja llevar por la corriente hacia las regiones hiperbóreas. El humo de los barcos de línea que realizan el trayecto habitual y sus largos pitidos a través del aire semejan señales de itinerarios misteriosos, desconocidos para uno: rutas de contrabandistas, de cazadores de ballenas, de pescadores esquimales; ¡tesoros y migraciones! Esas señales transmiten la alegría del aventurero y, a veces, espanto, como si fuesen adioses funestos.

Hacía poco que había cumplido catorce años; unos días antes me había enterado de que esa tarde, con la llegada del vapor de la tres, mi existencia cambiaría. Esperando la hora, desgarrado entre la impaciencia y la repugnancia, caminaba por el puerto.

Al anunciarme que se casaba con la napolitana desconocida, mi padre, con un tono muy circunspecto —que, por lo desusado, parecía artificial—, me había dicho: «Así tendrás una nueva madre». Por primera vez desde que nací, sentí un impulso de rebeldía contra él. Ninguna mujer podía llamarse mi madre; a ninguna quería dar yo ese nombre, salvo a una, que estaba muerta. Y aquella tarde buscaba en el aire brumoso a mi única madre, a mi reina oriental, a mi sirena, pero ella no respondía. Quizá se había escondido o había huido porque llegaba la intrusa.

Ni siquiera intentaba imaginar qué aspecto y qué carácter tendría la nueva mujer de mi padre. Rechazaba la curiosidad. Me traía sin cuidado cómo fuera. Para mí solo significaba una cosa: el Deber. Mi padre la había elegido y yo no debía juzgarla.

Según los libros que había leído, una madrastra no podía ser sino una criatura perversa, hostil y digna de odio. Sin embargo, como esposa de mi padre era una persona sagrada.

Al aparecer el vapor me encaminé con paso perezoso hacia el muelle. Intenté distraerme observando las maniobras de amarre. Los primeros pasajeros que vi fueron ellos dos: estaban en lo alto de la escalerilla, esperando a que pusieran la pasarela.

Mi padre llevaba la maleta de siempre, y ella, otra del mismo tamaño. Mientras él, que todavía no me había visto, buscaba los pasajes para entregarlos en el control, lo primero que hice fue acercarme a ella y quitarle el equipaje de la mano sin decirle nada. Sabía bien cuál era mi deber. Sin embargo, por un instante noté que se resistía, como si me tomara por un ladrón de maletas. Acto seguido, al reconocer en mi gesto algún indicio, me miró más animada y, llamando a mi padre con un tirón de la chaqueta, le preguntó:

—Vilèlm, ¿este es Arturo?

—Ah, estás aquí —dijo mi padre.

Ella se sonrojó por haberme creído un ladrón y me dirigió un breve saludo lleno de confianza y de discreción.

Por suerte no se le ocurrió abrazarme como suelen hacer los

parientes. La hubiese rechazado, pues cuesta un poco hacerse a la idea de que de un día para otro, alguien ha pasado a formar parte de la familia.

Tras cogerle la maleta me di cuenta de que además llevaba un bolso, gastado y tan repleto de objetos que no podía cerrarse. Intenté liberarla también de ese peso pero, al advertir mi intención, lo estrechó contra sí, sin querer entregarlo, y cubrió la abertura con las manos, como quien defiende un tesoro.

Nos dirigimos los tres por el muelle hacia la plazoleta del puerto. Aunque cargados con los bultos, mi padre y yo andábamos con mayor ligereza que ella. Caminaba sin garbo sobre sus tacones altos, a los que parecía no estar acostumbrada, pues tropezaba a cada paso.

Pensé que yo habría preferido ir descalzo antes que habituarme a semejante calzado de señora.

Salvo los tacones altos y los zapatitos nuevos, la esposa no tenía nada de señorial, ni siquiera de raro. ¿Qué había esperado yo? ¿Ver llegar con mi padre un ser maravilloso que demostrase la existencia de aquella fabulosa especie femenina descrita en los libros? Esa napolitana, con sus vestidos raídos y sin forma, no era muy diferente de las pescadoras y aldeanas de Prócida. Además, me bastó una rápida mirada para darme cuenta de que era fea, igual que las demás mujeres.

Como las otras, iba envuelta en ropa, tenía la cara blanca y regordeta, los ojos oscuros y el pelo —cuyo nacimiento apenas dejaba entrever el chal que le cubría la cabeza—, negro como ala de cuervo. Ni siquiera se hubiera dicho que era una esposa: tenía ya el cuerpo y la actitud de una mujer hecha, pero en su rostro reconocí —yo, inexperto en la edad de las mujeres—, por pura intuición, que era todavía una adolescente, poco mayor que yo. Ahora bien, es cierto que una mujer a los quince o dieciséis años —por ahí debía de andar— ya está crecida y es adulta, mientras que a un varón de catorce se lo considera todavía un niño. Aun así, me indignaba la pretensión de mi padre de que, sin tener en cuenta los otros motivos, admitiera como madre a una persona que me llevaba apenas dos años, quizá menos.

Era más bien alta para ser mujer, y sentí vergüenza y hasta irritación al advertir que era más alta que yo (aunque eso duró poco. Bastaron unos meses para que la alcanzara. Cuando dejé la isla, ella apenas me llegaba a la barbilla).

Mi padre hizo señas al coche de punto para que se acercase. Entretanto la esposa miraba con los ojos muy abiertos la plaza del puerto y a la gente, pues era la primera vez que pisaba la isla.

Me senté en el pescante, pero vuelto hacia ellos, que se acomodaron en el asiento de terciopelo. El cochero había levantado la capota para proteger de la lluvia a los viajeros, y la esposa, una vez sentada a resguardo, se apresuró a limpiarse los zapatos con el bajo del vestido. He de reconocer que aquellos zapatitos —de cuero negro, lustrosos, con hebillas doradas— eran los más elegantes que había visto, pero lo cierto es que ella los trataba como si fuesen objetos sagrados.

Mi padre, que en aquel momento la observaba, esbozó una sonrisa que no supe si era divertida o de superioridad. Ella, inclinada sobre los zapatos, no se dio cuenta; de lo contrario supongo que se hubiera sonrojado.

No costaba mucho advertir que se sentía intimidada por mi padre. Aun cuando empleara con él ciertos gestos de familiaridad que le salían de manera espontánea —como cuando le había tirado de la chaqueta—, lo hacía con un aire indeciso y cierto temor. Mi padre, aunque parecía contento de llevar a casa a aquella mujer, no la trataba con confianza. No los vi cuchichear, besarse ni abrazarse, como, según dicen, hacen los novios o los recién casados en el viaje de bodas. Eso me gustó. Mi padre mostraba la misma actitud de arrogante frialdad de siempre. Ella, sentada con decoro, un poco apartada de él, llevaba sobre las faldas el preciado bolso, que intentaba mantener cerrado con sus diez dedos. Tenía las manos pequeñas y toscas, enrojecidas por los sabañones; en la izquierda lucía un anillito de oro: la alianza de mi padre. Él, en cambio, no llevaba ninguna sortija.

Ninguno de los tres habló. Ella miraba absorta el pueblo. Por su expresión se habría dicho que entraba en una gran ciudad histórica, como Bagdad o Estambul, y no en Prócida, que no queda tan lejos de Nápoles. De vez en cuando, de reojo, yo la miraba y veía sus ojos atónitos, grandes y brillantes, con pestañas radiadas como las puntas de una estrella. En la penumbra del coche, su cara, con aquellos ojazos muy abiertos, parecía enjoyada. Las cejas, espesas, de forma irregular y unidas en la frente, me recordaban algunos retratos de niñas y mujeres bárbaras que había visto en los libros.

En el cruce de la calle principal, al pasar por delante de un nicho donde, detrás de una reja, se expone una imagen de la Virgen María, levantó la mano derecha, se persignó con aire grave y recatado y por último se besó la yema de los dedos. Al verlo miré de inmediato a mi padre, con la certeza de que me encontraría con una sonrisa burlona o de conmiseración; pero él, repantigado en el asiento con actitud indolente, no le hacía ningún caso.

Al llegar a la plaza vimos surgir del mar la amplia curva de un arcoíris que atravesaba la bóveda del cielo hasta su centro. En la luz clara, entre el millar de reflejos de la lluvia aparecieron las antiguas construcciones de la fortaleza, tan próximas que parecían estar sobre nosotros. Al verlas, la esposa hizo un gesto de admiración y, golpeando con el codo a mi padre, le preguntó:

—¿Es esa… nuestra casa?

Reí a carcajadas. Mi padre se encogió de hombros y dijo:

—¡Claro que no! —A continuación, vuelto hacia mí, añadió recalcando las palabras—: Le he contado que vivimos en un magnífico castillo.

Y me sonrió con una expresión extraordinaria, de complicidad infantil y canallesca, lo que me dejó dubitativo. No me cabía en la cabeza que hubiese contado a su esposa exageraciones o incluso patrañas; por otra parte, hasta ese momento no había pensado que la Casa dei Guaglioni fuese un castillo.

La madrastra había enrojecido. Alzando las cejas en una expresión entre indulgente y sarcástica, mi padre le dijo:

—¿Sabes qué es esa hermosa villa de allá arriba? Es la penitenciaría.

—¡La penitenciaría!

—¡Ajá! ¡La prisión de Prócida!

—Allí está la prisión —exclamó estupefacta la esposa, mirando con otros ojos aquellas murallas—. ¡Ah, sí, me has hablado de ella! Ni siquiera en Roma hay una cárcel tan grande e importante como esta. Traen malhechores de todas partes. ¡Virgen santa! ¡No hay que mirarla! Parece un insulto que pasemos por aquí en coche y que allá arriba esos pobres jóvenes… —Pero tras decir esto se recobró y, adoptando un aire severo, como quien impone los preceptos de una moral superior a sus sentimientos, agregó—: En fin, es la justicia. El que la hace la paga.

Como único comentario, dejé escapar un leve silbido, pues semejante pensamiento merecía todo mi desprecio: es sabido que siempre defendí a quienes están fuera de la ley. No pareció comprender mi manifiesta desaprobación; absorta como estaba, quizá ni siquiera me oyó. Probablemente no valiera la pena desperdiciar un silbido para comunicar una idea madura a un ser prehistórico y sordo como ella.

Cuando doblamos la curva en dirección al golfo, el presidio, ya a lo lejos, mostró toda la extensión de sus murallas, desde la fortaleza antigua hasta los edificios nuevos, y la esposa volvió de nuevo hacia allí las pupilas, llenas de espanto y compasión, pero con evidente respeto hacia el poder constituido. Después, sin mirar más aquella enorme morada de castigo, se refugió en el fondo del coche.

La llegada de los tres

En el último tramo del viaje comenzó a aguijonearme una sutil curiosidad: sería la primera vez, después de muchos años, que la Casa dei Guaglioni recibía a una mujer, y mi incredulidad competía con cierta expectación. ¿Qué ocurriría cuando cruzáramos el umbral con ella? Casi esperaba una señal misteriosa y premonitoria, o una terrible sacudida de las paredes… Pero no sucedió nada. Como de costumbre, encontré la llave bajo la piedra, donde la había dejado antes de salir; la introduje en la cerradura y la puertecita se abrió dócilmente. Un poco ateridos por el viaje en coche, entramos en el silencioso «castillo» de los Gerace. La casa estaba desierta —como de costumbre, Costante había regresado a la hacienda después de mediodía— y mi padre nos precedió por las habitaciones, heladas y solitarias, abriendo puertas y ventanas como siempre que llegaba. Alguna puerta golpeaba movida por la tramontana, que había empezado a soplar y despejaba el cielo.

La esposa caminaba por las habitaciones como si visitara una iglesia; supongo que en toda su vida no había visto una morada tan imponente como la nuestra. Pero lo que más le llamó la atención fue la cocina. Se hubiera dicho que aquel cuarto enorme, provisto de tantos fogones y dedicado exclusivamente a cocinar, era una maravilla extraordinaria. No obstante, nos informó de que una señora conocida de su hermana tenía una cocina a la que solo se entraba para cocinar y comer, aunque no era tan grande como la nuestra. Al oírla mi padre rompió a reír sin disimulo y, volviéndose hacia mí, me contó que ella, en la casa de Nápoles, donde vivía con toda su familia, tenía por cocina un hornillo sobre un trípode, que en invierno encendían dentro de la habitación, en el suelo, y en verano dejaban en la calle, delante de la puerta. Hasta la pasta la preparaban en la habitación, y la dejaban escurrir sobre los barrotes de la cama.

La esposa escuchaba esas explicaciones mirándonos con sus ojazos sin decir nada.

—Ella —prosiguió mi padre con el mismo tono de burla y compasión— solo sabe hacer estas tres cosas: la pasta, despiojar a su madre y rezar el avemaría y el padrenuestro.

La esposa pareció azorarse y le dio un pequeño codazo, como rogándole que no continuase, pues se sentía avergonzada. Mi padre la miró sin hacerle mucho caso y, soltando una carcajada sofocada, añadió con aire pomposo:

—Pero a partir de hoy es una gran señora: la señora Gerace, la dueña de todo Prócida. —Tras una pausa me dirigió, como a traición, esta pregunta inesperada—: Y tú, negro, cuando le hables a mi esposa, ¿cómo la llamarás? Hay que ponerse de acuerdo.

Me puse en guardia y permanecí mudo, con el ceño fruncido y actitud altiva. Ella me miró con timidez, luego sonrió y, ruborizada, bajando los ojos, respondió a mi padre en mi lugar:

—No ha conocido a su madre, pobre chiquillo. Tengo ganas de ser su madre. Dile que me llame «mamá». Así estaré contenta.

Era la provocación más audaz y ofensiva que podían hacerme los dos. Mi cara debió de expresar una rebeldía tan salvaje que hasta me impuse a mi padre. Con tono de indiferencia y leve burla le dijo a su mujer:

—No hay nada que hacer. No quiere llamarte mamá. ¡Bueno, chico, llámala como quieras! Puedes llamarla por su nombre: Nunziata. Nunziatella.

(En cambio, aquel día y siempre, evité llamarla por su nombre. Para dirigirme a ella o captar su atención le decía: «Oye, tú», o le silbaba. Pero aquellas palabras, Nunziata, Nunziatella, nunca quise pronunciarlas.)

Al oír a mi padre, la esposa levantó la mirada. Poco a poco el rubor desapareció de su rostro y se quedó más blanca que antes, y tan intimidada que me pareció que temblaba. Sin embargo, había demostrado su audacia al proponer que la llamase «mamá». La miré de arriba abajo con altanería y desprecio: arrebujada en su chal negro, con aquellos ojazos, parecía un búho que jamás ha visto el sol. Tenía la cara muy blanca, como la luna. Quién sabe qué importantes secretos guardaba en su bolso de cuero deslucido y sucio: desde la llegada al muelle no se había separado de él ni un minuto y lo aferraba como si temiese el asalto de unos bribones.

Mientras la examinaba de esa manera, ella no decía nada; parecía que hasta le faltaba coraje para respirar. De pronto, al advertir que la observaba, respondió a mi tormentosa mirada con una sonrisa espontánea que le devolvió el color a las mejillas. Y como si quisiera consagrar en ese momento a nuestra familia, dijo con solemnidad, señalándonos a cada uno con su mano, enrojecida y áspera:

—Entonces, este es Vilèlm, este es Arturo y esta es Nunziata.

Apoyado sobre el mármol del fregadero, medio sentado en él, con un pie en el aire y el otro en el suelo, mi padre tenía una actitud distraída e indolente. Entre los párpados entornados se atisbaba el azul de sus ojos, parecido al color del agua enturbiada por el invierno en algunas grutas escondidas donde no entra ninguna barca. Tenía las manos —delgadas, de uñas largas y descuidadas— entrelazadas ociosamente, y el pelo, con aquella luz, entreverado de oro.

La esposa pareció preguntarse si, llegados a la cocina, podíamos considerarnos por fin en casa y dar por terminado su viaje de novios. Primero interrogó con los ojos a mi padre, pero, como en ese momento él no le hacía ningún caso, decidió por sí misma y con resolución se quitó los zapatos de tacón. Era evidente que deseaba con toda el alma liberarse de ellos. Con mucho respeto los colocó sobre una silla, y en adelante nunca más se los vi puestos. Siempre los cuidó como si fueran un tesoro sagrado, igual que los otros ornamentos de su ajuar, que nunca usó.

Me satisfizo ver que se volvía más baja sin los tacones: la diferencia de estatura, que tanto me había humillado, parecía borrarse. Sobre las medias largas de seda llevaba calcetines cortos de lana oscura, que estaban remendados. Tenía los pies pequeños, pero algo regordetes y poco elegantes, y las piernas, de pantorrillas más bien gruesas, mostraban una tosquedad casi infantil.

Después de los zapatos se quitó el chal, que, cerrado con un alfiler bajo el mentón, le cubría la cabeza, y entonces apareció el cabello, recogido y sujeto con infinidad de peinetas, horquillas y pasadores. Eso despertó la atención de mi padre, que se echó a reír.

—¡Qué has hecho! —exclamó—. ¡Te has recogido el pelo! ¡Ha sido tu madre! No, no me gusta. Además, se ve que no eres una adulta. Ven aquí, que voy a ponerte guapa, como a mí me gusta.

Ella lo miró, sumisa pero dubitativa, y esa indecisión reforzó la voluntad de mi padre. Con una vivacidad inesperada e impetuosa, le repitió que se acercase. Entonces descubrí el miedo cerval que ella le tenía: se hubiera dicho que se enfrentaba a un ladrón armado; se quedó inmóvil, desgarrada entre la obediencia y la desobediencia, incapaz de decidir cuál de las dos la aterraba más. En dos zancadas mi padre se acercó y la agarró: ella temblaba con una expresión salvaje, como si creyera que iba a maltratarla.

Con la luz de poniente

Riendo, mi padre le quitó los pasadores y las peinetas y le alborotó el cabello con las manos; peinetas y horquillas se desparramaron por el suelo. Una melena negra de ondas y rizos naturales, como un pelaje indómito, le cayó desordenada alrededor de la cara, hasta los hombros. El rostro se le ensombreció y adquirió una expresión casi arrogante; en los ojos se encendió un brillo de lágrimas. Sin embargo, no se atrevió a apartar las manos de mi padre; tan solo cuando él terminó de despeinarla, sacudió la cabeza con fuerza, como a veces hacen los caballos y también los gatos.

Yo miré con curiosidad aquellos rizos, pues me acordé de una frase que mi padre había dicho unos minutos antes. Él me adivinó el pensamiento.

—¿Qué te imaginas, Arturo? —me dijo—. No, nada de eso. La despiojaron para la boda.

La retenía agarrándola por la falda, pero ella ni siquiera intentaba huir. Con una mano apretaba su preciado bolso, que escondía un poco detrás de la cadera, como si quisiera protegerlo de la agitación de mi padre, y permanecía inmóvil entre nosotros, dócil, frente a la puerta vidriera. El iris de sus ojos, muy negro en la penumbra, revelaba motas irisadas, como las plumas de un gallo joven. El círculo que lo rodeaba era de un morado oscuro, como un ribete de terciopelo. Y el blanco de los ojos conservaba todavía la tonalidad violeta azulada que muestra el de los niños muy pequeños.

Tenía las mejillas carnosas y redondas, como quienes aún no han adquirido las formas de la juventud. Los labios, un poco agrietados por el frío, semejaban unos frutos rojos —siempre un tanto roídos por las ardillas y los conejos— que crecen en Vivara.

Al verle por primera vez la cara a plena luz me di cuenta de que tenía menos edad de la que le había calculado. Si el cuerpo, alto y desarrollado, no lo hubiese desmentido, cualquiera habría creído que no había dejado atrás los años de la infancia. Tenía la piel clara, fresca y tersa, como si hasta la tela con que se secaba la cara hubiese tenido cuidado de no estropearla. Siendo mujer, había pasado toda la vida encerrada: ni en la frente ni en torno a los ojos, donde nosotros, acostumbrados al sol, tenemos alguna arruga o mancha, se advertía ninguna marca. Las sienes mostraban una blancura casi transparente, y la piel de debajo de los ojos era tan blanca y lisa como los pétalos de esas flores delicadas que no duran ni un día y se marchitan apenas las cortamos.

Bajo la cabeza coronada por aquella melena, el cuello se veía muy delgado, pero desde la garganta al mentón dibujaba una curva colmada y tierna. Presentaba un color aún más blanco que el de la cara, y sobre él se había posado un bucle negro. Otros dos tirabuzones más largos le rozaban un hombro, y en la nuca, casi junto a las orejas, asomaban unos ricitos cortos, parecidos a los de las cabras. Unos bucles más gruesos le cubrían la frente hasta las cejas, y unas ondas finas y sutiles se movían en las sienes al ritmo de la respiración.

El cabello parecía haber crecido según su capricho y antojo. A mí, que la veía por primera vez, me divertía observar aquellos rizos y bucles, que para ella, acostumbraba a llevarlos desde pequeña, no debían de tener nada de extraordinario y eran algo de lo más natural. Se enroscaba uno en un dedo para disimular la exagerada turbación que le había provocado mi padre; luego, avergonzada de estar tan despeinada, con la mano se apartó el pelo del rostro. Aparecieron entonces las orejas, menudas y bien formadas, que con su color rosado contrastaban con la blancura de la cara y el cuello. Según la costumbre de las mujeres, llevaba los lóbulos perforados y, en cada uno, un arete de oro, de esos que las niñas reciben de la madrina el día del bautismo.

Se recompuso el pelo con movimientos instintivos, sin liberarse todavía de aquel misterioso temor; daba la impresión de sentirse perdida y asustada ante la cercanía de mi padre. Con una sacudida impetuosa él agitó el pliegue de la falda que tenía agarrado y la soltó.

—Yo me eché una novia con el pelo rizado —le dijo con tono caprichoso y hostil—, y quiero una mujer con rizos.

—No me enfado porque me hayas deshecho el peinado —respondió ella con voz afable y temblorosa—. Dime tu voluntad y haré lo que quieras.

—¿Qué escondes ahí? —le preguntó él—. Vamos, enséñanos tus joyas.

Y con una carcajada agresiva le arrancó de las manos el bolso, cuyo contenido volcó sobre la mesa. Eran joyas, en efecto. Un puñado de brazaletes, alfileres y collares, casi todos regalo de mi padre durante el noviazgo. Yo, que no era un experto en la materia, creí al verlas que eran todas de oro legítimo, con topacios, rubíes, perlas y diamantes de verdad. Pero se trataba de baratijas falsas, compradas en ferias y en puestos ambulantes. Mi padre la había conquistado con pedazos de vidrio, como se hace con los salvajes.

En aquel montón, auténticos solo había alguna rama de coral y un anillito de plata con una Virgen labrada que le había regalado su madrina para la confirmación y que ya no le cabía.

(Jamás lució aquellas joyas: las guardaba en el armario con una adoración religiosa. Encima solo llevaba, además de los pendientes de la madrina, una medalla de plata del Sagrado Corazón enhebrada en un cordoncito y el anillo de bodas, pero para ella no eran alhajas, sino parte de su cuerpo, como los rizos.)

Durante un rato mi padre se entretuvo jugando con las joyas al azar, hasta que se hartó y dejó en paz a la esposa. Atraído por el buen tiempo, que había vuelto, nos dijo que lo esperáramos y se dirigió al borde de la explanada para ver el mar. Entonces la esposa, refugiada en un rincón, se acercó a la mesa donde estaban las joyas, como una fiera indefensa que, apenas se aleja el peligro, sale de su cueva al bosque.

La puerta vidriera estaba abierta: el impresionante crepúsculo marino, con el cielo despejado por el viento, alumbraba la cocina con los últimos colores del sol. Hasta las olas de mar adentro proyectaban sobre la pared encalada su reflejo oscilante, que se apagaba poco a poco. La esposa, todavía asustada, quieta junto a la mesa donde estaban las joyas, con aquella expresión recelosa, se parecía a las golondrinas y las palomas cuando custodian el nido repleto de huevecitos. Finalmente, con una furiosa resolución, juntó las joyas y las guardó en el bolso con un suspiro de alivio. A continuación se arrojó al suelo y, desplazándose sobre las rodillas como un animal, con el pelo caído sobre la cara, recogió las peinetas, las horquillas y los pasadores. Mi deber de hombre hubiese sido ayudarla; lo sabía muy bien, no era un ignorante. Sin embargo, al recordar que poco antes, en el muelle, no se había fiado lo bastante de mí para entregarme el bolso, permanecí desdeñoso en mi lugar.

Cuando terminó, se puso de pie y dejó las peinetas y las horquillas sobre una silla, junto a los zapatos de tacón alto. Se echó el pelo hacia atrás con un movimiento de la cabeza y me dirigió una sonrisa cordial. La miré con dureza. Aunque dejó de sonreír, no pareció ofenderse. Todavía tenía las pestañas mojadas por las misteriosas lágrimas pueriles de antes, pero en sus ojos esa humedad no indicaba amargura, algo que quema, como nos sucede a nosotros: parecía vaho suspendido, que se iluminaba al juguetear con el iris y las pupilas. Y sus miradas, sumisas pero francas, llenas de dignidad y encendidas por la alegría y una especie de ruego, me recordaron a alguien… ¡Ya sabía a quién! ¡A Immacolatella! También ella tenía esa mirada de estar viendo al milagroso Dios.

Mientras esperaba a mi padre me senté en el escalón de la puerta. En aquel lugar, que quedaba al abrigo de la tramontana, el sol se detenía antes de ocultarse y dejaba una leve tibieza. Al poco rato ella se sentó a mi lado en el escalón y comenzó a desenredarse el pelo con una de aquellas peinetas desdentadas que había recogido del suelo. Nos llegaban el ruido de los embates del mar en mi playita y, de vez en cuando, el silbido de la tramontana sobre la isla. Yo estaba mudo.

—Ahora no, pero de muchacha mi madre tenía tanto pelo como yo —dijo ella—. Mi hermana, en cambio, tiene poco. —Cuando terminó de peinarse exclamó—: ¡Virgen santa! ¡Qué rojo está el cielo esta tarde! —Y suspirando añadió con tono grave y pensativo, pero sin amargura, como quien reconoce, obediente, el peso de la ley del matrimonio sobre su destino—: ¡Y pensar que es la primera vez que estoy lejos de mi casa!

Mi padre regresó de la explanada, y antes de que oscureciese subimos las maletas, que habíamos dejado en el zaguán. Como en el muelle, mi padre llevaba la suya y yo, la de la esposa, que nos seguía con las peinetas, los zapatos y el bolso de las joyas metidos en el hatillo que se había hecho con el chal.

En el piso de arriba

La maleta de la esposa pesaba más bien poco, pero, pese a que no podía contener muchas cosas, me inspiraba curiosidad. Por primera vez vivía con una mujer y podía asistir de cerca a su vida. No sabía nada de las costumbres de las mujeres ni del ajuar de esas criaturas envueltas en tanta ropa, ni si siempre, aun estando entre cuatro paredes e incluso cuando duermen, parecían tan informes y misteriosas. La esposa todavía no se había quitado el abrigo del viaje, un abriguillo feo y desteñido, que le quedaba demasiado corto, de modo que por debajo asomaba un buen pedazo de la falda, de un terciopelo brillante pero bastante ajado. Sin duda por su aspecto esa mujer era una andrajosa; pero, tras la sorpresa que me había llevado con las joyas, podía imaginar que en la maleta escondía trajes de princesa oriental.

Por el momento sacó un par de zapatos viejos, sin tacones, raídos y reducidos al uso de zapatillas, y de inmediato se los puso con gran satisfacción, si bien le quedaban grandes, por lo que al caminar los arrastraba y a veces se le salían del pie.

Al dejar su maleta en la habitación mi padre me había dicho que llevara la de la esposa a la de enfrente, donde había un armario y una cama pequeña de hierro; poco después él mismo llevó el colchón y las mantas. La esposa, que al principio parecía muy contenta de tener un cuarto para sus cosas, al comprender que también dormiría allí por las noches se asustó y, pese al respeto que le mostraba a mi padre, comenzó a repetir con obstinación que no era posible, que tenía miedo de pasar la noche sola y que quería dormir con los demás. Él la escuchó contrariado, pues no estaba acostumbrado a compartir el dormitorio con nadie, pero al verla palidecer de terror se volvió hacia mí, sin dignarse siquiera responderle, y me dijo con impaciencia:

—¡Está bien! Me la llevaré a mi habitación. Vamos, negro, ayúdame a levantar la cama.

Y juntos trasladamos la camita de la esposa, que nos siguió

muy contenta. Como no cabía junto a la de mi padre, que ocupaba casi por completo la pared del fondo, la colocamos de través, con la cabecera contra la pared larga, de modo que casi quedaba a los pies de la otra. Tras este arreglo la esposa, con la intención de ayudarnos, comenzó a revolver y a sacudir con gran afán los colchones y las almohadas, cubiertos de polvo, empezando por los de mi padre. En medio del ajetreo le preguntó con toda naturalidad:

—Entonces, ¿a partir de esta noche yo dormiré en la cama de matrimonio contigo, en el lugar de Arturo? ¿Y él dormirá en la camita? —Por lo visto estaba convencida de que yo no tenía un dormitorio propio y de que dormía con mi padre.

Ante esa nueva muestra de ignorancia me limité a reír, pero mi padre, ya molesto por el traslado de la cama pequeña, alzó los hombros con desprecio y, torciendo los labios con aire de mofa e imitándola al mismo tiempo, le dijo:

—No, señora. Cuando me dé sueño, tú dormirás en la cama pequeña. Yo dormiré en la mía, la grande, donde siempre he dormido. Y Arturo dormirá en la suya, en su habitación, donde siempre ha dormido. —A continuación, con cólera fingida, gritó—: Recuerda, niña, que esto no es un nido de pordioseros ni una tribu; estás en el CASTILLO DE LOS GERACE. Y si dices más indecencias te mando a dormir allá arriba, al otro castillo, con los guardianes y los condenados.

Era evidente que ella no comprendía por qué había merecido tal reprimenda. Aun así, se sonrojó por el bochorno de haber podido decir alguna indecencia. Y me miraba como si me preguntara, interrogándose ella misma, qué mal había en que una esposa durmiera en la misma habitación que yo, que era un niño.

Al final estallé de rabia, y con el más vivo desprecio le dije:

—Yo duermo solo, en mi cuarto. No necesito a nadie a mi lado. Si crees que todos tenemos miedo como tú, estás muy equivocada. Yo dormiría solo hasta en medio de las montañas Rocosas y en las estepas del Asia Central.

Al oír esas palabras me miró con sincera admiración. Comenzó a dar vueltas por la habitación, con las pupilas dilatadas, como si temiese dormir sola con mi padre. No obstante, entre estos dos miedos, el de dormir sola en un cuarto y el de dormir sola con mi padre, prefería esto último.

Para darse ánimos empezó a sacudir de nuevo, con más ímpetu, el colchón grande. Levantó mucho polvo, que llegó hasta mi padre, tendido indolentemente en la cama pequeña. Se puso en pie de un salto y escupió en el suelo; a continuación, con ira sincera esta vez, le agarró las manos en el aire al tiempo que, con el rostro ensombrecido, exclamaba:

—¡Eh! ¿Quieres dejar los colchones? ¿Qué te ha dado? ¿Desde cuándo tienes tanto afán por la limpieza como para armar este jaleo con los colchones?

—En mi casa… se hacía… —murmuró ella, confusa.

—¡Ya! En tu casa… ¿Quién sabe cuándo se sacudían los colchones en tu casa?

—Siempre, todos los años, por la santa Pascua… Y a veces más seguido… Incluso varias veces al año…

Mi padre le bajó las manos de golpe, con brutalidad, como si quisiera descoyuntarla, y las soltó. Su voz airada tenía un regusto de escarnio.

—Bueno, ahora no estás en tu casa. Estamos en el castillo de Prócida, este es mi lecho nupcial, y nadie te ha mandado hacer hoy la limpieza de Pascua.

Dicho esto, volvió a escupir y fue al rincón a buscar su maleta, la dejó en el centro de la habitación y comenzó a desatar la cuerda que la sujetaba. Nunca lo había visto arremeter contra nadie con tanta vehemencia; cuando tenía algún motivo para regañarme, despachaba el asunto con pocas palabras banales, el ceño fruncido y aire casi distraído. La escena con la esposa me había mostrado una nueva forma de su temperamento, tan misterioso para mí como misteriosa e indiscutible era su justicia; y al presenciarla había sentido que los nervios se me contraían, como si compartiera el miedo de la esposa. Cuando por fin le soltó las muñecas y se apartó de ella, experimenté una oscura liberación.

Casi de rodillas delante de la maleta abierta en el suelo, empezó a vaciarla sin orden ni concierto, como siempre. Entretanto la esposa, que permanecía junto a la cama, observaba la habitación. Estuvimos un rato en silencio, hasta que ella preguntó con curiosidad por qué el dormitorio tenía tantas puertas.

Mi padre, que no deseaba darle muchas explicaciones, le contestó de inmediato, sin siquiera levantar los ojos de la maleta:

—Porque en esta casa, como en todos los castillos, un grupo de centinelas armados custodia de noche las habitaciones y cada uno vigila delante de una puerta. Para demostrar que no se han quedado dormidos, cada hora dan todos juntos un toque de trompeta.

Ella no se atrevió a contradecirle, pero, sin saber si creer aquella fantástica explicación, me miró como buscando una confirmación en mi rostro. No supe contener la risa y entonces también ella, sonrojándose un poco, rió de buena gana. Mi padre terminó de deshacer el equipaje y se levantó con agilidad. Sin ocuparse de nosotros, colocó sobre la cómoda el montón de ropa y de un puntapié devolvió la maleta al rincón. Al oír el tañido del campanario, que sonaba a lo lejos, comprobó la hora en su reloj Amicus. La historia de las puertas y los centinelas, que nos había hecho reír a la esposa y a mí, ya se había evaporado de su mente.

Volvió a la cama pequeña, donde poco antes había estado echado, y se sentó sobre el borde de la almohada, con la espalda apoyada contra los hierros. Distraído y un poco soñoliento, con el pelo caído sobre los ojos, estiró el pie y con la punta del zapato limpió sus escupitajos. En ese momento la esposa, que observaba el retrato del Amalfitano, preguntó:

—¿Quién es?

—Es una imagen sagrada que protege el castillo —respondió él bostezando. A continuación, recostándose en la cama, agregó con tono insidioso—: Como en todos los castillos, también en este hay un antepasado muerto que sigue dando vueltas. Ese es su retrato. Vigila que el muerto no venga a atravesarte el corazón mientras duermes.

Al oír semejante respuesta, la esposa volvió a mirarme, pero esta vez no encontró en mi rostro ni una confirmación ni una negación. Levantó los hombros sonriendo y susurró:

—Teniendo la conciencia limpia, ¿por qué habría que temer el castigo?

—Porque él odiaba a todas las mujeres —respondió mi padre.

—¿Cómo? ¿Odiaba a todas las mujeres?

—Sí. Y si hubiese sido el señor del universo las habría matado a todas.

—Pero si no hay mujeres el mundo se acaba.

Mi padre apoyó la cabeza sobre el brazo doblado y riendo miró a la esposa con una expresión hostil y taimada:

—¿Y qué le importa a él que continúe el mundo? Después de todo, está muerto. ¿Qué satisfacción puede darle que el mundo siga?

—¿Era cristiano y tenía esas ideas? —exclamó ella, y cruzó las manos sobre el pecho como si se preparara para la lucha entre su timidez y sus sentimientos. El rostro le palpitaba de tal modo que, al verlo, pensé que el corazón debía de latirle como a un pajarito recién arrebatado del nido y atrapado en un puño. Inclinó un poco la cabeza y, balanceándose sobre uno y otro pie, preguntó por fin con mansedumbre—: ¿Por qué las odiaba?

—Porque decía que todas son feas —respondió mi padre apoyando la cabeza sobre la almohada.

—¡Todas feas! —repitió ella—. ¿Cómo es posible? ¡Todas feas! Pero… ¿cómo?, ¿todas? Entonces, ¿también son feas las que trabajan en el cine?

—¿Qué sabrás tú del cine —replicó él estirándose, con voz lenta y perezosa—, si no has ido más que una vez, cuando te llevé a ver aquella película de pieles rojas?

Al oír esas palabras pensé con cierto despecho que sobre ese tema yo sabía aún menos que ella, pues en Prócida no había cinematógrafo y no había visto una película en toda mi vida.

—Mi hermana fue… —respondió la esposa titubeando—. La llevó un pariente nuestro que vive en Nola y es un buen cristiano. Fue a ver esa otra película… Bueno, no me acuerdo del título, pero los que trabajaban en ella no tenían la piel roja. Además, las artistas están pintadas en los carteles… Se ven por Nápoles…

—Tú sigue hablando de malas mujeres —exclamó mi padre con tono burlón— y dentro de poco nos divertiremos viendo cómo se te cae la lengua. ¿Es que no sabes que el diablo hace que se les caiga la lengua a quienes hablan de cochinadas y de mujeres malas? ¿No te lo ha dicho tu madre?

La esposa enrojeció. Mi padre bostezó.

—Cállate ya, ¿qué sabes tú? —le dijo—. Basta, niña. No tengo ganas de discutir contigo sobre la belleza.

Avergonzada, intentó dar otro ejemplo más digno que la redimiera del ejemplo indecoroso que había usado antes.

—¿Y la reina? —preguntó—. Entonces, ¿también la reina es fea?

Mi padre se rió aplastando la almohada contra la boca con tanto entusiasmo que parecía que quisiera morderla, y yo también me eché a reír. Ella nos miró perpleja, quizá intentando encontrar en su mente vulnerable un último argumento de defensa. Por fin se le iluminaron los ojos y con voz impetuosa, trémula, propuso el argumento supremo:

—Y la Virgen, ¿también ella es fea? ¡La madre de Dios!

Mi padre cerró los ojos.

—Basta, tengo sueño. Quiero descansar un par de horas. Dejadme solo. Nos veremos más tarde.

Salimos en silencio de la habitación y cerramos la puerta. En el pasillo la esposa me pidió en voz baja, para no molestar a mi padre, que la acompañara mientras deshacía la maleta, porque todavía no estaba acostumbrada a la casa y le daba miedo quedarse sola en un cuarto, sobre todo ahora que estaba oscuro.

La maleta

Volvimos al cuarto de donde habíamos sacado la cama. En el lugar que esta había ocupado se distinguía un rectángulo de baldosas más limpias, donde me senté. La habitación tenía varias lámparas, pero la única bombilla que no estaba fundida era la de un farol metálico sujeto en la parte superior de la pared. Apenas iluminaba porque estaba cubierto de polvo, de modo que la esposa se puso de rodillas sobre la cómoda y lo retiró. Para limpiarlo le escupió varias veces y lo frotó con el bajo de la enagua.

Cuando abrió la maleta me llevé una desilusión. Solo aparecieron algunos trapos informes, un par de zuecos corrientes y un vestido floreado de tela ligera, muy usado y descolorido por el sudor. Había también un pañuelo grande para la cabeza, pero no tan bonito como aquellos con estampado de rosas que mi padre usaba como bufanda. Y nada más. La maleta estaba casi vacía. Solo quedaba en el fondo una capa de hojas de periódico y de papel de estraza que, como enseguida vi, servían para proteger unos cuadritos enmarcados. Eran imágenes de la Virgen, que la esposa sacó con muchísimo respeto y depositó sobre la cómoda después de besarlas una por una.

No creía en una única Virgen, sino en muchas —la Virgen de Pompeya, la Virgen del Rosario, Nuestra Señora del Carmen y no sé cuántas más—, y las reconocía por el vestido, la diadema y la postura, como si fueran reinas distintas. Me acuerdo de una que estaba envuelta en rígidas vendas de oro, como las momias egipcias, y que, al igual que su hijo, asimismo vendado en oro, llevaba una enorme corona con muchas puntas. Otra, enjoyada y negra como un ídolo africano, sostenía un niño que semejaba una muñeca de ébano, cargado también él de piedras deslumbrantes. Había una sin corona; tan solo la rodeaba un halo inmaterial. Si no hubiese sido por esa señal de su condición, habría podido confundirse con una pastora bella y lozana; jugaba con un cordero en compañía de su hijito, que estaba desnudo. Por debajo del dobladillo del vestido, muy sencillo, asomaba un piececito níveo y regordete.

Otra, sentada con porte de gran señora en una hermosa silla tallada, mecía una cuna suntuosa, digna del palacio de un duque. Y había otra que parecía una guerrera: cubierta con una especie de armadura de metales preciosos, blandía una espada...

(Por lo que deduje, aquellas vírgenes eran de índole muy diversa. Una era más bien inhumana e impasible como las diosas del antiguo Oriente: había que honrarla, pero era mejor no recurrir a ella para obtener alguna gracia. Otra era una maga, capaz de obrar cualquier prodigio. Una tercera, la dolorosa, era la trágica y santa guardiana a quien se confiaban las pasiones y los dolores. A todas les gustaban las fiestas, las ceremonias, las genuflexiones y los besos; a todas les encantaba recibir regalos; todas poseían un poder inmenso; sin embargo, al parecer la más extraordinaria, la más milagrosa y la más atenta era la Virgen de Piedigrotta.

Por encima de estas vírgenes y sus hijos, de los santos y las santas y del mismo Jesús, se hallaba Dios. Por el tono con que mi madrastra nombraba a Dios, se deducía que para ella no era un rey, ni el jefe del Santo Ejército, ni siquiera el dueño del Paraíso, sino muchísimo más: era un Nombre, único, solitario e inaccesible; a él no se le piden gracias, ni siquiera se le adora. En el fondo, aquella inmensa multitud de vírgenes y santos que reciben oraciones, promesas y besos cumplen esta función: la de salvaguardar la inaccesible soledad de un Nombre. Él es la unidad que se contrapone a la multiplicidad celestial y terrenal. No le interesan las celebraciones, ni los milagros, ni los deseos, ni los dolores ni la muerte; solo le importan el bien y el mal.

Esta era la religión de mi madrastra, o por lo menos así la reconstruí a partir de las conversaciones que desde aquel día mantuve con ella a lo largo de nuestra vida en común. Naturalmente se trata de una reconstrucción imperfecta, porque al hablar con otros de los asuntos sagrados mi madrastra sentía una especie de pudor. Aunque en ocasiones se explayaba con elocuencia sobre las razones de su fe, siempre dejaba algunos puntos envueltos en el misterio y el silencio. Por ejemplo, todavía me resulta difícil decir qué idea tenía del diablo, o si creía en su existencia.)

De las vírgenes que había llevado de Nápoles, colocó varias —por lo menos tres o cuatro— en fila contra el espejo de la cómoda, pero en la maleta todavía quedaban otras tantas, para las que no había lugar junto al espejo, de modo que las depositó sobre la mesilla y el alféizar de la ventana tras darle a cada una el beso correspondiente.

Después de las joyas, los cuadritos de la Virgen María eran la pertenencia más lujosa de la esposa. Impresos en colores, en oro y en plata, enmarcados y bajo vidrio, estaban decorados con adornos distintos. El de la Virgen de Piedigrotta tenía una orla de grandes conchas marinas, lazos de seda, plumas de gallo y cristales de colores que le daban el aspecto de una enseña triunfal de los bárbaros.

En resumidas cuentas, pensé que, después de todo, aquella maleta era bastante sorprendente. Pero a pesar de mi fascinación no hice ningún comentario.

La vida eterna

Una vez colocadas las vírgenes, la esposa miró a su alrededor y me preguntó si creía que mi padre le dejaría colgar una en su habitación, sobre la cama en la que ella dormiría. Alzando los hombros con cierto escepticismo le respondí:

—Me parece que no. —Y agregué con tono severo—: Nosotros no creemos en ninguna Virgen. Ni siquiera en Dios.

—Pero ahora tu padre es cristiano —replicó ella muy seria. (Esta frase que, distraído, pasé por alto en aquel momento reapareció más tarde en mi memoria como una novedad sorprendente... Pero volveré sobre esto más adelante.)

Nuestra breve conversación sobre las imágenes domésticas volvió a llevar el pensamiento de la esposa hacia el tema del antepasado evocado poco antes por mi padre. Llena de perplejidad, se animó a preguntarme si era cierto que aquel espectro que odiaba a las mujeres recorría el castillo. Respondí a su pregunta alzando los hombros una vez más y haciendo una mueca. Su ingenuidad me aburría.

—¿Es que no entiendes nada? —exclamé—. Es cierto que antes vivía aquí el Amalfitano, pero ahora está muerto. ¿Sabes qué quiere decir «muerto»? A ver si te enteras de que mi padre no cree en los espectros, y yo tampoco. Los fantasmas no existen. ¡No son más que leyendas románticas!

Se acercó y, circunspecta, con un susurro solemne, afirmó que los espectros existen: ella nunca había visto ninguno, pero una conocida de su madrina que trabajaba de enfermera de noche en el hospital de los Incurables había visto centenares.

—Pero a mí me daría igual verlos —agregó—. No me asustan.

Y me contó que eran simplemente unos desgraciados, almas de pecadores en pena, que, como míseros pordioseros desvalidos, mendigaban una oración por su paz eterna. No tenían aspecto de cristianos, sino que parecían jirones de sábanas ondeantes. Y bastaba con rezarles un responso para que desaparecieran.

Tuve ganas de decirle que los difuntos carecían de espíritu, que con la muerte todo terminaba y que la única posibilidad de sobrevivir la daba la gloria, pero de inmediato pensé que no valía la pena revelarle todo eso. Además, ella nunca alcanzaría la gloria; por eso era mejor dejar que se engañara con sus ideas.

Me contenté con preguntarle con sarcasmo:

—Pero si basta una oración para echarlos, ¿por qué te da miedo estar sola por la noche?

—¡No les tengo miedo a ellos! —protestó indignada, con determinación—. ¡Sería una vergüenza tenérselo! ¡No les tengo miedo a ellos ni a nada! No soy como mi hermana, que por la noche se asusta hasta de los ojos de un gato. No tengo miedo de nada, ni de los relámpagos ni de la gente de mal vivir. Pregúntale a mi madre si no es verdad. ¡A mí no me da miedo nada!

(«Mi padre —pensé, pero no se lo dije—. Mi padre sí te da miedo.»)

—Lo único que me espanta —continuó, como si se esforzara en explicarme un asunto muy difícil que ella misma no sabía explicarse— es estar sola. Pero no por algún otro motivo. Por el mero hecho de estar sola, sin nadie a mi lado. Miedo de estar sola. Nada más que eso me da miedo. ¿Por qué habría de haber tantos cristianos en este mundo, sino para estar juntos? Y no solo los cristianos; también los animales, aunque de día andan cada uno por su lado, de noche se juntan.

—¡No es verdad! —repliqué con decisión—. Algunos animales están solos y son magníficos y soberbios, como los héroes. El búho está solo casi siempre, y la vaca marina se desplaza a solas por la noche, y el elefante se dirige solo a un lugar lejano cuando sabe que va a morir. Y el hombre tiene mucho más coraje que todos los animales. ¡Es igual que un rey, que una estrella! Basta. Yo —concluí con orgullo— he estado solo toda mi vida.

—Eso les pasa a los que no tienen madre —comentó ella con tal compasión e ingenuidad que su vocecilla, áspera e insípida, sonó melodiosa—. ¡Ah! —añadió como quien enuncia un pensamiento filosófico singular—, la madre es la primera compañía de nuestra vida y nadie se olvida nunca de ella...

»También a mí me ha tocado ser huérfana —dijo con tono solemne al cabo de un rato—, porque me quedé sin padre. Y sin hermano. Mi madre, mi hermana y yo. Solo tres mujeres. Esa es mi familia. Antes de mi hermana había un hermano, más chico que yo. Tenía ocho años cuando murió. En Navidad hizo cinco años de su muerte. Murió junto a mi padre, en esa desgracia tan famosa...

—¿Qué desgracia? —pregunté con curiosidad. Por su tono altisonante supuse que se trataba por lo menos de un ataque aéreo de gran magnitud o de otro acontecimiento de importancia mundial.

—La famosa desgracia de la carga de puzolana. Si hasta en Roma se habló de eso. Quedaron cuatro cristianos. ¡Y qué entierros más bonitos les hicieron! Acudió hasta la banda..., y las autoridades, y todo lo pagó el ayuntamiento: los caballos, las coronas..., todo.

»Mi padre había ido a trabajar. ¡Y pensar que siempre hacía

huelga porque era un holgazán! Prefería el oficio de señor. Él era así. Pero aquella semana tuvo ese capricho y se fue a trabajar, a descargar puzolana. Y mi hermano le llevó la comida.

»Habíamos hecho pasta aderezada solo con aceite y parmesano; era como más le gustaba a mi hermano. Porque él tenía ideas muy especiales. Por ejemplo, no le gustaba la salsa. Y mi madre le dijo: "Primero ve a llevársela a tu padre y luego vuelves y comes con nosotras". Y él se fue refunfuñando, con el plato de mi padre envuelto en una servilleta. No volvimos a verlo. Fue la fatalidad del destino.

El relato, aunque trágico y conmovedor, me desilusionó un poco. Sin embargo, para no ofender a mi huésped me abstuve de manifestar mi decepción, y a fin de mostrar una actitud acorde con las circunstancias dejé escapar un gran suspiro. Ella, absorta en la solemnidad de su duelo, me respondió con una mirada confiada y agradecida; luego suspiró a su vez y comentó con aquel tono meditabundo de pensadora:

—Sí, a la muerte tanto le da un hombre robusto como un chiquillo; para ella son iguales. Para ella todos son criaturas.

Al pronunciar estas palabras su pobreza de niña pareció revestirse de ancianidad, de una edad muy avanzada llena de sabiduría y casi majestuosa. Pero en su triste canto fúnebre ya asomaba un consuelo infantil:

—De todos modos —aseguró convencida—, al final llegará el día en que las familias volverán a reunirse en la verdadera fiesta eterna. —Se interrumpió, como si temiera ensombrecer con alguna indiscreción suya esa fiesta ultraterrena. Y se limitó a añadir, con un respeto misterioso, como quien recita los extraños libros de una santa sibila o del profeta Daniel—: Sí, se equivoca quien teme a la muerte, porque es como un disfraz, nada más. En este mundo se la presenta feísima a propósito, como si fuera un lobo, pero en el Paraíso se mostrará tal como es, con la belleza de la Virgen. Si allí hasta cambia de nombre: ya no se llama «Muerte», sino «Vida Eterna». En el Paraíso, si dices «muerte» nadie te entiende.

Se interrumpió y meneó la cabeza con una expresión misteriosa y soñadora, como si su imaginación ya le anticipase aunque fuera una pizca de los esplendores de ese futuro, del que, por la debida reverencia, no se debía hablar demasiado. Por fin retomó la palabra y no tuvo reparo en concluir:

—Y, así, el último día esa preciosa Vida Eterna saldrá a la puerta riendo al lado de la Beata Virgen Coronada, como otra madre de los cristianos que les ha preparado una gran fiesta, que jamás terminará. Y allí nos encontraremos con mi padre y mi hermano y todos mis otros hermanos y hermanas que murieron nada más nacer o cuando estaban en pañales.

Por su sonrisa crédula y embelesada, llena de una alegría fresca y primitiva, era evidente que para ella la impasible indiferencia de la eternidad se transformaba sin más en una gran feria fabulosa con luminarias y cancioncillas, bailes, enanitos y niños. Me contó —volviendo a adoptar la actitud de pompa nobiliaria que solía usar para hablar de su familia— que, además de ella, Nunziata, primogénita de la prole, su madre había tenido otros nueve hijos entre varones y mujeres. De hecho, casi todos los años de los doce que estuvo casada se quedaba embarazada, y por eso sus amigas le decían: «Viulante, tu Nunziatina no necesita hacerse ninguna muñeca; ya piensas tú en fabricarle siempre una nueva…». Pero por desgracia la voluntad de Dios fue que la mayoría de los nacidos volaran al cielo antes de aprender a andar sobre la tierra…

Por suerte ninguno se había ido sin el santo bautismo, y por eso pudo nombrarlos a todos por su nombre. Había un Gennaro, dos Peppini, un Salvatore, una Aurora, un Ciccillo y una Cristinella. Su rostro reflejó una leve perplejidad.

—Cuando pienso en esos hermanos tengo miedo de no saber reconocerlos. Los recuerdo como si fueran todos iguales, con la misma cara. Pero por lo visto en el Paraíso la gente se reconoce sin decir siquiera el nombre; el parentesco estará escrito en la frente. Y tú también encontrarás a tu madre y podremos estar todos juntos y formar una sola familia.

Por mi mente cruzó la imagen de la madre de Arturo, solitaria y desdeñosa de esa mezcolanza, que en su hermosa tienda oriental se alejaba de la isla de Prócida sin decirle adiós.

—Los muertos no tienen familia —repuse con dureza—. Después de la muerte nadie reconoce a nadie.

Me miró como el sabio mira al ignorante, pero también con un profundo respeto, y no respondió. Al cabo de un momento, enroscándose un rizo en los dedos, observó con una vocecita soñadora:

—También aquel hermano mío del que te he hablado tenía ideas muy especiales. Por eso lo llamaban el Contable, porque contaba muchas cosas y todos se quedaban callados cuando él hablaba. Se llamaba Vito.

Permanecimos un rato en silencio. Luego, mirándome con tímida compasión, prosiguió:

—Así que has estado todo este tiempo solo.

—Sí.

—Pero… tu padre… ¿no te hacía compañía?

—Claro que sí. Cuando se encuentra en Prócida está siempre conmigo; de la mañana a la noche… Pero él debe viajar y yo, por ahora, no tengo edad para acompañarlo. Pero pronto la tendré y entonces viajaremos juntos.

—¿Y qué haréis cuando viajéis juntos?

—¿Cómo? ¿Qué haremos? Por de pronto visitar las maravillas geográficas del mundo. Es lo natural.

—¿Qué maravillas? —me preguntó.

El doble juramento

El tema que puso sobre el tapete con la pregunta era demasiado fascinante y hacía demasiado tiempo que ardía sin válvula de escape en el recinto de mi fantasía para que no me dejara arrastrar de inmediato por una elocuencia incontenible. Comencé a citar con gran énfasis las más apremiantes de las numerosas maravillas sensacionales que, esparcidas por el mundo, esperaban la visita de Wilhelm y Arturo Gerace... Sin embargo la esposa, que hasta ese momento había escuchado con modestia cada una de mis palabras, mostró una autoridad belicosa en este tema.

Por lo visto en su opinión no había nada que valiese la pena conocer fuera de Nápoles y sus contornos, de modo que oyéndome celebrar todas aquellas cosas exóticas se ensombreció llena de celo por el honor napolitano. De vez en cuando me interrumpía para decirme, con tono orgulloso y al mismo tiempo amargo, que también en Nápoles había esto y lo otro... Como si todas las maravillas de la tierra fuesen en el fondo de segundo orden, provincianas, y un ciudadano de esa gran urbe pudiese ahorrarse la molestia de viajar; le bastaba con nacer, porque en su tierra podía encontrar los ejemplares más excelsos de todo.

Comencé elogiando el castillo de los cruzados de Siria, donde en la Antigüedad vivían hasta diez mil caballeros. Y ella afirmó con prontitud que en Nápoles se levantaba un castillo, cincuenta veces mayor que el de mi padre, al que llamaban «del huevo» porque estaba todo cerrado y casi no tenía aberturas, igual que un huevo, y que en su interior se encontraban los reyes de las Dos Sicilias, los Borbones... Le cité la colosal Esfinge de Egipto, a la que acudían millares de caravanas de todos los continentes. Y ella nombró una iglesia de Nápoles donde había una Virgen de mármol, alta como una giganta, que a veces, cuando se le mostraba un crucifijo, aunque fuese pequeñito como los que se llevan al cuello a modo de amuleto, vertía lágrimas de verdad. Aseguró que muchas personas habían visto el prodigio, no solo napolitanas, sino también francesas, norteamericanas y hasta un duque; y recibía la visita de tantos peregrinos que le ofrecían cruces, cadenas y corazones preciosos, que la iglesia se había transformado en una mina de oro.

Le hablé de los faquires indios y de inmediato elogió toda una serie de fenómenos no menos maravillosos que vivían en Nápoles. En Nápoles, en la sacristía de un convento, había una monja delicada y menuda que había muerto hacía más de setecientos años pero que se conservaba bella y fresca como una rosa, hasta el punto de que en su urna de cristal parecía una muñeca dentro de una vitrina... Y en Nápoles, en la piazza San Ferdinando, residía un viejo de lengua y labios negros que poseía la habilidad de comer fuego. Ofrecía espectáculos en los cafés devorando fuego, mientras sus nietos caminaban entre las mesas pasando el platillo, y de esa manera aquel extraño viejo mantenía a su familia.

Yo la dejaba hablar con una magnanimidad no carente de compasión, ya que para mí Nápoles era tan solo el punto de partida de mis viajes, un átomo insignificante, mientras que ella, por culpa de su destino privado de gloria, estaba condenada a no conocer nada más en el mundo que Nápoles y Prócida. Por eso escuchaba con gesto casi compungido aquellas napolitanadas que otros debían de haberle enseñado y que ella me contaba con perfecta credulidad, gesticulando con sus manitas. Hasta que de pronto unas extraordinarias ganas de reír comenzaron a cosquillearme en la garganta y prorrumpí en tales carcajadas que, desternillándome de risa, me tiré al suelo cuan largo era y me quedé tumbado boca abajo.

Creía no haber sentido jamás una alegría tan extraordinaria, hasta el punto de que no me parecía tan solo mía, sino también de ella y del mundo entero. Pero, como es lógico, la esposa lo tomó a mal. Sus jactancias napolitanas se interrumpieron de golpe y la oí protestar, resentida y humillada.

—Pregúntale a mi madre si digo mentiras. Puedes preguntarle a toda Nápoles si lo que cuento son invenciones mías o la verdad.

Levanté un poco la cabeza, dispuesto a tranquilizarla, pues en realidad no dudaba de su buena fe y, curiosamente, me desagradaba disgustarla sin necesidad. Sin embargo, al ver que me miraba enfurruñada y balanceándose me volvieron las ganas de reír, como el estribillo de una canción, y en lugar de hablar me reí aún más que antes.

Esta escena se repitió dos o tres veces en un minuto. De vez en cuando contenía las carcajadas, la miraba y volvía a reír con más ganas. De modo que, sin ser esa mi intención, la esposa se sentía cada vez más ofendida. Adelantaba los labios presa de una rabia que parecía capaz de aplastarla, y pensé: «¿Qué hará?», con el gusto que proporciona el juego, como cuando azuzaba a Immacolatella.

Al final oí que empezaba a quejarse, y de pronto avanzó hacia el centro de la habitación, donde se detuvo y exclamó con el tono amargo y elevado de una profetisa:

—¡Juro ante las almas benditas del purgatorio que no he dicho ninguna mentira! Ellas son testigos de mi juramento.

Ante la solemnidad de la escena me puse serio al instante. Pero en ese momento ella ni siquiera me miraba.

—Me escuchan mi padre y mis hermanos —añadió—. ¡Que me caiga ahora mismo si he inventado algo de lo que he contado de Nápoles! ¡Que me caiga muerta si miento!

Una vez pronunciado el juramento, tragó saliva, y entonces advertí que le temblaban el mentón y la boca por la emoción de sentirse calumniada por mí. Sin mirarme, temiendo quizá que volviera a reírme, me dijo con un hilo de voz:

—Ahora podrás creer que no te he dicho ninguna mentira.

Se me removió la conciencia y me remordió mi anterior desenfreno. Furioso conmigo mismo, con impetuosa resolución me puse de pie y me quedé frente a ella. Entonces exclamé, con voz muy seria, incluso solemne:

—¡Por mi honor!, que caiga fulminado si lo que digo no es verdad: ¡juro que desde el principio he creído en la sinceridad de tus palabras y que no te considero una mentirosa!

Según recuerdo, hasta entonces no había tenido lugar en mi vida ninguna ceremonia tan importante. Por eso sentí una gran satisfacción. Ella, ya más serena, me sonrió como para darme las gracias y me preguntó a qué se habían debido aquellas risotadas, y en conciencia no encontré mejor respuesta que esta, que pronuncié a toda prisa:

—Me he reído porque me han dado ganas de reír.

Conforme con la explicación, no preguntó nada más. Dejó escapar un breve suspiro de alivio, en el cual pareció disolverse toda la amargura que había tragado poco antes, con lo que se quitó un peso del corazón. Sacudió la cabeza lamentando sus sospechas y dijo con voz alegre:

—Creía… que me acusabas de contar embustes…

Alcé los hombros.

—¡No! Sé muy bien que tú no mientes —exclamé. Y agregué con arrogancia—: ¡Te conozco!

Esa frase, «Te conozco», surgió de forma natural. Al decirla me di cuenta de algo que me sorprendió porque, por muy curioso que resultara, era cierto: las demás personas —mi padre más que nadie— me parecían siempre misteriosas; en cambio, a esta, a quien veía por primera vez, me parecía conocerla de memoria. ¿Acaso ese descubrimiento sorprendente había sido en el fondo la causa de mi ataque de risa? De todos modos, no sabiendo qué más decir, volví a sentarme en el suelo y le espeté con irritación:

—¡Lo he jurado por mi honor! ¿Qué más quieres? ¡Vete al diablo!

Hizo un leve movimiento nervioso con los labios, como si deseara decirme: «Te he perdonado, ¡te he perdonado!», pero en lugar de hablar me sonrió como pidiéndome ella misma perdón. Y se acercó corriendo, rauda, como una gallinita que al caminar abre las alas, y sin dejar de sonreír se detuvo con modestia a un par de pasos de mí. Entonces le sonreí, aunque con un poco de condescendencia, moviendo solo un lado de la boca.

Me aturdió un deseo confuso, de reírme y de mirarla o no mirarla. Sentía sobre mí sus ojos confiados y protectores, lo que me producía una fabulosa alegría de lo más cómica. Al cabo de un instante me dijo indecisa, alisándose el pelo:

—Conque en cuanto seas grande te irás…

—Sí —respondí. Y al confirmar con tanto énfasis mi proyecto pensé por primera vez en qué papel desempeñaría ella en los futuros viajes de Gerace padre e hijo. Decidí con resolución: «Nos esperará sola en Prócida». Sin embargo, ella no parecía pensar en su destino.

Me miraba con aquellos ojos llenos de confianza y antigüedad pueril, que me recordaron al mismo tiempo las noches estrelladas de la isla y a Immacolatella.

—¡Y has pasado toda tu vida sin madre! —dijo tras un silencio absorto, como si no pudiese aceptar semejante idea.

El anillo de Minerva

—¡Con solo un mes de vida —proclamé con orgullo levantando la cabeza—, ya me valía por mí mismo! Una vez Silvestro se fue a Nápoles para ver un partido de fútbol del campeonato nacional y me quedé solo un día entero. Me ató al cuello el biberón y, para que no me cayera, me dejó en el suelo sobre unos trapos.

—¿Quién era Silvestro? —preguntó.

—Uno de Nápoles que estuvo aquí hasta que lo llamaron para el servicio militar. Era amigo mío. Él me daba la leche.

—¿La leche?

—Sí, me crió con leche de cabra.

—¡Puaj! —exclamó con gran indignación—. ¡Leche de cabra, que ni siquiera tiene sabor cristiano! ¿Qué has hecho para crecer tan hermoso? En Nápoles dicen que la leche de cabra y la de oveja son de las peores y que solo las toman los cabreros y los pastores de ovejas. Mi hermano no se comía la pasta si le echábamos queso de oveja. Y ese soldado, ¿qué clase de napolitano era para darte leche de cabra? ¡De haberlo sabido...! Algunos años a mi madre le dolían los pechos por toda la leche que tenía. De haber sabido que estabas en Prócida con una cabra, te habríamos llevado a casa y habrías crecido con nosotros. En nuestra casa habrías estado muy bien. Éramos muchas mujeres, y hacen falta mujeres para cuidar de una criatura. Vaya con el Silvestro ese; vale que era un hombre, pero aun así podía haber sido menos ignorante. ¡Mira que darte leche de cabra!

Cuando dijo «ese soldado» y «el Silvestro ese», su voz había destilado una animadversión implacable, como si, además de merecer su desprecio por haberme dado leche de cabra, mi desconocido ayo le hubiese provocado desde el primer momento, en cuanto lo mencioné, una profunda antipatía. No me gustó su tono; no podía permitir que se ofendiera impunemente a mi primer y único amigo.

—Silvestro —proclamé con vehemencia y resolución— es uno de los mejores napolitanos que existen. Y debes saber que no era un soldado. Llegó a ser cabo primero, y si hubiera seguido en el servicio lo habrían ascendido a sargento. Se contaba entre los mejores del ejército. Y también fue futbolista. Jugaba de delantero centro en un equipo de Nápoles. Me quiere muchísimo. Se marchó hace más de ocho años y, aunque no hemos vuelto a vernos, no se olvida de mí. Me manda postales; el año pasado me envió una de Caserta firmada también por su novia, por un sargento de aviación y por la hermana del sargento. Y el cinco de diciembre, por mi cumpleaños, me mandó una en colores con una ilustración de una rosa y una herradura. Todos los años se acuerda de felicitarme por mi cumpleaños. Guardo todas sus postales.

Me escuchaba con atención, pero con un poco de amargura, como si, a pesar de la evidente admiración que le causaban mis palabras, le resultara imposible vencer el odio inesperado que había concebido contra Silvestro.

—Y también recibí un regalo suyo hace unos años —continué—, cuando cumplí los diez. Lo trajo un defensa del equipo de Nápoles que vino de viaje. Es un encendedor alemán de esos de contrabando, sin el sello del Estado. Lástima que se le gastó la piedra y que en Prócida no hay repuestos. Con ese mismo defensa le mandé de regalo un camafeo que había encontrado en la playa; debió de perderlo un forastero. Era una piedra magnífica, con la cabeza de la diosa Minerva. Me escribió una postal para contarme que se había hecho un anillo con él y que lo llevará siempre puesto; otra razón para que no se olvide nunca de mí. Aquel defensa me dijo: «Ten la certeza de que Silvestro te recuerda siempre. Muchas veces, hablando de cualquier tema, nombra a Arturo, como si todos tuvieran que saber quién es ese tal Arturo. A cada rato dice: "Quién sabe cómo habrá crecido. Un día tengo que animarme a ir a Prócida a verlo"».

»Pero por su trabajo le resulta difícil alejarse de Nápoles —proseguí con pena—. Tiene un puesto de confianza en una empresa de construcción. Es vigilante, un empleo buenísimo en mi opinión. Vive en una barraca desmontable, que se transporta al lugar donde se realizan las obras. Pasó más de un año en Pozzuoli, donde están los campos de tiro, y casi seis meses frente al puerto de Nápoles, donde fondean los acorazados, los torpederos y los transatlánticos. ¡Quién sabe dónde estará ahora! En la última postal me mandó solo saludos, no contaba nada.

Al oír estas últimas frases pareció reconciliarse con Silvestro, al menos por el momento, y de pronto, con una alegría infantil, exclamó:

—¿Sabes qué haremos? Un día tomamos el barco de Nápoles con tu padre y vamos a buscarlo. Así verás el puerto de Nápoles y los transatlánticos, y hasta el Pallonetto, donde está mi casa. En el Pallonetto —agregó con majestuosidad— hasta los niñitos más chiquitines son futbolistas. Se juegan partidos de fútbol en todas las calles. Un marinero conocido nuestro que se llama Andonio y que ha viajado por todo el mundo dice que en ninguna parte se ve a tantos muchachos jugando como allí. —Me miró con ojos llenos de pena—. ¡Ah, habría estado muy bien que cuando eras pequeñito ya hubiéramos sido parientes como ahora! Nos habríamos enterado enseguida de que te había tocado la mala suerte de quedarte sin madre nada más nacer. Entonces mi madre, mi madrina y yo habríamos venido con un buen canasto forrado de plumas y seda para llevarte a nuestra casa.

Me contó que en su casa de Nápoles nunca habría estado solo, pues se componía de un único cuarto cuya puerta daba a la calle, de modo que, si alguna vez hubiera tenido que quedarme solo, la gente que pasaba por la calle me habría hecho compañía.

Escuchando esos proyectos absurdos me dieron ganas de reír, porque me acordé de lo que Silvestro me había contado de aquella vez que acudieron los parientes de mi madre y él, por miedo a que se me llevaran, me escondió en el baúl. Sí, pero no se presentaron con un canasto forrado de plumas y seda. Si mi ayo hubiese visto llegar a esos otros parientes con un canasto tan elegante, quizá les habría dejado llevarme con ellos.

En el reflejo de la luna

Mientras reflexionaba de esta manera —pero sin dejar traslucir mis pensamientos—, ella se sentó sobre la maleta, frente a mí, que continuaba sentado en el suelo. Así, estando a mayor altura que yo, con el busto erguido y firme, la cabeza inclinada sobre el hombro y las manos entrelazadas en torno a las rodillas, siguió hablando, como quien cuenta una fantasía, que a ella le seducía pese a su imposibilidad. Su voz —ya familiar para mí—, de niña que no ha terminado de crecer, tenía un timbre de incredulidad legendaria, fraterna e incluso amarga.

—Si hubieras vivido con nosotros, habrías tenido otra vida. Yo te habría cuidado y te habría llevado en brazos. Ya de chiquita sabía coger en brazos a las criaturas. A la fuerza, porque nuestra casa era una fábrica de niños. A todos los llevé en brazos. ¡Si hasta sabía saltar a la cuerda con uno en brazos!

—Dime —la interrumpí—, ¿cuántos años tienes?

—Hice los dieciséis en octubre. ¿Y tú?

—Voy para los quince. Los cumplo en diciembre —respondí. Calculé que tenía dieciséis años y tres meses. Cuando nací, ella tenía dos. ¡Y a esa edad iba a llevarme en brazos! Aun así, no le señalé lo inverosímil de su idea y la dejé continuar.

—¡Habrías podido ser uno más de la familia, otro hermano! Tenemos una cama grande, donde caben hasta seis y ocho personas. Habrías dormido la mar de bien con nosotros. Y si tu padre, después de viajar por su cuenta, hubiera ido a verte y se le hubiese hecho tarde, también él se habría quedado a dormir en casa. Porque en la cama tenemos dos colchones; habríamos puesto uno en el suelo para dormir nosotros, todos juntos, y le habríamos dejado la cama a él.

Me eché a reír y su risa hizo eco a la mía. Pero la suya terminó con un suspiro infantil, a duras penas reprimido; como si hablando se hubiese encariñado con la fantasía que relataba y no quisiera abandonarla todavía. Me sonrió con una especie de tristeza protectora. Y sus ojos, serios, afectuosos y lúcidos, parecieron pedirme disculpas, como si dijeran: Soy una tonta por fantasear así, pero mi conciencia no olvida la realidad.

—Por la noche —concluyó—, para que te durmieras contento, mi madre, la madrina y yo te habríamos cantado alguna canción bonita. Habrías comido cada día con nosotros y habríamos pasado juntos las fiestas y los cumpleaños.

Permanecimos en silencio. La quietud que se extiende sobre la isla al atardecer —el estruendo de la tramontana había cesado casi por completo— aumentó en torno a la habitación, hasta el punto de que parecía oírse el correr de los minutos a través de distancias fabulosas del tiempo como una enorme respiración tranquila que subía y bajaba con ritmo acompasado. Ella continuaba sentada en la maleta, en una actitud serena, llena de paz y de ingenua majestad; yo, a sus pies, medio tendido en el suelo, escuchaba sin pensar aquellos hermosos sonidos que se deslizaban en la noche. De pronto oí su voz, que decía:

—La luz de la lámpara ha menguado.

—Señal de que dentro de poco se apagará —repuse—. Todas las tardes se apaga un momento con el cambio de los electricistas en la central.

Se quedó muy callada y permaneció inmóvil en aquel recogimiento inspirado. Un instante antes de que se apagara la luz, me miró y volvió a romper el silencio con una frase que era una observación pueril, carente incluso de sentido lógico, pero que quizá por eso mismo sonó como un oráculo misterioso:

—Y pensar que durante este tiempo tu padre decía de vez en cuando: Arturo, Arturo… Y pensar que ese Arturo eras tú.

Al apagarse la luz, se dejó ver en la habitación un débil reflejo lunar que atravesaba los vidrios cubiertos de polvo. Me tumbé boca arriba, indolente. Más allá de mi cuerpo estirado distinguí la sombra de la esposa, sentada como una estatua; y, con la cabeza vuelta, contemplé la sucia ventana que tenía a mi espalda imaginándome que, al otro lado del cristal, la forma sutil de la luna nueva descendía por el cielo sereno como a lo largo de un hilo. La oscuridad de la habitación duró unos segundos; pero esos pocos segundos bastaron para que de improviso recuperara un recuerdo. Pertenecía a una existencia que debí de vivir en tiempos muy remotos, hacía siglos, milenios, y que en ese momento emergió en mi memoria. Aunque no del todo claro, era un recuerdo tan veraz que por un momento me arrancó del presente.

Me hallaba en un lugar muy lejano, no sé de qué país. Era una noche clara, pero en el cielo no se veía la luna; yo era un héroe y caminaba por la orilla del mar. Había recibido una afrenta o tenía una pena: quizá había perdido a mi amigo más querido, es posible que lo hubiesen matado (no lo recordaba muy bien). Llamaba a alguien y lloraba tirado en la arena, y entonces aparecía una mujer muy alta, que se sentaba sobre una piedra a unos pasos de mí. Era una niña, pero toda su persona poseía una madurez majestuosa, y su misteriosa infancia no parecía una edad humana, sino una señal de eternidad. Era a ella a quien yo llamaba, no me cabe ninguna duda, pero no acertaba a recordar quién era, si una divinidad del mar o de la tierra, o una reina a la que estaba ligado por parentesco, o bien una adivina…

Estaba tan ensimismado que no me di cuenta de que había vuelto a encenderse la luz.

—¡Artù! —me dijo la esposa—. ¿Qué hora es?

Era la primera vez que me llamaba por mi nombre.

Me agité y me incorporé. De inmediato volví al presente, a la habitación iluminada, con la esposa sentada sobre la maleta.

—Serán cerca de las seis y media —respondí—, porque todos los días cambian el turno de la luz más o menos a esa hora.

De un brinco se levantó de la maleta.

—¡Las seis y media! —exclamó—. Entonces hay que encender enseguida la lumbre para la cena.

Le dije que en nuestra casa nunca se encendía por la noche, pues todas las mañanas Costante preparaba también la cena, y esa mañana habría hecho lo de costumbre y la habría dejado sobre el aparador. Pero ella insistió con gran énfasis y vehemencia en que había que encender la lumbre para calentar la comida y quizá para cocer la pasta. Entonces bajamos a la cocina.

Los más destacados capitanes

Costante nos había dejado para la noche un conejo asado y patatas fritas con aceite, pero buscando en los estantes del aparador dimos con un paquete de pasta comprada en la tienda, un tarro de conserva y un pedazo de queso, y ella dijo que con esos ingredientes podíamos preparar un buen plato de pasta para la cena. Hurgando en la cocina encontró varios haces de leña seca, un cubo de carbón y fósforos. La mar de contenta, anunció que en un periquete encendería la lumbre y pondría agua a hervir, para echar la pasta en la olla cuando llegara mi padre. Reiteró la petición que me había hecho en el piso de arriba: que no la dejase sola en aquella casa aún desconocida para ella. Me estiré sobre el banco tras sacar del cajón un libro que en aquella época siempre leía en la cocina mientras comía. Sin embargo, aquella tarde tan extraña no tenía muchas ganas de leer y permanecí ocioso, apoyado sobre los codos con el libro delante, sin siquiera abrirlo.

La esposa se puso a cantar mientras encendía la lumbre. Me estremecí al oír su voz, que con el canto se volvió más áspera y salvaje. Iba y venía del cajón de la leña al hogar con movimientos apresurados y decididos; fruncía las cejas y tenía una expresión resuelta. Parecía que encender el fuego era para ella una especie de guerra o de fiesta.

Como en la cocina no había fuelle, ella misma sopló los pedazos de carbón, con mucho brío, lo que me recordó una ilustración de las cruzadas en la que se veía al viento Aquilón, representado como un arcángel de cabello rizado, impulsando con su soplido a una flota. A fuerza de soplos, los carbones por fin se encendieron, para avivar la llama y la esposa, se levantó el bajo de la falda y comenzó a sacudirla con ímpetu, como si fuese un ventilador colocado delante del hogar. Se alzó una nube de pavesas, pero ella siguió agitando la falda con la fogosidad impetuosa de una bailarina gitana mientras cantaba a voz en grito, olvidada su timidez, como si estuviera a solas en su casa de Nápoles.

No cantaba con abandono sentimental, sino con aspereza infantil y arrogante; algunas notas agudas evocaban un canto amargo de animal: quizá el de las cigüeñas o el de las aves nómadas sobre el desierto. Cuando ardieron los carbones, dejó caer la falda y fue al fregadero a llenar de agua la olla sin dejar de cantar. De una de aquellas canciones —las cantaba en italiano, no en dialecto napolitano, y yo no las conocía— recuerdo todavía un verso, que ella pronunciaba del siguiente modo:

Forse ogni apascia già pronto ha il pugnal.

Picado por la curiosidad, le pregunté qué quería decir *apascia* —todavía no había oído hablar de los *apascie* ni de las *gigolettes* que luego encontré en centenares de canciones—, y respondió que no lo sabía. Me comentó que casi todas las canciones que conocía las había aprendido escuchando el radiogramófono de una vecina. La mujer había ganado mucho dinero en el comercio y podía permitirse algunos caprichos. Pero era una buena cristiana. Cada vez que encendía la radio, ponía el volumen al máximo, de modo que todos los de la calle que estaban tranquilamente sentados a la puerta de casa escuchaban las canciones.

En medio de estas charlas terminó sus preparativos y se sentó en el suelo junto al banco donde yo estaba. Miró el libro, todavía cerrado delante de mí, y laboriosamente, como hacen los semianalfabetos, leyó el título silabeando:

VI-DAS DE LOS MÁS DES-TA-CA-DOS CA-PI-TANES

—*Vidas de los más destacados capitanes* —repitió. Y me miró con admiración, como si el mero hecho de leer ese libro me situara a la altura de aquellos excelsos capitanes. Luego me preguntó si me gustaba leer.

—¡Claro que sí! —respondí—. Desde luego que me gusta.

Entonces, avergonzada, pero al mismo tiempo con una especie de resignación fatalista, como quien reconoce un hecho para el que no hay esperanza ni remedio, confesó que a ella no le gustaba leer, hasta el punto de que, cuando de niña iba a la escuela, lloraba todas las mañanas con solo tener el libro delante. Llegó a terminar el segundo grado elemental y después dejó los estudios.

En su casa de Nápoles había libros: una novela que le había regalado su madrina y varios libros de texto de su hermana, que cursaba tercero. Pero desde muy pequeña pensaba que la lectura era una penitencia sin fruto. Le parecía que en los libros solo había un batiburrillo de palabras. ¿Qué valor tenían esas palabras desparramadas, muertas y desordenadas, sobre un papel? Aparte de palabras, no veía nada más en los libros. Era lo único que lograba entender: las palabras.

—Hablas como Hamlet —le dije.

Había leído en traducción italiana la tragedia de Hamlet —junto con las de Otelo, Julio César y el rey Lear—, y desaprobaba la conducta de dicho personaje.

—¿Quién es Hamlet? —preguntó.

—Un bufón —contesté con una mueca de desprecio.

La respuesta le provocó un ataque de risa nerviosa. Al principio no entendí por qué se reía, pero no tardé en darme cuenta de que, al oírme calificar de bufón a Hamlet, había creído, como consecuencia natural de mis palabras, que también la consideraba así a ella. Me eché a reír al pensarlo. Después me puse serio y le expliqué:

—Yo sé por qué Hamlet era un bufón, pero tú no tienes nada que ver con él, ¿entiendes? Él era un príncipe de Dinamarca.

Ante semejante revelación, su rostro expresó un respeto considerable.

—¡No pongas esa cara! —exclamé con resolución—. Casi todos los reyes y los príncipes son unos bufones.

Esta era una de las conclusiones más recientes a las que había llegado y comprendí que no podía comunicársela a mi interlocutora sin agregar alguna explicación adecuada.

—No basta un trono para merecer el título de rey. Un rey debe ser el hombre más valeroso de su reino. Por ejemplo, Alejandro Magno. Él sí fue un verdadero rey. Era el primero —añadí con cierta envidia— de todo su pueblo, no solo por la valentía, sino también por la belleza. Poseía una belleza divina. Tenía el pelo rubio y ensortijado, que parecía un yelmo de oro.

La esposa me escuchaba con gran atención y respeto. De pronto observó admirada:

—¡Eres más pequeño que yo y sabes tantas cosas!

Proseguí, un poco impaciente por lo de «pequeño».

—Pero ha habido muy pocos reyes como él. ¿Sabes qué son los que aceptan el título de rey sin tener la valentía necesaria? Son unos villanos sin honor, unos usurpadores del mando.

—Sí, es verdad. Quien tiene el mando debe ser mejor que los demás —convino humildemente, con voz tímida—, porque si los de arriba no dan ejemplo, ¿cómo puede seguir adelante este mundo? —Y después de meditar un momento añadió—: Pero así va todo. ¡Si ni siquiera los de arriba se acuerdan de pagar lo que deben al Señor! También los poderosos se equivocan, no solo los desgraciados. ¡Ah, no hay muchos cristianos con la conciencia tranquila! Por eso el Hijo de Dios todavía camina con la corona de espinas allá en el cielo. ¡Quién sabe cuándo terminará su pasión!

Como una extraña monjita, suspiraba pensando en las penas milenarias de ese dios infeliz (y sus ricitos acompañaban con un balanceo sus lamentaciones). Olvidando que hablaba con un ateo, me miraba con ojos confiados y fraternos, como si sus Certezas Absolutas coincidiesen con las mías.

Me limité a mirarla con expresión tolerante y retomé el razonamiento interrumpido:

—¡La culpa es también del pueblo! Leyendo la historia mundial y contemplando ciertos países queda muy claro que hay una gran masa de gente que no conoce la única esperanza de la vida ni comprende el buen sentido de los verdaderos reyes. Por eso los más valientes se quedan aislados como corsarios feroces. Nadie los acompaña, salvo un grupo de fieles, o un único amigo que los que sigue a todas partes y se juega la vida por defenderlos; el único que conoce sus corazones. El resto se mantiene apartado de ellos, como un hatajo de viles cautivos arrojados al fondo de la bodega de la nave majestuosa. La «nave majestuosa» —le advertí— es una figura poética. No son palabras materiales. La «nave» sería el honor de la vida.

Mientras hablaba me había enderezado y sentado a horcajadas en el banco. Por primera vez revelaba a alguien el resultado de mis meditaciones solitarias. El rostro de la esposa tenía una expresión muy seria, casi reverente. Permanecí unos instantes en silencio, lanzándole breves miradas de vez en cuando, antes de proseguir.

—El ideal de la historia mundial sería que los verdaderos reyes encontraran un pueblo digno de ellos. Entonces podrían realizar actos extraordinarios, emprender incluso la conquista del futuro.

No debes conformarte con la satisfacción de ser valiente si los otros no lo son y no puedes ser amigo de ellos. El día en que todos los hombres tengan un corazón valeroso y desbordante de honor, como el de un verdadero rey, desaparecerá toda inquina. Y la gente no querrá saber nada de los reyes, porque cada hombre será un verdadero rey.

Esta última idea, altisonante y grandiosa, sonó nueva incluso a mis oídos, pues había nacido en ese mismo momento, como si nada, mientras hablaba, sin que la hubiese pensado antes de aquel día; y me produjo una gran alegría, como un verdadero descubrimiento filosófico digno de un pensador de primera. Con solo un vistazo advertí que la cara de mi interlocutora, como un espejo devoto, se había iluminado con una admiración deslumbrante. Y entonces, inflamado de renovado entusiasmo, proclamé con suficiencia y seguridad:

—Quiero leer todos los libros de ciencias y las obras más hermosas; seré tan instruido como un gran poeta. Por lo demás, en cuanto a fuerza, no me falta; empecé mi adiestramiento cuando tenía siete u ocho meses. Dentro de un par de veranos nadie podrá competir conmigo, ni siquiera un campeón internacional. Apenas se presente la ocasión aprenderé el manejo de las armas y me foguearé en el combate. En cuanto tenga la edad apropiada, iré voluntario a donde haya guerra para ejercitarme. Quiero realizar actos gloriosos, conseguir que todo el mundo me conozca. El nombre de Arturo Gerace debe conocerse en todas partes.

Comenzó a reír con una risita fascinada e infantil, mirándome con una fe absoluta, como si yo fuese uno de sus hermanos y hubiese descendido del cielo para narrarle las proezas del arcángel san Miguel en el Paraíso.

No dudé en darle a conocer mis proyectos más secretos y ambiciosos; no solo los que en conciencia creía factibles entonces, sino también los legendarios, sobre los que había meditado de niño y que jamás podrían llevarse a cabo. A mi edad no ignoraba que algunos no eran sino fantasías, pero los expuse igualmente, sabiendo que ella los creería de todos modos.

—Y cuando me haya convertido en el más valiente y sea como un auténtico rey, ¿sabes qué haré? Con mis hombres conquistaré los pueblos para enseñarles lo que son la destreza y el honor. Me ocuparé de que todos esos miserables desvergonzados comprendan hasta dónde llega su ignorancia. Mucha gente tiene miedo nada más nacer y vive siempre llena de temor a todo. Quiero mostrar a todo el mundo la belleza del valor, que es capaz de vencer a la deplorable cobardía.

»Una de mis empresas será esta: como ya te he dicho, dentro de poco mi padre y yo nos iremos y pasaremos mucho tiempo lejos de aquí, hasta que un día volvamos para desembarcar en Prócida al frente de una flota fabulosa. La gente nos aclamará y los procitanos, siguiendo nuestro ejemplo, se convertirán en los héroes más valientes del mundo, como los macedonios, y se volverán distinguidos y nobles, como si fueran hermanos de mi padre. Serán nuestros secuaces e imitarán nuestras hazañas. En primer lugar asaltaremos el presidio para liberar a todos los presos, y en lo alto de la fortaleza izaremos una bandera con una estrella que se verá desde todas las costas de los alrededores. ¡Prócida entera estará adornada con banderas, como un hermoso navío, y será mejor que Roma!

La miré a la cara con actitud desafiante, pues, según la opinión que horas antes, en el coche, ella había expresado acerca de los presidiarios y los presidios, quedaba esa cuestión pendiente entre los dos. Pero en su rostro no encontré sino una solidaridad jubilosa, como si estuviese impaciente por ver mi bandera ondear en la fortaleza de la isla y ya presintiera una gran fiesta con canciones y baile. Para concluir mi discurso, golpeando la tapa de los *Destacados capitanes* con el dorso de la mano dije:

—Este no es un libro de relatos imaginarios, sino de historia y ciencia. Los grandes capitanes históricos, incluso los más famosos, como Alejandro Magno, no eran personas con poderes mágicos (las personas con poderes mágicos pertenecen a los mitos), sino iguales a las demás, con excepción de las ideas. Para empezar a ser como ellos, o incluso mejor que ellos, primero hay que tener en la mente algunos grandes pensamientos. ¡Y yo sé cuáles son esos pensamientos!

—¿Qué pensamientos…? —preguntó ella, muy atenta.

—Bueno —le confié tras algunas vacilaciones, con el ceño fruncido—, el primero y más importante es este: No hay que preocuparse por la muerte.

Por fin le había revelado la gran omisión de mi famoso código: mi certeza absoluta más arrogante y, por eso mismo, la más difícil (y mi mayor y más secreta incertidumbre).

—Esa es una gran verdad —aprobó con tono grave—. Nos la enseña el mismo Dios.

Sin embargo, yo apenas la escuchaba ya. Sentía tal satisfacción que no tenía paciencia para seguir conversando.

Solté un resoplido. De repente la cocina se me antojó una prisión. Hubiese querido estar en pleno verano, por la mañana, en la playa, para trepar por las rocas y zambullirme y retozar en el agua. Me invadió el deseo impaciente de jugar y realizar proezas. Me volví con ímpetu hacia ella.

—¡Mira! —grité, y tras quitarme los zapatos corrí hacia la pared opuesta, hasta la reja de la ventana, que se alzaba a unos dos metros del suelo. De un salto me agarré a una barra del medio, y casi en el mismo instante, con un fuerte impulso de las piernas y de todo el cuerpo, me aupé con los pies para asirme dos barras más arriba y eché el cuello hacia atrás. En esa posición vi a la esposa, con todos sus rizos, aplaudiendo entusiasmada.

Me embargó una enorme felicidad. Tras una cabriola quedé colgado de la reja por las manos y me divertí haciéndome el gracioso con volteretas y balanceos, hasta que de pronto exclamé:

—¡Mira! ¡La bandera!

Y aferrándome a la barra con una sola mano tensé los músculos del brazo para proyectar el cuerpo como si fuera un estandarte. Mantuve esa posición varios segundos, del mismo modo que un virtuoso sostiene una nota, hasta que por fin me dejé caer al suelo y, lanzándome hacia delante, di un gran salto, como si cruzase un puente aéreo, y aterricé, erguido y con los pies juntos, tres o cuatro metros más allá, sobre la mesa.

Ella me miraba como si hubiese saltado, no a una mesa de cocina, sino a la toldilla de un barco conquistado, y yo, fascinado por mi brinco, me sentía como un grumete legendario que volaba con una destreza fabulosa del castillo de popa a la torre de mando y a los puestos de los vigías. Demostré mi habilidad con otros ejercicios, todos muy admirados por la esposa.

Por fin volví a su lado y me senté en el suelo. Tenía los pies desnudos, porque los calcetines se contaban entre las prendas de las que mi padre y yo solíamos prescindir. Los zapatos estaban tirados, a unos pocos pasos, y extendiendo un pie logré asir uno entre dos dedos y dije con orgullo:

—¡Mira! Puedo coger cosas con el pie.

Admiró esa habilidad tanto como había admirado mis cabriolas de antes; entonces le comenté que la había adquirido hacía poco, a base de ejercitarme. Añadí que en Prócida hacía vida de marinero desde el día de mi nacimiento. Y un marinero, según una frase que leí en un libro de aventuras, debe poseer «la agilidad del mono, la vista del águila y el corazón del león».

Le conté la historia —que había leído de niño— de un pirata que perdió las manos en una pelea y desde entonces llevaba atadas a los muñones sendas pistolas cargadas. Había aprendido a apretar el gatillo con el pie y había adquirido una puntería tan infalible que en la novela le llamaban el Manco Infernal y también El Exterminador del Pacífico.

—¡Cuánto sabes! —observó con devoción humilde, y después, levantando la cabeza como si fuera a cantar, exclamó con una sonrisa alegre e impulsiva—: Cuando seas igual que un rey, vendremos todos a honrarte. Traeré a mi madre y a mi hermana. ¡Quiero traer a todos los de Pallonetto y a todos los del barrio de Chiaia! ¡A todo Nápoles! —Siguió fantaseando y añadió, casi en secreto—: ¿Sabes qué, Arturo? Cuando me cuentas que quieres llegar a ser igual que un rey y todo eso, me parece verte como si ya lo fueras: vestido magníficamente con una hermosa camisa de seda y botoncitos de oro, y con el manto, y la corona de oro, y muchos anillos preciosos…

La interrumpí con suprema indiferencia:

—Vaya, ¿en qué estás pensando? ¡La corona, el manto y demás…! Uno dice «rey» y enseguida piensas en los reyes con título. Yo hablo de reyes especiales, que no visten ropas de bufón como dices tú.

—¿Cómo visten entonces? —preguntó avergonzada pero curiosa.

—Visten como les da la gana —me apresuré a declarar. Y de inmediato, sin pensarlo demasiado, precisé—: En verano llevan pantalones y una camisa cualquiera, aunque esté rota y no tenga botones..., y un pañuelo floreado al cuello... Y en invierno, una chaqueta normal y corriente..., de cuadros, por ejemplo..., deportiva.

Pareció un poco desilusionada, pero al momento me miró con ojos decididos e ingenuos y, meneando la cabeza, dijo con convicción:

—Bueno, tú, aunque te vistas con harapos, siempre parecerás un pequeño príncipe.

No respondí y permanecí con los labios cerrados para mostrar indiferencia, pero de pronto rompí a reír, pues el cumplido me había gustado mucho.

Al rato oímos los pasos de mi padre, que bajaba las escaleras, y el más misterioso de todos reapareció entre nosotros.

Nos dimos cuenta de que el agua de la olla, que hervía desde hacía un buen rato, se había evaporado y apenas si quedaba la mitad; también las brasas se habían consumido. Por ese motivo la cena se retrasó un poco y, mientras esperábamos, mi padre comenzó a beber vino de Ischia, su favorito. Se había levantado de la siesta descansado y de buen humor, y parecía contento de que cenásemos los tres juntos, como en un juego, en el castillo de los Gerace. Esa alegría suya nos exaltó, y la velada adquirió un aire de gran fiesta.

La cena

La esposa por fin se había quitado el abrigo de viaje. Sobre la falda de terciopelo llevaba un jersey de lana roja que, al igual que el abrigo, le quedaba corto y estrecho; con esas prendas se apreciaban mejor las formas de su cuerpo. A pesar de mi inexperiencia, observé que estaba muy desarrollada para su edad, pero que en aquellas formas de mujer se advertía una especie de tosquedad e ignorancia infantil, como si ella misma no se hubiese dado cuenta de que había crecido. El busto parecía demasiado voluminoso en aquel torso inmaduro de hombros delgados y cintura pequeña; inspiraba un sentimiento extraño y gentil de compasión. La pesadez de las caderas, anchas y mal formadas, no daba una sensación de fuerza a su persona, sino de ingenuidad torpe e indefensa. Las mangas del jersey dejaban al descubierto el antebrazo hasta casi el codo: se veía el contraste entre la piel blanca de los brazos y la de las manos, coloradas e hinchadas por el invierno. También eso despertaba compasión. Y al mirarle las muñecas, no precisamente finas, se advertía que por eso mismo, por ser toscas, tenían un aspecto de tierna inocencia.

Orgullosa de cocinar la pasta, parecía haberse olvidado del miedo que le producía mi padre, quien por la tarde tanto la había hecho temblar. En el estado de ánimo de él no había nada amenazador: no daba órdenes inquietantes a la esposa, ni la despeinaba; tampoco se acercaba a ella, ni siquiera le prestaba atención.

Una vez en la mesa, comió mucho y bebió más vino de Ischia, que, como de costumbre, sin llegar a embriagarlo, lo volvió aún más misterioso para mí al provocarle estados imprevisibles. El vino le producía los efectos más diversos, e incluso opuestos: unas veces lo volvía más expansivo; otras, soñoliento y sombrío. En ocasiones lo llenaba de pesar e inquietud; o de una violencia desmedida, y entonces buscaba objetos sobre los que desahogarse (conmigo sus desahogos no pasaban de una mayor brusquedad en el trato, pues sin duda me consideraba demasiado pequeño para tenerme en cuenta).

Aquella noche el vino se adecuó a su talante despreocupado y lo volvió más locuaz e imaginativo. Con el paso de los minutos la dureza de su mirada se trocó en una especie de refinado placer que parecía desbordarlo ante cualquier cosa que viera, ya fuese un resto de pan o un vaso. Nos contó con satisfacción que había dormido más de dos horas, lo que le había sentado muy bien. Luego miró a la esposa con una expresión de duplicidad, como si a espaldas de ella tramara alguna fechoría pueril, y agregó:

—¿Y sabes con quién he soñado? Con mi antepasado, el del retrato: ¡el fantasma del castillo!

—Ah, ese —murmuró ella.

—¡Sí, ese! Vestía una bata recamada de estrellas y medias lunas, como un brujo. Y me decía: «Ya verás lo que te pasa por traerme una mujercita a casa. Acudiré esta noche con mis paladines y la echaré».

La esposa se rió con expresión incrédula aunque titubeante.

—Sí, tú ríete, que pronto dejarás de reír. Creo que ha llegado el momento de revelarte algo que hasta ahora no te he contado. ¿Estás de acuerdo, Arturo? ¿No es justo informarla ahora que es la señora Gerace? Debes saber, niña, que en nuestra familia hay un misterio. Toda la región lo conoce: en este castillo hay fantasmas. Ese antepasado mío es un gran señor y sigue ofreciendo funciones teatrales y bailes a la mejor juventud, como cuando estaba vivo, con la única diferencia de que ahora sus invitados son espectros, o ALGO PEOR. Naturalmente, jamás invita a espíritus femeninos, porque es sabido que odia a las mujeres. Sus huéspedes son siempre varones, muchachos y muchachitos fallecidos en la flor de la edad, y todos ellos son ALMAS CONDENADAS. Escogidos entre los individuos de peor calaña, una vez muertos se convierten en diablos. Todas las noches esa banda sale de los barrios del infierno, del interior de la tierra, y entran por las ventanas a centenares. Arturo puede confirmarlo. ¿Es cierto, Arturo?

Como respuesta, sin decir nada, sonreí en señal de conformidad y —porque era mi deber— de complicidad, lo que pareció animarlo. Ella, por su parte, esbozó una sonrisita de persona sagaz y experimentada, y meneando la cabeza le dijo:

—Bueno, quieres burlarte de mí y tratarme como a una ignorante. Pero hay cosas que yo sé mejor que tú.

—¿Qué? Cuidado con cómo me hablas; ¡mejor que yo!

—No, mejor que tú, no… Se me ha escapado, no pretendía decir eso. Quiero decir que me tratas como a una ignorante si crees que puedes engañarme y que no sé ciertas cosas. Como si no supiera todo el mundo que no existen los muchachos diablos. Porque quien se muere joven no ha podido cometer muchos pecados. Aunque en su corta vida haya robado o, peor aún, haya matado, eso no cuenta. En esos actos no hay vileza. En el caso de los muchachos todos los pecados se consideran veniales. Pasan, como mucho, veinte o veinticinco años en el purgatorio. Y los pequeñines se convierten en querubines, y los que son mayores, en serafines. Por eso quienes van a consolar a las madres y les dicen: «Alégrese, señora: su hijo ha tenido una gran suerte. Dios lo ha elegido para hacerse otro ángel». Con un muchachito no puede hacerse un diablo. Para hacer diablos se necesitan ancianos.

Expuso este razonamiento, que podía resultar más bien cómico, con tal gravedad que reírse habría sido una ofensa demasiado cruel. Nos mantuvimos bastante serios y mi padre se contentó con sonreír un poco.

—Veo que estás muy segura de tu opinión —dijo—, convencida de que todos esos paladines son ángeles del cielo. No crees ni una palabra de lo que mi antepasado me ha dicho en sueños: que esta noche vendrá con los suyos para hacerte daño.

—¡Vamos, quién va a creerse las palabras de ese, que andaba diciendo que todas las mujeres son feas!

—¡Ah! —exclamó mi padre levantándose con actitud orgullosa—. ¡Lo que me faltaba por oír! ¡Tengo que escuchar en mi propia casa que un antepasado mío cuenta mentiras!

—¡Nooo! No pretendía decir eso… de tu pariente…, no…, me he equivocado… Pero ¿no decía él que todas las mujeres son feas? ¿No decía eso?

Mi padre se arrellanó en la silla y se rió a carcajadas.

—Sí —respondió—, eso decía: que todas son feas.

Ella me miró como pidiéndome confirmación de un asunto tan extraordinario.

—¿Quieres saber cómo lo decía? —continuó mi padre. Y, sin más, comenzó a declamar imitando al Amalfitano—: «¡Uf, qué feas! ¡Mejor no pensar, Wilhelm mío, en su fealdad! Y están en todas partes, por toda la tierra; esos insultos de la naturaleza se multiplican por millares, por millones. ¿Habrá mujeres en los otros planetas, en la Luna? Y cuanto más se ajustan a sus cánones, cuanto más perfectas son (es un decir), más feas. Pobrecillas, la fealdad es el sello de su especie. ¿Por qué será? ¿Cómo explicarlo? En la creación todo está bien hecho, hasta lo más insignificante: un alga, un riachuelo, un pececillo, un pulgón del rosal, una abeja, una hojita de achicoria. Todo tiene algo agradable, algo bonito, que nos lleva a decir: ¡Ah, qué maravilla es el universo, qué hermoso, qué placer vivir! Hasta cuando nos toca encontrarnos con un cristiano un poco lisiado, un desgraciado rechazado para el servicio militar, contrahecho, enano, nada más verlo pensamos: Qué feo es. Sí señor. Pero luego, mirándolo bien, encontramos algo que nos hace decir: Bueno, en realidad no es desagradable del todo. Sí, sí, en cualquier escorpina, en cualquier araña, si se observan bien, se reconoce la huella de esa manita artística y mágica que ha creado todas las cosas del universo. Solo con una especie, las mujeres, no hubo misericordia. A ellas les tocó en suerte toda la fealdad. Saldrían de otra fábrica; es la única explicación posible».

Al oír esas palabras, pronunciadas con tono de comedia, nosotros prorrumpimos en carcajadas. Entonces mi padre, con gesto indolente, me arrojó una cáscara de naranja diciéndome:

—Tú, negro, en vez de reírte tanto, sería mejor que nos contaras tus ideas sobre la belleza de las mujeres. Por ejemplo, ¿qué opinas de la esposa? ¿Te parece hermosa o fea?

Noté que me sonrojaba, pues no estaba preparado para semejante petición y, en realidad, no sabía qué opinión me merecía la esposa. Antes de expresar mi parecer, la miré con detenimiento, para evaluarla. Pero al instante comprendí que de nada me servía observarla, pues desde el principio tenía una idea sobre ella. Y era la siguiente: en cuanto a la fealdad de las mujeres en general, por lo que yo sabía y veía, me parecía que el Amalfitano tenía razón; respecto a aquella en particular, no podía considerársela menos fea que las demás. Sin embargo, en lo que se refería a ella, a pesar de su innegable fealdad, la encontraba sumamente agradable.

Esta opinión me parecía demasiado personal y gratuita, y me daba vergüenza expresarla; por otra parte, no quería mentir. Entonces, negándome a mirarlos a ella o a mi padre, bajé los ojos y con expresión ceñuda, casi feroz, respondí:

—No me parece fea.

—¡Eh, vamos! —exclamó mi padre encogiéndose de hombros—. Quieres dártelas de caballero y cumplimentero. No te parece fea, ¡anda ya! A saber qué encuentras tú bonito.

Ella se reía con dulce turbación, sin sentirse ofendida porque la llamaran fea. Animoso, miré a mi padre y proclamé con resolución:

—¡Tiene los ojos bonitos!

—¡Qué va! ¡Bonitos! Los tiene grandes, eso sí. Demasiado grandes. Vamos, negro, no sabes lo que dices.

Ella me miró en ese momento y sus ojos, llenos de timidez, alegría y gratitud por la alabanza que le había dirigido, eran tan maravillosos que parecía que tuviera la frente adornada con una diadema.

Me reí, volví a sentarme y me quedé callado.

Mi padre señaló a la esposa con un gesto altanero del mentón.

—Es inútil que te pavonees, señora Garace —le dijo—. De sobra sabemos que eres feúcha, un mamarracho…El negro quiere hacerte cumplidos, dárselas de señor del castillo, de galante. En lugar de presumir de guapa con tus ojazos, dinos, madama, qué piensas sobre la belleza. Por ejemplo, ¿qué te parece este negro, eh? ¿Qué opinas de él?

A la esposa le dio vergüenza responder en voz alta; se acercó al oído de mi padre y, con expresión seria y concentrada, le dijo por lo bajo (aun así, yo la oí):

—Me parece guapo.

Miré hacia otro lado con aire indiferente. Mi padre se echó a reír.

—Bueno, esta vez estoy de acuerdo —dijo—. Es cierto, es un muchacho guapo. Por algo es mi hijo.

Yo fingía no enterarme de nada, como si no supiera que hablaban de mí. Para provocarme me dio un puntapié suave por debajo de la mesa y siguió mirándome y riéndose casi con dulzura; entonces yo también rompí a reír.

Se sirvió más vino y, mientras bebía, los tres permanecimos en silencio unos dos minutos. Volvió a oírse el rugido de las olas en las caletas; el sonido me evocó la imagen de la isla extendida sobre el mar, con sus luces y la Casa dei Guaglioni casi en lo alto del monte, con las puertas y las ventanas cerradas en la imponente noche invernal. Como un bosque encantado, la isla escondía, sepultadas en un profundo letargo, todas las criaturas fantásticas del verano. En guaridas subterráneas imposibles de encontrar y en grietas de los muros y las rocas reposaban las serpientes y las tortugas, las familias de topos y las lagartijas azules. Se deshacía en polvo el delicado cuerpo de los grillos y las cigarras, que luego renacían por millares, cantando y saltando. Y las aves migratorias, perdidas en los trópicos, añoraban nuestros hermosos jardines.

Nosotros éramos los señores del bosque: nuestra cocina iluminada en la noche era nuestro refugio maravilloso. El invierno, que hasta entonces me había parecido un páramo de aburrimiento, de pronto se transformaba en un feudo magnífico.

La noche

Una sombra de la dulce risa de antes bailaba todavía en la boca de mi padre; me parecía oír su respiración, incesante y tranquilizadora como la del mar. El presente se me antojaba una época inextinguible, una fiesta de hadas.

Aunque hacía rato que habíamos terminado de cenar, seguíamos sentados a la mesa. Mi padre tenía todavía vino en el vaso y continuó bromeando con nosotros, pero pronto se cansó. Comenzó a estirar los brazos, a lanzar grandes suspiros, que en su caso no eran signo de tristeza sino, al contrario, de un placer de vivir profundo y casi amargo. En cierto momento alargó el brazo hacia la esposa para atraerla hacia sí. Ella se levantó rápidamente y retrocedió diciendo que debía quitar la mesa; vi que en su rostro reaparecía el miedo.

Espantada y diligente, puso un plato sobre otro y se dispuso a llevarlos al fregadero, pero mi padre, sin moverse del asiento, la tomó por la cintura y, aprisionándola con el brazo, la atrajo hacia sí.

—¿Adónde vas? ¿A quitar la mesa? Ya la quitará mañana la servidumbre. Tú eres la señora Gerace, acuérdate. Y está a punto de empezar nuestra noche de bodas.

Sin defenderse, la esposa miraba a mi padre con ojos desconcertados. Temblaba visiblemente, y con su abundante cabello semejaba un animalillo salvaje de pelaje negro que hubiera caído por sorpresa en una trampa.

—Estás asustada, ¿eh? Te da miedo tu noche de bodas —exclamó mi padre, que prorrumpió en una carcajada fresca, libre y despiadada—. Quédate aquí. No te muevas. —Y la apretó más contra su cadera, divirtiéndose con el temor de la muchacha—. Tienes motivos para estar asustada: ya sabes qué les pasa a las jovencitas en su noche de bodas. Pero lo peor, Nunzià, es que pocas veces se encuentra un marido tan malo como yo. Los maridos corrientes son hombrecillos… No, es inútil que trates de huir. Ya nada puede salvarte. ¡Estás acabada!

Por instinto la esposa había comenzado a debatirse muy débilmente, como si de verdad creyera que podía escapar. Esos intentos desesperados hicieron reír aún más a mi padre.

—¡Estás acabada! —repitió con aspereza infantil, sujetándola sin dificultad con un solo brazo como con un cepo—. Atrás quedaron los tiempos en que te escapabas y te escondías para no verme. ¡No creas que lo he olvidado, niña! ¡Esta noche te las haré pagar todas juntas!

Amenazador y despreocupado al mismo tiempo, comenzó a juguetear con los rizos de la muchacha. Su rostro resplandeciente traslucía una íntima y festiva malicia.

—Sí —prosiguió—, me rechazaba. Esta piojosa no quería casarse conmigo. Tuve que pedirla a la madre porque se negaba a casarse con alguien como yo, dueño, entre otras propiedades, de un castillo.

Al decir estas palabras adoptó una actitud de tribuno, como si lo escuchase el pueblo entero, reunido en torno a la mesa para asistir al castigo ineluctable de la esposa.

Ella, perdida, declaró con una vocecita llorosa:

—Yo… quería hacerme monja.

—¡Mentirosa! Confiesa la verdad. Querías hacerte monja porque no querías casarte conmigo. Y me aceptaste solo por obedecer a tu madre. Decías que me tenías miedo. Y, si no me equivoco, alguien te oyó decir que yo era feo. ¿Es verdad que me encuentras feo?

Reía con arrogancia y una gracia indescriptible. Ella lo miraba con sus ojazos —que con el espanto parecían más negros— como si de veras lo encontrase feo.

—Prepárate para pagármelas todas juntas, señora Gerace. —En ese momento el campanario dio la hora y mi padre miró su reloj—: ¡Las diez! Es hora de ir a dormir. Ya es tarde. Tengo sueño, Nunziatè, tengo sueño…, Nunziatè.

La apretaba contra su corazón, pero sin acariciarla ni besarla, sino, por el contrario, maltratándola casi y alborotándole el pelo. El miedo, que durante todo el día había acechado a la esposa, pareció descender sobre ella como una nube enorme.

—Yo…, antes de ir arriba… —dijo—, tengo que cerrar las contraventanas.

—Está bien, ciérralas —repuso mi padre, e inesperadamente la soltó.

Y, como si quisiera concederle una tregua, encendió un cigarrillo y aspiró una primera bocanada. Pero por lo visto se trataba de una farsa, por el mero placer de jugar, como hace el gato con el ratón. Apenas puso ella sus manos temblorosas sobre el pesado pasador de la puerta, dejó en un plato el cigarrillo recién comenzado y, levantándose de la silla, le dijo con brusquedad:

—¡Basta! ¡Deja la puerta como está!

En ese momento creí oír un estruendo acompasado, como si se aproximase un grupo de gente a caballo, y comprendí maravillado que eran los latidos de mi corazón. Mi padre, embriagado de una especie de rabiosa felicidad, se acercó a la esposa y, tomán dola por la muñeca con un movimiento de bailarín, la hizo girar sobre sí misma. Sus ojos, que buscaban los de ella, tenían una mirada más dura que de costumbre, pero al mismo tiempo brillaba en ellos una afirmación impetuosa, encantadora e inocente. Arrepentido quizá, o con la intención de enternecerla, le dijo endulzando la voz:

—¿No ves lo cansado que estoy? Es tarde. Vamos a dormir.

Ella lo miró con ojos indefensos.

—¡Vamos! ¡Camina! —le espetó él con aspereza, y la esposa, obediente, lo siguió.

Antes de cruzar el umbral volvió la cabeza hacia mí, pero, acometido por un extraño sentimiento de odio y rabia, me apresuré a desviar la vista. Me quedé de pie delante de la mesa. Cuando miré hacia la puerta, habían desaparecido en el pasillo y se oían sus pasos subiendo la escalera. Bajé los ojos y, al ver las servilletas, los vasos y los restos de comida y de vino, sentí una profunda repugnancia.

Permanecí quieto junto a la mesa, sin pensar en nada, y me pareció que me quedaba así mucho rato; sin embargo, cuando eché a andar para subir a acostarme, el cigarrillo que mi padre había dejado todavía ardía en el plato, entre las cáscaras de naranja. Así pues, apenas había pasado un minuto, pero aquel día y aquella velada recién terminados se me antojaban muy lejanos, de hacía años. Solo yo, Arturo, era el de antes, un chico de catorce años, y tendrían que transcurrir muchas estaciones antes de que me convirtiese en un hombre.

Al pasar por delante de la habitación de mi padre oí un murmullo agitado al otro lado de la puerta. Llegué a mi dormitorio casi a la carrera; de repente tenía la sensación, aguda e incomprensible, de que alguien —todavía no sabía quién— me había infligido una ofensa brutal, imposible de vengar. Me desvestí a toda prisa y, mientras me acostaba con movimientos impetuosos, cubriéndome con las mantas hasta la cabeza, al otro de la pared oí un grito de la esposa: tierno, extrañamente feroze infantil.

Por cierto, me doy cuenta de una cosa: no solo no podía llamarla por su nombre cuando hablaba con ella, sino que ahora, al recordarla, tampoco puedo (ignoro el por qué). Una misteriosa dificultad me impide pronunciar esas simples sílabas: Nunziata, Nunziatella. Por lo tanto, tendré que seguir llamándola ella, o la esposa, o la madrastra. Si alguna vez, en aras del estilo, fuese necesario nombrarla, en lugar del nombre entero quizá pueda escribir N., o incluso Nunz. (Prefiero cómo suena esto último. Me evoca un animal medio doméstico y medio salvaje; por ejemplo, una gata o una cabra.)

3

Vida de familia

Al día siguiente me desperté al amanecer. Mi padre y la esposa aún dormían. Era un día hermosísimo. Me fui a dar una vuelta y regresé ya muy entrada la mañana.

Rodeé la casa hasta la parte de la cocina; a través de los cristales de la puerta vidriera vi que estaba ella sola, preparando pasta sobre la superficie despejada de la mesa. Había echado unas yemas de huevo en el centro de un montículo de harina y en ese momento las removía enérgicamente con los dedos. No me había visto y me quedé detrás de los vidrios, estupefacto al observar cuánto había cambiado desde la noche anterior.

¿Cómo había podido producirse una transformación tan extraña en un lapso tan breve? Aunque llevaba el mismo jersey rojo del día anterior, la misma falda, las mismas zapatillas, se había vuelto irreconocible para mí. Todo lo que en ella me había resultado atractivo se había desvanecido.

Siguiendo el capricho de mi padre, llevaba el pelo suelto, pero los rizos desordenados, que la víspera me habían parecido una guirnalda hermosísima, le daban un aspecto desaliñado y plebeyo; y la negrura del cabello, en contraste con la blancura del rostro, le añadía un no sé qué sombrío. Una palidez densa, llena de blandura, había sustituido la luminosidad nívea de las mejillas, y la piel de debajo de los ojos, cuya delicadeza intacta me había evocado los pétalos de una flor, aparecía marcada por una sombra oscura y marchita. Mientras amasaba, de vez en cuando se apartaba con el brazo el pelo que le caía sobre la frente; al hacerlo alzaba un poco los párpados y su mirada, que yo recordaba hermosísima, era velada, vil, propia de un animal.

Al verla de ese modo me abochornó haberla tratado con tanta familiaridad el día anterior, haberme confiado hasta el punto de contarle mis secretos. Olvidado sobre el banco estaba mi libro de los capitanes más destacados, y al verlo aumentó mi vergüenza. Abrí con rabia la puerta vidriera y entonces me vio. Las luces de la alegría y la amistad le iluminaron el rostro, y con una sonrisa dulce me dijo:

—¿Artù?

Sin devolverle el saludo la miré con dureza, como cuando una persona desconocida e inferior se permite con nosotros familiaridades no autorizadas. De inmediato desapareció de su cara la expresión confiada y feliz. Su sonrisa se apagó y vi que me miraba de un modo extraño: desilusionada, interrogante y fiera, pero ni humillada ni suplicante. Sin dirigirle la palabra, cogí el libro y me fui.

En lo sucesivo evité su presencia, renunciando incluso a la compañía de mi padre con tal de no verla. Solo le hablaba cuando no me quedaba otro remedio, y en esas escasas ocasiones mis modales eran fríos y desagradables a fin de que comprendiera que la consideraba una extraña. Herida por mi comportamiento, cuyo motivo ella ignoraba, me respondía de manera atropellada y huraña, lanzándome fugaces miradas sombrías. Pero a veces, sobre todo al anochecer, cuando estábamos los tres juntos, me dirigía tímidas sonrisas propiciatorias, o con los ojos parecía preguntarme humildemente qué pecado había cometido para perder mi amistad. En esos momentos me provocaba verdadera repulsión. Sobre todo me repugnaba su boca, que, al igual que el rostro, no era la misma del primer día. Tenía un color rojo pálido, y con la respiración se entreabría en una expresión de debilidad y estupidez.

Mi padre la llevaba por la isla, estaban juntos a todas horas. Yo no los acompañaba en sus paseos y evitaba encontrarme con ellos. Como aún hacía buen tiempo, siguiendo la costumbre de cuando vivía solo salía por la mañana con un pedazo de pan y queso y no volvía hasta el anochecer. Me llevaba un libro y, cuando me cansaba de vagabundear, iba al cafetín del puerto, el de la viuda que preparaba café a la turca en una cafetera esmaltada.

En aquel período disponía de dinero —novedad extraordinaria—, pues mi padre me había regalado cincuenta liras la mañana en que cobró al colono, antes de partir para casarse. Con mi inusitado capital —una suma enorme para mí— en el bolsillo, pedía con tono autoritario a la viuda un café con anís, arrojaba el dinero sobre la barra y, sin dirigirle más palabras, me sentaba en un rincón del local, donde me quedaba leyendo hasta que se me antojaba. A esa hora era el único cliente del café y la vieja dormitaba o hacía larguísimos solitarios con la baraja. De vez en cuando, con la actitud torva y altiva de un malhechor, sacaba el encendedor sin el sello del Estado que me había regalado Silvestro y, aunque no funcionaba porque le faltaba la piedra, lo exhibía con ostentación. Mientras leía, tenía sobre la mesa un paquete de cigarrillos Nazionali, comprado hacía poco pero todavía intacto; en el pasado había dado algunas caladas a las colillas de mi padre y el tabaco me resultaba nauseabundo.

Al caer la noche, la viuda encendía sobre la barra una lamparilla y continuaba haciendo solitarios. La llama de la vela, encendida delante del retrato de su difunto marido, adquiría un color rojo casi siniestro en la semitiniebla del lugar; en esos momentos me sentía ufano de verdad. Creía ser un bandido de los mares en el interior de una sórdida taberna de aventureros, situada quizá en una aldea del Pacífico o en una callejuela de Marsella.

Sin embargo, como la escasa luz no me permitía leer, pronto me aburría y, sin saludar a nadie, salía del local y regresaba en medio de la noche a la Casa dei Guaglioni.

Sin buscar a los recién casados, iba derecho a encerrarme en mi habitación y entonces me invadía una sensación de soledad como nunca había experimentado. Ni siquiera mi madre, la bella canaria de oro de los cuentos que en el pasado acudía apenas la llamaba, venía a socorrerme. Y lo peor era que su ausencia no se debía a su deslealtad. Era yo mismo quien de pronto había perdido el deseo de buscarla, pues negaba su misteriosa existencia. Mi descreimiento, que antaño no había afectado a la isla, la expulsaba incluso a ella bajo tierra, entre los otros muertos que no son nada ni pueden darnos respuesta alguna. Cuando me tentaba la añoranza de mi madre, de inmediato me decía con crudeza: «¿En qué piensas? Está muerta».

Pasaba momentos difíciles. Aun así, prefería estar solo antes que ver a los recién casados. Lo único que a diario nos reunía a los tres era la cena.

La madrastra había inaugurado una novedad en nuestra casa: todas las noches tomábamos una cena caliente y la lumbre de la cocina estaba encendida durante todo el día. A decir verdad, fue la única reforma que introdujo en nuestro orden doméstico. No era una gran ama de casa; se limitaba a extender las mantas sobre las camas y a barrer de vez en cuando, por encima aunque con gran energía, los cuartos y la cocina. Así pues, por suerte, nuestra casa se mantenía más o menos igual que antes, con su suciedad histórica y su desorden natural.

Ahora que estaba la mujer de mi padre, Costante había renunciado con suma satisfacción a las tareas de cocinero y criado y había retomado la vida de agricultor. Para atender la casa se bastaba ella sola; Costante acudía un par de veces por semana para traernos fruta y otros productos de la finca.

A la hora de la cena mi padre me llamaba a voces y yo bajaba. Después de la alegre velada de aquel primer día, nuestras cenas fueron silenciosas. La madrastra se mostraba atemorizada y cohibida ante mi padre, pero, a diferencia del primer día, se le acercaba casi involuntariamente y terminaba sentándose a su lado. En ocasiones mi padre la dejaba estar, sin hacerle ningún caso; otras veces la apartaba, molesto, pero, como he dicho, durante aquellos días no se separaba nunca de ella.

Después de cenar nos íbamos a dormir. Yo solía retirarme antes que ellos. Subía corriendo a mi habitación, donde, una vez cerrada la puerta, me metía bajo las mantas sin siquiera encender la luz. Al cabo de poco oía sus pasos en el pasillo y el ruido de una puerta que se cerraba; instintivamente me tapaba los oídos con las manos por temor a que de su dormitorio volviera a llegarme aquel grito. No sabía por qué, pero habría preferido enfrentarme a un animal salvaje antes que oírlo otra vez.

El cabeza de familia se aburre

Tras una semana de buen tiempo, la lluvia regresó a la isla. Pese a eso, seguí saliendo todas las mañanas, y en ocasiones volvía a casa empapado. Así transcurrieron varios días de vida solitaria, hasta que, a mediados de la segunda semana, mi padre empezó a hablar de su intención de partir. Incapaz de soportar la amargura de perder incluso esas pocas horas en su compañía, sentí el impulso de buscar su proximidad, aunque tuviera que aguantar de mala gana la de la madrastra.

Una tarde estábamos los tres, igual que el día que llegaron, en la habitación de mi padre, que fumaba recostado en la cama, como de costumbre. El humo de los cigarrillos Nazionali, que encendía uno tras otro desde que se levantaba, cargaba el aire del cuarto, y al otro lado de las turbias ventanas desfilaban nubes enormes empujadas por el siroco. Nadie tenía ganas de hablar. Mi padre bostezaba y continuamente cambiaba de posición, como quien tiene fiebre; sus ojos mostraban un insólito azul polvoriento. El aburrimiento parecía ser para él un peso amargo y trágico, peor que una desgracia. En eso reconocía yo esas misteriosas leyes suyas que adoraba y que, más importantes que cualquier razonamiento, una vez, siendo yo niño, casi lo habían llevado a desvanecerse por el ataque de una medusa.

A mí me resultaba fascinante incluso el aburrimiento que lo hacía languidecer. Me daba cuenta de que ya ansiaba marcharse y me lamentaba con amargura de los días recién transcurridos y perdidos que él había pasado en la isla, accesible a cada instante, y yo le había rehuido. ¡La culpa de todo la tenía la madrastra! Me invadía una furia vengativa contra ella.

(Ahora que ha pasado tanto tiempo, intento entender los sentimientos que aquellos días comenzaban a acumularse extrañamente en mi corazón, pero todavía me siento incapaz de diferenciarlos, pues se mezclaban sin orden y no los iluminaba ningún pensamiento. Al recordarlo tengo la impresión de divisar un valle solitario y profundo en una noche cubierta de nubes densas: en el fondo del valle una turba de bestias salvajes —lobos o leones— ha iniciado, como por juego, una lucha que se vuelve sangrienta. Entretanto, más allá de las nubes, en una zona despejada, la luna cruza el cielo, fría y distante.)

Creo que estuvimos más de media hora sin pronunciar palabra. Quieta en una silla, la madrastra respetaba, quizá por algún temor, el estado de ánimo de mi padre. Al final fue él quien rompió el silencio exclamando con exasperación:

—¡Basta! ¡No aguanto más esta isla! Tengo que cambiar de aires. —Y con una mueca de repugnancia arrojó al suelo un cigarrillo recién encendido.

Como ya he dicho, había empezado a hablar de viajes un par de días antes, pero sin precisar la fecha de la partida. Naturalmente, se daba por sentado que se marcharía solo: la esposa lo esperaría en Prócida, como era su deber.

Ella lo sabía muy bien, y al oír la furiosa exclamación de mi padre bajó la mirada sin decir nada. Encogida como estaba, con los hombros demasiado delgados respecto a la opulencia del busto, tenía un aspecto pobre y vulnerable. No obstante, los párpados bajos, sensibles, de pestañas negras, otorgaban a la cara una severidad misteriosa, y bajo el jersey rojo se advertía el movimiento tranquilo de la respiración.

Mi padre la miró iracundo y al mismo tiempo con una confusa ternura, como si, sintiendo el deseo de marcharse y un poco de pena por dejarla, la acusara de ser la involuntaria culpable de que siguiera en la isla.

—¡Basta! —repitió, temperamental—. ¿Qué diablos espero para irme de una vez?

En ese momento ella alzó los párpados y sus miradas se encontraron. Con los ojos, muy serios, clavados en él, murmuró:

—No hace ni quince días que nos casamos y ya te vas de casa.

Habló con tono de sumisión más que de rebeldía, pero la frase tuvo la virtud de borrar al instante de los ojos de mi padre todo destello de cordialidad.

—Y bien, ¿qué tiene de raro? —le espetó él con desprecio—. ¿No puedo hacer lo que me dé la gana aunque lleve casado menos de quince días? ¿O es que tienes miedo de que te coma un ogro si te quedas en Prócida sin mí? Arturo —agregó con fiereza— se ha quedado mil veces solo en la isla y nunca ha armado ningún escándalo al verme partir. Esto es lo que se consigue enredándose con mujeres.

Ella meneó la cabeza.

—Sí, pero… yo…, Vilèlm… —dijo jugueteando muy nerviosa con sus rizos.

—¿Tú, qué? ¿Qué pretendes? —la interrumpió mi padre. Al oír aquel Vilèlm dicho por ella había hecho una mueca de impaciencia, y hasta el jugueteo con los rizos parecía molestarlo—. ¡Y deja tranquilos tus sucios bucles! —gritó—. ¡Más vale que pienses en quitarte de la cabeza algunas ideas absurdas, si es que las tienes!

«Pero… yo…, Vilèlm…» ¿Qué te imaginas tú que puedes pretender por ser mi mujer?

La madrastra lo escuchaba muda y enfadada pero, sin que se diera cuenta, sus ojos expresaban sumisión y lealtad.

Mi padre bajó los pies de la cama y se colocó delante de ella. Volvió a surgir en él el oscuro rencor que solo su mujer parecía capaz de provocar y que yo había visto el primer día en esa misma habitación. Sin embargo aquella primera vez, en mis adentros, me había puesto de parte de ella; en cambio ahora me alegraba de que la maltratara y deseaba que se enfureciese más, que la tirara al suelo y le diera puntapiés. Pensaba que semejante violencia me proporcionaría una sensación de tranquilidad.

—Acuérdate —prosiguió él cargándose de agresividad con cada palabra— de que, casados o no, sigo siendo libre de ir y venir a mi antojo y no debo responder ante nadie. ¡No tengo ninguna obligación ni ningún deber! ¡YO SOY UN ESCÁNDALO! Y no será a ti, nenita, a quien dé cuentas de mis caprichos. Aún ha de nacer el emperador que pueda tener enjaulado a Wilhelm Gerace. ¡Y si tú, pobre niña piojosa, crees que porque nos casamos voy a permanecer pegado a tus andrajosas faldas, será mejor que te desengañes ahora mismo!

Volvió hacia la ventana sus hermosos ojos azules, oscurecidos por la angustia insoportable del aburrimiento o por una nostalgia furiosa.

—¡Ah! —exclamó—. ¿Por qué no zarparán más barcos esta noche? ¿Por qué debo esperar hasta mañana? Quiero irme enseguida, en el primer vapor, y no tendréis noticias mías en mucho tiempo.

Miró a su mujer con una expresión de antipatía y hastío. Se

habría dicho que, por el mero hecho de existir y de ocupar un espacio delante de él, la muchacha cometía un abuso, un atropello al derecho de Wilhelm Gerace a sentirse libre como los ángeles, y yo encontraba muy legítimo el infantil encarnizamiento con que mi padre lo defendía. En efecto, ese derecho aparecía a mis ojos como el principal origen de su gracia y de su inmortalidad.

—Yo no me he opuesto a tu voluntad… ¡sería un pecado mortal! Eres mi marido… y te he jurado obediencia. Eres el cabeza de familia… y tengo que obedecerte —murmuró convencida.

Pero estaba tan espantada por los gritos de mi padre que en sus ojos comenzó a brotar el llanto. Desde que la conocía había advertido que se resistía a la tentación de llorar; esta era la primera vez que sucumbía.

Al ver las lágrimas mi padre perdió el último vestigio de compasión o indulgencia que pudiera quedarle.

—¿Cómo? —exclamó casi horrorizado—. ¿Ya hemos llegado a esto? ¡Lloras porque me voy!

La miraba con recelo, sin odiarla pero despreciándola, como si de golpe ella se hubiera arrancado una máscara y mostrase el rostro de una ninfa demoníaca que pretendía aprisionar a Wilhelm Gerace.

—Te ordeno que contestes a esta pregunta —añadió con aire sombrío, como si la acusase de un delito—. ¿Lloras por el dolor que te causa mi partida? ¿POR ESO lloras?

Ella lo miró con singular audacia, con los ojos fieros y empañados por las lágrimas, y respondió decidida que no.

—No quiero que nadie llore por mi amor, no quiero amor —le advirtió mi padre deformando con aversión la voz al pronunciar la palabra «amor» (él la decía al modo de los napolitanos, alargando la «m»)—, porque, para que te enteres, niña, no me habría casado contigo de no haber estado seguro de que no sentías nada por mí. El deber de obediencia a tu madre te hizo aceptar este matrimonio. Por suerte, tú no me querías. Me divertía ver que tu madre y tu madrina se creían muy listas ocultándome algo que para mí era ideal. Harás muy bien, esposa mía, en no sentir nada por mí. Yo no sé qué hacer con los sentimientos de las mujeres. No quiero vuestro amor.

Mientras mi padre hablaba, su mujer, ya sofocado el llanto, lo miraba con ojos muy grandes, pero sin estupor, como si escuchase un idioma bárbaro e incomprensible. Él comenzó a ir y venir entre la cama y la ventana lanzándole miradas belicosas.

—Mi antepasado, el del retrato, decía que la mujer es como la lepra: cuando te ataca, quiere comerte entero, pedazo a pedazo, y alejarte del mundo. El amor de las mujeres es una desgracia, ellas no saben querer. Ese antepasado mío era un santo que decía siempre la verdad. ¡Ah! —Y de improviso descolgó de la pared el retrato, que estrechó contra su corazón. Y en aquella actitud de tenor prorrumpió en una risotada clara y espontánea, como si se burlase de la madrastra y del Amalfitano.

Contra las madres (y las mujeres en general)

Entonces la madrastra se sacudió la melena y adelantó la barbilla con gesto de insubordinación y desafío.

—¡Ese de ahí —espetó con un inusitado espíritu combativo—, ese brujo, se olvidó de quién era su madre! ¡Mira que hablar así de las mujeres! ¿Quién lo creó a él, sino una mujer? —Comenzó a contonearse con tal desparpajo y orgullo que parecía casi una desvergonzada—. ¡Si hasta los ignorantes saben qué buena es una madre! ¡Incluso las cabras lo saben! ¡Nadie olvida que el amor más grande es el de la madre! Si hasta…

—Cállate, sucia diablesa desmelenada —la interrumpió mi padre. Y volviendo a echarse en la cama se rió con una risa distinta, temblorosa y agitada—. ¡La madre! —repitió—. ¡Mi antepasado —añadió triunfante, mirando a la madrastra— no tuvo madre! Nació del encuentro entre una nube y un trueno.

—¡Anda ya! —exclamó escéptica la madrastra—. ¡De una nube y un trueno!

—¡Sí, por suerte para él! Ojalá pudiéramos nacer del tronco de un árbol, del cráter del Vesubio, de un pedernal…, ¡de cualquier cosa que no tuviese entrañas de mujer!

—Pero ¡si las mujeres… lo sacrifican todo por los hijos! —se atrevió a objetar la madrastra, aunque espantada por la invectiva.

—Basta, te he dicho que te calles —volvió a interrumpirla mi padre—. Se «sacrifican»… ¿Quieres saber una importante verdad eterna, diabla, tigresa? Apréndetela: EL SACRIFICIO ES LA ÚNICA PERVERSIÓN HUMANA. No me gustan los sacrificios, y los maternos… Ah, de todas las mujeres malignas que podemos encontrarnos en la vida, la peor es la madre. ¡Esta es otra verdad eterna!

Me quedé tan perplejo que no pude contener un suspiro, aunque creo que él no lo oyó. Mi padre había hundido la cabeza en la almohada y, mientras hablaba, se revolvía sobre la colcha con tal turbulencia que la cama parecía un barco en medio de una tempestad. Tras imponer silencio a la madrastra, siguió monologando sobre las madres, sin importarle quién lo escuchaba. Ora razonaba entre dientes, ora a gritos; de vez en cuando lanzaba una carcajada o una exclamación vulgar; en su tono no tardé en reconocer aquel énfasis, entre sarcástico, desdeñoso y dramático, con que a veces parecía divertirse desafiando a los muertos.

Recordé aquella vieja fotografía en la que, entre numerosas compañeras de la misma edad, se distinguía, señalada con una crucecilla a tinta, una muchacha corpulenta y lustrosa en una actitud sentimental...

—Al menos —decía, prosiguiendo su argumentación—, de las otras mujeres podemos librarnos desengañándolas de su amor; pero ¿quién se libra de la madre? Tiene el vicio de la santidad, nunca se cansa de expiar la culpa de haberte concebido y, mientras viva, no te dejará vivir con su «amor». Es lógico: ella, pobre muchacha insignificante, no posee nada más que la consabida culpa de su pasado y de su futuro, y tú, hijo infeliz, eres la única expresión de su destino. No tiene ningún otro objeto al que destinar su amor. ¡Ah!, es un infierno ser querido por quien no ama ni la felicidad ni la vida, ni se ama a sí misma, sino que solo te ama a ti. Y si deseas escapar de esa tiranía, de esa persecución, entonces te llama Judas. ¡Y eres un traidor porque se te ocurre ir por las calles a la conquista del mundo cuando ella desearía tenerse siempre a su lado, en su casa, que solo tiene un cuarto y una cocina!

Yo escuchaba esas palabras con extrema avidez, mezclada con angustia. Tenía la extraña sensación de que, mientras él hablaba, una madre misteriosa, imponente y opulenta, descendía de unas lejanas regiones boreales para castigarlo con crueldad por despotricar contra ella. A pesar de la fascinación que ejercía sobre mí el tema de las madres, deseaba que se callase; pero él seguía hablando, exaltado y locuaz, como si para engañar al aburrimiento de aquel día se contase a sí mismo un cuento desagradable.

—Y, mientras creces y te vuelves fuerte y apuesto, ella se marchita. Es sabido que la fortuna no puede mezclarse con la miseria; es una ley de la naturaleza. Pero ella no la entiende, y supongo que preferiría verte más feo que ella, viejo, desgraciado, hasta mutilado o paralítico, con tal de tenerte siempre a su lado. Como ella, por naturaleza, no es libre, querría que estuvieras sujeto a la misma servidumbre. ¡Ese es su amor de madre!

»Incapaz de someterte, disfruta con su novela de madre mártir e hijo sin corazón. Como es natural, a ti no te gusta esa clase de novelas y te ríes, porque prefieres otras novelas y otros corazones… Ella llora y se vuelve cada vez más molesta, más vieja y más funesta. Todo a su alrededor está plagado de lágrimas. Y lógicamente tú tratas de evitarla. En cuanto te ve, te acusa… sus insultos son supremos, de estilo bíblico. Lo menos que te dice es "infame asesino", y no pasa un solo día sin que te recite esa letanía. Como si con sus acusaciones deseara inspirarte odio a ti mismo y arrebatarte a tu propia persona para sustituir tus orgullos y tus prendas, apoderándose de ti como una reina triste.

»Y a cualquier parte de la ciudad que escapes para alejarte de ella te seguirá su amor, ese parásito eterno. Si, por ejemplo, se oye un trueno o empieza a llover, ten la certeza de que en ese mismo instante ella, en su cuchitril, se desespera pensando: "Con esta lluvia acabará empapado y se resfriará, estornudará…". Y si, en cambio, el cielo se despeja, puedes estar seguro de que se lamentará: "Pobre de mí, con este buen tiempo ese canalla no volverá a casa hasta el anochecer…".

»Para ella cualquier fenómeno cósmico o suceso histórico tiene relación contigo. De este modo, el universo corre el riesgo de convertirse en una jaula. Ella se alegraría, porque su amor no sueña con otra cosa. En realidad querría tenerte siempre prisionero, como cuando te llevaba en su vientre. ¡Y cuando escapas ella intenta atraparte desde lejos y proyectar su forma al universo entero para que jamás olvides la humillación de haber sido concebido por una mujer!

(La madrastra y yo escuchamos sin rechistar el formidable desahogo de mi padre. A pesar de callar mis dudas, me sentía desconcertado. Los argumentos de mi padre no me habían curado de mi amor, innato y desgraciado, hacia las madres; por el contrario, al escucharlo me sorprendí pensando: «¡Maldición! Los que tienen suerte no saben qué hacer con ella, y los que sabrían saborearla no la tienen».

En realidad, las razones aportadas por nuestro cabeza de familia para demostrar las fechorías de las madres eran, en gran parte, las mismas por las que yo lamentaba ser huérfano. La idea de que alguien quisiera únicamente a Arturo Gerace, excluyendo a todos los demás humanos, y considerase a Arturo Gerace como el sol y centro del universo, no me resultaba chocante. Más aún: la idea de que alguien llorara y sollozara por mí no me desagradaba en absoluto. Me parecía que algunos actos fascinantes en sí mismos, como afrontar impávido una tempestad o marchar hacia el campo de batalla, debían de adquirir un sabor exquisito si, entretanto, alguien sufría por mí.

En cuanto a los insultos denunciados por mi padre, estaba convencido de que algunos me habrían parecido pura miel, y no veneno. Además, él hablaba según su experiencia, es decir, pensando en su madre, una alemana alta y gorda; en cambio la mía fue una italiana menuda, de Massa Lubrense. Las nativas de esa localidad, como todo el mundo sabe, siempre han sido unas mujercitas de buenas maneras, incluso demasiado dulces, sin nada amargo. Estoy seguro de que mi madre no me habría insultado ni aunque la hubiese obligado alguna ley.

Quedaba aquello de que la madre se marchitaba a medida que el hijo se volvía más fuerte y hermoso; en mi opinión, se trataba asimismo de una ventaja. A una mujer marchita, que ha perdido la juventud, su hijo mozalbete —aunque no posea la apostura perfecta de mi padre— le parecerá el emperador de la belleza sobre la tierra. Esa habría sido mi mayor satisfacción: que alguien me encontrase maravilloso, insuperable, imperial. Sin duda para mi padre, que poseía esa perfección, eso carecía de importancia. Motivo por el cual yo admiraba aún más su despreocupada superioridad.)

La madrastra suspiró y, armándose de coraje, por fin se animó a hablar; pero su voz sonó salvaje y lejana, como el lamento de una gata perdida en la noche.

—Entonces —murmuró—, si esos sentimientos son una ofensa, nadie debería querer a nadie en este mundo…

Mi padre volvió la cabeza hacia ella.

—¡Cállate, que apenas eres una criaturita, y una criatura estúpida, para colmo! ¡Si dices una palabra más, te mato! Algunos sentimientos me tienen sin cuidado: se los dejo a los desgraciados que solo son libres los domingos. No me gustan las novelas de amor ni las de otro tipo. En cualquier caso, ¡el amor de las mujeres es lo OPUESTO al amor!

Comenzó de nuevo a monologar y mientras hablaba, entre hastiado e inquieto, a cada momento bostezaba, reía y volvía la cabeza sobre la almohada, como un niño enfermo que se agita entre sueños.

—El objetivo de las mujeres es degradar la vida. Ese es el significado de la leyenda hebrea que cuenta la expulsión del Paraíso terrenal por el capricho de una mujer. Si no fuera por las mujeres, nuestro destino no sería nacer y morir, como los animales. Ellas odian las cosas superfluas, inmerecidas, y son enemigas de cuanto tiene límites… Les gustan el drama y el sacrificio, el paso del tiempo, la decadencia, los estragos, la esperanza… ¡y la muerte! Si no fuera por ellas, la existencia sería una juventud eterna, ¡un jardín! Todos seríamos hermosos, libres y despreocupados, y «amarse» querría decir «revelarse unos a otros lo que tienen de bello». El amor sería una delicia desinteresada, una gloria perfecta: como mirarse en un espejo. Sería una maldad natural y sin remordimientos, como una cacería maravillosa en un bosque regio. El amor verdadero es así: no tiene objeto ni razón, ni se somete a ningún poder salvo el de la gracia humana. En cambio, el amor de las mujeres es un esclavo del destino y se empeña en prolongar la muerte y la vergüenza. Pretextos interesados, chantajes, estratagemas…, todo eso forma la masa de sus sentimientos serviles… ¡Ah! ¿Qué hora es? Mirad mi reloj; no tengo ganas de levantar el brazo.

Miré la hora en su reloj de pulsera y se la dije. Me observó con los ojos entrecerrados y me llamó perezosamente:

—Arturo… —Hizo una pausa—. ¿Has oído lo que he dicho sobre las mujeres? ¿Tú qué opinas? ¿No tengo razón?

Consideré que era una buena ocasión para mortificar a la madrastra.

—Sí, sin mujeres se estaría mucho mejor —respondí sin vacilar—. Tienes razón.

—De todos modos —repuso, con una volubilidad amarga—, es posible que no tenga razón ni esté equivocado; he hablado de una existencia eterna, sin límites…, como si ser inmortal fuese una suerte y una delicia. Pero ¿y si eso de vivir por toda la eternidad termina por aburrirnos?, ¿no será que la muerte fue creada para contrarrestar el exceso de aburrimiento? ¿Arturo?

—No, no lo creo. Me parece que los muertos deben de aburrirse muchísimo —afirmé, estremecido ante ese detestable pensamiento.

Mi padre se echó a reír.

—Te gusta vivir, ¿eh, negrito? Pero ¿qué sabes tú del aburrimiento? ¿Alguna vez te has aburrido?

Reflexioné un instante.

—Aburrirme —contesté—, lo que se dice aburrirme, no, nunca. Alguna vez, quizá, me he sentido molesto.

—Ah. ¿Cuándo, por ejemplo?

Por ejemplo, me había sentido molesto en los días anteriores, cuando me condenaba a mí mismo a la reclusión en mi cuarto para no encontrarme con él y la madrastra. Pero no quería confesarlo. Por otra parte, mi padre ya no mostraba interés por conocer mi respuesta; distraído, había vuelto la cabeza sobre la almohada. Al cabo de poco su respiración se volvió más pausada y nos dimos cuenta de que se había dormido.

La madrastra se levantó y retiró de la camita de al lado una manta de lana para cubrir con ella al durmiente. Fue un acto mecánico, natural, y lo que más me hirió fue esa misma naturalidad. En efecto, con su mortal simplicidad, quería decir: «Este hablará mal de las mujeres, pero nada puede anular dos leyes que me otorgan el deber de servirlo y el derecho a protegerlo. ¡Esas leyes dicen que yo, siendo su esposa, le pertenezco, y que él, siendo mi marido, me pertenece!».

No quiero decir que en aquel momento supiera interpretar el gesto de la madrastra (sus dos significados) con la misma claridad lógica que ahora recuerdo. De hecho, ni siquiera me detuve a preguntarme por qué me ofendía. No obstante, la sensación que experimenté fue nítida y elocuente: como si me hiriesen en el corazón con una misteriosa arma de dos puntas.

El pinchazo fue tan rápido que pronto lo olvidé, pero debió de ser profundo, puesto que todavía lo recuerdo. En realidad, soportaba sin saberlo pruebas más amargas que las de Otelo, pues en su tragedia aquel negro desventurado tenía al menos bien delimitado el campo de combate: su amada a un lado y el enemigo al otro; en cambio, Arturo Gerace se enfrentaba a un dilema indescifrable, sin el alivio de la esperanza ni el de la venganza.

A solas con él

Poco después la madrastra salió murmurando que debía bajar a encender la lumbre para la cena.

No me moví de la habitación de mi padre hasta la hora de cenar. Sentía que lo amaba más que nunca y, al mismo tiempo, me invadía una angustia desconocida; si intentase traducirla en palabras, podría describirse así: la agitación de no saber cuál era mi destino. Ignorar el propio destino, eso que nos sucede a todos siempre, era para mí un motivo de alegría, pero ese día me oprimía el alma. Contemplaba a mi padre dormido y sentía un afecto casi salvaje por él; sin embargo, la eterna imposibilidad de ser correspondido y de recibir su consuelo me causaba una sensación de debilidad infantil. Anhelaba que me besara y me acariciara como hacen los demás padres con sus hijos.

Era la primera vez que advertía ese deseo. Entre los dos nunca habían existido esas expansiones, propias más bien de las mujeres y nada viriles. El único beso que había habido entre nosotros fue el que una noche, en sueños, di a escondidas a su paquete de cigarrillos. En cuanto a él, ni siquiera soñando se me pasaba por la cabeza que su boca pudiera besar. ¿Es posible pensar actos semejantes en un dios? El primer beso que le vi dar fue el que depositó aquel día en el retrato del Amalfitano. Y cuando lo vi me reconcomió la envidia. ¿Por qué le correspondía a un muerto lo que yo no tenía?

No recordaba haber recibido un beso en toda mi vida, salvo los de Immacolatella, que, con la exageración propia de los perros, solía darme muchos. A decir verdad, Silvestro me contó más tarde que durante mi infancia, cuando me alimentaba y cuidaba, a menudo me estampaba en las mejillas unos besos enormes, como los que dan las niñeras, y que yo le correspondía con numerosos besitos. Será como él dice, porque Silvestro no es de los que se andan con cuentos, pero yo no me acuerdo. Por eso repito que en aquel entonces no recordaba haber dado ni recibido ningún beso.

Habría querido que mi padre me diera uno, aunque fuese sin despertarse del todo, con el aturdimiento del sueño, o por equivocación; o al menos habría querido besarlo yo; pero no me atrevía. Acurrucado a sus pies como un gato, lo miraba dormir. Hasta el sonido acompasado de su respiración y el de sus ronquidos me parecían un regalo para mis oídos, pues eran una prueba de su fugaz presencia en la isla, de aquella estancia que yo había desperdiciado y que estaba a punto de terminar.

En mi habitación

En efecto, mi padre partió al día siguiente. La madrastra y yo lo acompañamos al barco. Al volver del puerto me separé de ella tomando otro camino y me fui dar una vuelta por el campo.

Las ausencias de mi padre, por crueles que resultasen, nunca me habían desazonado tanto como esta. Aunque no había motivos para dudar de su regreso —tarde o temprano, siempre volvía a la isla—, sentía una aflicción desesperada, como si nuestra despedida en el muelle hubiese sido un adiós definitivo. En aquella despedida, como en las anteriores, tampoco había habido besos. El deseo infantil que me había asaltado el día anterior no se había cumplido. Por lo demás, ese deseo se me antojaba ahora una frivolidad. Me invadía una soledad fría, de cuyo fondo sentía surgir la extraña angustia que el día anterior había experimentado por primera vez. La de no conocer el destino.

El tiempo era tan hermoso que parecía primavera; no regresé a casa hasta que oscureció. Entré por la puerta vidriera de la cocina, donde, como de costumbre, la madrastra cantaba mientras encendía la lumbre para la cena; esa despreocupación me resultó inapropiada. Hasta unas horas había sentido rabia contra ella por estar siempre pegada a mi padre, como una perra, y robármelo. En cambio ahora le dirigía amargos reproches para mis adentros por no entristecerse por la marcha de su esposo. Sentí el negro deseo de castigarla y, mientras ella ponía la mesa, le recordé con maldad:

—Ahora que se ha ido mi padre, tendrás que aprender a dormir sola por la noche.

Saltaba a la vista que no había caído en la cuenta de que le esperaba esa prueba inevitable. Se le demudó el rostro y se asustó como si mis palabras se lo hubiesen recordado. (Este era uno de los numerosos rasgos infantiles que persistían en ella: su imaginación, siempre rápida para los cuentos y las historias más pueriles, se mostraba lenta en todo lo que anunciara penas y adversidades. Se habría dicho que albergaba una confianza ingenua en los días y que les atribuía una especie de buena voluntad, como si el tiempo tuviese un corazón cristiano.)

En la cena, que duró pocos minutos, estaba tan preocupada que no dejó oír su voz. Comí con rapidez, sin dirigirle la palabra, y enseguida me fui a dormir. Estaba cansado después de un día tan agitado y tenía mucho sueño. Como solía hacer en invierno, no perdí tiempo en desvestirme y solo me quité los zapatos. Me quedé dormido en cuanto me acosté.

No había pasado ni una hora cuando me despertaron unos golpecitos frenéticos en la puerta de mi habitación y la voz de la madrastra, que, humilde y desesperada, me llamaba: «¡Artù! ¡Artù!». No sabría decir qué soñé durante aquella hora, pero debí de trasladarme muy lejos, pues me había olvidado por completo de ella. Sin comprender nada, adormilado, me senté en la cama para encender la lámpara que tenía al lado y en ese momento ella abrió la puerta y apareció en el umbral presa de una gran angustia.

—Artù, tengo miedo —dijo con un hilo de voz.

Tenía el aspecto de haberse levantado corriendo de la cama, impulsada por el espanto, tal como estaba: en combinación y sin zapatos. Llevaba puestos los calcetines de lana agujereados que solía usar también para dormir. El arreglo nocturno del pelo, recogido en un moño en lo alto de la cabeza, me recordó la coronita de plumas que adornan a algunos pájaros tropicales.

Cuando volví a la realidad, la miré con ojos desdeñosos y huraños. No era la primera vez que la veía en combinación; en los días anteriores la había visto atravesar el pasillo o caminar por el cuarto de mi padre vestida de ese modo. En ningún momento había intentado esconderse de mí y había continuado ocupándose de sus quehaceres con toda tranquilidad; no encontraba nada malo en mostrarse en combinación ante un muchachito de catorce años. Ese comportamiento me irritaba.

—No quería despertarte, Artù —me dijo. Tenía los labios pálidos—. He intentado dormir..., hasta he rezado la oración de santa Rita para que me ayudara a quedarme dormida..., pero todo ha sido en balde. Me da demasiado miedo dormir sola... sin ningún otro cristiano en el cuarto...

Miró con prevención hacia el negro pasillo y se adentró en la claridad de mi lámpara, como si buscase protección contra la oscuridad. Ceñudo y desdeñoso, no la invité a sentarse ni a entrar; permaneció de pie, apoyada en el marco de la puerta, como una sirvienta.

La combinación dejaba a la vista los hombros, delicados, de un blanco blanquísimo y agradable. El pecho, que la tela dibujaba como si estuviese desnudo, se revelaba en su misteriosa y madura opulencia, tan tierno y vulnerable que inspiraba un sentimiento de pena. Con agudeza extraordinaria imaginé el terrible sufrimiento que sentiría si una persona cruel la hiriese en el pecho... Ese tormento irreal ocupó unos instantes mi fantasía. Me parecía increíble que un ser como ella, tan inerme, vulnerable, ignorante y estúpido, pudiese ir por el mundo sin herirse...

—Tienes más de dieciséis años —le dije con una mueca de suprema compasión— y ni siquiera eres capaz de dormir sola por la noche. ¡Y pretendes dártelas de mujer mayor, como si a tu lado los demás fuesen niños! ¡Me das risa! Cuando una persona llega a cierta edad y sigue teniendo algunos miedos, hace reír... ¡Mira a los demás, a ver si tienen miedo de dormir solos!

—Las otras mujeres —se defendió con voz débil, humilde—, cuando se casan, duermen con sus maridos...

—«Cuando se casan», pero ¿y antes de casarse? ¿Y cuando el marido se va de viaje? ¿Con quién duermen? ¡Con nadie!

—¡Con nadie! ¡Eso sí que no! ¡Duermen con la madre, con la hermana, con los hermanos y con el padre! ¡Duermen con la familia! ¡En este mundo, cada cristiano duerme con su familia!

Me suplicó que la dejase acostarse en mi habitación, en el canapé, al menos esa noche. Después se iría habituando a dormir sola, pero esa noche casi había sentido que se desmayaba, porque por primera vez en su vida se encontraba sola en una habitación por la noche, sin ningún pariente al lado, y así, de golpe, no podía acostumbrarse. Con el tiempo se acostumbraría.

De mala gana acepté acogerla. Fue a la otra habitación a buscar sus mantas y volvió corriendo, arrastrándolas por el suelo, pálida, como si huyese de un incendio. Al ver su extremo terror me asaltó una sospecha disparatada, y cuando, ya más tranquila, se instaló en el canapé le pregunté si en el otro cuarto se le habían aparecido el antepasado del castillo y sus pérfidos paladines... Meneó la cabeza, casi ofendida por lo absurdo de mis palabras.

—¿Crees que no sé que son invenciones de tu padre? De todos modos, cuando estás sola en una habitación por la noche —agregó con sinceridad—, te asustas hasta con esas patrañas.

Apagué la lámpara, pero me costó conciliar el sueño. La curiosidad me mantenía despierto: ¿sería el sueño de las mujeres igual que el de los hombres? Por ejemplo, ¿respirarían del mismo modo que los hombres? ¿Ellas también roncaban? Nunca había visto dormir a una mujer, pero sí había visto dormir a unos cuantos hombres, y todos roncaban, aunque de diferente manera. Costante, mi sirviente, profería notas tan fuertes y prolongadas que semejaba una sirena. Los ronquidos de mi padre, en cambio, tenían un sonido ligero, alegre y voluptuoso, parecido al ronroneo de los gatos.

Pasaron algunos minutos y seguía sin oírse nada en el canapé, ni un solo ronquido. ¿Estaría despierta todavía?

—Eh, tú, ¿duermes? —susurré. No obtuve ninguna respuesta. Estaba dormida.

Yo me dormí poco después y tuve un sueño. Nadaba en una gruta profunda y sombría. Me zambullía para apoderarme de un lindo arbolito de coral que había descubierto en el fondo; al arrancarlo observaba con horror que el agua se teñía de sangre.

Me desperté, y en el mismo instante en que abrí los ojos encendí la luz de manera instintiva con la confusa idea de que debía acudir a alguna parte para impedir un delito, una tragedia… Sin embargo, en la realidad todo estaba tranquilo, y en el sofá la madrastra dormía profundamente, hasta el punto de que la luz de la lámpara, que le daba en plena cara, no la despertó. Al principio su presencia en mi habitación me pareció un enigma, pero pronto recordé y la observé con curiosidad. Dormía un poco encogida para adaptarse a las medidas del canapé, arropada con las mantas hasta la barbilla, y su cara tenía una expresión ausente y cándida. Su silenciosa respiración le dejaba en los labios una frescura húmeda y tierna, y hasta el color de las mejillas parecía nacer de esa ingenuidad de su aliento. Se habría dicho que no soñaba, que al dormir abandonaba hasta los pensamientos simples que tenía despierta y se volvía aún más simple. Ya no vivía con la mente, sino con la respiración, como las flores. En su rostro reconocí aquel aire fabuloso que había visto el día de su llegada y que a la mañana siguiente ya se había marchitado. Las delicadas estrías de las cuencas de los ojos, que se habían ajado en un solo día, quedaban ocultas bajo largas pestañas piadosas. La mata de rizos sobre la almohada semejaba la corola abierta de una enorme flor negra.

Me pareció más bonita que cuando estaba despierta. ¿Acaso la belleza de las mujeres, de la que tanto hablaban las novelas y los poemas, se revelaba por la noche, durante el sueño? Si permanecía despierto hasta el amanecer, ¿contemplaría cómo la madrastra se volvía bella, magnífica como una señora de leyenda? Naturalmente, estas suposiciones no eran serias; eran invenciones para divertirme. No obstante, poco después, mientras dormitaba, se fundieron en una especie de ansiedad. Tenía la sensación de que en mi cuarto albergaba a un ser desconocido, sujeto a extrañas metamorfosis.

Me dormí sin acordarme de apagar la luz, pero no fue un sueño profundo, completo, pues me hallaba igualmente en mi habitación con la madrastra, que descansaba en el sofá, como en la realidad. En sueños la consideraba mala, infame: se había introducido en mi cuarto con engaños, fingiendo ser un muchacho como yo, vestida con una camisa que le caía lisa sobre el pecho, como si no tuviese formas de mujer. Pero yo había adivinado que era una mujer y no quería mujeres en mi dormitorio. Avanzaba hacia ella armado con un puñal para castigar su impostura y la desenmascaraba abriéndole la camisa y descubriendo sus senos, blancos, redondos… Ella lanzaba un grito. No era un grito nuevo para mí: lo había oído otra vez, no sabía cuándo ni dónde, y no conocía ningún sonido tan horrendo como aquel, capaz de alterarme el alma y los nervios.

Me desperté con un sobresalto, acalorado y sudoroso, como si fuese verano. Deslumbrado por la luz de la lámpara, vislumbré a mi huésped, que dormía tranquila en la misma posición que antes, y me asaltó un odio desenfrenado, insensato.

—¡Despiértate! —grité, y, bajando de la cama, la sacudí por los hombros—. ¡Despiértate! Tienes que salir de mi habitación, ¿entiendes? ¡Fuera de aquí!

Se incorporó entre las mantas, asustada, dejando ver los hombros desnudos y la forma del pecho; la odié aún más. Me invadió el absurdo deseo de que fuese de veras un muchacho como yo, para enzarzarme a puñetazos con él hasta saciar mi ira. Su debilidad de mujer, que me impedía desahogar en ella la rabia, era lo que en aquel momento más me enfurecía.

—¿Por qué no te tapas, cochina? —grité—. ¿Por qué no tienes vergüenza de mí? ¡Quiero que tengas vergüenza de mí!

Me miró con los ojos llenos de estupor e inocencia, después bajó la vista al escote de la combinación y enrojeció. Como no tenía ningún trapo para cubrirse, abochornada cruzó sus brazos infantiles sobre el pecho.

Volvió a mirarme, desconcertada, insegura, como si no me reconociera. Sin embargo —y esto era lo que más me exasperaba—, a pesar de mi odio y mis villanías, no me tenía miedo. En el fondo de sus pupilas todavía persistía —y persistiría durante todos aquellos días— una especie de interrogante esperanzado, como si mi animosidad no bastase para hacerle olvidar aquella tarde en que fuimos amigos y todavía creyese en aquel Arturo. Pero tenía que comprender que aquel Arturo ya no existía para ella y que aquella tarde era para mí una vergüenza; deseaba erradicarla del tiempo.

Una frialdad despiadada, que quería empaparse de rechazo y crueldad, me sofocaba la voz.

—No te quiero en mi habitación, ¿lo has entendido? ¡Vete! Me traes malos sueños… ¡Eres una pordiosera sucia y fea! ¡Tienes piojos…!

Ella había retrocedido hasta la puerta, que había quedado abierta; tenía una expresión hosca y enfurruñada, y creí que por fin se interpondría entre los dos una enemistad irremediable. Sentí entonces verdaderas ganas de hacerle daño y, tomando su almohada y sus mantas, las arrojé al pasillo y brutalmente le cerré la puerta en la cara.

Durante unos instantes oí su respiración, agitada y temerosa, al otro lado de la puerta. «Llora porque le da miedo la oscuridad», me dije con áspera satisfacción. Luego cesaron los ruidos. Al día siguiente descubrí que se había acostado en el cuartito contiguo al mío, donde en el pasado dormía Silvestro. En aquel espacio pequeño y menos aislado que la habitación de mi padre, se sentía más protegida de la soledad y las tinieblas. Allí trasladó los cuadros de sus vírgenes, que había dejado el primer día en el otro cuarto, y los colocó sobre el baúl, la silla y el alféizar, todo alrededor de la cama, como una guardia de corps destinada a velar su sueño. En adelante dormiría allí todas las noches durante las ausencias de mi padre.

Las durmientes

Como tenía miedo, no se atrevía a encerrarse en el cuartito y siempre dejaba entreabierta la puerta; al acostarse rezaba muy deprisa todas las oraciones que sabía. Desde mi habitación oía su voz, que parecía repetir de memoria una cantinela áspera y melodiosa, carente de sentido. A veces la alzaba con un énfasis inesperado, y entonces me llegaban frases como «Reina, dulzura y esperanza nuestra» o «Ea, pues, Señora, abogada nuestra...». El silencio en casa era tan profundo que en ocasiones oía incluso el chasquido ardiente de los besos que daba a las vírgenes al terminar las plegarias.

No me interesaba saber cómo pasaba el día en la Casa dei Guaglioni y solo me dejaba ver por la noche, cuando me llamaba para cenar. En la mesa tenía siempre un libro, que leía mientras comía, y dejaba que ella me sirviera sin dirigirle la palabra ni prestarle la menor atención. Por alguna que otra mirada de reojo, me daba cuenta de que estaba más pálida, melancólica y triste. Debía de sufrir por el miedo a la soledad. Me traía sin cuidado que sufriese. ¿Acaso no vivía también yo siempre solo?

Por aquellos días empecé a escribir poemas. Recuerdo uno titulado «Las durmientes», que me enorgulleció como si fuese una poesía lírica sublime y que, entre otros versos, contenía los siguientes:

> *La belleza de las mujeres surge al anochecer*
> *como las flores nocturnas y los búhos soberbios*
> *que huyen del sol,*
> *como los grillos y la luna, reina de las estrellas.*
> *Pero las mujeres no lo saben, pues duermen*

como águilas excelsas en sus nidos,
en lo alto de un risco, plegadas las alas
con silenciosa respiración.
Y quizá nadie verá jamás
la gran imagen de su beldad...

Cada vez que pasaba por delante de aquel cuartito, incluso cuando la madrastra estaba abajo y no había nadie dentro, miraba desdeñoso hacia otro lado. Una mañana —tres o cuatro días después de echarla de mi sofá— me desperté muy temprano, cuando ella todavía dormía. Al ver que hacía buen tiempo abrí de par en par las ventanas de mi habitación y, al salir al pasillo, un golpe de viento abrió hasta la mitad la puerta del cuartito. Distraído, eché una ojeada al interior y vi que seguía durmiendo tranquila, arropada hasta el cuello. Comenzaba a salir el sol, que le iluminaba la cara como esos reflectores que en los teatros enfocan a las bailarinas para que se las vea mejor. Observé que en sueños sonreía de felicidad; más aún, casi reía mostrando los dientes.

Ese detalle me sorprendió y despertó mi curiosidad, pues la noche en que por primera vez la había visto dormida había imaginado por su semblante que no soñaba y que vivía solo con la respiración, como los vegetales. Pero esa sonrisa no podía sino nacer de un hermoso sueño. ¿Quién sabe qué sueños tenía una criatura como ella? Esta había sido siempre una de mis locuras: viendo dormir a alguien, solía sentir el deseo, incluso el tormento, de adivinar sus sueños. Pedir a la gente que los cuente después, cuando se despiertan, no produce la misma satisfacción (aunque no mientan).

En ocasiones el secreto de los durmientes no me parecía demasiado oscuro. Por ejemplo, pensaba que era bastante fácil adivinar los sueños de Immacolatella. Como mucho debía de soñar que era una perra de caza, como creían los conejos de Vivara; o que había aprendido a encaramarse a los árboles igual que los gatos; o que se encontraba al lado de una bandeja repleta de huesos de cordero. Pero sin duda para ella no había nada más bonito que soñar conmigo. No era difícil adivinarlo.

¿Y esta? ¡Quién sabe qué sueño la hacía reír de felicidad! ¿Estaría de vuelta en su casa de Nápoles, durmiendo en la misma cama con toda su familia, incluso con la madrina? ¿Se encontraría en una gran feria celebrada en una plaza del Paraíso, entre tenderetes y luces, con una multitud de muchachitos transformados en querubines? ¿O imaginaba que mi padre regresaba de su viaje trayéndole una cesta repleta de joyas? Quién sabe si yo mismo aparecía en esa escena. Me irritaba no poder ver detrás de sus ojos cerrados, como si ella, tan estúpida e inferior, poseyese un reino vedado a Arturo Gerace. Me sentí tentado de intervenir en su sueño con algún subterfugio. A veces en verano, cuando después del baño me quedaba dormido en la playa, mi padre, cansado de estar allí despierto viéndome dormir, me acariciaba con la punta de un alga o me soplaba con suavidad en una oreja. Y de inmediato surgía en mis sueños un pez pluma que me hacía cosquillas con las aletas mientras yo nadaba en las profundidades del Pacífico; o el bandido americano Al Capone, que me apuntaba en la oreja con su mortífera pistola automática.

Estuve a punto de entrar en el cuartito para repetir con la madrastra los juegos de mi padre y así enredarle el hilo de los sueños. Pero ¿acaso estaba loco? ¿Cómo se me ocurría pensar en tener tales familiaridades con esa estúpida intrusa?

La idea de haberme rebajado con esas indulgentes fantasías respecto a ella me tuvo enfadado el resto del día, hasta el punto de que, para desahogar la irritación, rompí el poema «Las durmientes».

Cada vez que, por distracción o por cualquier otra circunstancia involuntaria, mi mente tomaba una actitud menos hostil hacia la madrastra, yo me vengaba mostrándome más intratable.

Mal humor

Aquella primera ausencia de mi padre duró mucho menos de lo que yo preveía. No había pasado ni una semana de su marcha cuando, con gran sorpresa nuestra, regresó. Llegó de manera inesperada, como siempre, y yo, que por casualidad me encontraba cerca de la verja, fui el primero en verlo; pero apenas se dignó decirme «Hola, negro», pues estaba impaciente por verla a ella. Con impetuosa ansiedad me preguntó dónde estaba y, tras mi desabrida respuesta de que se hallaba en la cocina, se apresuró a rodear la casa y se dirigió hacia la puerta vidriera. Lo seguí con paso desganado y evidente mal humor: la felicidad de volver a verlo había desaparecido en un instante al sentirme postergado y tan poco importante a sus ojos.

Ante la inesperada aparición, la madrastra enrojeció de alegría, y él, advirtiéndolo, se mostró exultante. Entró sin abrazarla ni saludarla.

—¡Vaya, qué desgreñada estás! —le dijo mirándola con aire confiado y posesivo—. ¿No te has peinado esta mañana?

Y sin más le entregó los regalos que le traía: una pulsera de madera pintada con diferentes colores y una hebilla de cinturón confeccionada con pedacitos de espejo. Para mí no había nada. Al verme enfurruñado en un rincón me regaló cincuenta liras.

Entonces formuló la pregunta de costumbre, la que repetía siempre que regresaba: «¿Alguna novedad?»; pero esta vez, a diferencia de cuando, en el pasado, me la dirigía solo a mí, manifestó cierto interés por oír la respuesta. Aturdida todavía por la imprevista llegada, la madrastra intentó contestar:

—Estamos bien... Ha hecho buen tiempo..., y he recibido carta de mi madre, firmada también por mi hermana, y dicen que en Nápoles están todos bien y hace buen tiempo...

Él la interrumpía de vez en cuando para preguntarle: «¿Te ha escrito tu madrina? ¿Y has ido a misa?», como si por un capricho momentáneo encontrase un gusto pueril en entrometerse en los asuntos de ella.

Mientras tanto caminaba de un lado a otro de la cocina, miraba a su alrededor y reconocía los objetos con aire de regocijo y de conquista, como si hubiese estado más de diez años ausente. Ella sacudía la cabeza de vez en cuando, con dos bucles sobre la frente que parecían campanitas, y, riendo con los ojos, negros y bailarines, decía con timidez: «No me lo esperaba... no esperaba verte hoy...».

Al final él, con gran desenvoltura, le dio esta respuesta de soberano:

—Hago siempre lo que me parece. Cuando quiero irme, me voy; cuando quiero volver, vuelvo. En cambio, tú debes hacer lo que yo quiera.

Poco después subió por la escalera con la maleta y nosotros lo seguimos. Una vez arriba, ella corrió al cuartito de Silvestro a recoger las mantas para llevarlas a la cama pequeña de la habitación de mi padre.

Me quedé con ellos mientras él deshacía la maleta. Estaba echado sobre la cama grande, con los brazos bajo la cabeza y las piernas cruzadas, sin despegar los labios y mirando el techo con expresión distraída y sombría. Sin embargo, no tardé en sentir una feroz desazón al percibir la inutilidad de mi presencia, y saltando de la cama, me encaminé hacia la puerta con gesto fiero y el andar oblicuo de los tigres. Mi padre soltó una risotada maliciosa.

—Eh, Arturo —me gritó—, ¿adónde vas? ¿Por qué estás tan enfadado? ¿Estás nervioso?

Aun así, no se molestó en detenerme ni volvió a llamarme. «Pues me voy —pensé—. Tengo dinero. Puedo ir al café y a la taberna y emborracharme si me da la gana». No obstante, en aquel momento cualquier lugar de la tierra se me antojaba vacío y desolado. Al final bajé al salón *dei guaglioni,* que no pisábamos casi nunca. Me quedé sentado a oscuras en uno de aquellos sofás desvencijados, sin pensar en nada ni en nadie.

Mi padre estuvo un par de días en Prócida y volvió a marcharse. Unas dos semanas después regresó para quedarse otro par de días. En aquellos primeros meses de matrimonio siguió apareciendo a intervalos frecuentes, pero sus estancias eran muy breves. Me mostré indiferente a sus idas y venidas: era evidente que no iba a Prócida por mí.

Por su parte, desde el principio debió de advertir mi visible y patente antipatía hacia la madrastra, e incluso en algunas ocasiones parecía divertirlo; pero, como el déspota indolente que era, me dejaba con mi mal humor y mis caprichos sin interesarse demasiado por mí. Solo una vez me dijo algo a propósito de ella. Dio la casualidad de que estábamos solos en su habitación mientras él preparaba la maleta para partir. Yo lo miraba sin decir nada. De un puntapié empujó debajo de la cama un par de zapatos viejos que no le servían para el viaje y, mirándome, dijo con distraída altanería:

—Eh, negrito, sí que estás de mal humor, ¿no? Por lo menos, eso parece.

No contesté y levanté un hombro, desdeñoso. Él esbozó una media sonrisa y mirándome con los ojos entrecerrados añadió:

—¿Se puede saber por qué le tienes tanta tirria? ¿Por qué te ataca los nervios la pobre Nunziata?

Arrugué la frente y me encerré en mí mismo. Él soltó una carcajada, hizo una mueca irónica y sus ojos se oscurecieron misteriosamente.

—¡Vamos, negro! —exclamó—. Tranquilízate, porque la pobre Nunziatina no será la peligrosa rival que te robe mi corazón.

Mientras decía estas palabras, su voz y sus facciones adquirieron un no sé qué brutal; luego sonrió, casi para sí mismo, con la boca cerrada y las comisuras levantadas. Reconocí esa sonrisa fabulosa, de cabra, que alguna otra vez había visto en su rostro.

Dudoso, lo miré sin entender adónde quería ir a parar.

—¡A mí ella no me importa nada! —exclamé como un niño.

Lanzó otra carcajada, seca y arrogante.

—Ah, no te importa… —dijo mirándome desde arriba, con el ceño fruncido—. Y yo que pensaba otra cosa… Perdóneme, señor importante. ¿Quieres que te diga qué pensaba? No temas, te lo diré solo a ti, no se lo contaré a nadie. Pensaba que ESTABAS

CELOSO. Celoso de ella, de Nunziatella, porque antes en la isla me tenías solo para ti y ahora ella te ha reemplazado. Bien, ¿qué me dices, negro?

Enrojecí como si mi padre hubiera descubierto un secreto terrible.

—¡No es cierto! —exclamé con rabia.

En ese momento llegó ella e intenté irme. Pero mi padre me aferró por la muñeca con una rapidez hostil y feroz, como si jugáramos a luchar, y me dijo entre dientes:

—¿Adónde vas? ¿Adónde vas? ¡Quédate aquí!

Sin soltarme la muñeca, con el brazo libre rodeó a la madrastra y comenzó a juguetear con sus bucles.

—¡Qué rizos más bonitos! —decía mientras ella lo miraba muy seria, sin entender el sentido de aquella escena—. Es una lástima que Arturo no tenga unos rizos tan bonitos. —Al decir estas palabras me miraba y reía para sí, complacido de provocar mis celos. Hasta que por fin, viendo la violencia con que trataba de liberarme, me espetó enfadado—: ¡Bueno, vete!

Salí de la habitación sin mirarlo, poseído por una cólera furiosa.

Aquella palabra, «celoso», me había ofendido sobremanera. No quería ni oír semejante acusación. Ni siquiera se me ocurría preguntarme si de verdad lo estaba; si aquel sentimiento que, desde la boda de mi padre, me hacía vivir como un animal acosado podía llamarse celos. Por aquel entonces, aunque se me daba bien reflexionar sobre la historia antigua, el destino y las Certezas Absolutas, no estaba acostumbrado a indagar en mí mismo. Algunos problemas eran ajenos a mi imaginación. En aquel momento solo sabía que me habían ofendido. Nada más. Y me dolía tanto la ofensa que llegué a pensar en embarcarme, dejar la isla para siempre y no volver a ver a mi padre ni a la madrastra. Apenas esbozado el proyecto comprendí, por el frío súbito y el ímpetu de rebelión que me invadieron, que nunca podría llevarlo a cabo. Me resultaba insoportable la idea de que se quedaran solos en la isla, sin mí.

Mi cólera sin desahogo se volvió tan cruel que comencé a gemir como un herido. Creía que ese furor amargo se debía a la ofensa recibida, pero es posible que, sin saberlo, lamentara ya los anhelos imposibles de mi corazón, los celos contradictorios y entrelazados y las pasiones multiformes que marcarían mi destino.

La pasta

Por lo que sé, mi padre mantuvo su palabra: no reveló a nadie lo que pensaba (que yo estaba celoso). En cuanto a la madrastra, supongo que él jamás le hubiese hecho una confidencia tan seria, y menos aún sobre un Gerace. Conmigo no volvió a emplear aquellas palabras maliciosas y enseguida retomó su acostumbrada despreocupación, sin interesarse más por mí. De ese modo el recuerdo de aquella ofensa no tardó en desaparecer.

Mi antipatía por la madrastra, lejos de disminuir, aumentaba día a día. Por lo tanto, su vida conmigo no era muy alegre durante las ausencias de mi padre. No me dirigía a ella sino para darle órdenes. Si estando fuera quería que se asomase a la ventana para ordenarle algo, silbaba. Otro tanto ocurría en casa: la llamaba con un silbido y, si estábamos en la misma habitación, le decía «¡Eh, tú, escucha!». Le hablaba mirando hacia otro lado con un evidente ánimo ofensivo, como para dar a entender que ella era un objeto ínfimo e indigno de mi mirada. Al pasar por delante de su cuartito apartaba la vista de la puerta entornada, como si en el interior viviese un espectro o un monstruo.

La odiaba tanto que incluso estando fuera de casa me atormentaba imaginarla en nuestras habitaciones, que se habían convertido en su morada, y me esforzaba en olvidar su existencia, en fingir que no era más que una sombra. Recordaba como un limbo feliz la época en que aún no había llegado a la isla. ¡Ah! ¿Por qué había venido? ¿Por qué la había traído mi padre?

Los días se alargaban y se volvían más tibios. Ya no hacía frío en las hermosas noches estrelladas, y muchas veces, entre el mar, las calles y el oscuro café de la viuda, dejaba pasar la hora de la cena sin acudir a la Casa dei Guaglioni. Pero, por muy tarde que me presentase, desde la calle veía la luz encendida en la ventanita de la cocina y sabía que la encontraría allí, que no habría cenado todavía y que me aguardaba para echar la pasta en la olla. Aunque era ya muy tarde y tenía hambre, en ocasiones, al ver la luz en la ventana, me invadía el deseo cruel de prolongar su espera. Esa crueldad era nueva en mí. Caminaba sin hacer ruido, como un ladrón, hasta la puerta vidriera de la cocina y me quedaba allí, sin que me viera, hasta que se me antojaba. Escondido en un rincón oscuro, la veía al otro lado de los cristales; se caía de sueño y al oír el menor rumor lanzaba una mirada esperanzada hacia la puerta; de vez en cuando bostezaba como bostezan los gatos —que dan risa porque abren muchísimo la boca, hasta parecer tigres— o levantaba un poco el pecho con un suspiro. Al final yo entraba en tromba, como una fiera que se precipita en su guarida, hasta el punto de sobresaltarla. Cogía el libro del banco y con semblante hosco esperaba a que me sirviese.

Una vez, al llegar vi por la ventana que escribía en una hoja con expresión meditabunda e inspirada, como una escritora. Después de cenar se retiró antes que yo dejando olvidado sobre el aparador lo que había escrito. Lo leí. Era una carta dirigida a su madre, que, más o menos, decía así:

Querida madre:

Le escribo esta carta esperando que tenga buena salud. Y a mi querida hermana Rosa, que le puedo decir que aquí estamos todos bien y que le dé saludos a mi querida madrina, y si piensa en mí, y saludos también a mi querida amiga Irma y Carulina y ala queridísima Angiulina y si se acuerdan de mí y que le den saludos de mi parte al padre Severino y a la madre Conzilia y si el querido señorgiuvani tiene todavía aquella fiebre que debeser la vejez y también le ruego querida madre que salude a mi querida amiga Maria y Filomena y a mi querida Aurora le puede decir quel vestido está bien y a lasotras queridas companieras si se acuerdan de mí que se habrán olvidado de Nunziata queno melas olvido ni de día nide noche y también a Sufia y alaotra Nunziata de Ferdinando si se acuerda de mí. ¡Y que puedo decir querida madre! En Prócida se come sin pagar porque la finca lo da todo hasta elaceite y patatas lalechuga y en la tienda se paga la cuenta a fin deaño. Reciba querida madre mil cariñosos besos desu querida hija Nunziatella y también a Rosa mil besos desu hermana Nunziatella y te ruego también a mi querida madrina mil besos y te pido muchos besos para las otras amigas que ya te las nombré que mi Corazón piensa siempre y termino la carta.

NUNZIATELLA

Otra noche, al volver a eso de las diez la encontré dormida en la silla de la cocina. Tenía un brazo apoyado en la mesa y descansaba la mejilla sobre la mano como sobre un pequeño cojín; la severa sombra de los rizos que le caían sobre la frente la protegían de la luz de la lámpara, y esta vez su rostro tenía una expresión extraña, seria y misteriosa. Empecé a golpear los cristales con fuerza y a cantar a voz en grito para que tuviera un despertar brutal.

Dos o tres veces, al llegar a casa más tarde de lo acostumbrado me encontré con que me aguardaba fuera del portón. «¿Por qué has salido?», le preguntaba con tono desabrido, y ella respondía que le apetecía tomar el aire.

A fin de cuentas, la madrastra no podía reprocharme nada. Yo no le pedía que me esperase. Pero era evidente que, en comparación con sus días, aburridos y solitarios, las cenas en compañía de un mudo debían de parecerle una especie de acontecimiento importante o de fiesta nocturna, algo casi como el cine y los bailes para las grandes damas. Por la mañana, con un gran ajetreo, empezaba a elaborar la pasta al huevo, que preparaba a diario y que, una vez estirada, ponía a secar sobre unos maderos delante del umbral, como un estandarte. Una mañana temprano bajé un poco nervioso y, al verla enfrascada en los preparativos habituales, le espeté que, si todos los días preparaba la pasta por mí, estaba en un error, porque la pasta no me gustaba y jamás me había gustado.

Lo dije para humillarla, pues no era cierto; la pasta me gustaba tanto como cualquier otro alimento. Puede decirse que comía

con idéntico placer cualquier producto comestible para lo humanos; lo único importante era la cantidad, ya que siempre tenía un
hambre canina.

—¿Cómo? —repuso a media voz, sin dar crédito a lo que
oía—. ¿No te gusta la pasta?

—No.

—¿Y qué te gusta?

Busqué la peor respuesta, la que más pudiera entristecerla. Y
acordándome del desdén que había mostrado hacia la leche de
cabra mentí:

—¡La carne de cabra!

—¡La carne de CABRA! —exclamó estupefacta. Pero en esa estupefacción inicial asomó al instante una especie de fervor com-
placiente y dócil, como si para satisfacer mis gustos ya reflexiona-
se sobre el modo de conseguirla y preparar guisos con ella…

Al verla me apresuré a cubrirme la cara con las manos, invadido
por unas ganas irresistibles de reír. «Si ve que me río —pensé—,
creerá que hemos recuperado la confianza de aquella tarde», y temblando rechacé esa posibilidad. Sin embargo, por más que intentaba
sofocarlas, sentía brotar las carcajadas en mi pecho y, al no encontrar ninguna otra manera de disimular mi regocijo, caí de rodillas al
suelo, con el rostro oculto entre los brazos, fingiendo llorar.

Aquel día me di cuenta de que podría ser un gran actor si quisiera. Se acercó titubeante y solícita; por debajo del brazo que me
cubría la frente vi sus minúsculos pies en los zapatones que usaba
en casa… Y, dado que las ganas de reír aumentaban con la comedia que representaba, los sollozos se volvieron más desesperados y
lacerantes. Eran una imitación perfecta.

—¿Artù? —murmuró desconcertada—. Artù… —repitió al

poco. Sentí su aliento, tierno, casi de animal. Y, sin poder contenerse, con voz conmovida añadió—: Artù... ¡A ti te pasa algo...! ¿Qué tienes? ¡Vamos, díselo a Nunziata!

Además de compasión, su voz reflejaba una presunción adulta al pronunciar esas palabras; se percibía casi la autoridad de la hermana mayor, que ha tenido en sus brazos a todos los hermanos pequeñitos... Al oírla hablar de ese modo me invadieron la indignación y el desprecio. ¿Cómo se atrevía? Furioso, me puse en pie.

—¡No lloro, me estoy riendo! —exclamé.

Miró mi rostro severo, mis ojos secos y llameantes, pasmada como si hubiese visto surgir un dragón de la tierra.

—No soy de los que lloran —proseguí con orgullo amenazador—, y no te atrevas a hablarme nunca más de ese modo. No somos parientes, ¿entendido?, no eres nada mío. Entre nosotros no hay parentesco ni amistad, ¿lo entiendes?

Indignada y colérica, clavó los ojos en la pasta, y sus labios parecieron henchirse de palabras amargas para responderme. Sin embargo permaneció en silencio y volvió a amasar la pasta, a trabajarla con movimientos impetuosos, como si pretendiera maltratarla. Empezó a estirarla de mala gana y en el último momento, cuando ya me dirigía hacia la puerta masticando todavía el desayuno, me lanzó una mirada dubitativa y sombría.

—Entonces, si no quieres pasta, ¿qué querrás comer esta noche?

Me volví a medias y con un gesto despectivo en los labios le espeté de la manera más descortés:

—¿Yo? ¡A quién le importa qué prepares para cenar! ¡Eres capaz de haberte creído lo que he dicho sobre la pasta! A ver si te enteras de que me da lo mismo comer una cosa que otra. ¡Podría vivir a base de galletas y carne salada! Si cocinaras alas de avestruz, aletas de tiburón o lengua de hipopótamo no me daría ni cuenta, porque la comida que preparas me sabe toda igual. Por mí puedes hacer pasta cada día, o lo que te parezca; me trae sin cuidado. Además, ¡mis gustos no son asunto tuyo!

Lo cierto es que no quería sus cuidados y atenciones. Le daba órdenes para tener la satisfacción de humillarla tratándola como a un autómata, un objeto; pero sus amables atenciones —como si de veras creyera ser una pariente mía, mi madre— me resultaban insoportables. En más de una ocasión le repetí: «Entre nosotros no hay parentesco. No eres nada mío», hasta que una vez, palideciendo un poco y echándose el pelo hacia atrás, me replicó:

—No es verdad que no soy nada tuyo. ¡Soy tu madrastra y tú eres mi hijastro! —Lo dijo con un tono prepotente y apasionado, como si reivindicara un derecho sobre mí.

Me reí en su cara con una furia desdeñosa.

—¡Madrastra! —exclamé—. ¡Una madrastra es menos que nada! ¡Decir «madrastra» es decir la palabra más desagradable!

Después de ese diálogo, aquella misma tarde le advertí con dureza que no quería que me esperase a cenar. Si me retrasaba, ella debía comer sola a la hora de siempre y luego salir de la cocina dejándome mi parte. Le dije que me aburría cenar con ella; que me fastidiaba verla todas las noches; que, en definitiva, era muy libre de cenar solo.

Canción solitaria

Se tomó a mal mis palabras; le ofendieron y entristecieron más de lo que yo pretendía. Aun así, no respondió ni se opuso a mi voluntad. Adopté la costumbre de regresar tarde a casa para no encontrarme con ella por la noche. Si al llegar veía encendida la luz de la cocina, me quedaba dando vueltas fuera de la verja —sin acercarme ya a mirar por la puerta vidriera, de la que me mantenía alejado— hasta que se apagaba, señal de que la madrastra había subido a su habitación. Entonces por fin entraba y me comía el plato que me hubiera dejado sobre las brasas para que no se enfriara.

La madrastra no me dirigía protestas ni quejas, pese a que en aquellos días yo representaba su única familia y compañía. Siendo todavía una forastera para nuestra desconfiada población, no tenía amigos ni conocidos; pasaba las horas en la cocina o en su cuartito, sin nadie con quien conversar. Muchas veces, al mirar desde mi barca los muros de nuestro «castillo», que parecía deshabitado, llegaba a pensar que ella era solo un sueño y que en realidad no vivía nadie entre aquellas paredes. Pero después, a cualquier hora del día que pasara por la casa, no tardaba en oír el ruido de sus zapatillas en las escaleras o los pasillos.

Conmigo adoptaba una actitud hosca, difícil y bárbara; y, orgullosa, no mendigaba la amistad que tan cruelmente yo le negaba. Con todo, cada vez que se cruzaban nuestras miradas, en el fondo de sus tempestuosas pupilas asomaba siempre, como una estrellita, aquella eterna e irremediable pregunta: «Artù, ¿qué te he hecho? ¿Qué te he hecho yo?».

En ocasiones veía desde una ventana que, en su soledad, por la necesidad de amistad se abrazaba a un árbol del jardín o a las pilastras de la verja, como si esos objetos inanimados fuesen en realidad una hermana suya o una amiga íntima. A veces acariciaba a una de aquellas gatas pelonas y malas que se acercaban a casa en busca de sobras para comer; la estrechaba contra su corazón y la cubría de besos. En algunos momentos hasta la oía expresar en voz alta sus pensamientos con frases alegres o absortas y una dulce voz monocorde que no iba dirigida a nadie. Por ejemplo, al acercarse a la explanada una noche de luna, observó: «Luna creciente: las barcas al mar, para la pesca del calamar...». O, sentada en un escalón de la entrada saboreando un erizo marino que había sacado de un cesto, repetía: «¡Ah, qué bueno está; parece una granada!». O al peinarse clamaba contra los nudos de su pelo y, entre los violentos tirones que daba con el peine, los insultaba mascullando: «¡Ah, infames!; ¡ah, desconsiderados!».

Por naturaleza prefería la reclusión en las habitaciones a los espacios abiertos y a la calle, como un canario que ama más su jaula que el aire libre. Rara vez salía, a pesar de que la Casa dei Guaglioni era tan poco hospitalaria con ella. En alguna ocasión, muy temprano, la veía ir a misa, presurosa y envuelta en el chal negro, como si huyese a escondidas. Otras veces me topaba con ella en las callejuelas empinadas; llevaba el cesto de la compra en el brazo, los rizos aplastados bajo un pañuelo y un monedero gastado apretado en el puño. Viéndola ir afanosa de una tienda a otra con su andar desgarbado y regatear con aquellos tenderos poco comunicativos, me parecía una pobre sirvienta gitana al servicio de alguna misteriosa abadesa o dama encantada. Tenía un aspecto abandonado y sombrío, pero también belicoso, como el de quien participa de los secretos de un amo fascinante y mal visto por todos (de alguna manera debían de haber llegado a sus oídos los cuentos y rumores que corrían sobre la casa de los Gerace).

Me parecía que con su aislamiento se marchitaba día a día. A veces la oía cantar por las habitaciones. Repetía siempre las canciones aprendidas en Nápoles con la radio de su vecina: la del *apascia* y otra cuyo estribillo rezaba: «Tango, eres una atadura de mi corazón»; también cantaba a menudo un himno religioso que decía: «Te adoramos, Hostia divina, te adoramos, Hostia de amor». Las notas, vulgares y estridentes, se arrastraban con melancolía, como si todos esos temas tuvieran un argumento triste. Pero creo que ella no tenía preocupaciones ni se daba cuenta de que no era feliz. Una mata de claveles o un rosal, aunque no estén en un jardín sino en un rincón de una ventanita, dentro de jarrón, no piensan: «Podría tener otra suerte». Y eso hacía ella, con la misma simpleza.

Oyéndola cantar recordaba aquellos versos napolitanos que había aprendido de niño y que muchos músicos interpretaban en el puerto: *Tu sei la canaria... tu sei malata e canti... tu sola sola muori...* «Eres la canaria..., estás enferma y cantas..., sola te mueres...» En efecto, al ver su rostro demacrado, con aquellos ojazos negros que parecían abrasarlo, me preguntaba si no estaría enferma; casi llegaba a sospechar que el funesto encantamiento del Amalfitano era real y que por su culpa ella moriría.

Sin embargo mi corazón, endurecido contra ella, se negaba a compadecerla; por el contrario, se encarnizaba con crueldad. Con el correr de los días, me exasperaba sobre todo que, temiendo tanto a mi padre, no diera muestras de tenerme miedo a mí. Cuando la ofendía y la insultaba, si bien jamás me contestaba, se mantenía impávida como una leona. Ese comportamiento era otra prueba evidente de que me consideraba un niño incapaz de amedrentar a una mujer casada como ella. Y, no obstante, había disminuido la diferencia de estatura que había entre los dos a su llegada. Su audacia era para mí como una bofetada. A fin de satisfacer mi orgullo habría querido inspirarle tanto miedo como mi padre, ante quien ella temblaba con solo ver su frente ensombrecida. Muchas veces, olvidando mis demás ambiciones, aspiraba a convertirme en un bandido, el temible cabecilla de una banda, de tal modo que cayese desvanecida solo con verme. Incluso en ocasiones me despertaba por la noche pensando: «Tengo que darle miedo», y me imaginaba practicando contra ella increíbles maldades y toda clase de barbaries; tal era mi obsesión por que me odiase como la odiaba yo.

Cuando le daba órdenes y la obligaba a servirme, adoptaba la actitud altiva de un torvo emperador dirigiéndose a un soldado raso. Ella se mostraba siempre dócil y dispuesta a atenderme, pero esa obediencia no nacía del miedo. Por el contrario, al afanarse por servirme se animaba y hasta usaba gestos pomposos. Y su cara, antes fea y demacrada, se volvía fresca como un jazmín. ¿Acaso creía que el hecho de que le diera órdenes y la obligara a servirme era un principio de reconciliación? No había forma de hacerle comprender lo despiadada que era mi alma.

4

La reina de las mujeres

El peinado

Mi padre, cuya presencia había sido bastante asidua durante los primeros meses de matrimonio, con el tiempo comenzó a espaciar sus visitas. En la primavera lo vimos quizá un par de veces, y a toda prisa, como un huésped de paso; retomó entonces la costumbre de vagabundear por la isla conmigo. La madrastra, embarazada desde el comienzo de la primavera, nos aguardaba en casa.

El mes de junio transcurrió sin noticias de mi padre, pero en julio empecé a esperarlo, pues en verano siempre sentía nostalgia de la isla y, estuviera donde estuviese, le asaltaba el deseo de volver a Prócida.

En efecto, a principios de agosto reapareció y, como de costumbre, pasó casi todo el mes en la isla. La misma mañana de su llegada, zarpó conmigo en *La Torpedera de las Antillas* y retomamos la vida de los veranos anteriores, en las playas y en el mar; volví a ser el único compañero de todas sus horas, mientras la madrastra, con la lánguida pesadez de su estado, se quedaba en las sombrías habitaciones de la Casa dei Guaglioni.

Los días estivales se sucedieron idénticos y alegres, como estrellas radiantes. Mi padre y yo nunca hablábamos de ella, y en aquellas horas felices la Casa dei Guaglioni, con su solitaria moradora, a quien se le negaban la ligereza y los juegos, me parecía un planeta apagado y alejado de la órbita terrestre. Pero en realidad no encontré junto a mi padre la dicha infantil de los otros veranos, pues la existencia de la madrastra se interponía entre nosotros. Por estar condenada a aquella oscura esclavitud, se me antojaba más presente que si hubiese estado jugando con nosotros, no como una mujer, sino como un ser afortunado y ágil, igual que mi padre y yo. Era como si en un cuartito de la Casa dei Guaglioni se escondiese un gran ídolo misterioso, sin voluntad ni esplendor, pero que con su poder mágico cambiaba el curso y el esplendor del verano.

El embarazo no solo le deformaba el cuerpo, sino que también le había alterado la cara dándole una expresión casi adulta. Los rasgos se habían relajado, la nariz se había vuelto afilada y las mejillas presentaban una intensa palidez, como si una enfermedad le consumiera la sangre. Con sus movimientos torpes, inclinaba la cabeza como las bestias cansadas, mostrando la nuca, delgada y delicada, y en su mirada, velada por una sombra apacible, de serenidad, ya no había ningún interrogante ni ansiedad.

De pronto creí advertir en ella un extraño parecido con mi madre. Hacía meses que evitaba mirar aquel pequeño retrato escondido celosamente en mi habitación, olvidado por todos, menos por mí. Y ahora cada vez que veía a la madrastra se me presentaba en la mente aquella fotografía con su acostumbrada piedad. Experimentaba una sensación arisca y titubeante, que transformaba mi odio contra aquella mujer en una especie de interrogante celoso, y más que nunca, como quien rechaza una tentación de-sesperanzada, rechazaba contemplar el adorado retrato.

Un día de principios del verano, antes de la llegada de mi pa-dre, oí a la madrastra quejarse de que, con el calor, le molestaba su espesa melena rizada. Una especie de capricho irresistible me im-pulsó a sugerirle que se hiciese dos trenzas y las sujetase en sendos rodetes por encima de las orejas (era el peinado que lucía mi ma-dre en la fotografía, pero naturalmente ella no lo sabía y yo no se lo dije). Perpleja y halagada al ver que, en contra de lo acostum-brado, me interesaba por algo referente a su persona, puso algún reparo sobre el largo de su cabello, pero insistí casi con cierta vio-lencia y sin dudarlo más siguió mi consejo y adoptó el nuevo pei-nado. De ese modo, ella y la figura del retrato se parecían aún más (la única diferencia era que a la madrastra siempre le caía sobre la frente o la nunca algún ricito que era demasiado corto).

A veces experimentaba un extraño sentimiento de consuelo, de perdón y casi de paz viendo la fina raya que el pelo le formaba en la nuca, entre las dos trenzas; hasta su nueva forma de sonreír, con los labios un poco separados de las pálidas encías, daba pie a una tregua en mis rencores de antes. ¿Acaso la reina de las muje-res, la del retrato, sonreía de ese mismo modo?

Le preocupaba qué diría mi padre al verla sin los bucles cayén-dole por la espalda, como le gustaba a él; sin embargo, cuando mi padre volvió no pareció reparar siquiera en el cambio, como si no recodara que antes tenía rizos. Hacía tiempo que no se entrometía en los asuntos de ella y que le hacía aún menos caso del que en el pasado nos había hecho a Immacolatella y a mí. No la trataba ni bien ni mal; ya no sentía el deseo de jugar con ella, de hacerle re-galos ni de molestarla. En ocasiones parecía incluso que se olvidara de ella, como si se tratara de una presencia secular, inevitable, de esas que ya no ves. Otras veces, por el contrario, la miraba maravillado y, al mismo tiempo, con aire soñoliento, como si se preguntara quién era aquella forastera, qué tenía que ver con él y por qué estaba en nuestra casa.

De vez en cuando, en lugar de llamarla por su nombre, inventaba algún apodo un tanto burlón que aludía a la creciente deformidad de su cuerpo. Aunque esos sobrenombres sonasen vulgares, no los decía con maldad, sino con una especie de objetividad infantil y casi con cariño. Era natural en él nombrar a los demás por algún rasgo de su persona; por eso me llamaba «negro» a mí y «Amalfi» a Romeo.

Después de aquella estancia de agosto, no lo vimos durante una larga temporada. Las semanas pasaban sin que recibiéramos noticias suyas, como si hubiese olvidado por completo que en un rincón de la tierra había una isla llamada Prócida.

Noches estrelladas

Mientras tanto yo continuaba con mi vida en el mar (aquel año el buen tiempo duró hasta noviembre). Me divertía en mi barca del alba al atardecer y, ahora que mi padre ya no estaba para recordármela con su presencia, la madrastra y su cocina solitaria se me borraban de la memoria durante el día. Volvía a no pensar en nada, como en los veranos anteriores. Sin embargo, en cuanto el sol se ponía y los colores desaparecían de la costa, mi estado de ánimo cambiaba de golpe. Era como si los espíritus alegres de la isla, que me habían acompañado durante el día, descendieran, entre gestos de despedida, tras el horizonte entre los rayos del sol. El miedo a la oscuridad, que los demás sienten de niños y que luego se les pasa, lo conocí yo en aquellos días. La costa ilimitada, las calles y los espacios abiertos parecían transformarse en un páramo desolado. Y una sensación casi de exilio me llevaba a la Casa dei Guaglioni, donde a esa hora se encendía la lámpara de la cocina.

A veces, si el crepúsculo me sorprendía en algún sitio remoto o en el mar, lejos del puerto, tenía la sensación de que la Casa dei Guaglioni, invisible desde esos lugares, se había desplazado hasta situarse a una distancia fabulosa, inalcanzable. El paisaje me ofendía con su indiferencia, y me sentía perdido hasta que divisaba aquel punto iluminado en lo alto del derrubio. Atracaba en la playa con impaciencia y, si era de noche, algunas supersticiones infantiles me perseguían mientras subía corriendo la colina. En mitad de la cuesta, para sentirme acompañado, cantaba a voz en grito; al oírme al otro lado de la explanada, alguien se asomaba a la puerta de la cocina y me llamaba con voz cadenciosa y casi dramática: «¡Ar-tu-rooo! ¡Ar-tù-ù-ù!».

A aquella hora la encontraba enfrascada en los preparativos de la cena. Entraba con aire hosco y desganado y me echaba sobre el banco para reposar de la jornada y esperar la comida. Lanzaba algún que otro bostezo para manifestar mi aburrimiento y mi cansancio; a la madrastra no le prestaba ninguna atención; cruzábamos muy pocas palabras. Sentada en una silla baja, con las manos cruzadas sobre la falda y la cabeza un poco inclinada, aguardaba a que el agua rompiera a hervir; a cada instante se apartaba de la frente, cubierta de sudor, un rizo que había escapado de la gruesa trenza. Su cuerpo, ensanchado, sin nada infantil ya, tenía algo señorial y reposado, como esas figuras veneradas por los pueblos orientales a las cuales, para simbolizar su augusto poder, el escultor dio una pesadez extraña y deforme. Incluso los aretes de oro de las orejas perdían a mis ojos su sentido como ornamentos humanos y se convertían en exvotos colgados en una efigie sagrada. En las zapatillas asomaban sus piececitos, que durante el verano no habían jugado como los míos en la playa y el mar; la blancura de su piel en una estación en que todos los hombres y muchachos estaban morenos se me antojaba un signo de nobleza de abolengo. En algunos momentos se me olvidaba que éramos casi de la misma edad: parecía haber nacido muchos años antes que yo, ser más antigua que la Casa dei Guaglioni; pero la compasión que sentía a su lado transformaba esa edad suya en algo agradable.

En ocasiones me adormilaba en el banco. En ese frágil sopor las mínimas impresiones de la realidad se convertían en fantasías semejantes a fragmentos de un cuento que parecían querer complacerme. Volvía a ver el trémulo cabrilleo del mar durante el día como la sonrisa de un ser maravilloso que a aquella hora se dejaba llevar por las dulces corrientes y que descansaba pensando en mí... El aire de la noche que entraba por la puerta vidriera se posaba sobre mi cuerpo moreno como si alguien me pusiese una camisa de lino fresca y limpia... El firmamento nocturno era una inmensa tienda historiada, extendida encima de mí... O, mejor aún, era un árbol inmenso y las estrellas susurraban como hojas en sus ramas, entre las cuales había un único nido, el mío, donde yo dormitaba... Allá abajo siempre me esperaba el mar, que también era mío... Si probaba la piel de mi brazo con la lengua, sentía el sabor de la sal...

Algunas noches, después de cenar, atraído por el fresco del exterior, me tumbaba en el escalón del umbral o en la explanada.

La noche, que una hora antes me había parecido amenazadora, en ese momento, a un paso de la puerta vidriera iluminada, volvía a serme familiar. El firmamento se convertía a mis ojos en un vasto océano salpicado de innumerables islas, y yo aguzaba la vista para buscar las estrellas cuyo nombre conocía: Arturo en primer lugar, luego las Osas, Marte, las Pléyades, Castor y Pólux, Casiopea… Lamentaba que en los tiempos modernos no hubiese en la tierra un límite prohibido, como lo fueron para los antiguos las Columnas de Hércules, pues me hubiese gustado ser el primero en traspasarlo desafiando la prohibición con mi audacia; del mismo modo, contemplando el cielo estrellado envidiaba a los pioneros que en el futuro llegarían a los astros. Resultaba humillante mirar el cielo y pensar: Allá hay muchos otros paisajes, otros arcoíris, mares de quién sabe qué colores, bosques mayores que los del trópico, otras especies animales feroces y alegres, más amorosas que estas que vemos…, otros seres femeninos magníficos que duermen…, otros héroes bellísimos, otros fieles…, y yo no puedo llegar allá.

Entonces mis ojos y mi pensamiento abandonaban despechados el cielo y volvían a posarse en el mar, que, apenas lo miraba, palpitaba por mí como un enamorado. Extendido, negro y lisonjero, me repetía que, al igual que el firmamento estrellado, él también era grande y fabuloso y poseía innumerables territorios, distintos unos de otros, como cien mil planetas. Pronto comenzaría para mí, por fin, la deseada edad en que ya no sería un muchacho, sino un hombre, y él, el mar, como un compañero que siempre hubiese jugado conmigo, también crecería y me llevaría consigo a conocer los otros océanos y todas las otras tierras y la vida entera.

La reina de las mujeres

El otoño ya se anunciaba con sus tempranos atardeceres; cada día llegaba antes aquel severo momento de oscuridad que me expulsaba del mar. Si volvía a casa antes del anochecer, a menudo me encontraba con alguna visita. La madrastra había trabado amistad con dos o tres mujercitas procitanas, esposas de tenderos y pescadores, las cuales la visitaban y se entretenían conversando con ella; la ayudaban y le aconsejaban mientras trabajaba en la canastilla de mi hermanastro. No sé cómo las convenció de que cruzasen el umbral de la Casa dei Guaglioni, y al principio su presencia me sorprendió como si se tratase de una aparición inverosímil. Se sentaban en torno a la mesa de la cocina, cubierta de telas y mantillas, y observé que la madrastra, tan dócil con mi padre y conmigo, entre aquellas mujeres mostraba una especie de autoridad matronal y casi una superioridad reconocida, a pesar de ser bastante más joven que las otras.

Al lado de ellas, todas de corta estatura, parecía muy alta. Cosía con una expresión de seria laboriosidad, serena y taciturna, en el corro formado por las otras, que charlaban gesticulando mucho.

El bullicio de sus voces ocultaba el ruido de mis pasos en el exterior, pero al entrar yo callaban, desconfiadas y vergonzosas, y a los pocos minutos se iban todas juntas, porque en Prócida las mujeres acostumbran a retirarse a sus casas cuando oscurece.

Alguna vez que regresé del mar antes de lo habitual y me quedé en la explanada para gozar de la puesta del sol, tuve la oportunidad de oír sus conversaciones. Hablaban casi siempre de los mismos temas: las vicisitudes de la familia y los parientes, asuntos relacionados con el trabajo de los maridos, la casa, los hijos y sobre todo el próximo nacimiento de mi hermanastro. En una de esas ocasiones oí a la madrastra revelar a las otras el nombre elegido para su primogénito: si era una niña la llamaría Violante (así se llamaba su madre), y era un varón lo llamaría Carmine Arturo. Explicó que en realidad hubiese preferido Arturo a secas, porque era el nombre que más le gustaba desde pequeñita, pero que, como en casa ya había uno y dos hermanos no pueden llamarse de la misma manera, había decidido llamarlo Carmine en honor de la Virgen del Carmen, protectora de Prócida. «Carmine» sonaba bastante bien, afirmó, y sobre todo «Carmeniello». ¡CARMENIE-LLO ARTURO! A ese nombre compuesto pensaba añadirle en el certificado de bautismo «Raffaele» y «Vito», que eran los nombres de su hermano y de su padre.

Una vez que se retiraban las amigas, por lo común la madrastra seguía cosiendo un rato más mientras yo descansaba sobre el banco. Durante muchos meses había ahorrado las pequeñas sumas que le daba mi padre y se las había ingeniado para comprar en las tienduchas de Prócida retazos de tela con que confeccionar la canastilla de mi hermanastro. En realidad se trataba de cinco o seis prendas que hubiesen cabido en una caja de zapatos; además, a mí me parecían de calidad más bien mediocre. Sin embargo, sus hermanos pequeños se habían conformado con andrajos usados y chales de mujer, de modo que para ella la preparación de una canastilla como esa adquiría la importancia de una ceremonia solemne, principesca. En la severa atención con que trabajaba se advertía aún cierta torpeza e inexperiencia.

Yo no pensaba mucho en mi hermanastro. Aunque su nacimiento estaba próximo, seguía siendo un ser irreal, como una personalidad china, que para nosotros no significa nada. Me resultaba extraña la idea de que en realidad ya estaba entre nosotros, en nuestra casa. En cuanto a la madrastra, si bien le preparaba la canastilla, jamás lo mencionaba, y estoy seguro de que ni siquiera se detenía a pensar en él. A veces se habría dicho vivía sin saber que lo llevaba en su seno. Hasta las gatas, las aves y las fieras, cuando llega la época de alumbrar, se dedican, con interés y preocupación, a preparar el nido sin pensar en quién se lo ordena.

Otoño. Últimas noticias de Puñal Argelino

Septiembre fue hermoso pero abrasador como agosto, y el primer aire otoñal, en lugar de proporcionar alivio a la madrastra, pareció agotar su sangre empobrecida. Sus ojos se volvieron mates e inexpresivos, como si el espíritu que nutría su esplendor se consumiese día a día. Y aquella majestad que hacía poco tornaba casi divino su cuerpo desfigurado se desvanecía ahora en un cansancio penoso. Hasta el cabello había perdido su negrura de ala de cuervo y parecía seco, como cubierto de polvo. Estaba fea, terriblemente fea; y mi misterioso hermano, que la afeaba, se transformaba para mí en una especie de monstruo o enfermedad a la que ella se sometía sin luchar. Envuelta en un halo de melancolía, con la trenza floja que se le soltaba del rodete, se movía por la cocina y ya no cantaba al encender la lumbre. Cada pocos minutos descansaba en su sillita de siempre, y a veces, volviendo hacia mí sus ojazos descoloridos, sacaba algún tema de conversación: su madre, su hermana, la casa de Nápoles... De su noviazgo y la boda nunca decía nada: al igual que Dios y el hermanastro, esos asuntos parecían pertenecer para ella a un poder misterioso que no se traducía en palabras, y menos aún en pensamientos. De tarde en tarde nombraba fugazmente a Vilèlm, y en ocasiones yo creía captar, en alguna alusión suya, un atisbo de la vida misteriosa que él llevaba fuera de la isla... Pero ni siquiera en esos momentos mi orgullo se rebajaba a demostrar que me interesaban sus palabras. Sentía la tentación de plantearle preguntas para explorar a través de su ignorancia los fascinantes secretos que ella misma desconocía. Pero me contenía con desdén. Más aún: fingía prestarle todavía menos atención que cuando abordaba otros temas. Y, como siempre, su vocecilla, desanimada por hablar sola, pronto se apagaba.

Una vez sentí una verdadera sacudida en el pecho: descubrí que había conocido a Puñal Argelino. Nombró, no sé a propósito de qué, a un tal Marco, que había regalado a mi padre el reloj que este llevaba siempre en la muñeca. El día en que mi padre y ella partieron de Nápoles, el tal Marco había corrido al barco para despedirse de él apenas un momento antes de que retirasen la pasarela...

Así me enteré de que ella lo había visto. De manera irresistible, una pregunta escapó de mis labios:

—¿Cómo era?

—¿Quién?

—Esa persona —exclamé con brusquedad—. ¿Cómo era?

—¿Marco? Lo vi apenas un minuto desde el vapor... Creo recordar que era más o menos de la edad de Vilèlm, aunque quizá fuera más joven... Delgado, menudo, con pecas en la cara..., ojos claros, alargados… y una sonrisa triste, los dientes separados, pequeñitos…

De pronto me di cuenta de que poco más o menos así me lo había imaginado siempre. Le hice otra pregunta perentoria:

—¿Era moreno o rubio?

—Me parece —contestó insegura— que tenía el pelo negro…

La respuesta me gustó, casi me reconfortó. Había descubierto su nombre: Marco. Habría querido saber si era italiano o extranjero; si había nacido en Arabia o si era hebreo (ignoro por qué siempre le atribuí un origen oriental, y me satisfacía especialmente imaginarlo como miembro de la perseguida raza errante). Habría deseado oír muchas otras cosas sobre ese personaje que había frecuentado la última época feliz de mi niñez, más maravilloso y resplandeciente que Aladino, pero me negué a mí mismo la posibilidad de formular más preguntas a la madrastra. Y me encerré en mi tormentosa soledad.

El extranjero

Al acortarse los días retomé la costumbre de leer y estudiar en la cocina para pasar el tiempo hasta la hora de cenar. Mi libro preferido por aquel entonces era un gran atlas con un sustancioso texto. Contenía inmensas cartas geográficas en color que yo desplegaba arrodillado en el suelo o sobre una silla junto a la mesa. Los mapas despertaron el interés de la madrastra. Después de mirarlos varias noches con perplejidad, como si fuesen enigmas, por fin se atrevió a preguntarme con voz tímida:

—¿Qué estás estudiando, Artù?

Sin levantar la cabeza del mapa sobre el que trazaba marcas con un pedazo de carbón, le respondí que estudiaba mis futuros itinerarios, pues —afirmé convencido— se acercaba el momento en que saldría a explorar el mundo: esperaba partir el año siguiente a más tardar, con mi padre o por mi cuenta.

La madrastra miró el mapa sin añadir nada más. Pero a partir de entonces no hubo una sola noche en que no volviera sobre el tema. Cada vez que me ponía a estudiar mis itinerarios, al cabo de un rato la oía acercarse con su paso cansado, lento, como el de un animal; durante unos instantes miraba en silencio el mapa extendido delante de mí, hasta que con muchos titubeos se decidía y, señalando con la mano los puntos marcados en carbón, preguntaba con un tono levemente preocupado:

—¿Eso queda muy lejos de Prócida? ¿A qué distancia está?

De mala gana le decía una cifra aproximada.

—Y la isla de Prócida —proseguía, mientras sus ojos dubitativos recorrían el papel—, ¿dónde está dibujada?

Entonces repetía mi respuesta, como un eco:

—¿Cómo? ¡No aparece aquí! ¡Está en el otro hemisferio!

Quería información más precisa sobre las abstrusas formas que se veían sobre el papel. Hablaba con una voz que, para vencer la timidez, se había vuelto áspera. Yo le daba respuestas sumarias e impacientes usando un tono hosco, arisco, el único que me salía de manera natural con ella; sin embargo, cuando nombraba los lugares de la tierra más deseados y fascinantes —continentes, ciudades, montañas, mares—, mi acento rezumaba orgullo y triunfo, como si fuesen mis dominios. A veces, por un impulso de afirmación irresistible, añadía datos sobre las grandes empresas que inmortalizarían en cada etapa el paso de Arturo Gerace.

Pero enseguida volvía a recluirme en mi desdeñoso distanciamiento.

La madrastra no comentaba mis palabras. Con frecuencia enmudecía al oírlas y su cara parecía avejentada de pronto, extrañamente huraña. Ya me había percatado de que el extranjero le inspiraba desconfianza y antipatía, pero por lo visto esos sentimientos se habían transformado en una aversión temerosa que, al aumentar sus conocimientos geográficos, se acrecentaba en vez de disminuir. Todo lo que no fuera Nápoles y sus alrededores se le antojaba irreal e inhumano como la luna; con solo citarle una distancia de dos o tres mil kilómetros, el blanco de los ojos se le volvía ceniciento, como si sufriera vértigo o viera un fantasma.

«Así que de veras piensas irte tan lejos, ¡y solo!», repetía. En su lengua, «solo» significaba sin mi padre, sin ningún pariente. «¡Y quieres recorrer tú solo esa tierra helada! —decía mirando el círculo ártico—. Observaba las elevaciones oscuras de los montes y comentaba—: ¡Y dentro de un año quieres irte solo por esas montañas!»

Oyéndola se habría dicho que los viajes no eran lo que son, una fiesta, un placer maravilloso, sino algo amargo y antinatural. Así, por poner unos ejemplos, un cisne se entristece lejos de sus lagos; un tigre asiático no siente el deseo de visitar Europa; una gata lloraría ante la idea de abandonar su balcón para partir en un crucero.

Sospecho que de mis informaciones no extraía ninguna opinión tranquilizadora sobre el extranjero. Para ella mi palabra era el Evangelio; podría haberle arrancado de la mente las imágenes calamitosas convenciéndola de que las tierras foráneas eran un hermoso jardín sereno, pero no me molesté en hacerlo. Le dejé creer lo contrario. Supongo que a través de nuestras deshilvanadas conversaciones fue imaginando el orbe terrestre, más allá de Nápoles y sus contornos, como una sucesión de pampas, estepas y selvas tenebrosas, con fieras, pieles rojas y caníbales, de modo que solo los individuos audaces se atrevían a explorarlo. De vez en cuando interrumpía mis fascinantes meditaciones sobre los mapas para preguntarme, por ejemplo, con voz áspera: «Allá, en esas zonas cuatoriales, ¿hay correo para Prócida?». O tras buscar inútilmente la isla de Prócida en medio del Pacífico o del Índico susurraba: «Dices que vas y tomas el mando de un barco, que en esas regiones del África suele hacerse y que no cuesta nada... Pero ¿será buena gente? ¿Cómo vas a irte solo con ellos en un barco? Y cuando estés en alta mar, entre marineros mayores que tú..., ¿y si un día se rebelan y te sueltan que no tienes edad para estar al mando?, ¿quién te defenderá? ¡No tendrás a nadie de la familia a tu lado!».

Hasta que una noche por fin le dije: «Por favor, no me distraigas con tu cháchara mientras estudio». Enmudeció.

Como un conquistador en su tienda de campaña, yo trazaba con el carbón líneas a través de los océanos y continentes: de Mozambique a Sumatra, de las Filipinas al mar del Coral... En torno a mi trabajo reinaba un silencio absoluto. Lo he llamado «trabajo» y quizá fuera un juego, pero me resultaba más hermoso que escribir una poesía, pues, a diferencia de los poemas, que tienen un fin en sí mismos, aquello me preparaba para la acción, que es lo más bello que existe. Aquellas líneas en carbón representaban la estela centelleante del navío de Arturo: me esperaba la certeza de la acción, como, tras una noche de bellos sueños, comienza el día, que es la belleza perfecta. Tristán deliraba al decir que la noche es más bella que el día. Yo, desde que nací, no he esperado sino el día pleno, la perfección de la vida; siempre he sabido que la isla y mi primera felicidad no eran sino una imperfecta noche; incluso los deliciosos años junto a mi padre, incluso aquellos atardeceres con ella, eran la noche de la vida. ¡Siempre lo he sabido! Y hoy lo sé más que nunca. Espero todavía que llegue mi día, como un hermano maravilloso, para abrazarme a él y contarle el largo aburrimiento…

La telaraña iridiscente

Pero volvamos a aquel atardecer en que le ordené a la madrastra: «Por favor, no me distraigas». Sin decir nada más, se quedó a unos pasos de mí, con las manos en el regazo. Su mirada volvía una y otra vez a los mapas, y su alma, que en aquellos días me parecía enferma y afeada, asomaba de nuevo a sus ojos llena de preguntas infantiles y de una angustia nacida de la ignorancia.

Cada vez que la miraba, sus ojos, habladores, decían algo distinto. Una vez, con un lenguaje en el que parecían resonar los gritos de Casandra, se fijaron muy abiertos, secos y solitarios, en el sitio que yo ocupaba en la mesa, como si ya lo viesen vacío. En otra ocasión se posaron en mis mapas con una fantasía disparatada y, al mismo tiempo, desconsolada, como diciendo: «Sería estupendo no tener este cuerpo, no ser una mujer; ser un muchacho como tú y recorrer el mundo contigo».

En cierto momento dijo en voz alta:

—Si fuese tu madre, no te dejaría partir.

Levanté la vista y vi que inesperadamente había adoptado

una expresión sombría, casi de alguacil. En sus pómulos se encendieron dos pequeñas llamas agresivas, y las orejas se le colorearon de un rojo vivo. Dirigiéndome una mirada hosca y autoritaria repitió:

—No te dejaría partir. Atrancaría la puerta, me pondría delante y te diría: «Todavía no tienes veintiún años para irte de casa sin permiso. Si quieres marcharte tendrás que pasar por encima de mí».

—¡Ah!, ¿por qué no te quedas callada? ¿De qué me hablas? Oyéndote me entra risa. Permiso… Tú tienes serrín en la cabeza. Ve y dile todo eso a cualquier desgraciado, pero no a mí, ignorante, que eres una ignorante. ¡Veintiún años! Soy más adulto que muchos de veintiuno. ¿Y a quién le importa tu opinión? Cuando hablas, para mí es como si hablaras en chino…

De las ganas de reír había pasado a un hosco mal humor.

—A ver si te enteras de que puedo obligar a los de veintiún años a obedecerme como si fuesen niñitos. Y también a los de veinticinco y a los de treinta. Si crees que por la edad valgo menos que ellos, eres una ignorante y debes cerrar el pico.

La antigua y eterna amargura de ser considerado todavía un niño, que en los últimos doce meses tanto me había exasperado, volvía a hacer que sintiera su mordedura y me incitaba a rebelarme y a recelar.

—No te metas en mis asuntos —añadí furioso—. Deja de darme la lata con tu cháchara cada vez que estudio el atlas: «¡Y vas a viajar hasta tan lejos tú solo! ¡De veras vas a irte solo tan lejos!». Como si todavía fuese un niño y no supiera defenderme por mí mismo. Puedo hacerlo, ¡incluso sin armas! ¿Qué te has creído? Los demás se van solos y viajan por su cuenta y tú no te preocupas tanto por ellos como por mí. ¿Crees que porque tienen más años que yo son más valientes? ¿Es eso lo que piensas?

No captó mi alusión ni comprendió que mi orgullo esperaba una respuesta. Taciturna, se mostraba conmovida y turbada por haberme ofendido, lo que la llevaba a perdonar mis insultos. Pero entre sus cejas persistía un rayo de la extraña ferocidad que la había impulsado a provocarme. Entretanto, por su mirada azorada cruzaban, con sus sombras, preguntas inexpresables, que su mente ignoraba. Parecían nubes que pasaran por delante de una estrella y dieran la impresión de rozarla mientras ella avanzaba ajena por otro espacio, límpido como un espejo…

—¿Es eso lo que piensas? —repetí con tono perentorio. Luego, con actitud resuelta, decidí hablarle claro—. Mi padre —precisé— siempre viaja solo y no le criticas como a mí. ¿Por qué? ¡Contesta!

Clavó en mí los ojos, despojados ya de toda ferocidad; en ellos destellaba una estupefacción infantil.

—¡Tu padre! —murmuró—. ¡Él es diferente…!

Una graciosa dulzura borró todas las sombras de su rostro, como una hermana muy querida que acudiera a besarla y a acariciarla e intercediese por ella ante mí.

—¡Ah, él es diferente…! ¿Por qué? —pregunté, amenazador.

Por suerte no vio mi expresión infernal. Había bajado la mirada y sonreía con dulzura.

—¿Por qué? —repitió encogiendo un poco los hombros—. Porque no es como tú. Vaya, por él no me preocupo. Sus viajes no son largos. ¡Él es como los jilgueros!

No entendí el sentido de la frase, hasta que ella me explicó que los jilgueros nunca se alejan demasiado de su morada; vuelan hasta una cornisa, un tejado o un alféizar cercano; se quedan siempre por los alrededores.

Aquella inaudita afirmación sobre mi padre constituía una nueva prueba extraordinaria de la estupidez de la madrastra. De pronto me surgió una duda: podía ser que en realidad no creyese lo que afirmaba, que hubiese inventado una respuesta inverosímil y ridícula para no expresar su verdadera opinión, que me ofendería; esto es: que consideraba a mi padre un hombre mayor y a mí un niño.

La sospecha bastó para enfurecerme, para volverme peor que un animal salvaje. Miré aquella sonrisa misteriosa, de santa…

—¡Tú no eres mi madre ni mi pariente! —exclamé—. ¡No eres nada mío! ¡Y no te metas nunca más en mis asuntos!

Las noches siguientes no se interesó por mis asuntos. No se acercaba a hacerme preguntas cuando yo abría el atlas; aun así, era evidente que ese libro se había convertido para ella en un objeto de aversión, de desconfianza y, al mismo tiempo, de aborrecida fascinación; evitaba tocarlo y solo lo miraba de lejos y con ojos inquietos, como si fuese el libro de las Parcas o un tratado de magia negra.

Cuando por una u otra razón yo decía «el año que viene», veía que de repente sus ojos se paralizaban, como seres aterrados, inmóviles ante un umbral que no quisieran cruzar.

Pensaba a diario en irme pronto, sin esperar al año siguiente. Así demostraría si era un niño o si me atrevía a partir solo y de qué era capaz. Sin embargo, como me había sucedido siempre desde la niñez, en el momento en que me disponía a abandonar la isla, un hechizo desesperado me retenía. La maravillosa diversidad de los continentes y océanos que todas las noches mi fantasía adoraba en el atlas de pronto parecía esperarme, más allá del mar de Prócida, como un inmenso paisaje de indiferencia heladora. El mismo paisaje que al caer la tarde me expulsaba del puerto y las calles y me llevaba a la Casa dei Guaglioni.

No soportaba la idea de marcharme sin haber visto a mi padre al menos una vez más. En ciertos momentos casi creía odiar a Wilhelm Gerace, pero, en cuanto tomaba la decisión de huir de Prócida, su recuerdo invadía súbitamente la isla como una multitud insidiosa y fascinante. Lo reconocía en el sabor del agua del mar, en el de la fruta; al oír el grito de un búho o de una gaviota me parecía que era él que me llamaba: «¡Eh, negro!». El viento otoñal me salpicaba de agua o me arrojaba nubes de arena, y yo creía que era él que me provocaba jugando. A veces, al bajar hacia el mar, tenía la impresión de que me seguía una sombra e imaginaba —casi lo deseaba—: es un espía privado, que me pisa los talones por encargo de él. En medio de estas extrañas ilusiones lo odiaba más que nunca, porque, como un invasor, se apoderaba de mi isla; sin embargo, sabía que la isla no me habría gustado tanto si no hubiese sido también suya, una parte indisociable de su persona. Los nuevos misterios entrevistos, los anuncios inquietantes e indescifrables, los espejismos, los adioses de la infancia y de mi pequeña madre muerta y repudiada volvían a recomponer la antigua quimera multiforme que me hechizaba. Esa quimera ahora se reía de mí con otros ojos, me tendía otros brazos, y sus suspiros, voces y plegarias eran distintos, pero su velo encantado no cambiaba: aquella ambigüedad con que me aprisionaba en la isla como una telaraña iridiscente.

¿Asesinada?

A mediados del otoño mi padre todavía no había aparecido. La madrastra seguía esperando que regresara para el nacimiento del niño. Durante la primera semana de noviembre, me decía todas las noches: «¿Quién sabe si mañana llegará tu padre?». Con el correr de los días dejó de decirlo. No obstante, a la hora en que el barco de Nápoles atracaba en el puerto, se acercaba furtivamente a la ventana y miraba por si el coche de punto aparecía en la bocacalle.

Según sus cálculos y los de las comadres, mi hermanastro debía haber nacido a principios de diciembre. Sin embargo, vino al mundo, inesperadamente, la noche del 22 de noviembre.

Las comadres, que en aquellos días frecuentaban más nuestra casa, se habían retirado al anochecer, como siempre. Después de cenar, la madrastra y yo nos fuimos a dormir sin ninguna inquietud. Ya muy entrada la noche —debía de ser cerca de la una—, del cuartito de Nunz. me llegó un gemido grave, más animal que humano, interrumpido por un alarido de angustia como jamás había oído; adormilado, corrí a su habitación y abrí de golpe la puerta. La luz estaba encendida y Nunz., despeinada, medio desvestida y atravesada en la cama, de donde había arrojado las mantas. Al verme las recogió entre convulsiones para cubrirse con ellas; de pronto cayó de espaldas y lanzó un grito como el de antes, con una voz irreconocible. Se agitaba de forma violenta y lastimosa, y de vez en cuando sus ojos me miraban sin pedirme ayuda, sino más bien como si me echaran del cuartito.

—¿Qué te pasa? ¿Qué te pasa? —le grité brutalmente.

Como no tenía una idea precisa de los padecimientos de las mujeres, presenciaba la escena como si se tratase de una tragedia misteriosa. Lo primero que sentí fue un impulso de odio contra aquel misterio despótico que destrozaba a Nunz. En ese instante tuvo un momento de alivio y me dirigió una sonrisa vergonzosa y, al mismo tiempo, llena de importancia.

—No es nada... —dijo—, no tendrías que estar aquí..., pero habría que... llamar a alguien..., llamar a Fortunata...

Fortunata era la partera de Prócida. Nunz. volvió a gritar. El sufrimiento le arrancó la dulce sonrisa de la cara y la transformó en una máscara de severidad inhumana. En su dolor intolerable, destrozaba con los dedos el chal de lana que, cerrado con un imperdible, llevaba sobre los hombros. Al salir de la habitación para ir en busca de ayuda vi aquel gesto suyo y tuve un recuerdo repentino: durante las angustias de su agonía, de vez en cuando la pobre Immacolatella parecía que quisiera lacerarse el cuerpo con los dientes... Habían pasado dos años desde el amargo día en que enterré a Immacolatella, pero la imagen de su muerte se había quedado grabada en mi memoria. Como no había visto morir a ningún ser humano, aquella seguía siendo mi única experiencia de la muerte. Cuando corría escaleras abajo me asaltó una sospecha, más aún, una certeza horrible: creía reconocer en la madrastra muchos signos de aquella angustia extrema que había llevado a Immacolatella a reposar bajo tierra junto al algarrobo, y pensé que el mismo mal del que habían fallecido mi madre e Immacolatella mataría aquella noche a esa otra mujer.

Ideas infantiles se apoderaron de mí. Casi esperaba ver la sombra del Amalfitano recorriendo los pasillos y cantando con una melodiosa voz de bajo sus trágicos estribillos. Me aterraba dejar a mi madrastra sola e indefensa ante aquel asesino.

Mientras corría por las callejuelas dormidas me parecía atravesar un tumultuoso teatro donde mil voces me gritaban esta odiosa palabra: «¡Muerte! ¡Muerte!». Me detuve primero en casa del médico, que quedaba cerca de la plazuela, y aporreé el portón como un bandido hasta que por fin, desde detrás de una persiana, una voz femenina me dijo de muy malos modos que el doctor se había ido a Nápoles. No tuve más remedio que seguir hasta la aldea de Còttimo, a unos tres kilómetros de distancia, donde vivía Fortunata, la partera.

Hacía tiempo que tenía motivos para sentir aversión y recelo contra esa mujer, y la necesidad de recurrir a ella me inquietaba, como un presagio maligno. Sin embargo, no había elección, de modo que corrí como un loco hacia su casa temiendo que cada segundo de retraso fuese fatal para Nunz.

La partera

Fortunata ejercía de partera en Prócida desde hacía más de treinta años. Entre las parturientas a las que había asistido se contaba mi madre, y yo la culpaba de no haberla salvado y despreciaba la opinión general de los procitanos, entre quienes tenía fama de ser una gran maestra en su profesión. Sus manos, oscuras y enormes, me parecían de homicida, y saber que me había traído al mundo y que al principio había guiado con oportunas instrucciones a mi ayo Silvestro no conseguía reconciliarme con ella. De las mujeres de Prócida, quizá fuera la única que, haciendo caso omiso de las habladurías, había afrontado impertérrita el maleficio de la casa de los Gerace. Pero ni siquiera eso me parecía mérito suyo, porque, si bien llevaba ropas de mujer, no tenía aspecto de serlo. Cualquiera que la hubiera visto atravesar el pueblo, marcial y desaliñada, con la bolsa bajo el brazo y los grandes pasos de sus largas piernas, habría dicho que era un soldadote de la flota turca reencarnado en una partera. Alta y gorda —angulosa en algunos aspectos, obesa en otros—, a duras penas pasaba por la puerta de su casa, y al lado de las demás mujeres parecía una giganta. Tenía la piel muy oscura, un poco de bigote y hasta algunos pelos en el mentón; los pies y las manos enormes, los dientes grandes e irregulares, y la voz desagradable, cavernosa, más bien ronca. Usaba gafas y siempre llevaba el mismo vestido de fustán descolorido con grandes flores. En invierno se ponía encima un guardapolvo de color herrumbre. Y los domingos se cubría la cabeza con un velo bordado, bajo el cual parecía aún más fea.

A causa de su fealdad no había encontrado con quien casarse y vivía sola en una casita de una única habitación. Empleaba con todos un tono grosero, hosco y expeditivo, y siempre parecía distraída cuando hablaban los demás, como si tuviera la mente en otra parte. Expresaba sus opiniones sin dirigirse a los presentes, como si charlara consigo misma o con el viento, barboteando con voz grave y enfática, como si recitara versos abstrusos. Los únicos con quienes conversaba con confianza y amabilidad eran su gato y los recién nacidos. Yo había visto al animal, conocido en todo el pueblo como una especie de venerable anciano centenario, pues había cumplido ya diecinueve años. Estaba siempre sentado en la ventana de la casita, como un guardián siniestro, y con frecuencia yo intentaba molestarlo de diferentes maneras al pasar por delante.

Creo que llegué en menos de diez minutos a la casa de Fortunata (normalmente se tardaba más de media hora). Golpeé la puerta con los puños y los pies; la partera se asomó enseguida a la ventana con un mantón echado sobre el camisón.

—¡Corre, rápido! —le dije con tono imperioso—. ¡En casa hay una mujer que se encuentra mal…, muy mal!

—¡Vaya, muchacho, vienes solo! ¡Y yo que pensaba que era toda una pandilla! —exclamó con su voz cavernosa—. ¡Una mujer…! Será Nunziata, que va a parir. ¿Qué otra puede ser? Está bien, espérame un minuto, que voy.

—¡Date prisa! —le ordené de nuevo. Cuando ya se retiraba de la ventana, le grité con un tono cargado de odio y amenaza—: ¡No vayas a emborracharte! ¡Si te emborrachas, pobre de ti!

Aunque se sabía que le gustaba el vino y que tenía siempre una botella en su cuarto, nadie la había visto nunca bebida; solo le dije eso porque deseaba expresarle mi rencor. No se enfadó ni se molestó en contestarme. Del mismo modo, cuando nos cruzábamos en la calle y yo le volvía la cara con toda intención, tampoco daba muestras de ofenderse; ni siquiera me hacía caso. Por haberme ayudado a venir al mundo sin duda debía de considerarme todavía un niño cuyos caprichos no se tienen en cuenta.

La esperé sentado en el muro. Me sorprendió advertir que era una hermosa noche templada, sin viento, con una luna grande y velada apenas por vapores de niebla. El mar y los jardines mostraban un color risueño, como en primavera; no se oía ningún movimiento, ni una sola voz. Quizá esperaba que todas las criaturas del cosmos se agitaran conmovidas en torno a N. como una corte alrededor de una reina; sin embargo, la agonía de una mujer en su cuartito es algo tan insignificante que no puede oscurecer el vasto universo.

Me tumbé sobre el muro y apreté la cara contra el áspero revoque con un sentimiento de desolada tristeza. El hermoso paisaje, el cielo estrellado y mi isla me parecían de pronto amargos, desagradables e incluso repugnantes porque no dedicaban un solo pensamiento a aquel cuartito, que desde el muro ni siquiera se veía, aislado en la Casa dei Guaglioni y que era importante únicamente para mí. Allí, durante aquel último año, custodiados bajo los párpados como dos piedras preciosas dentro de un cofre, habían dormido todas las noches dos ojos negros de reina, que sabían expresarme su confianza, su adoración y el honor que sentían al servirme y ser parientes míos. Pero en ese momento solo veía la angustia que había observado poco antes en esos ojos enormes. Y me dije con horror: «¡Ah, de veras es la muerte! ¡Es la muerte!».

Todos mis gustos y deseos se habían trastocado dentro de mí. Hasta de Wilhelm me había olvidado, como de un sueño. Parecía que sobre la tierra solo existiéramos Nunz. y yo. Y de mi odio hacia ella, ese odio que había sido mi cruz, no quedaba ni rastro.

La partera apareció en el umbral, ya preparada, con su bolsa habitual bajo el brazo, y de un salto bajé del muro. Antes de echar a andar, y tras despedirse del gato con un gesto melifluo y ceremonioso, escrutó la trayectoria de la luna arrugando la frente.

—¡Buena hora para las criaturas, ya sean varones o mujeres! —sentenció hablando consigo misma, según su costumbre—. Los niños nacidos después de medianoche y al alba crecen hermosos y con buena salud, y son afortunados, y las niñas con buena salud y modosas.

Y, satisfecha, empezó a caminar con sus alpargatas de esparto, que no hacían ruido, resuelta y astuta, como la figura de un verdugo. Mis ojos, llenos de aversión, se posaron en sus manos, que a la luz de la luna parecían más negras y enormes; para no verlas, la adelanté un buen trecho y avancé a paso rápido. De vez en cuando me volvía para ver si me seguía, para que no escapara por los jardines y las callejuelas, y le gritaba con tono amenazador: «¡Vamos, camina!». Al llegar al límite del pueblo, en lo alto de la cuesta empinada, sentí una sacudida en el corazón: a lo lejos apareció la Casa dei Guaglioni, con las ventanas de aquel lado a oscuras; parecía un lugar antiguo y abandonado, como si ya no quedara nadie vivo detrás de aquellos muros.

El gallo

Corrí más deprisa de lo que había corrido a la ida, sin ocuparme de la vieja. Solo me importaba regresar a casa cuanto antes. Quería llegar a tiempo para decirle a N. unas últimas palabras, si es que aún podía escucharme. Ignoro qué palabras habrían sido esas; quizá confiaba en una última inspiración, una ocurrencia improvisada y tan sublime que la resarciera, con una única frase, de los insultos y reproches que le había dirigido, y que bastase como única explicación entre ella y yo por toda la eternidad. Corrí hacia nuestro castillo como si, en efecto, para los dos estuviese en juego una eternidad. Como si esa eternidad estuviese custodiada dentro de esa frase misteriosa y amable que a toda costa debía decirle, por lo menos ante la muerte. Me pregunto qué pretendía decirle, porque en aquel tiempo todavía no entendía nada —¿entiendo algo ahora?—; en cualquier caso, estoy seguro de que le habrían hablado, si bien en aquel último tramo del camino, de todas las palabras posibles, solo recordaba una: Nunziatella. Para mis adentros repetía ese nombre, Nunziatella, con el mismo ritmo desesperado de mis pasos. El resto se había eclipsado; no oía ni veía nada. Creo que los prados que se extienden bajo nuestra casa no se presentaron ante mí tal como eran; me pareció que atravesaba una enorme plaza desconocida y en ruinas. Y tuve la sensación de que, si N. había muerto, yo no encontraría en la isla, ni siquiera fuera de ella, más que aquella miserable plaza de argamasa, hierro y piedra, sin alma ni pensamientos dedicados a mí.

El portón estaba abierto y la luz del zaguán encendida, como los había dejado al salir. Una vez en la escalera, oí en el piso de arriba el llanto de un recién nacido. No se oía la voz de ella. Al llegar al umbral del cuartito la vi de espaldas, tendida e inmóvil bajo las mantas, con la cama manchada de sangre. «Se acabó», pensé, y creo que se me demudó el rostro, y noté que me fallaban las rodillas. En ese momento se aplacó el llanto de la criatura, que había ocultado el ruido de mis pasos, y ella advirtió mi presencia. Levantó un poco la cabeza y la volvió hacia mí; estaba pálida, pero ¡viva!, y una sonrisa de complicidad y fabulosa alegría le transfiguró la cara.

—¡Artù! ¡Ha nacido! ¡Ha nacido Carminiello Arturo!

El pequeño volvió a llorar. Le eché una ojeada, pero ella lo tenía pegado al cuerpo bajo las mantas, de modo solo vi una cabecita rubia. Cuando me alejaba de la cama y del cuartito, me preguntó por Fortunata con voz débil, desconcertada y ansiosa, y bajé a la carrera en busca de la vieja.

—¡Date prisa, corre! —le grité con furia al verla entrar en el zaguán—. ¡Eres lenta como un tren de carga!

Regresé arriba con la vieja y me detuve en el pasillo, desde donde vi que, nada más entrar en el cuartito, se inclinaba sobre la cama para coger al niño. Pero Nunz. lo protegió con los brazos, como si quisiesen robárselo, y le lanzó una mirada posesiva y torva, no muy distinta de la que me había dirigido el día que llegó a Prócida, cuando quise quitarle de las manos el bolso con las joyas; o aquella vez, unas noches antes, en que me dijo: «Yo no te dejaría partir».

—Vamos, ¿de qué tienes miedo? —le preguntó la partera, autoritaria, con sus manera expeditivas y marciales—. ¡No le voy a hacer nada!

Entonces Nunz se rió avergonzada y se lo entregó.

En aquel momento, asqueado al ver a ese ser recién nacido que chillaba con la boca sin dientes, me fui a mi habitación, aunque dejé la puerta entreabierta para oír lo que sucedía, pues sospechaba que la vieja, con sus manos de verdugo, aún podía hacerle daño a N., e incluso matarla. Sus pasos, amortiguados y potentes, resonaban por toda la casa mientras trajinaba en el cuartito e iba y venía por el pasillo con confianza, como si aún conociera bien nuestro castillo, que no pisaba desde hacía casi quince años. Un par de veces oí la voz de N. dándole instrucciones, pero era tan baja y débil que apenas distinguí las palabras. En cuanto a la otra, como de costumbre se expresaba con barboteos autoritarios o sentencias pomposas. La única persona con quien se complació en conversar fue el hermanastro. Oí que para lavarlo y vestirlo lo llevaba a una habitación desocupada, frente al cuartito de Nunz., quien a través de las puertas abiertas vio la operación desde su cama. Mientras ella esperaba el momento de recuperar al niño, la vieja parecía mantener con él una especie de conferencia privada, como si solo con el pequeño la entendiese y el resto de la familia no pintara nada.

—Debe de pesar más de cuatro kilos —le decía con su vozarrón, empleando un tono ceremonioso y fascinado—. Es usted guapo. Un varón muy guapo.

Tras estas palabras se oyó la vocecilla de N., que reía muy complacida en el cuartito.

—Y qué hermosas carnes —prosiguió la comadrona en la otra habitación—. Es usted un coloso, una fiesta de rosas y flores. Y ha salido solo, la mar de valiente, bonito, bonito, como un conejo. Y aprenderá a caminar por sí mismo, sin andador, y las mujeres enloquecerán de amor por usted, y cantará como el tenor Caruso. ¡Qué pelo más lindo; ya quiere tener rizos! ¡Y también tiene ya pestañas! ¡Para salir se ha adornado con toda su belleza! Parece una rosa recamada de oro. Y qué nalgas más bonitas… Qué culito más lindo tiene. ¿Cómo se llama usted?

En el otro cuarto, la vocecita respondió por él.

—Carmine Arturo.

—Ah, ¡así que tiene usted dos nombres! Yo también tengo dos nombres: Fortunata y Emanuella.

—Pero él se llama además Raffaele y Vito —precisó desde el otro cuarto la vocecita con cierto énfasis.

En ese momento, muerto de cansancio, me tumbé y me quedé dormido. Durante la noche me despertó un par de veces el llanto imperioso de la criatura, pero al oír enseguida el murmullo de N. volví a dormirme contento, pensando que estaba viva. Aquel murmullo, transportado hasta mi puerta entreabierta por el aire silencioso, parecía muy cercano, como si procediese de mi almohada. Al amanecer oí el canto de un gallo en un jardín vecino; sin abrir los ojos, en el duermevela imaginé el despertar de la isla, que se iluminaba desde la franja del mar hasta las playas de arena con montoncitos de algas secas. Y los colores de las casas, y bellos jardines llenos de naranjos, limoneros y dalias. Puesto que Nunz. no había muerto, deseaba volver a correr victorioso por mis tierras, como un gran señor que hubiera recuperado sus dominios.

Mi cuerpo se abandonaba feliz al sueño, pero mi corazón esperaba la hora de levantarse con una mezcla de alegría, consuelo y curiosidad. Tampoco entonces comprendí nada; no supe prever los disgustos, el tormento que los días venideros me preparaban.

El erizo de mar

El día siguiente fue una verdadera fiesta de felicidad. La luz era tan clara que parecía abril en lugar del 23 de noviembre y, después de dormir hasta muy entrada la mañana, corrí por la playa y el muelle y luego subí por la plazuela. El mar, el aire y todo cuanto encontraba por el camino participaban de mi felicidad, como si el universo entero fuese mi familia. Los jardines que la noche anterior me habían parecido espejismos del desierto que se alejaban de mí ahora me agasajaban. De nuevo me sentía enamorado de la isla, y lo que siempre me había gustado volvía a gustarme, porque Nunz. no se había muerto. Como si, desde la época en que éramos niños y yo estaba en Prócida y ella en Nápoles, fuese ella quien me infundiera confianza en medio de la indiferencia de las cosas, y sin darse a conocer, al estilo de una gran señora.

Aquella misma mañana se trasladó con la criatura a una habitación más amplia: la que mi padre le había asignado el día de su llegada y donde ella no había querido dormir. Con el nacimiento del pequeño se había despedido del miedo a estar sola por la noche. En cuanto al dormitorio de matrimonio, volvía a ser propiedad exclusiva de mi padre, pues ella suponía que no soportaría el llanto del niño y otros inconvenientes por el estilo que a las madres no les desagradan.

De ese modo, la habitación del primer día recupera el honor de aparecer en el relato, como dicen los escritores. Se instaló una cama, elegida entre las muchas que había fuera de uso en el castillo. Era un enorme lecho matrimonial, de madera maciza, con figuras pintadas al estilo de Sorrento (paisajes, barcas, la tarantela, etcétera), y bastante elegante. Se le pusieron dos colchones y muchos almohadones sacudidos y ahuecados con esmero por sus amigas, que acudieron enseguida a visitarla. Como una reina, recibió las felicitaciones de las otras.

Se había atado el pelo con una cinta, como solía llevarlo por la noche, y sobre los hombros se había echado su chal de lana, prendido con un simple imperdible. Se mostraba orgullosa, incluso un tanto engreída —aunque en el fondo estaba desconcertada—, por ser el centro de tantos honores, y con las amigas mantenía su actitud de mujer seria y circunspecta. Si alguna se lamentaba diciendo: «Pobrecita, ha parido sola, sin nadie a su lado, ni siquiera el marido, como una gata. ¡Su marido la deja siempre sola, doña Nunzià!», ella respondía con un silencio severo, como para reprender a la intrigante e indicarle que se ocupara de sus propios asuntos.

Cuando sus amigas levantaban de la cama al niño para ver cuánto pesaba y mimarlo, una sombra de temor le velaba la mirada, por si le hacían daño. Pero al verlo alzado como un héroe victorioso reía con alegría, incrédula todavía, como si se preguntara: «¿De veras es mío? ¿Mío de verdad?».

Al amamantarlo procuraba cubrirse el pecho con el chal; si por casualidad me sorprendía mirándola, enrojecía y se tapaba mejor. (Ya no era como antes, cuando no se avergonzaba ante mí. Y me daba cuenta de que, si no se hubiese avergonzado, ya no me habría ofendido.) De vez en cuando pasaba a visitarla en su nuevo dormitorio y me quedaba sentado en el arcón. Creo que aquel día la habría servido con mucho gusto si ella lo hubiese necesitado, pero siempre estaba acompañada de al menos una de sus amigas, con frecuencia varias, y me mantenía apartado sin decir nada. Acostumbradas a mi presencia, las amigas no se mostraban cohibidas y charlaban sin parar. Me hartaba de oír sus estupideces. En cuanto a Carmine Arturo, me parecía tan feo, con aquella cara enfurruñada que no sabía ni reír, que para mí valía menos que el as de copas.

Entre tanta gente, ella no se olvidaba de mí. A veces, mientras aquellas mujeres parloteaban, sin prestarles la menor atención se volvía hacia mí, que estaba mudo en mi sitio, y me decía con una especie de tímida confianza: «Eh, ¿Artù...?». Quizá deseaba pedirme perdón por los sustos de la noche anterior. No me decía nada más que eso: «Eh, ¿Artù...?». Su voz, a pesar de que ya era madre de un niño, conservaba aquel sabor un poquito agrio, casi desentonado, de niña que todavía no ha terminado de crecer. Al oír aquella vocecita decir «Artù», cuando unas horas antes la había creído muerta, sentía una felicidad tan impetuosa y turbulenta que me ensombrecía aún más. Era mi carácter. No me hubiese desagradado decirle: «¡SOY FELIZ!». Aquel día me propuse en varias ocasiones entrar en la habitación y decirle sin más: «Soy feliz», aunque fuese con tono de indiferencia. Pero ni siquiera le dije esa frase de dos palabras; no me dio la gana.

El espectáculo de Nunz. viva, sana y animada, sonriéndome entre sus rizos, solo a mí, me parecía un acontecimiento tan milagroso como si la isla se hubiese poblado de dioses. Y sin saber cómo dar salida a la caprichosa alegría que invadía mi corazón, al rato abandonaba aquella habitación maravillosa. Hasta ese día la felicidad había sido una compañera natural de mi sangre, alguien a quien apenas se presta atención, como una hermana. Pero aquel día advertí algo nuevo: la presencia imprevista, inesperada, de la felicidad que me inflamaba la mente y parecía envolverme de tal modo que ningún otro pensamiento lograba distraerme. Como una fuerza irrefrenable, mi alegría invadía la luz, el espacio, todos los rincones de la casa, hasta el desván más polvoriento. Decidía salir, hacer algo, por ejemplo ir a cazar, y buscaba un fusil de Costante, nuestro criado. Lo encontraba y, por jugar, aunque estaba descargado, fingía apuntar a cualquier objeto de la casa, una silla, un zapato. Después, hastiado ante la idea de buscar los cartuchos, dejaba el fusil y salía sin ningún peso, libre. Iba al campo y trepaba al primer árbol de aspecto majestuoso que encontraba; una vez en lo más alto del follaje, cantaba a pleno pulmón, como si la isla fuese un navío corsario y yo, el patrón, subido en la cofa del palo mayor. No habría sabido decir qué esperaba del futuro; por el mero hecho de que Nunz. siguiese viviendo sobre la tierra, me parecía que el mañana y todos los días venideros serían por sí mismos una alegre sorpresa y que solo podrían traerme los misterios de la felicidad. Me sentía agradecido, pero no sabía qué debía agradecer ni a quién debía dar las gracias. Tras unos breves momentos de reposo, volvía a invadirme una inquieta volubilidad. Tuve hasta pensamientos de caballero galante; se me ocurrió llevarle a Nunz. algún regalo que pudiera gustarle y ser una prueba de gentileza por mi parte. Como es sabido, le encantaban las joyas, pero hacía ya tiempo que me había gastado las últimas cincuenta liras que me había dado mi padre. Mientras caminaba a lo largo de la playa vi aferrado a un escollo cercano de la orilla, casi a flor de agua, en la superficie tranquila y transparente, un erizo de mar de un precioso color violeta. Me acordé de que a ella le gustaban mucho y decidí llevármelo. Rápidamente me quité los zapatos y fui a arrancarlo de la roca con la ayuda de mi cortaplumas. Lo envolví en un pedazo de periódico que encontré en la playa y corrí a casa deseoso de entregarle mi regalo.

Sin embargo, cuando estaba a punto de entrar en la habitación de pronto me sentí avergonzado y me apresuré a esconder el pequeño envoltorio bajo la camisa. Estuve más de un cuarto de hora en el dormitorio, sentado, como siempre, sobre el viejo arcón de la ropa blanca, sin pronunciar una palabra, en medio de la cháchara de sus amigas. Notaba que las espinas del erizo me pinchaban en el pecho a través del envoltorio de papel de periódico; el erizo me molestaba, pero no sabía encontrar el momento ni el modo de ofrecérselo. (Entiéndaseme bien: no es que me pareciese un regalo demasiado modesto o ridículo por su poca importancia. No, en aquel entonces, respecto al valor de las cosas tenía ideas muy extrañas que no respondían a la realidad. Estaba convencido de que el erizo era un obsequio espléndido; lo que me cohibía era la idea de entregarle un regalo y, para colmo, delante de todas aquellas mujeres.)

Recuerdo que por la tarde volví al menos tres o cuatro veces a la habitación, o me detuve en el umbral, indeciso, con la intención de darle por fin el regalo. Pensé en entrar en tromba, ponérselo entre las manos sin decir una sola palabra y salir. Pero me faltaron las fuerzas para decidirme a dar ese paso. Por la noche, cuando me retiré a dormir, encontré el erizo envuelto en el papel de periódico e, irritado, lo arrojé por la ventana.

Una sorpresa

Recuerdo que aquella noche una de las amigas se quedó a dormir en casa murmurando que no podía dejarse a aquella pobrecita sola después de que hubiera parido sin nadie a su lado, ni siquiera el marido… A la mañana siguiente recibimos una visita inesperada. Al acordarme de aquella visita todavía me dan ganas de reír.

Empecemos con la reconstrucción de los hechos. Sucedió que pocos días antes una de aquellas procitanas conocidas de N. había tenido que ir a Nápoles. N. aprovechó la ocasión para darle sus señas de soltera, con el encargo, si disponía de tiempo, de que llevara a su madre fruta seca que le tenía guardada y le dijera que ella estaba muy bien, que le mandaba muchos besos, etcétera. Aquella mujer intrigante se dirigió, diligente y servicial, al Pallonetto di Santa Lucía, a casa de la madre de N., y no se contentó con darle la fruta, los besos y las buenas noticias de la hija, según el encargo, sino que, tras un rato de conversación, se dedicó a revelar la malísima opinión que nuestros paisanos, en especial las mujeres, tenían de mi padre. Por lo visto las procitanas lo consideraban un pésimo marido. Y las amigas y conocidas de N. la compadecían y lamentaban su suerte a sus espaldas.

Ante todo, acusaban a mi padre de dejar siempre sola a su mujer. En Prócida, decían, muchos hombres dejaban sola a la esposa gran parte del año, pero eso sucedía porque eran marineros: si se iban lejos era por culpa del oficio que tenían. Mi padre no era marinero; no tenía oficio ni beneficio, y se portaba así con su mujer porque carecía de conciencia, etcétera.

Es difícil adivinar lo que aquella chismosa le contó a la madre de N. (después de que la madre jurara una docena de veces que no revelaría nada a N.). La conversación entre ambas señoras debió de ser larga y apasionada, y me extraña que aquella mujer no perdiera el barco de regreso a Prócida. Durante los días siguientes, sus ocupaciones le impidieron visitar a N. y se conformó con mandarle decir a través de las otras que su madre estaba bien, que le enviaba besos, etcétera. Así pues, N. no se enteró de esta historia (nunca supo del todo lo que había sucedido, pues su madre, que había hecho tantos juramentos, se negó a reconocer la veracidad de los hechos).

Ni N. ni yo sospechábamos nada. Dos días después del nacimiento del hermanastro, por la tarde alguien llamó a la puerta principal con golpes bastante enérgicos. En ese momento estábamos los tres solos en la casa: N., el niño y yo. Así pues, fui a abrirla. Y me encontré ante una mujer de estatura mediana y con esa típica gordura fatigada, redonda e inmensa de las madres de familia. El pecho me dejó estupefacto por su enorme tamaño.

Llevaba unos zapatos viejos de hombre, sin medias; el resto de su atavío, además de ajado, estaba sucio. Pero lo que imponía de la visitante desconocida era su aire de grandeza suntuosa, que procedía del desdén. Saltaba a la vista que en aquel momento la invadía un apasionado desprecio; sus negros ojos de gitana echaban fuego, y su actitud recordaba a la de una sultana decidida a vengar un ultraje. Estaba sola, pero detrás de ella vislumbré, al otro lado de la verja, un buen número de procitanas, que debieron de acompañarla hasta la casa y que al verme se apresuraron a descender por el camino.

En primer lugar, la misteriosa desconocida me preguntó quién era yo.

—Soy Arturo —respondí.

—Ah, Arturo, el hijo de mi yerno —dijo al instante—. Yo soy Violante, la madre de Nunziata.

Con gran vehemencia y una leve sombra de temor en la voz preguntó por mi padre. Al oír que estaba de viaje mostró cierto alivio, y entonces su audacia ya no tuvo límites. Entró con gran ímpetu preguntando con tono perentorio:

—Y mi hija ¿dónde está? ¿Dónde está mi hija? —Y comenzó a subir las escaleras llamando a gritos—: ¡Nunzià! ¡Nunziààà!

Aunque extrañado por sus maneras, pensé que debía acompañarla, pues se trataba de una parienta cercana. La empujé contra la pared —la escalera era demasiado estrecha para que pasáramos los dos juntos— y la guié hasta la habitación de Nunz.

Esta estaba sentada en la cama con el niño, rodeada de los cuadros de las vírgenes, feliz y tranquila. Sin embargo, la madre gritó al verla: «¡Nunzià! ¡Nunziatè!», con un tono tan trágico que parecía que la hubiese encontrado encadenada y a pan y agua en un sótano, apaleada a diario y cubierta de cicatrices. Tras intercambiar con ella al menos cuarenta besos, se apartó del lecho y le anunció con fiera resolución:

—He venido a buscarte, niña. ¡Levántate enseguida, coge a la criatura y así mismo, en camisón, vuelves a casa conmigo!

N., que ante la aparición de la madre se había puesto colorada de alegría, palideció al oír eso.

—¿Por qué? ¿Ha pasado algo? ¿Le pasa algo… a mi hermana?

—No, no ha pasado nada. Tu hermana está la mar de bien.

—Entonces ¿a Vilèlm? —preguntó N. con un hilo de voz.

—Qué va. Por ese no te preocupes. Te aseguro que lo pasa en grande. Basta, no digas nada más, escucha a tu madre. Mira, no dejaremos que el pequeño coja frío, lo arroparemos bien con esta manta… Después la devolveremos, claro —añadió volviendo hacia mí sus malévolos ojos—, no queremos ninguna manta suya. Se la mandaremos mañana mismo con el comisionista.

Al oírla silbé con supremo desprecio y dije:

—Me das risa.

Se había abalanzado de nuevo sobre N. y le besaba toda la cara con aire imperioso; pero mi madrastra, aunque un tanto cautivada por los besos, no se los devolvía y permanecía muy seria, como si se defendiera de ella.

—Si de veras no ha pasado nada, madre —dijo, con un tono cada vez más inquieto y receloso—, ¿por qué ha venido de improviso a decirme que vaya a casa…?, con este chiquitín de apenas dos días…, sin siquiera avisar a mi marido…?

La otra dejó de besarla al oír que nombraba a mi padre.

—¡Tu marido! —repitió, con ojos sombríos. Se enderezó y, con algunas notas agudas en la voz, añadió—: ¡Ah, tu marido! No me acordaba, claro… A ver, dime una cosa. ¿Por qué motivo no está en casa en estos días? ¿Dónde está? ¿Eh? ¡Me gustaría saberlo!

—Dónde está… Está de viaje… ¿Qué sé yo? —murmuró N., perpleja por aquellas maneras agresivas.

Ante esa respuesta, el rostro de la madre reflejó sentimientos feroces.

—¿Qué sé yo…? —gritó—. Bonita respuesta de una pobre mujer cuando le preguntan por el marido: «qué sé yo…». ¡Para él la familia debe de ser una inmundicia que se deja en cualquier esquina! ¡Ah, ya me lo habían dicho, pero no quería creerlo! ¡Y he venido de Nápoles para ver si era cierto!

—Un momento, madre —exclamó N., rebelándose, con un temblor en los labios y muy enojada—. ¡Hace un año que no nos vemos y viene aquí para decirme esas cosas horribles! ¿Quién le ha hablado mal de mi marido? ¡Ha tenido que ser Cristina, esa chismosa, que no entiende nada! —añadió, y el rostro se le ensombreció cuando adivinó el origen de todo aquel escándalo.

—¿Cristina? ¿Quién es esa? ¿Aquella conocida tuya de Prócida? ¡Imagínate! ¡Pobre mujer! ¡Si apenas tuvo tiempo de decir buenos días, darme el cucurucho de higos y despedirse, porque iba a perder el barco! Eh, ¿qué sospechas tú? La pobre no me contó nada… Tu madre te dice la verdad… ¿Quieres saber quién me lo ha dicho, Nunzià? ¡Me lo ha dicho el corazón! ¡Eso es! Sentí una voz en el pecho que me decía: «Violante, corre, haz el sacrificio que sea para conseguir las tres liras con cincuenta del billete del barco y ve a ver a tu Nunziata, que en Prócida llora amargas lágrimas». Y veo confirmado lo que me dijo el corazón. ¡Tu marido ni siquiera te dice dónde está! ¡Ni una postal se digna a escribirte!

—Si no me manda noticias suyas no es por hacerme daño; ¡es porque se le olvida! Cuando se es hombre se tienen tantas preocupaciones que no siempre se puede escribir a la familia —replicó N., que se ensombrecía cada vez al oír las acusaciones.

—¡Sus preocupaciones! ¿Quién conoce sus preocupaciones? ¿Por qué no las cuenta?

—¡Anda! ¡Él no es como las mujeres, que si tienen un secreto es un pecado!

—¿Y por qué está siempre de viaje? ¿Es acaso marinero para estar siempre viajando?

—¡Oh, madre! Oyendo esas palabras me doy cuenta de quiénes le han hablado… La gente de aquí lo odia por eso mismo: porque son marineros y tienen que viajar para ganar dinero, mientras que él no viaja para ganarse la vida ni está sometido a nadie. ¡Él viaja porque le da la real gana! ¡Para distraerse! —concluyó con altanería.

—¡Ah, para distraerse! Claro. ¡Y ha encontrado una defensora! Vamos, que te conozco, que ya de pequeñita te llamaste Nunziata porque eres una cabezota. Pero yo me llamo Violante y digo: ¡mea culpa!, porque entregué a mi hija a ese asesino. Tú no le querías… Si parece que te lo anunciaba el corazón. Bien se ve que desde niña has tenido más juicio que tu madre. ¡Y pensar que creía haber encontrado una América para ti cuando te encontré ese marido! Y ahora se me han abierto los ojos y veo el buen negocio que hicimos, con quién te casé, ¡sangre mía! Te casé con un canalla, un sinvergüenza, que te dejó parir sola y abandonada como si fueses una cualquiera. ¡Y que te deja siempre sola, sin nadie, como a una apestada, mientras él sigue con sus locuras!

Por lo visto aquellos insultos no solo ofendieron a N., sino que también la aterraron, hasta el punto de que una fría palidez enfermiza le cubrió la cara. Se había levantado a medias del lecho y tenía un pie apoyado en el suelo, y con voz triste y enardecida repetía: «Ah, ¿qué está diciendo? ¡Cállese, madre!». Una y otra vez volvía los ojos hacia mí, preocupada porque yo tuviera que oír ciertas palabras; al posarse en mí, su mirada angustiada traslucía una sonrisa cariñosa. Era como si quisiera decirle a su madre: «No es cierto, no estaba sola; Arturo estaba conmigo. Esas palabras lo ofenden sobre todo a él, porque, ¿acaso Arturo no es nadie? Arturo, ¡mi buen compañero!».

Al final, apiadándome de ella al verla tan mortificada por su madre, le dirigí una mirada y me encogí de hombros en un gesto de desdén, como si le dijera: «No hagas caso a esa, que está loca y no sabe lo que dice».

La escena terminó por irritar a mi hermanastro, que se puso a gritar desesperado. Ella volvió hacia él la cabeza, temblorosa y severa, e intentó consolarlo. Como el pequeño no se calmaba, las dos comenzaron a decirle esas tonterías que gustan a los niños. Al final, para complacerlo, la madrastra le dio el pecho. La otra guardó silencio unos instantes, miró a su hija con ojos de amarga pasión y de pronto, prorrumpiendo en sollozos, salió al pasillo con los brazos en alto y profiriendo insultos contra mi padre.

Sin darle mayor importancia, indolente, con las manos en los bolsillos, la seguí para vigilarla de cerca, pues cabía la posibilidad de que, con la rabia que sentía contra mi padre y no pudiendo desahogarse con él, fuera a buscar los tesoros que había dejado al partir —las gafas de buceo, los prismáticos, el fusil de pesca— y los rompiera en mil pedazos. O de que destrozara mis escritos, mis poesías. Por suerte no se atrevió a tanto. Se conformó con dar vueltas como una osa furiosa, mirando las paredes con los ojos llorosos. «¡Y esta caverna es el famoso castillo! —decía—. ¡Asesino, delincuente, cómo me ha engañado! Oyéndole hablar de su castillo una creía que era un ricachón, un millonario. ¡Pero esto parece una cueva!»

Al oír esas palabras N., que había salido a la puerta con el niño al pecho, exclamó entre lágrimas de rebeldía, orgullosa de su castillo:

—¡Ah, madre, qué está diciendo! No puede decir que esto es una cueva. Es un castillo muy valioso por su antigüedad y a todos les gusta mucho.

En cambio yo, mirando las paredes sucias y agrietadas, con tapices que colgaban como trapos, y el suelo lleno de agujeros, reconocí que en realidad la comparación era bastante acertada. ¡Una cueva! ¡O una enorme barraca! (Debo señalar que, a mi modo de ver, las cuevas y las barracas eran lugares muy seductores. En consecuencia, a pesar del drama, en el fondo me alegré al pensar en lo fascinante que era nuestro alojamiento.)

Con su última frase, N. provocó sin querer a la madre y le dio un argumento definitivo. Al oír las palabras «a todos les gusta» la mujer se volvió hacia ella con una expresión entre rabiosa y compasiva.

—¡Ah, Nunziatè —exclamó—, no contradigas a tu madre, que ha venido a defender su sangre! ¡Bonita cueva! Tu madre se avergüenza de haberte enviado aquí. Ninguna familia querría quedarse. ¡Gusta tanto! Sí…, a los diablos, ¡a ellos sí les gusta, porque está llena de demonios! ¡Ah, paciencia mía, ayúdame a no hablar más de la cuenta! —añadió levantando la mirada hacia el cielo, y luego se cubrió la cara con las manos.

Al poco volvió a mostrar la cara, con una expresión distinta, hosca y sagaz, como si sobreentendiera que las palabras que iba a decir encerraban a saber qué misteriosos embrollos. Avanzó hacia nosotros desde el fondo del pasillo y en voz baja y circunspecta prosiguió:

—Nunziatè, ya sabes que en ciertas cosas no creo. No digo que no sean verdad; sin duda lo son, pero muchas veces no me las creo. Ahora bien, debes saber lo que cuentan las mujeres por el pueblo: que esta casa está maldita y llena de demonios. Son unos espíritus horrendos que, en cuanto aparece una mujer, salen corriendo de todas partes y se juntan y tarde o temprano le dan disgustos, porque no la quieren aquí. Y de tu marido, ¿sabes lo que me han dicho? Pues que entre esos espíritus infernales está tan a gusto como el mismo Satanás, y hay quien dice que trae mujeres a propósito para enfurecer a los demonios, porque, cuanto más se enfadan, más se divierte él. ¡Ahora, niña mía, debes obedecer a tu madre, que no te dejará en esta casa! —Y volvió a sollozar más desconsoladamente que antes.

Viendo llorar a su madre, N. no pudo contener las lágrimas; aun así le reprochó:

—¡Ay, madre!, ¿cómo dice esas cosas delante de esta criatura? —Y con los dedos hizo el signo de la cruz sobre la frente del hermanastro.

Pensé que había llegado el momento de intervenir.

—Vamos —dije con desprecio y altanería dirigiéndome a la madre de N.—, ¿cuándo te callarás? Me das risa… No me molestaré en explicarte ciertas cosas, porque no las entenderías, pero esas mujeres que creen en los diablos harían mucho mejor no viniendo de visita. Cuentan historias, pero después acuden a nuestra casa, una tras otra, todos los días.

N. me miró con ojos conmovidos e impetuosos, como agradeciéndome que me hubiese aliado con ella y como si esa alianza la impulsara a la liberación suprema.

—¡Claro que sí! ¡Siempre vienen a nuestra casa! —subrayó con su estilo más pomposo, gran señora aún en el llanto—. ¡Claro que vienen! ¡Y se beben nuestro café!

Lamentos

Nuestra pariente se quedó cuatro o cinco días. Por la noche se acostaba en la habitación de N., adonde se había trasladado el catre de Silvestro. Sin embargo, desde el principio debió de quedarle claro que N. estaba absolutamente decidida a no separarse de mi padre y a permanecer en la casa. No le quedó más remedio que bajar la cabeza. Y así, resignada, regresó a Nápoles, donde la esperaba su otra hija.

Después de aquel comienzo tan dramático, los días que estuvo con nosotros se mostró más tratable, y a veces incluso simpática. Pasaba horas y horas en la habitación de su hija, charlando con ella sobre personas y acontecimientos napolitanos. N., que con las extrañas no era muy locuaz, con su madre conversaba muy animada. Recordaba gustosa su vida de niña, y en varias ocasiones habló de Vilèlm. Pero si la madre pronunciaba alguna frase contra él, N. se ensombrecía de inmediato y se replegaba. Parecía haberse vuelto como una planta sensitiva para cuanto pudiera considerarse una ofensa contra él.

No obstante, nuestra invitada necesitaba desahogar de vez en cuando la amargura que sentía contra mi padre y, no atreviéndose a insistir sobre el tema con N., en ocasiones lo hacía conmigo. Yo no le daba muchas satisfacciones; mi mayor señal de atención era una mueca de indiferencia o un gruñido impaciente. Sin embargo, aunque de mala gana, la escuchaba, pues ansiaba oír hablar de él. Como es natural, conmigo no se permitía criticarle demasiado; pero, por más que intentara moderarse, siempre acababa reiterando su opinión inexorable de que aquel matrimonio era una desgracia para la pobre N.

—Y pensar —repetía entre miradas amargas y angustiadas, como si se hubiera olvidado de mi presencia y hablara consigo misma—, pensar que la pobrecita no quería casarse con él; como si lo hubiera adivinado, tan niña como era. «Madre», me decía, «yo no quiero casarme con él.» «Hablas sin saber lo que dices», le decía yo. «¿Qué deseas?, ¿la luna? Un hacendado millonario, alto, apuesto, que está loco por ti...» Y ella me decía: «A mí no me parece apuesto. Cuando le miro a la cara me da miedo... Le tengo miedo..., ¡miedo, madre! Preferiría no casarme, preferiría meterme a monja...». «Lo que tú quieres», le decía yo, «es hacerme sufrir, que eres más terca que una mula.» Y así, insistiendo, la convencí. Y por hacer bien, hice mal. ¡Pobre hija mía! ¡Quién lo iba a decir! Y había tantos buenos muchachos que la alababan y la hubieran cuidado como a una rosa prendida en el pecho... ¡Y mira con quién la coloqué! Con este... con este...

La madre de N. se controlaba al recordar que yo la escuchaba, pero sus ojos delataban su animadversión. Era evidente que se mostraba aún más firme en su opinión de que mi padre era un mal marido. Y por último exclamaba, esforzándose a cada palabra en reprimir su ardiente desprecio:

—¿Es que acaso esa hija mía es una tullida, una vieja, para que la humillen de ese modo? Siempre sola, ya sea invierno o verano, sin recibir siquiera cuatro líneas, peor que si se hubiese casado con un preso de la cárcel. Si por lo menos su marido, cuando se digna volver, la mimara un poco para consolarla... En cambio..., bueno, sé muy bien cómo anda este matrimonio... Ella no dice nada y defiende a su marido, pero yo, aunque se niegue a hablar, sé tirarle de la lengua. Yo, cuando quiero, conozco la forma de sonsacarle cómo van las cosas...

»Ah, pobre Nunziatella mía, no merecía casarse y tener este destino. Porque a una mujer no le basta con casarse. Una mujer joven necesita otras satisfacciones. La satisfacción de que el marido la tenga en su corazón, con muestras de afecto y respeto, cumplidos, palabras dulces, caricias y besitos... ¡Aaah, si por el gusto de las palabras y de los besos hasta las palizas del marido parecen perlas orientales! ¡Y, aunque haga frío y llueva, parece que dentro de la casa hubiera una buena calefacción! Y todo lo hace la dulzura. Pero un marido que no pone ese azúcar en el café destroza a su mujer. Porque a la esposa no se la trata como a una mujer de la calle, que uno se le tira encima durante dos minutos, después le vuelve la espalda y buenas noches.

»Eh, Violante, puedes decirlo en voz alta: tu Raffaele, aunque te hizo tragar quina, por esa simpatía suya puede estar en la tumba con la conciencia de los santos. Siempre tuvo a su mujer como a una muñeca. En ese sentido nunca me dio un disgusto. En cambio mi pobre Nunziatella, ¡quién me lo iba a decir!, tenía que casarse para soportar esta vergüenza... Jamás una buena palabra, ni un cumplido, ni una caricia, ni un beso... ¡Tratada como una mujer de la calle!

»¡Una muchacha tan bonita, con esa boca risueña, que la

gente se enamoraba de ella con solo saludarla! Y los muchachos de la calle, al verla pasar con sus rizos, le cantaban: "Anella, anella!".

Enunciaba estos grandes logros de su hija con tal énfasis y convicción que por un instante me inducía a considerar a N. como una especie de diva bellísima: la imaginaba contoneándose por las calles de Nápoles, saludada por la población entera, mientras una multitud de muchachos enamorados se abría su paso cantándole serenatas con guitarras y mandolinas.

La conversión

Durante aquellos días asistí a muchas conversaciones entre N. y su madre y así me enteré de diversos detalles de su vida en Nápoles: sus vicisitudes, amistades y conocidos.

Con todo, lo más extraordinario que descubrí a través de sus charlas se refería a Wilhelm Gerace. Aunque parecía increíble, resultó ser la pura verdad, y al enterarme comprendí qué había querido decir N., aquel lejano día de su llegada, con la frase: «Pero ahora tu padre es cristiano», a la que en realidad yo no había dado importancia. Se trataba de lo siguiente: para casarse con N., mi padre se había convertido a la religión católica.

Como ya he dicho, él era protestante de nacimiento. He aquí la historia de su conversión, según la reconstruí a partir de lo que escuché.

Hacía más de un mes que mi padre había pedido la mano de N.; ella, tras muchas dudas, acababa de decidirse a aceptarlo, con gran satisfacción de su madre, y cuando se disponía a comunicárselo se enteró de que él no era católico y de que, por lo tanto, el matrimonio sería solo civil. La noticia la atemorizó de tal manera que no quiso ver más a su pretendiente; cuando su hermana o algunas compañeras la avisaban de que él llegaba a la esquina de la calle, se apresuraba a salir de casa temblando y corría como una loca a buscar refugio en cualquier otra puerta. Su madre intentaba retenerla incluso de malos modos, pues por nada del mundo deseaba disgustar al pretendiente, dueño de todo un castillo. Pero la muchacha adquiría la fuerza de un tigre para escapar de las manos de su madre. Repetía, y lo había dicho de una vez para siempre, que era imposible, que no quería un esposo no cristiano y que antes de casarse sin el sacramento prefería morir. La madre no se atrevía a decírselo al joven, y cuando él le preguntaba una y otra vez: «Bueno, pero ¿su hija por qué no está nunca? ¿Se puede saber cuándo me contestará?», trataba de apaciguarlo con muchas ceremonias, pero sin darle ninguna explicación.

Él se impacientaba cada vez más y se extrañaba de no encontrar nunca a la muchacha. «¿Qué broma es esta? —exclamaba—. ¿Cómo es que su hija está siempre fuera de casa?» Y en cada ocasión la madre inventaba un pretexto que al parecer no acababa de convencerlo. Mi padre aguardaba a su amor, y la madre, con la esperanza de que la joven se decidiese a volver y fuera por lo menos a saludarlo, se esforzaba en entretenerlo dándole conversación. Pero él, hosco, no pronunciaba ni una sola palabra, y ni siquiera la miraba a la cara: esperaba media hora, o incluso una hora, en el callejón, sentado en una silla delante de la puerta, dando patadas a los botes que por allí había, o dentro de la casa, cazando moscas echado en la cama. Al final se iba, mucho más hosco que antes, diciendo a la madre: «Hasta la vista. Dígale a su hija que esté aquí mañana a esta hora, porque vendré a oír su respuesta».

De este modo él mismo la avisaba con antelación, y al día siguiente, mucho antes de la hora fijada, ella se escondía en cualquier rincón de la calle. «Ha tenido que salir…, tendrá que disculparla —decía la madre—. No sé cuánto tiempo la entretendrán. ¡Virgen santa! Ha dicho que hará todo lo posible por volver pronto…, pero ¿quién sabe? Es un asunto de fuerza mayor… Tiene que perdonarla.» Y él se quedaba a esperarla, con el aire de quien trama un asesinato. Pero la muchacha no salía de su escondrijo hasta que alguna amiga de confianza le anunciaba que, cansado de esperar, se había ido.

Finalmente un día llegó de improviso y la sorprendió en el momento en que huía por el callejón. La agarró y la llevó a rastras hasta la casa, y junto con ella arrastró también a la madre. Cerró la puerta y dijo:

—Malditas apestosas, si no ponen fin a esta comedia, saldrán de aquí en camilla o dentro de un ataúd.

La niña, extenuada tras tantos días de lucha y de temores, apenas tuvo fuerzas para responder con voz débil:

—No le haga daño a mi madre. Soy yo la que tiene que morir. Antes que aceptar este matrimonio prefiero la muerte.

Entonces intervino la madre, y con palabras oportunas, tratando de no ofenderlo en su religión, le reveló la verdad.

Tras escucharla, él se dejó caer de espaldas sobre la cama, donde estaba sentado, y prorrumpió en esa risa suya que en ocasiones soltaba: como quien presencia una escena graciosa y, al mismo tiempo, muerde un fruto amargo. Luego se incorporó y miró a la muchacha con expresión decidida, más tranquilo, aunque irónico y amenazador.

—Entonces, ¿todo esto es porque quieres casarte en la iglesia, según el ritual de los católicos? —le preguntó.

La niña asintió.

—Estoy de acuerdo. ¡Qué más me da! —exclamó él—. Por mí podemos casarnos en una mezquita o en una pagoda según los ritos chinos. Puedo hacerme judío o convertirme en seguidor del profeta Mahoma. No creo en ningún Dios, para mí todos son iguales.

Ella suspiró. Él se levantó.

—Bien —dijo—, entonces estamos de acuerdo.

Temblando y sin atreverse a mirarlo, la muchacha movió los labios, pero sin emitir ninguna palabra. Exhaló otro suspiro y por fin dijo:

—Pero ¿usted no sabe...?

—¿Qué más tiene que saber? —intervino la madre—. Te ha dicho que hará tu voluntad, que se casará en la iglesia... ¡Ahora déjalo tranquilo y en paz! ¿Por qué quieres seguir dándole la lata?

—Déjeme hablar, madre —rogó casi llorando la muchacha—. Es mejor decirlo todo enseguida, no callar nada. —Y tomando aliento como si corriera, con voz un tanto áspera, cascada, le dijo a su enamorado—: ¿Usted... no lo sabe? Para celebrar la ceremonia de las bodas cristianas es necesario que los novios pertenezcan a la Iglesia verdadera, a la familia que tiene por jefe a la Santidad de Nuestro Señor. Fui a ver al párroco, a San Raffaele, para que me explicara la ceremonia del verdadero matrimonio y él así lo hizo. Porque no basta con que el matrimonio sea válido en la tierra; tiene que serlo igualmente en el cielo. El santo matrimonio es un sacramento, y los sacramentos no se escriben solo en el papel, sino también en el Paraíso. En el Paraíso están escritas las verdades eternas, santificadas con la aprobación divina y la del Primer Apóstol. El Señor nos ha hecho este regalo de los sacramentos para asegurarnos que lo que se hace en la tierra se convierte en una verdad eterna en el Paraíso. Dos personas no pueden unirse sin la verdad eterna; sería una mala unión. Por eso es necesario que los dos sean cristianos y que hayan recibido el santo bautismo, la confirmación y la comunión de la Iglesia verdadera, presidida por el Santo Padre, que se sienta en la cátedra de Pedro. Entonces un matrimonio se convierte en un verdadero sacramento cristiano. Y yo, si el matrimonio no es así, no me caso.

Al terminar el discurso la niña parecía haber agotado las reservas de su audacia con respecto a su enamorado. En los sucesivos encuentros entre ambos, como mucho llegaría a pronunciar tres o cuatro palabras seguidas sin temblar.

En resumen, el valeroso pretendiente aceptó aquel día la última condición de la muchacha: dejaría de ser protestante para convertirse al catolicismo y cumpliría todas las obligaciones que la Iglesia romana impone a los neófitos, hasta el sacramento matrimonial... Con más curiosidad que preocupación, escuchó la información que la muchacha, con el escaso aliento que le quedaba, creyó necesario darle al respecto; no opuso objeciones y solo hizo algún comentario indolente, como si algunas cosas no tuviesen relación con su alma, sino solo con su cuerpo. La niña le anunció que tendría que confesarse.

—¡Cómo! ¿Tengo que confesarme?

—Sí, confesión general de todos los pecados cometidos en la

vida —explicó ella, con la voz enronquecida por la timidez—, y antes hay que hacer examen de conciencia…

Al oír aquello él reflexionó un momento, como si iniciase en ese instante su examen de conciencia, y por su actitud se habría dicho que no le daba mucho trabajo.

—Bien, entendido —afirmó, como quien anuncia una futura proeza fabulosa—. Haré una confesión general.

Así comenzó su noviazgo. Cuando se prometieron ella dejó de rehuirle, aunque con solo verlo a lo lejos se quedaba helada de terror. Lo que más la asustaba era estar a solas con él; no habría sabido explicar el motivo, ya que, cuando no se encontraban en compañía de otras personas, él la trataba como siempre, sin prestarle mucha atención ni darle confianza, hasta el punto de que ni siquiera le ofrecía el brazo cuando paseaban juntos. En eso se diferenciaban del resto de enamorados, que van siempre del brazo y muy pegados; quizá —pensaba ella— él fuera distinto porque había nacido en un país extranjero, donde los enamorados andarían de ese modo. Si alguna vez la tocaba, era para hacerle daño: le tiraba de los rizos y la zarandeaba agarrándola por un brazo, entre otras vejaciones por el estilo. No eran actos terribles, pero bastaban para hacerla temblar. Entonces él la dejaba y riendo con orgullo le decía: «Si tienes tanto miedo ahora que somos novios, ¿qué pasará cuando nos casemos?».

Entretanto ella lo seguía en su aprendizaje del catolicismo presa de secretos temores, pues no olvidaba lo que él había dicho: que no creía en ningún Dios.

Según lo acordado, él cumplía todos los actos y prácticas necesarios para incorporarse a la nueva Iglesia y, dado su carácter frío y enigmático, era imposible adivinar qué pensaba. Con la novia se envolvía en misterio en lo tocante a ese tema. Una vez que ella intentó expresarle su inquietud, adoptó una actitud feroz y solemne, le reprochó sus dudas y aseguró que casi a diario tenía visiones de ángeles que volaban y presenciaba otros prodigios similares; hasta ese punto era santa y concienzuda su conversión.

Llegó el momento de la confesión general, que tuvo lugar la víspera de la boda, por la tarde. Acompañado de N. se dirigió a la iglesia, donde a esa hora no había más fieles; mientras él estaba ante la reja del confesionario, ella lo esperaba arrodillada en un banco un poco apartado. En medio del intenso susurro que producía junto a la reja, con los labios ocultos entre las manos ahuecadas, de vez en cuando, por distracción, se olvidaba de hablar bajo; entonces ella temía oír algunas palabras, lo que no habría estado bien, pues la confesión es un secreto entre sacerdote y penitente. Por suerte la única frase que llegó a sus oídos fue esta: «¡Palabra de honor! ¡Palabra de honor!», que el penitente repitió durante la confesión, a intervalos, más de una vez. Lo que él afirmaba por su honor solo lo oyó el confesor.

Sabiendo que ningún alma viviente peca menos de siete veces al día, la niña se había preparado para una larga espera, ya que el novio tendría que decir todos los pecados cometidos durante su vida, y teniendo en cuenta su edad… Sin embargo, la confesión duró mucho menos de lo previsto: no habían pasado más de siete minutos cuando se alejó del confesionario y se acercó al banco para anunciarle que podía levantarse porque él ya había terminado. Ella obedeció, pero al verlo dirigirse hacia la puerta de la iglesia susurró sorprendida:

—¿Ya nos vamos? ¿Y la penitencia?

—¿Qué penitencia? —preguntó él.

—¡Cómo! La penitencia por la contrición…, quiero decir, las oraciones… ¿El padre no le ha mandado rezar el padrenuestro…, el avemaría…?

—Ah, sí, es verdad, me ha dicho que rece dos avemarías, pero hay tiempo hasta mañana… Las rezaré más tarde.

Habían salido de la iglesia y se encontraban en lo alto de la escalinata; ella se detuvo, con un pie en el primer escalón, pues aquella penitencia le pareció extraordinaria.

—¿Cómo? —exclamó perpleja y estupefacta—. ¡Dos avemarías! ¿Solo dos avemarías después de una confesión general?

Su estupor lo ofendió.

—Vamos, Nunziata, ¿por qué te extrañas? ¿Esperabas que me correspondiera una penitencia mayor? ¡Eso quiere decir que me crees un pecador!

—No, no piense eso —se excusó—, pero todos los cristianos, por muy buenos que sean, encuentran siempre alguna falta en su vida.

—¡Me ofendes al compararme con los demás! Recuerda, muchacha, que soy un raro ejemplo de perfección en la tierra: ¡merezco felicitaciones y no penitencias! ¡Mi confesor debería sentir remordimientos por esas dos avemarías! Aparte de algunos embustes y palabrotas que habré dicho en mi vida, no tengo nada que confesar. E imponerme una penitencia por unos pocos embustes, aunque fueran grandes, enormes…, y unas cuantas palabrotas…

De pronto lo invadió una alegría espontánea y, sentándose en un escalón, prorrumpió en unas carcajadas que no terminaban nunca, tan frescas e irresistibles que ella misma se habría echado a reír si no hubiese estado delante de una iglesia y en una situación tan solemne.

A ojos de la chica, aquella risa, como un velo misterioso, oscureció aún más la enigmática personalidad del novio y le otorgó —parece extraño— una mayor autoridad.

—¿Por qué se ríe? —osó preguntarle.

—Porque hablando de embustes y palabrotas me he acordado de unos que le dije una vez a un amigo mío...

Esa explicación, muy verosímil, le bastó a la muchacha, y así terminó la discusión.

No obstante, aquella penitencia irrisoria la dejó perpleja. Pasó gran parte de la noche rezando rosarios por los pecados que el novio, por falta de memoria, podía haber olvidado. Y como la madre protestó, ya que aquel susurro continuo no la dejaba dormir, se vio obligada a contarle la escena de la iglesia. (De hecho, a mí me la describió la madre. No solo esta última escena, sino también la historia de la conversión de mi padre —al igual que otros episodios menos importantes que omito— las conocí por Violante y no por Nunz. Sobre este tema Nunz. nunca dijo gran cosa: guardaba una reserva extrema, la misma que mostraba respecto a los asuntos del cielo. Y las pocas palabras que decía las pronunciaba con un tono solemne y maravillado, como si contara una leyenda de la historia sagrada.)

Tras la marcha de Violante, un día retomé el tema con N. y no pude por menos de señalar que, a mi modo de ver, la conversión de mi padre no significaba nada. De hecho, por lo que creía entender, suponía que se había convertido sin cambiar sus ideas y casi por diversión, como si se tratara de un juego sin importancia o de una apuesta. Y eso, a mi parecer, no debía de satisfacer a la Iglesia, sino ofenderla, y lo mismo debía de ocurrirle a Dios (suponiendo que existiera). N. me miró con una expresión de suma seriedad —a pesar de su aire infantil, del que no era consciente—, y con un tono tajante, que no admitía réplicas, reconoció que al principio ella había pensado lo mismo, pero que después comprendió que eran malos pensamientos, contrarios al principal designio de Dios. Y el principal designio de Dios eran los sacramentos. A Dios le habría ofendido que mi padre se casara sin el sacramento matrimonial; mi padre lo había recibido, y eso era lo importante. Para demostrarme cuál era la verdadera intención de Dios con respeto a los sacramentos puso el ejemplo del bautismo, que se imparte a las criaturas pequeñitas, que entienden tanto como los gatos. ¡Y sin embargo las salva! A propósito de la ignorancia de las criaturas citó el caso de un niño capuano, conocido suyo, que se llamaba Benedetto. Cuando tenía un mes de vida lo llevaron a bautizar con solo una camisita que le dejaba las piernas libres —la familia tenía muy poco dinero—; lo primero que hizo al comenzar la ceremonia fue darle un puntapié al sacerdote en la barbilla. Y este no se ofendió y lo bautizó de todos modos, porque, si bien el pequeño, en su simplicidad, no comprendía la gran intención del sacramento, el sacerdote sí la comprendía, y Dios también. Eso era lo importante.

5

Tragedias

Mi padre reapareció después de Navidad, cuando Carmine Arturo tenía ya más de un mes. Llegó de improviso y encontró en casa a tres o cuatro amigas de N. que habían ido a visitarla. Lo natural habría sido que la novedad lo sorprendiera, o incluso le molestara, pero no dijo nada sobre la presencia de esas mujeres; es más, no pareció reparar en ellas. Carmine Arturo, aunque no lo conocía, acogió su llegada con una risa exultante, más alegre incluso que la de otras veces; acababa de aprender a reír, y se reía continuamente como si realizara una gran proeza. Pero mi padre ni siquiera lo cogió en brazos para ver cuánto pesaba, como le instaban a hacer las amigas de N., y mientras ellas, a coro, elogiaban al nuevo hijo, él lo miraba con una atención velada y distraída, con el aire de un muchacho arisco que ha crecido lejos de la familia y al que las hermanas menores muestran una muñeca. Ese comportamiento con el pequeño me consoló un poco, pues suponía que el encuentro entre ambos me provocaría nuevo sinsabores, sobre todo por una razón: C. A. era rubio. Por suerte, ni siquiera esa notable singularidad del hermanastro mereció una consideración especial por parte de mi padre.

Por desgracia, fue la única satisfacción que tuve con su regreso. Porque desembarcó en la isla tan ensimismado y taciturno que hizo caso omiso no solo de Carmine, sino del resto de la familia. Parecía extrañarle todo, como si no reconociera los objetos, y yo —recordando cómo era la última vez que nos habíamos despedido, en agosto— lo encontraba a él irreconocible. Es cierto que a lo largo de mi vida lo había visto cambiar a menudo, como las nubes; sin embargo, en esta ocasión cualquiera que lo mirara con ojos fieles se habría dado cuenta de que en su interior ocultaba un deseo completamente nuevo. Durante esta última larga ausencia sus rasgos habían sufrido una transformación inusitada. Una especie de máscara sin alma, rígida como la muerte, le cubría la cara.

No, no se había vuelto más feo; al contrario, quizá nunca hubiera estado más bello, pero parecía haber perdido de golpe aquel íntimo placer vanidoso que de vez en cuando destella en el rostro de las personas agraciadas. Cuando decía «yo», hacía una pequeña mueca con la boca, como si nombrara a un personaje que poco o nada tuviera que ver con él. Estaba delgado y sucio; llevaba al cuello el pañuelo de colores que había comprado el último verano, pero tan retorcido que parecía una soga, y reducido a un mero andrajo; y la ropa tan arrugada que era de suponer que dormía vestido desde hacía varios días.

Pasó el resto de la tarde y parte de la noche recostado en el sofá del salón, sin molestarse siquiera en encender la lámpara. Y cuando, buscando su compañía, me decidí a visitarlo y giré el interruptor, me miró muy alterado, como si lo ofendiesen la luz o mi presencia. Su maleta, todavía cerrada, había quedado en la cocina; le pregunté si no quería deshacerla, pero con un tono de impaciencia desesperada respondió que no, que no valía la pena, porque partiría enseguida. Entonces distinguí un temblor de lágrimas en sus ojos, torvos y brillantes.

En la cena apenas probó bocado y después se sentó al calor de las brasas. No pronunció ni una palabra. Acurrucado como un animal, con el pañuelito anudado al cuello, parecía aterido y lejano. Era evidente que un único pensamiento, persistente e inescrutable para nosotros, ocupaba su mente sin remedio. Tenía el rostro ceniciento, pétreo. De vez en cuando sus respiraciones eran largas y fatigosas, como si le faltase el aire. En ocasiones le asomaba a los ojos una sombra apasionada e indescriptible, llena de tristeza, que le atemperaba el orgullo. Pero de inmediato se los cubría con los puños, como si se sintiese receloso de aquella sombra y nos considerara indignos de verla pasar.

Con el inicio de aquel nuevo año —qué poco sabía yo que sería el último que pasaría en la isla—, comenzó a dejarse ver más a menudo. Pero sus visitas nunca habían sido tan baldías como lo fueron entonces. Apenas llegaba a casa parecía arrepentido de haber regresado y se desesperaba, hasta el punto de que no tardaba en partir de nuevo, aunque al despedirnos de él advertíamos que abandonaba Prócida de mala gana; y a los dos o tres días volvía. Era como si buscara nuestra compañía y, al mismo tiempo, no pudiera soportarla. No cabía duda de que había pasado a considerarnos sosos e insignificantes (sobre todo a N.: la trataba como a una pariente anciana con quien no se tienen miramientos, que ha envejecido en la casa y a la que se olvida con facilidad). Por lo demás, parecía observarnos con un sentimiento angustioso de soledad o no reparar en nosotros; sin embargo, en algunos momentos se habría dicho que nos perdonaba la vida y que, por el mero hecho de hablar o de movernos libremente, cometíamos un acto de

indisciplina y un abuso. En esos momentos bastaba con que Carminiello llorara o N. cantase en otra habitación para que pro-
rrumpiera en locas injurias, con las que desahogaba su mal humor.

Algunos días, al no encontrar otro alivio a su soledad, permanecía horas y horas en la cocina, con la familia, a la que en ocasiones se sumaban las conocidas de N. Se mantenía apartado, y su
aspecto recordaba al de un exiliado o un desertor, sobre todo por
la barba, muy crecida. Pasaba semanas enteras sin afeitarse y,
cuando por fin decidía hacerlo, usaba la navaja con tal brutalidad
que se infligía pequeños cortes. Se habría dicho que le gustaba
maltratarse y herirse hasta sangrar: ¡él, que una vez había estado a
punto de desvanecerse al rozarle una medusa!

Cuando no estaba abajo con nosotros, se quedaba en su habitación sumido en una especie de letargo. De mí solo se acordaba para
mandarme a comprar cigarrillos, que nunca le bastaban y que siempre encontraba malos. En su dormitorio había un tufo sofocante a
humo y a cerrado, pero eso parecía gustarle, y en ocasiones cerraba
también los postigos para no ver la luz del sol. ¿Qué sucesos extraordinarios lo habían golpeado tras su marcha del último verano y lo
habían reducido a ese martirio? ¿Cuál era el misterioso pensamiento, siempre el mismo, que desde hacía meses no le daba tregua?

Un día, al atravesar el pasillo, por la puerta entreabierta lo vi
sollozar de manera horrible, mordiendo los barrotes de la cama.
Enseguida me alejé de puntillas, pues temí ofenderlo si se daba
cuenta de que lo había visto llorar como una mujer. Recuerdo que
también lo encontré, más de una vez quizá, tendido boca arriba
como un muerto, con un brazo sobre los ojos y sonriendo. Por el
movimiento de los labios parecía mantener un diálogo absurdo y
divino, pero en aquella sonrisa había asimismo un amargo pliegue

de dolor, como si en aquel diálogo sus preguntas solo obtuviesen una negativa por respuesta.

Más tarde reflexioné mucho sobre estos hechos, pero en los primeros meses de aquel año decisivo no tardaba en olvidarlos y se convertían, por su carácter incomprensible, en misterios de segundo orden. Veía a mi padre partir y regresar como quien ve un fantasma, porque en aquella época era poco más que un espectro para mí. Los sufrimientos de Wilhelm Gerace habían pasado a ser algo secundario: estaba demasiado encadenado por mis propios sufrimientos para interesarme por los suyos.

Mi personaje principal ya no era Wilhelm Gerace. De eso estaba seguro (o al menos me lo parecía).

Mechoncito de oro

He escrito «mis sufrimientos» cuando en realidad debería haber escrito «mi sufrimiento», porque era solo uno el que me atenazaba desde hacía cierto tiempo y tenía un único nombre: CELOS.

En el pasado había rechazado como una pérfida calumnia la sospecha, insinuada por alguien, de que estaba celoso. Pero esta vez debía rendirme a la evidencia. Naturalmente, habría preferido morir a confesarlo ante los demás, pero no podía negármelo a mí mismo: estaba enfermo de celos por culpa de un rival. Ahora que me dispongo a decir quién era ese rival, no sé si me da más vergüenza o más risa.

Sucedió lo siguiente: Carmine Arturo, mi hermanastro, que en los primeros días me había parecido muy feo, con el paso de las semanas y los meses se transformó en un niño hermoso; más guapo que yo, me temo. Tenía el pelo rubio y rizado, y los mechones se disponían por sí mismos en una forma que imitaba a la perfección una coronita de oro. Eso le daba un aire importante y aristocrático, como si fuese acreedor al título de alteza o algo similar por gracia y mérito de sus rizos. Los ojos eran negrísimos, muy napolitanos, pero en torno al iris estaban impregnados de un azul intenso y encantado, por lo que sus miradas mostraban un color negro azulado. Tenía el rostro redondo y lozano, de tez clara; los pies y las manos, pese a su pequeñez, bien formados, con dedos ahusados; y alrededor de las muñecas y los tobillos se le formaban unos rollos que parecían pulseras.

Según las amigas de N., esas ajorcas naturales eran una señal inequívoca de que había nacido con suerte, y añadían que la suerte de un niño podía adivinarse por la belleza y perfección de esas pulseras de gordura que, en mayor o menor medida, presentan todos los recién nacidos. Las de Carmine eran perfectas; además, sumando las de las muñecas y las de los tobillos, se obtenía el número tres, que es el rey de los números. Eso significaba que sería un gran señor, de corazón noble y valeroso, que triunfaría en todas sus empresas. Defendería con los puños a los desgraciados y cautivaría incluso a sus enemigos. Viviría hasta los noventa años, siempre apuesto como un jovencito, sin que sus hermosos rizos de oro encanecieran. Y viajaría por mar y tierra, bajo una lluvia de flores, respetado por todos.

Mientras las amigas de N., para confirmar satisfechas ese oráculo excelso, contaban una y otra vez las pulseras, él se quedaba quieto y las miraba con seriedad, como si supiera que estaba en juego su destino. Parecía convencido de que aquellas mujeres eran unas hadas esplendorosas por ser amigas de N. Reía al reconocerlas y, deseoso de volar, tendía los brazos hacia ellas. Pero, si por algún motivo N. se alejaba apenas un minuto, prorrumpía en un llanto desesperado, como si del triunfo más espléndido se hubiese precipitado al desastre. Y se debatía en los brazos extraños de una manera triste y brutal, como si dijera: «En este momento lo mismo me da caerme y morir».

Para él, la única belleza verdadera era N. La presencia de esa belleza era la que, como una hechicera, volvía a todos los demás, incluso a los feos, hermosos como santos, y entonces mi hermanastro quería a todo el mundo y con su coquetería, que era mucha, realizaba numerosas conquistas. Sin embargo, en el fondo hasta sus predilectos le importaban muy poco. N. era su pasión. Y, a medida que pasaban las semanas y los meses, más apego le tenía. Ella le correspondía. Y yo veía cómo otro poseía esa felicidad que siempre había anhelado y nunca tuve.

Carmine exigía que N. estuviera siempre a su lado; sin ella no quería dormirse y, antes de que el sueño lo venciera, le apretaba con fuerza un dedo en su puñito. Mientras dormía mantenía cerradas las manos, imaginando quizá que aún la tenía agarrada, y sus labios se movían un poco con una expresión indignada y cariñosa, como si dijera: «Te tengo prisionera, no podrás huir».

Cuando regresaba mi padre, ya no ocurría lo de antes: que ella corría al cuartito a recoger las mantas para llevarlas a la habitación de matrimonio. Ahora mi padre, con gran satisfacción, dormía solo; el cuartito de Silvestro había quedado abandonado, y el terror de N. a la noche era un mero recuerdo. Creo que con Carmine al lado habría dormido sin miedo en el desierto más espantoso: como si aquel niñito de pocos meses fuera un paladín heroico, capaz de defenderla de cualquier ataque.

En cuanto a la enigmática tragedia que Wilhelm Gerace vivía en aquel momento, se habría dicho que para N., al igual que los demás secretos de su marido, tenía lugar en una especie de teatro mítico y que sus símbolos y sentido eran ajenos a la sencilla realidad en que ella se movía. Para un espectador profano y analfabeto como N., habría sido, además de vano e ilusorio, una falta de respeto tratar de encontrar una explicación a la oscura leyenda que se representaba. Intervenir en ella habría sido una extravagancia casi impía. Y habría sido una verdadera niñería insensata angustiarse en serio por el espléndido protagonista que, en su escenario irreal, desarrollaba su mito inescrutable y necesario.

Solo se ocupaba de mi padre para servirlo y atenderlo (siempre de una manera más bien elemental, ya que nunca poseyó las cualidades de una buena ama de casa). No discutía sus órdenes y acudía volando en cuanto la llamaba; por lo demás, lo dejaba con sus pensamientos, como si fuese un inquilino tiránico y solitario. Esa sumisión espontánea que mostraba hacia él recordaba más a la ignorancia confiada de los animales, sin interrogantes ni ansiedad, que a la pasividad humana.

Así pues, los secretos padecimientos de Wilhelm Gerace, que partía y regresaba cercado por su martirio, no empañaban la felicidad que ella compartía con su Carmine.

El atentado

Desde que tenía a Carmine estaba tan contenta que cantaba y reía de la mañana a la noche; cuando no reía su boca, reían sus ojos.

En unas semanas había florecido en ella una belleza inesperada, un verdadero milagro de la felicidad. La antigua palidez de reclusa había desaparecido, aunque, igual que antes, siempre estaba encerrada en casa. Su carne había adquirido un color rosado, risueño y opulento; la delgadez de antaño parecía haberse colmado y haber dado paso a una agradable redondez femenina. Aun así, se la veía más alta y esbelta que en los primeros tiempos, y caminaba con más gracia, con pies ligeros.

Había desaparecido la mortificación que —quizá por haber nacido pobre— antes entorpecía sus movimientos: ágil como una gata, acudía corriendo a las voces de Carmine. Y cuando lo llevaba en brazos no parecía que le molestara aquel peso; al contrario: cuanto más crecía y más pesaba él, mayor era el honor para ella. Con porte orgulloso, echaba un poco la cabeza hacia atrás, contenta del contraste de su pelo con aquellos rizos de oro.

Llevaba el peinado con rodetes que yo le había enseñado, pero siempre estaban medio deshechos por culpa de Carmine, que no paraba de jugar con sus bucles. Jugaba con sus rizos y con su cara, con su cadenita y con su corpiño, y ella se reía con una libertad impetuosa, fresca y salvaje. A primera hora de la mañana, desde mi habitación oía que, nada más despertarse, comenzaban a jugar y a reír, dialogando de aquella manera que solo ellos sabían. Escuchaba las palabras que ella inventaba, mejor que una poetisa, para alabarlo, y notaba cómo la amargura me corría por las venas. En ciertos momentos esa amargura era tan grande que habría preferido no haber nacido.

Más que nada, me indignaba la injusticia: en toda mi vida jamás había tenido la satisfacción de que me elogiaran de ese modo. Y, aunque fuese moreno, y no rubio como él, no era feo. Mi padre lo había reconocido más de una vez; por ejemplo, aquella lejana noche en que, delante de ella, afirmó: «Es cierto, es un muchacho guapo. Por algo es mi hijo»; y lo había repetido en varias ocasiones. Con todo, sus palabras no habían ido más allá de un: «Vamos, si sabes muy bien que no eres feo»; o: «A ver lo guapo que te has puesto durante mi ausencia. Sí, no está mal». Con eso bastaba. Nada comparable a las fabulosas alabanzas que ella dirigía al hermanastro, las cuales, pese a que a veces me llegaban deshilvanadas, me parecían —quizá por eso mismo— tanto más dulces. Entonces comprendía como nunca la satisfacción que es para un hombre tener una madre.

No solo lo lisonjeaba y mimaba sin cesar, sino que con frecuencia también conversaba con él, muy seria, como si Carmine, que no entendía nada, pudiera entenderla; y le bastaban las respuestas inarticuladas que él le daba. Tenía esa nueva compañía y ya no necesitaba ninguna otra. Contenta de estar con él, no se acordaba de nadie más. En cuanto el tiempo comenzó a templarse, lo llevaba en brazos a todas partes, incluso al mercado por las mañanas, a pesar de que tenía que cargar con las compras; y él se divertía como si viajara en un coche a través de maravillas llenas de aventuras: reinos, puertos de las costas oceánicas, bazares donde se vendían oro y piedras preciosas.

A veces, hablando con él, fingía despreciarlo. «Eres feo y desdentado —le decía—, ah, ¿qué voy a hacer contigo? ¿Sabes qué haré? Te llevaré a la plaza, a venderte.» Entonces yo intentaba representarme, como en un sueño, ese momento inverosímil en que ella, no queriendo saber más del niño, lo vendía como una mercancía, lo tiraba, lo entregaba a un barco de piratas. Con solo imaginarlo sentía una especie de satisfacción y algo parecido al alivio.

Al pensar en lo mucho que me había ofendido su propuesta de que la llamase «madre», reconocía que había tenido razón al ofenderme. Pero no me parecía justo que ella tuviese un hijo cuando yo no tenía madre. Aún no he dicho lo que más envidia me daba, lo que más intolerable me resultaba. Era esto: lo besaba. Lo besaba constantemente.

No sabía que fuera posible dar tantos besos en el mundo: ¡y pensar que yo no había dado ni recibido ninguno! Los veía besarse como alguien contemplaría, desde una barca solitaria en medio del mar, una tierra inalcanzable, misteriosa y encantada, llena de árboles y flores. A veces ella se entregaba a los juegos locos con que se divierten los cachorros: lo agarraba, lo estrujaba y lo revolcaba, pero sin hacerle nunca daño, y todo desembocaba en innumerables besos. «¡Qué hambre tengo! ¡Te voy a comer!», le decía fingiendo una ferocidad de tigre; y, en cambio, lo besaba. Y al ver cómo aquella boca graciosa daba besos tan puros y alegres me repetía que era una infamia que en este mundo unos tuvieran tanto y otros tan poco, y entonces me dejaba llevar por la envidia, la melancolía y la exaltación.

Salía a la calle y me parecía que todo en la tierra no hacía más que dar besos: las barcas amarradas en el borde de la playa se besaban; el movimiento del mar era un beso dirigido a la isla; las ovejas que pastaban en el campo besaban la tierra; el viento entre las hojas y en la hierba era un lamento de besos. ¡Hasta las nubes se besaban! Entre la gente con que me cruzaba por la calle —mujeres, pescadores, personas harapientas, chiquillos— no había nadie que no conociera ese sabor. Yo era el único que no lo conocía; y tenía tantas ganas de probarlo que no pensaba en otra cosa día y noche. A modo de prueba, besaba mi barca, o la naranja que estaba comiendo, o el colchón en el que me había tumbado. Besaba el tronco de los árboles, el agua del mar y los gatos que encontraba en la calle. Y observaba que, sin que nadie me hubiese enseñado, sabía dar unos besos muy dulces, hermosos. Pero al sentir en los labios una fría pulpa vegetal, una corteza rugosa o una amargura salobre, o al ver a mi lado el hocico de un animal que bufaba y luego se alejaba, sin saber decirme nada, más me dolía la comparación con aquella boca santa y risueña que, además de besar, sabía decir las palabras más encantadoras.

«Algún día besaré a una persona —me decía—. ¿Quién será? ¿Y cuándo? ¿A quién elegiré para esa primera vez?» Y pensaba en algunas mujeres que había visto en la isla, o en mi padre, o en un futuro amigo ideal. Sin embargo, al imaginar esos besos me parecían insípidos, sin valor. Hasta el punto de que, por una especie de superstición, con el deseo de esperar otros más hermosos, los rechazaba, incluso en mi imaginación. Me parecía imposible conocer la verdadera felicidad de los besos si faltaban los más importantes, los más bonitos y celestiales: los de la madre. Y entonces, para encontrar un poco de consuelo y reposo, imaginaba una escena en la que una madre besaba a su hijo con un afecto casi divino. Y ese hijo era yo. Pero la madre, sin yo quererlo, no se parecía a mi verdadera madre, la del retrato: se parecía a N. Esa escena imposible se repetía mil veces en mi fantasía como en un maravilloso teatro de mi propiedad. Me complacía con ella, hasta el punto de engañarme; y cuando después, en la realidad, veía a N. besar al hermanastro, este me parecía un intruso que había ocupado mi lugar, y ella una traidora. Sentía unas ganas rabiosas de insultarlos e interrumpir con brutalidad su idilio, y solo el orgullo me lo impedía, mientras la razón me repetía: «¿Qué derecho tienes?». Por orgullo me mostraba indiferente, me esforzaba en no mirarlos y me alejaba de ellos, pero un misterioso deseo me llevaba de nuevo a donde estaban. Además de celos, tenía la amarga curiosidad de ver la gracia con que ella besaba. Viendo aquellos besos adivinaba, como si lo sintiera en los labios, un sabor extraño y delicioso, distinto de todos los otros de la tierra, pero que, milagrosamente, era equiparable a N. No solo a su boca, sino también a sus maneras, a su carácter, a toda su persona.

Un día entré en su habitación cuando ella no estaba y sentí la tentación de besar uno de sus vestidos. El orgullo me lo impidió: como si N. fuese una señora y yo un pobre que recibía una limosna suya. Otro día, vencido por una nueva tentación, tomé de la mesa de la cocina un pedazo de pan mordido por ella y le clavé los dientes. Noté un sabor de una dulzura canallesca y, al mismo tiempo, infinidad de heridas, como cuando se roban colmenas.

Si al menos aquel que se llevaba tantos besos envidiados hubiese sido feo, defectuoso, de algún modo habría podido consolarme comparándolo conmigo. En cambio, esa comparación me descorazonaba cada vez más, pues, a medida que crecía, más guapo se volvía. No solo había heredado toda la belleza de mi padre, sino también parte de la de su madre; y, aunque se hubiera querido encontrar algo feo en él, no se habría podido hallarlo. Aquella belleza especial de ambos no se reproducía en el pequeño como una simple copia, sino combinada de una forma tan imprevista que parecía una nueva invención original, repleta de fantasía. Para ser sincero, debo decir, por lo que he visto después en Nápoles y en todos los otros lugares por donde he pasado, que jamás he conocido ningún niño tan guapo como mi hermano.

Su belleza me perseguía. Cuando estaba solo, a todas horas creía verla flamear ante mis ojos como una bandera blanca y celeste, celeste y dorada, izada para provocarme. Un día, mientras N. se encontraba en el piso de arriba y él dormía en la cocina, dentro de su moisés, sentí tales deseos de venganza que me tentó la idea de matarlo. Entre las escasas reliquias del pasado que quedaban en la casa, se contaba una pistola anticuada, de las que necesitaban un taco; ya inservible y oxidada, se guardaba en el salón. Se me ocurrió descargar la pesada culata sobre la frente de mi enemigo, con precisión y violencia, de modo que muriera de un solo golpe. Tomé la pistola, me la puse bajo el brazo y me acerqué a la cesta donde dormía. No me pareció leal matarlo a traición, durante el sueño; preferí despertarlo haciéndole cosquillas en la palma de la mano. Al sentir el cosquilleo movió los labios en un mohín gracioso que me dio risa, y el deseo de jugar con él venció al de quitarle la vida. Seguí haciéndole cosquillas en las manos, las orejas y el cuello, al tiempo que imitaba el rugido de un felino exótico, hasta que él, pensando quizá que al despertarse encontraría en la cocina un cachorro de leopardo u otro animal parecido, se rió en sueños. Todo terminó en un juego y mi propósito de asesinarlo se esfumó.

Ahora todo eso me resulta tan ridículo que al relatarlo me cuesta mantenerme serio, como si contara chistes disparatados en lugar de hechos reales. Sin embargo, ¡cuánto me preocupaba entonces!

Los grandes celos

Era un suplicio ver cómo los más mínimos actos suyos —por ejemplo, darle migas de pan a un pollito o agitar con entusiasmo un sonajero— a ella le parecían espléndidas proezas. Cuando Carmine, que nunca había visto ni conocido nada, descubría algo nuevo —como la existencia de los conejos o que el fuego quema—, ella lo felicitaba como a un gran pionero. En cuanto había algo hermoso que ver, se mostraba impaciente por enseñárselo. Salía la luna, y ella corría a cogerlo en brazos para llevarlo hasta la ventana y le decía: «Mira, Carmine, ¡mira la luna!». Pasaba una barca por el mar y ella se alegraba porque sabía que a él le gustaba ver las barcas avanzar. Y si parecía —según ella, al menos, y las otras aduladoras— que el pequeño, a su modo, había aprendido a nombrar un objeto, por ejemplo una silla, el coro de mujeres exclamaba: «¡Muy bien! ¡Una silla, sí! ¡Qué bonita, la silla! ¡Sí, sí, muy bonita!», con un tono pomposo y solemne. Como si la silla, por el hecho de que él la nombrara —al decir de ellas—, se hubiese transformado de pronto en una gran dama. En cambio, si, pongamos por caso, tropezaba con la silla y se hacía daño, esta descendía a la ínfima categoría de delincuente y la llamaban fea, la maltrataban y la golpeaban sin piedad.

Empecé a dejarme ver más a menudo en la cocina, donde N. pasaba la mayor parte del día con Carmine. Me ponía delante de ella y, para obligarla a fijarse en mí, caminaba de un lado para otro con aire amenazador, o me estiraba en el suelo bostezando, o me quedaba sentado a unos pasos de ella, hosco y altanero como un reproche viviente. Pero se hubiera dicho que para ella me había transformado en un cuerpo invisible. Muchas noches extendía de modo ostentoso los grandes mapas del atlas y trazaba resueltas marcas con el lápiz, pero era en vano. Sentada junto al moisés, N. canturreaba a Carmine sin prestarme la menor atención. También retomé el libro de los *Destacados capitanes* y fingí leerlo (no estaba de humor para la lectura). De vez en cuando elegía un fragmento sorprendente y lo leía en voz alta comentándolo con estruendosas exclamaciones enfáticas. Ella, distraída, a duras penas me preguntaba: «¿Qué estudias, Artù?», y de inmediato volvía a concentrarse en Carmine, a quien miraba preocupada porque creía haberlo oído quejarse en sueños.

Un día, aprovechando un momento en que me miraba, tomé una decisión y corrí hasta la reja de la ventana, donde hice «la bandera» y otros ejercicios. Y el resultado fue que ella gritó: «¡Carmine! ¡Mira, guapo, mira lo que hace Arturo!», como si yo fuera un saltimbanqui al servicio de Carmine. Bajé de un salto y salí de la cocina temblando de ira reprimida.

Esa vez casi juré que dejaría a aquella maldita con su Carmine y la consideraría un ser invisible, olvidado. Sin embargo, comprendí que no podía resignarme a la idea, si no por otro motivo, porque debía castigar a esa mujer. Para mis adentros la acusaba de ser tan infame como todas las madrastras, que, en cuanto tienen un hijo, dan de lado a los hijastros. Me hubiera gustado imitar a los hijastros repudiados de las novelas, alejarme de la madrastra desalmada para ir en busca de aventuras. Pero, ¡ay de mí!, ¿cómo iba a hacerlo? Sabía que era infiel, que me borraría de su memoria en cuanto me marchara; entonces ya no sería siquiera su hijastro, ni un ínfimo pariente suyo. Me resultó inaceptable. Así que proyecté realizar alguna acción grandiosa que, aun en la distancia, la obligara a admirarme y a interesarse por mí. Por ejemplo, incorporarme a una expedición aérea que partiese al Polo…, o escribir un poema tan sublime que me diera fama hasta en América, de modo que en Nápoles decidieran levantarme un monumento en la plaza del puerto… Ya en la cima de mi triunfo, al verla arrodillada a mis pies, llena de admiración, le diría: «Vete con tu Carmine. Adiós».

Pero esos proyectos eran demasiado inciertos y remotos para proporcionarme consuelo en medio de mis desilusiones cotidianas. Y esas mismas desilusiones, con su crueldad, me tenían más encadenado que nunca a la isla. Porque en la isla estaba ella; y prefería permanecer a su lado, cuando menos para recordarle con mi presencia nuestro pasado, ahora traicionado, y su infidelidad.

Comprendí que los poetas dicen la verdad al hablar de la inconstancia de las mujeres. Respecto a su belleza tampoco mienten, pero entre todas las mujeres famosas, celebradas por ellos, ninguna me parecía digna de competir en belleza con N. Costaba poco, pensaba yo, ser hermosa teniendo, como aquellas, un cabello de oro, ojos de pervinca y cuerpo de estatua, recibidos por la naturaleza, además de vestidos de brocado, guirnaldas y diademas. En cambio, tener un cuerpo sin nada bonito, más bien desproporcionado, de formas toscas, el pelo y los ojos negros, zapatones y vestidos andrajosos, y aun así ser bella como una diosa, como una flor, ¡eso era un alarde supremo de belleza! Y esa belleza no podía describirse en una poesía, porque las palabras no bastaban; tampoco era posible pintarla en un cuadro, ya que no podía retenerse. Quizá la música sirviera mejor, y entonces me preguntaba si, en vez de un gran comandante o un poeta, no preferiría ser músico. Por desgracia, no había estudiado siquiera las notas y, si bien tenía buena voz para el canto, solo conocía algunas cancioncillas napolitanas…

Incluso lo que tenía feo, de una fealdad irremediable, aparecía a mis ojos como lleno de una gracia única, sin igual. Estaba convencido de que, si por un milagro esos defectos se sustituyeran por perfecciones, su belleza no ganaría, sino al contrario; y que yo echaría de menos su aspecto anterior. Hasta ese punto la consideraba hermosa. Y me parecía imposible que los demás no compartieran mi opinión; tanto es así que las palabras más comunes o un simple saludo dirigidos a ella se me antojaban reverentes homenajes, señales de adoración.

Y cuando pensaba que, hasta hacía pocos meses, esa madre bellísima me había tratado como a uno de sus parientes más queridos, había considerado mis órdenes como un honor, había suspirado por mi compañía…, me rebelaba contra las infames mudanzas de la suerte. Tenía la sensación de que no hallaría la paz hasta que volviese a ser conmigo como había sido antes de la funesta llegada del hermanastro; aun así, no quería que ella advirtiese la nostalgia que sentía. Buscaba con desesperación un medio que, sin mengua de mi orgullo, la obligara a ocuparse de mí o a manifestar, de una vez para siempre, su irremediable indiferencia hacia Arturo Gerace.

Suicidio

Una mañana me la encontré al volver del puerto. Llevaba en brazos a Carmine y, para divertirlo, bajaba la cuesta a la carrera cantando el estribillo de una canción napolitana, *Vola, vola, palummella mia*, con voz fuerte, como las gitanas. Pasó por mi lado sin siquiera fijarse en mí.

Llegué a casa solo y tan desconsolado que hasta me dolía el corazón. Comprendí que no podría soportar más el infame abandono en que ella me dejaba. Y ante la idea de verla regresar a casa como si nada hubiese ocurrido, despreocupada con su Carmine e indiferente conmigo, como de costumbre, mi voluntad se rebeló y se exaltó con el ansia de romper con aquella amarga monotonía. Decidí que a cualquier precio castigaría a esa mujer y la obligaría, al menos por un día, por una hora, a interesarse por mí en vez de por el hermanastro. De inmediato opté por una estratagema desesperada, que durante aquellos tristes días se me había pasado por la cabeza más de una vez.

Consideré que era el único recurso que me quedaba, y consistía en matarme. Quizá la imagen de mi cuerpo exánime le causara algún efecto. Naturalmente, no pretendía morirme de verdad, sino fingirlo, preparar una escena de una verosimilitud terrible para que ella cayese en el engaño.

Me acordé de aquella vez en que había fingido llorar para disimular la risa y ella, que hacía unos minutos se había enfadado conmigo, se alarmó, y con voz llena de compasión me dijo: «Artù... ¡A ti te pasa algo…! ¿Qué tienes? ¡Vamos, díselo a Nunziata!». Al recordar aquel éxito, la prueba que preparaba me pareció más tentadora que nunca. Con suprema determinación, previendo que sus recados la retendrían en el pueblo por lo menos una hora, me dispuse a llevar a cabo mi plan.

Mi padre estaba de viaje. Subí a su habitación sabiendo que encontraría lo que necesitaba. Desde hacía un tiempo mi padre sufría de insomnio y a menudo tomaba somníferos; al irse había dejado un bote casi intacto encima de la cómoda. Yo conocía el poder de aquellas pastillas por una conversación oída por casualidad; con la dosis empleada por mi padre —una o dos— ayudaban a dormir, pero si se tomaban más se transformaban en un veneno. Veinte podían provocar la muerte.

Volqué en la palma de la mano el contenido del tubo y conté las pastillas: había nueve; las que necesitaba según mis cálculos. Sabía que no eran suficientes para matar a un hombre, pero sí para provocar un malestar de apariencia trágica. Dada mi ignorancia, no podía prever qué clase de malestar era ese, pero confiaba en que el efecto fuera espectacular.

Me apropié de las pastillas y bajé a la cocina, donde escribí el siguiente mensaje en una hoja de papel, que dejé sobre la mesa, muy a la vista:

MI ÚLTIMA VOLUNTAD
QUIERO QUE MIS RESTOS RECIBAN SEPULTURA EN EL MAR
ADIÓS
ARTURO GERACE

PD: DESTRÚYASE ESTE PAPEL UNA VEZ LEÍDO
¡SECRETO! ¡¡¡SILENCIO!!!

ARTURO

A continuación me serví un vaso de vino, pues pensé que el medicamento tendría muy mal sabor y que con el vino mejoraría. Salí a la explanada, ya que la cocina no me pareció un lugar adecuado para suicidarse.

La explanada era el escenario ideal, sobre todo porque N., al regresar de la compra, llegaba siempre por ese lado. Me preguntaba qué sentiría cuando tropezara con mi cuerpo al pasar; lamentaba que el efecto del somnífero me impidiese evaluar de inmediato el éxito de mi plan. Me habría gustado desdoblarme para poder asistir a la escena, y por un instante pensé en no usar el veneno y, confiando en mi talento para el teatro, fingir que estaba muerto. Sin embargo, suponía que en el momento crítico de la tragedia no podría dominar la risa y lo echaría todo a perder; por eso descarté la idea.

Las Columnas de Hércules

Dejé el vaso sobre el escalón de la entrada y me senté al lado, en la hierba, apretando las pastillas en el puño. A punto de dar aquel paso tan extraño, dudaba entre la decisión tomada y un temor instintivo. Tenía la certeza de que mi inminente suicidio no sería mortal. Lo que sabía sobre las dosis del veneno me lo había dicho mi padre. Era ciencia y en ese aspecto no cabían dudas. Aun así, miré las pastillas que tenía en la mano como si fueran monedas bárbaras para pagar el peaje del último y oscuro confín.

Lo cierto es que no tenía ninguna experiencia con medicamentos, enfermedades y venenos; y las leyes de la ciencia, que jamás había estudiado, se me antojaban llenas de misterios y casi religiosas, como las de la magia lo son para un salvaje. En mi imaginación era muy confusa la marca que separaba la muerte del maléfico sueño inducido por aquel veneno. Lo que me disponía a afrontar me parecía una especie de avanzada en el territorio de la muerte. Luego, como un explorador, regresaría. No obstante, la muerte siempre me había resultado tan odiosa que me aterrorizaba la idea de adentrarme siquiera en sus sombras.

Me asaltó una debilidad sentimental: eché de menos la presencia de algún allegado que me acompañase en ese suicidio fingido. Un amigo, no una mujer, ya que las mujeres no conocen la fidelidad; jamás me enamoraría de ninguna. La única compañía femenina que hubiese aceptado de buen grado habría sido la de mi madre. Una madre viva, no aquella que en otro tiempo se desplazaba por el aire de la isla bajo su tienda levantina. Sentí pena por aquella vieja ilusión: desde entonces había aprendido que la voluntad de la muerte es severa, jamás piadosa. Aquel hermoso paisaje infantil nada tenía que ver con la severidad de los muertos.

La primera señora Gerace, igual que la pobre Immacolatella, rehuía aquella mañana luminosa. Habían transcurrido varios días del equinoccio de marzo, que en Prócida anuncia el verano. El agua y la atmósfera estaban tan límpidas que Ischia, bien perfilada con sus casitas y su faro, se duplicaba en su reflejo marino. Todo se veía claro, nítido, aislado en sí mismo; y, al mismo tiempo, las innumerables tonalidades se mezclaban para formar un color alegre y divino, verde, celeste y dorado. Dentro de un momento el color sería distinto; variaciones imperceptibles, como una nube de insectos fabulosos volando sin descanso en la luz. Hasta el triste presidio, en lo alto de la colina, era un arcoíris de tonos cambiantes de la mañana a la noche. Del golfo llegaba el graznido de un ave marina; del puerto, la sirena de un barco; después, del pueblo, el toque de una campana… También los reclusos de la prisión oían estas notas, al igual que los búhos, que no veían durante el día, y los peces aturdidos que agonizaban en las redes… Los joviales sonidos e iridiscencias de la realidad eran un teatro encantado que enamoraba a todo corazón viviente.

Sentía curiosidad por saber si el somnífero produciría sueños.

¿Quién sabía si al morir se soñaba? Hamlet, el bufón, suponía que sí, pero yo no era un bufón como él y sabía muy bien la verdad: que, una vez muertos, no hay nada. Ni reposo ni vigilia, ni aire ni mar, y tampoco voces. Cerré los ojos y por un instante traté de fingir que era sordo y ciego, que estaba encerrado en mi cuerpo sin poder moverme, privado de todo pensamiento... Pero no, no era suficiente: la vida continuaba en el fondo, como un punto luminoso multiplicado por mil espejos. Mi imaginación jamás podrá concebir la estrechez de la muerte. Comparadas con esa medida ínfima, semejan territorios ilimitados no solo la existencia de un desdichado prisionero dentro de una celda, sino incluso la de un erizo aferrado a una roca, hasta la de una polilla. La muerte es una irrealidad insensata, que no significa nada y pretende enturbiar la claridad maravillosa de la realidad.

Y me parecía que, como los marineros de la Antigüedad ante las Columnas de Hércules, pronto debería navegar en una corriente turbulenta que me alejaría de mi paisaje querido en dirección a una fosa tenebrosa.

Este veneno, me preguntaba entretanto, ¿tendrá un sabor muy amargo? Suponía que sí, a juzgar por la mueca de asco que hacía mi padre siempre que lo tomaba; además, él se limitaba a la dosis prescrita, mientras que yo me proponía sobrepasar con creces el límite prohibido. Mi superioridad sobre él me enorgulleció. De pronto mi supremacía demostrada, la transgresión y la diversión de la prueba se convirtieron en los motivos más importantes de aquel capricho y casi borraron mi primer propósito e incluso el recuerdo de N. Como Ulises al atravesar los escollos de las sirenas, me sentí libre y solo ante una elección: la prueba o la renuncia. Me invadió un placer por el juego misterioso e inaudito y por los desafíos temerarios; como si fuese un oficial audaz que, una vez apagadas las fogatas, mientras los centinelas duermen, se interna en el campo enemigo, solo y sin escolta, confiando en la impunidad de una noche sin luna.

Vuelvo a sentir el sabor de la primera pastilla sobre la lengua: insignificante, un tanto salado, apenas amargo. Me la tragué con un sorbo de vino y a mi alrededor todo continuó igual; tan solo me pareció que hasta el límite del horizonte se extendía un silencio de fascinación, como en el circo cuando el valiente trapecista se lanza en un doble salto mortal. Con impaciencia y despreocupación seguí engullendo dos o tres pastillas con cada trago de vino, cuyo efecto creo que llegó antes que el de los somníferos, pues no tardé en sentirme borracho. Comenzó a oírse un zumbido a lo lejos y supuse que millares de peces sierra cortaban las raíces de la isla. Pensé que el paisaje se destruiría, lo que me resultó casi tranquilizador. En efecto, la hermosa mañana, que tanto me había gustado al principio, se había vuelto repulsiva y fastidiosa. La inmensa luminosidad del sol me hería los nervios como una pestilencia lenta y sulfurosa. Me dieron ganas de vomitar el vino y lo demás sobre la hierba, pero me contuve, y con la absurda idea de ir a descansar a la sombra logré ponerme de pie. Creo que di algunos pasos, pero tenía la impresión de llevar un pesado casco metálico encajado hasta las cejas. No podía quitármelo y su ala me nublaba la vista. Fue el último detalle del que tuve conciencia. No advertí que me caía; en aquel momento el universo desapareció para mí. No me di cuenta de nada más, no recordé, no pensé, no sentí nada.

Desde el otro mundo

Supe después que aquella ausencia mía duró unas dieciocho horas. Lo mismo habría sido para mí que hubiese durado quinientos años más. Porque, por mucho que he buscado en mi mente alguna huella de aquellas dieciocho horas —repletas de movimientos, voces y ruidos, de los cuales yo era el centro—, nunca he logrado hallar nada. Ese intervalo no es siquiera un sueño o una sombra confusa: es nada. Desde el momento en que intenté apartarme del sol en la explanada hasta que desperté al alba de la mañana siguiente, transcurre menos de un instante para mí.

Después de lo que me pareció un instante, la primera impresión que tuve no fue la de regresar a la vida, como ocurrió en realidad, sino la de desfallecer y morir. Ignoraba dónde estaba y las circunstancias de mi fin: solo tenía conciencia de ese fin. Era presa de unas náuseas horribles, tenía los sentidos apagados en el silencio y la ceguera, y solo advertía la agonía de mi respiración, que arrancaba del corazón de forma dolorosa y poco a poco perdía la fuerza para llegarme a los labios. Pensé: «No habría creído que mi suerte fuera morir hoy, y sin embargo he aquí la muerte. Ha llegado mi final, me muero», y con esa sensación volví a quedar inconsciente durante un rato bastante largo. De ese segundo intervalo guardo una apariencia de recuerdo, como un hilo por el que mi conciencia avanzaba vacilante a la manera de un funámbulo. Me daba cuenta de que yacía con los ojos cerrados, lo cual me parecía natural, pues creía estar muerto. Me llegaban jirones de voces, perdidas en un estruendo como el del mar. «No estoy vivo —pensé en mi delirio— y todavía oigo. Por lo tanto, uno no se termina con la muerte.» A pesar de mi malestar, en el fondo de mí surgió, ligerísimo y trémulo, el espíritu de aventura. «Veamos qué hay en la muerte. ¿Y si es cierto que vuelves a ver a los demás? Quizá encuentre a mi madre, a Immacolatella, a Romeo...» Entre las voces confusas distinguí una vocecita aguda de mujer, que gritaba entre sollozos: «Artù, ¿qué has hecho?». Y con toda claridad me oí responder en voz alta: «¿Eres tú, mamá?».

De vez en cuando volvía a sumirme en un letargo sordo; luego oía de nuevo la vocecita lacrimosa. En mi mente se formaba una noción confusa; quizá uno de los trabajos eternos de los muertos fuera buscarse a tientas unos a otros sin encontrarse jamás. Habían perdido el sentido de la orientación. Mi querida madre me llamaba intuyendo que me encontraba cerca y yo le respondía, pero nuestras voces caían en el vacío, como incautos ecos sin dirección.

En más de una ocasión creí gritar: «¡Oye, mamá! ¡Oye, mamá!», e inesperadamente la voz que repetía: «Artù, ¿qué has hecho?» sonó clara y real cerca de mi oído. «Por fin, aquí está», me dije, y abrí los ojos. De golpe tuve conciencia de la realidad. Estaba vivo. La mujer que llamaba a Artù no era mi madre, sino mi madrastra. Y la razón suprema de mi existencia era besarla.

Un impulso rápido y decidido me aconsejó secretamente: «Ahora o nunca». Y, a pesar de sentirme casi exánime, levanté los brazos y la estreché. Sentí en la cara sus rizos, sus lágrimas, una frescura primaveral, aterciopelada y maravillosa. Como un gran suspiro, me atravesó una profunda alegría. «Ahora —me dije—, si he de morir en este suicidio, podré morir tranquilo.»

Tendí los labios. Pero estaba demasiado débil y al hacer ese gesto caí semiinconsciente sobre la almohada sin haberla besado.

Besitos insulsos

Mi enfermedad duró un par de días más. Después supe que al parecer la dosis de somnífero que había ingerido —insuficiente, según mis informaciones de entonces, para matar a un hombre— bastaba para acabar con la vida de alguien de mi edad, es decir, un muchacho a pesar de mis pretensiones. Por tanto, sin querer había corrido el riesgo de morir de verdad, y me salvé gracias a mi buena constitución física. Aun así, debí guardar cama durante media semana, algo que, por lo que recuerdo, no me había ocurrido nunca. Me dolía la cabeza, tenía una somnolencia extenuante y, de vez en cuando, sentía náuseas y vértigos, de modo que me parecía que la cama se balanceaba como un barco. Cuando quería levantarme y caminar, me sorprendía un fenómeno nuevo: el cuerpo no me obedecía. Se me doblaban las rodillas, me tambaleaba y me palpitaba el corazón. Ya no parecía aquel Arturo Gerace con una armadura de músculos a su mando, sino una niñita desmadejada, toda languidez, con articulaciones delicadas como el tallo de una flor.

Sentía que recuperaba las fuerzas por momentos, pero, si bien estar enfermo me había parecido siempre un verdadero fastidio, entonces me habría gustado prolongar la enfermedad. Porque N. estaba siempre a mi lado para atenderme y no se ocupaba de nada más. Mentiría si dijese que era una gran enfermera, pues por su carácter, no poseía las aptitudes especiales —ni siquiera la seguridad— que se requieren para serlo; no era culpa suya. Pero tenía buenas intenciones; además —y es lo más importante—, por sus miradas y su forma de comportarse estando conmigo se veía que, durante aquellos días, toda su alma, en una especie de agonía sublime, tenía un único objetivo: la querida y preciada vida del hijastro Arturo. Para garantizar mi curación, sobre la cabecera de mi cama había colgado una de sus vírgenes, la más milagrosa, la infalible: la de Piedigrotta. A veces la observaba con disimulo cuando ella me creía dormido y la sorprendía murmurando, con las manos juntas en dirección a la Virgen, con sus ojazos suplicantes empañados por las lágrimas e iluminados por una superstición celeste. ¿Y por quién rezaba? ¡Por mí! Cuando no rezaba, pasaba las horas sentada en el sofá, frente a mi cama, velando por mi respiración y atisbando la menor señal de vida con la misma expectación sagrada con que las tribus salvajes esperan la salida del sol. Siempre recordaré la belleza angélica de su figura, despeinada y desarreglada debido al desorden de aquellos días, sentada ante mí con las manos abandonadas sobre el regazo, en aquella inactividad leal y apasionada. A su lado, en un gran moisés, estaba Carminiello, sumido en el sueño. Cuando no dormía, N., por miedo a que su alboroto me molestara, procuraba llevarlo a otra habitación, donde lo dejaba con alguna de aquellas mujeres procitanas. El pequeño no tardaba en reclamarla con su llanto, pero, si en ese momento ella estaba atendiéndome, no le hacía ningún caso y le dejaba chillar cinco y seis minutos seguidos.

A través de mi sopor, a veces —porque N. no siempre podía dejarlo— la veía caminar descalza alrededor de mi cama con el niño en brazos; o amamantarlo sentada en el sofá; o murmurarle cancioncillas persuasivas para que se durmiese. Pero si él prorrumpía en sus habituales gritos alegres, en sus risitas, lo amonestaba con severidad: «Calla, niño, calla, que Arturo está enfermo». En una de esas ocasiones llegó a darle un par de golpes suaves en los dedos. ¡Pegó a Carmine por mí! ¡Era la máxima de las máximas pruebas de interés que habría podido desear en mis más ambiciosas esperanzas!

Al recapacitar, me parecía un sueño ridículo haber tenido celos de aquel niñito. Tumbado en la penumbra, de vez en cuando oía el agradable sonido de un beso que ella le daba, y me preguntaba si en verdad había podido suceder en el mundo algo parecido: que alguien de mi edad hubiese envidiado aquellos besitos. Habría sido lo mismo que envidiarle a un bebé los juguetes, el sonajero, el chupete, etcétera. Los celos que me habían aconsejado aquel suicidio fingido me parecían la última tormenta de marzo, tras la cual comienza la primavera, con sus días espléndidos. Y recuperándome poco a poco de mi somnolencia letal sentía —como si en mí nacieran sentidos nuevos— que el verdadero sabor de la vida tenía que ser mucho más grave y suntuoso que aquellos besos pueriles.

Atlántida

El cuarto día de mi enfermedad, las molestas náuseas habían desaparecido por completo y solo experimentaba la languidez de la debilidad. Ya de mañana me di cuenta de que estaba mucho mejor, pero quería aprovechar mi suicidio un día más, y cuando N. me preguntó: «¿Cómo te encuentras, Arturo?», murmuré entre dientes: «Ah, estoy en las últimas. ¡Maldición! Estoy desahuciado».

Durante el resto de la mañana fingí estar sumido en un angustioso sopor, cuando en realidad estaba bien despierto. De vez en cuando, con voz de ultratumba, pedía: «Agua…, beber»; o levantaba la cabeza un instante y la dejaba caer como si me hubiera desmayado, con los párpados entreabiertos; todo por el placer de ver sobre mi rostro aquellos ojazos alarmados.

Pero hacia el mediodía empecé a hartarme de representar el papel de moribundo y, al sentir hambre por primera vez desde el suicidio, de muy buena gana me dejé alimentar (ella me dio de comer aquellos días en que estuve inconsciente y débil).

Luego me dormí, esta vez de verdad, y abrí los ojos a primera hora de la tarde con una deliciosa sensación de sorpresa y frescura N. no tardó en acercarse y, al ver más luminosa mi mirada, tembló de agradecimiento.

—Te encuentras mejor, ¿verdad que sí, Artù? ¿Te traigo algo? —me preguntó con voz cantarina.

Estirándome le respondí que estaba mejor y que no quería nada, tan solo descansar. Para no molestarme, volvió a sentarse en el sofá sin decir nada.

Carmine dormía en el moisés. Los postigos estaban entornados para que no me molestase el raudal de luz, y el silencio de la tarde era absoluto, sin voces ni campanas de iglesia. Nunca, salvo en mi casa de Prócida, he gozado de silencios tan fantásticos. Parecía que afuera no hubiese un pueblo con sus habitantes, sino un gran estuario desierto sobre un mar sereno, en una hora en que hasta las gaviotas y los demás animales acuáticos y terrestres descansan y no pasa ningún barco. Por entre los postigos de la ventana en que una vez había visto posarse un búho real, se vislumbraba una nube minúscula que, avanzando por el cielo turquesa, en unos instantes adoptó la forma de una concha marina, la de un globo aerostático, la de un cucurucho de helado, la de una barba de viejo y la de una bailarina. Bajo este último aspecto se alejó estirándose y alargándose como una verdadera bailarina. Al contemplar el paso de aquella nube, no sé bien por qué recordé con absoluta precisión cuanto había pensado y hecho la mañana de mi suicidio hasta el momento en que caí sobre la hierba. Sin mirar a N., de pronto dije en voz alta:

—Dime, ¿rompiste el papel que dejé?

El sonido de mi voz después de la enfermedad me sorprendía por ciertas notas ásperas y graves que antes no tenía. En cambio, la vocecita de N. era siempre igual.

—Sí, lo rompí…

—¿Lo leíste? Decía: «¡Secreto! ¡¡¡Silencio!!!». ¿No has dicho nada?

—No. No he dicho nada.

—Nadie debe saber la verdad. Han de creer que no tenía intención de hacerlo, que fue una equivocación, un accidente.

—Es lo que creen… Pero, Artù, ¿por qué lo hiciste?

—No le cuentes nada a mi padre. Y, si llegara a enterarse de algo, haz que crea lo mismo que los demás.

—Él no habla con nadie. ¡No se enterará de nada!

—De todos modos, no le cuentes la verdad. Sobre todo él no debe saberla.

—Nunca le diré la… verdad. Pero…, Artù, ¿por que lo hiciste?

Comprendí que, en pago a su complicidad en el secreto, le debía una explicación. De ningún modo quería revelarle que el suicidio había sido una impostura y que ella era la causa de mi engaño. Así pues, no se me ocurrió nada mejor que improvisar una explicación. Mi fantasía me socorrió con rapidez y, recordando una de las muchas ideas que me habían cruzado la mente aquella mañana funesta, le dije pensativo:

—Bueno, te diré la verdad: quería ir más allá de las Columnas de Hércules.

—¿Las Columnas de Hércules…?

Volví la cabeza sobre la almohada para ocultar la sonrisa que acudía a mis labios. Me gustó mi ocurrencia. Sabía por experiencia que la madrastra creía todas mis invenciones, aun las más increíbles, y no tenía nada de malo mostrarse valiente con las mujeres. Por lo tanto, me dejé llevar por mi inspiración con intrépida naturalidad y adopté un tono mágico y meditabundo al que mi respiración, un poco fatigosa aún, añadía majestad.

—Digo las Columnas de Hércules —comencé— para hacer una comparación. ¿Has oído hablar del estrecho de Gibraltar? En los tiempos antiguos se encontraba a una distancia fabulosa, porque entonces se viajaba en barcas de remo de tamaño mediano. Y el paso del estrecho tenía las dos orillas amuralladas por sendos macizos de roca que parecían gigantescos pilares puestos como indicadores de frontera. Los navíos que lo atravesaban se perdían con toda la tripulación, hasta el último hombre, sin que se tuvieran más noticias. Y se contaba que en cuanto llegaban al otro lado eran fulminados por una nube y se hundían en un remolino tempestuoso, porque allí terminaba el mundo terrestre y comenzaba un misterio eterno. Eso creían los antiguos. Después se descubrió que se trataba de una leyenda, porque más allá del estrecho se hallaba el gran Atlántico, y atravesándolo se llegaba a las nuevas Indias Occidentales, repletas de seres vivos, palacios, riquezas… En fin, la comparación que quiero hacer es esta: que el destino de la muerte eterna, donde todos terminan, podría ser una leyenda más. Y que si alguien, en lugar de esperar y dejarse engañar por el miedo como un cobarde, se decidiera a explorar ese más allá de la muerte, quizá pudiera encontrar la verdad... Por eso me decidí. Y lo hice.

Al principio de aquel discurso embaucador había pensado vagamente en concluirlo con la máxima y más brillante invención. Asegurar que mi extraña travesía había desembocado en un descubrimiento grandioso, que envidarían Colón, Vasco da Gama y otros. Contar que, apenas traspasado el confín sepulcral, había encontrado, por ejemplo, una especie de Atlántida o algo por el estilo y había desembarcado en un puerto milenario abarrotado de niñas y damas estupendas, piratas y capitanes valerosos que deambulaban entre portentosas máquinas de oro y de cobre macizo, etcétera. Sin embargo, apenas pronuncié las palabras «Por eso me decidí», se me quitaron las ganas de emprender la segunda parte del relato. Después de tantas horas de malestar y de silencio, había hablado demasiado y me sentía cansado; además, mi voz, con aquellas insólitas notas duras, me parecía desentonada, casi ajena. N., sentada en el sofá, me escuchaba sin hacer preguntas ni comentarios; aunque un poco boba, no lo era tanto, pensé, como para dar crédito a tales patrañas. Me sentía algo avergonzado de mis invenciones y, al mismo tiempo, no quería renegar de ellas. Entonces, para desquitarme y responder del modo más cruel a las tácitas dudas de ella, de pronto improvisé este desenlace:

—Bueno, y he encontrado la confirmación... ¿Sabes qué hay en la muerte? NADA. Solo negrura, sin ningún recuerdo. ¡Eso hay!

Me volvió a la memoria la horrible náusea que había sentido

al recuperar el conocimiento y me di la vuelta en la cama, con repugnancia. Del sofá me llegó un suspiro; creí que era de amargura. «Quizá —supuse— se prepara para acusarme de blasfemo y pretende hablarme de la vida eterna y del Paraíso...» Pero me equivocaba; era un suspiro de alivio, y no de amargura. Al poco oí su voz; aunque todavía rota por la ansiedad, reflejaba una sensación de alivio...

—Entonces —me dijo—, ahora que lo sabes...

Se interrumpió, y aproveché para preguntarle con voz lenta:

—¿Qué sé?

Exhaló otro pequeño suspiro. Este, como el de quien se abandona y entrega. Luego, con premura, como desgarrada, concluyó:

—Ahora que sabes que allá no hay nada, no querrás volver a intentarlo, ¿verdad?

Me eché a reír con tal espontaneidad y alegría que en dos segundos volví a sentirme sano. Ciertamente mi suerte era increíble: ¡para proteger mi vida, N. llegaba al extremo de negar su Paraíso! Eso era mucho mejor que pegarle a Carmine por mí. Era una prueba extraordinaria que superaba todas mis esperanzas. Estuve tentado de decirle: «En fin, ¿quién sabe?», pues una perspicacia elemental me aconsejaba —por si en el futuro quería explotar el éxito de mi suicidio— dejarla en la incertidumbre... Pero el recuerdo de aquella horrible náusea todavía me bloqueaba la mente. La muerte me era demasiado odiosa: la idea de tener por cómplice su cara repugnante, aunque fuese mintiendo, me llenaba de horror. Me resultó imposible fingir.

—¡Ah, no, jamás! —exclamé con violenta repulsión.

La catástrofe

Aquella noche quise levantarme a cenar. Las piernas aún me flaqueaban y bajé la escalera con dificultad. Al subir después de la cena me sentí más seguro. A la mañana siguiente me levanté al alba, impaciente y con hambre. La enfermedad había terminado: solo me quedaba una especie de embriaguez que daba a mis pasos un ritmo y una sonoridad de danza. Los primeros ruidos del día, al resonar en el aire fresco del exterior, parecían responderme con una sordina maravillosa, como si fuesen los acordes de una orquesta que me acompañaba. Cuando salí a la explanada, esa vana sensación aumentó hasta atravesar todo el arco del paisaje matutino. El gran teatro de mi suicidio pareció recibirme con un asombro alegre y gentil, como si yo hubiese representado una pantomima trágica y, una vez terminada, volviera, sano y caballeroso, a salir al proscenio. Al salir el sol, el recuerdo de la pantomima pareció retroceder hasta una época remota, casi a la niñez del mundo. Oí los chillidos alegres de Carmine, que bajaba la escalera en brazos de N., y ni siquiera recordé que en los tiempos prehistóricos había sido mi rival.

No sé qué súbito capricho me impulsó a esconderme tras la esquina de la casa. N. debió de sorprenderse de encontrar la puerta vidriera abierta y no ver a nadie en la cocina ni en la explanada. Oí que dejaba a Carmine en la cocina y volvía a subir para averiguar si me había levantado de la cama y había salido tan temprano. Al cabo de un minuto bajó y se detuvo indecisa en la explanada. No se le ocurrió buscar detrás de la esquina; se dirigió hacia la cuesta de la playa y empezó a llamarme sin recibir respuesta: «¡Arturo! ¡Artù!».

Llevaba un vestido rojo y caminaba descalza, costumbre que había adoptado en aquellos días dedicados a atenderme. A esa hora de la mañana, la sombra de la casa todavía cubría la explanada; solo el extremo, donde se encontraba ella, estaba iluminado por el sol, que ascendía por detrás del edificio; en aquella luz rosada, sus piernas desnudas tenían un color ingenuo que me provocó ganas de reír. Dio unos pasos mirando a un lado y a otro, con el aire preocupado de una gata que busca su cría, con los rizos y el vestido agitados por el viento. Volvió a llamarme desde lo alto de la cuesta. Eché a correr y me situé a su espalda.

—Aquí estoy —dije.

Con un respingo de sorpresa, se volvió contenta hacia mí.

—¿Dónde estabas? ¡Ya empiezas a salir! —me reprochó. Luego, quizá desconcertada al advertir cierta agresividad en mis maneras, murmuró—: Artù, has crecido en estos últimos días...

Al oír esas palabras, por primera vez me di cuenta de que —ya fuese porque yo hubiera dado un estirón durante la enfermedad o porque, al ir descalza, ella pareciera más baja— la aventajaba en estatura. Lo consideré el signo de un poder antiguo, orgulloso y alegre. Mientras tanto, N. se apartaba imperceptiblemente de mí: era como confesarme que el corazón le latía más deprisa... De pronto la abracé y la besé en la boca.

Sus labios tenían un sabor frío, de marzo, y mi primera sensación no fue muy diferente de la que se tiene al mordisquear una brizna de hierba o tragar agua del mar. En ese primer momento pensé: «Ahora también yo conozco los besos. Este es mi primer beso», y ese pensamiento, mezclado con un orgullo teñido apenas de curiosidad, de sorpresa y de un poco de insatisfacción, me impidió centrarme en N. Al principio ella, aunque no respondió a mi beso, tampoco intentó zafarse, aturdida en su estupefacción inerme. La oí murmurar entre mis labios: «Artù», como si no me reconociera y, curiosamente, aferrándose a mí como si me pidiera ayuda, mientras yo, en una especie de afirmación arrogante, la estrechaba aún más y apretaba mis labios contra los suyos.

En torno a sus suaves párpados se extendió una palidez débil y atónita. Sus labios, antes fríos, se volvieron ardientes. Entonces sentí en la boca un sabor de dulzura sangrienta que destruyó al instante todos mis pensamientos. De pronto mi voz dijo: «¡Nunziata! ¡Nunziatè!», y en aquel momento se soltó con una insubordinación feroz y comenzó a negar con la cabeza de un modo tierno, desconcertado y febril.

Permaneció un minuto a un paso de mí como si, soñolienta, sin haber recuperado todavía todos los sentidos, escrutara un misterio; pero su cabeza rizada —nunca me pareció de una belleza tan angelical— se obstinaba en aquella feroz negativa y sus ojos, llenos de culpa y espanto, me evitaban. Se cumplía mi antigua ambición: ¡yo le daba tanto miedo como mi padre! Sin embargo, no se me escapaba la diferencia —todavía misteriosa, por mi inconsciencia— que existían entre ambos miedos.

El miedo hacia mi padre permanecía en mi memoria como una angustia que le paralizaba los miembros. En cambio, el que experimentaba en ese momento —de un tipo nuevo y extraño, inédito en ella— parecía contradecirse a sí mismo y arder a causa de esa contradicción. En el mismo instante en que su voluntad rechazaba desesperada mi beso, su cuerpo, que de pronto yo reconocía como si lo hubiera visto desnudo, me imploraba, por el contrario, que volviera a besarla. Esa súplica palpitante y salvaje atravesaba todos sus miembros, desde los pies rosados hasta las puntas de los pechos, que destacaban en el vestido. Y en sus ojos espantados se estremecía todavía aquella mirada húmeda, maravillosa, impregnada en un vaho azul que yo había vislumbrado mientras la besaba.

—¡Nunziata! ¡Nunziatè! —grité de nuevo, y quise correr hacia ella.

Al oír el nombre con que la llamaba, respondió con un chillido de terror, diabólico y brutal. Se cubrió la cara y con una seguridad despiadada, como si formulara un juramento sagrado, exclamó:

—¡No! ¡No, Dios mío!

Y lanzándome una mirada de vítrea severidad, inhumana, huyó de mí como de un enemigo.

6

El beso fatal

Ricerco un bene
fuori di me.
Non so chi'l tiene
non so cos'è.

Aria de *Cherubino*

El beso fatal

Con aquel beso había vuelto a destruir nuestra amistad, y esta vez sin remedio.

Después del funesto suceso, bastaba con que entrase en la habitación donde se encontraba ella, aunque no le dirigiera la palabra, aunque me llevaran allí asuntos míos que nada tenían que ver con ella…; bastaba con que apareciese delante de ella para que N. perdiera toda su confianza y espontaneidad. El orgullo natural de su porte, que en su caso se aunaba de manera tan gentil con la mansedumbre, desaparecía de pronto bajo el peso de un extraño miedo. Se trataba, repito, de un miedo insólito, distinto del que había mostrado en el pasado, por ejemplo ante mi padre. Si tuviese que crear una imagen para ese nuevo temor, solo sabría compararlo con una llamita que de golpe la embestía con su rojiza luz traicionera y le lamía los miembros, y de la que ella intentaba huir con movimientos impulsivos y alocados. Primero se le cubría la cara de un rubor repentino, que enseguida se transformaba en palidez. Caminaba por la cocina recogiendo y dejando objetos sin ton ni son, con dedos temblorosos. Después se sentaba junto a Carmine y le cantaba las canciones de siempre, con voz tímida y fría, como si no escuchara las palabras que decía. Las canciones quizá fueran un pretexto o una salmodia mágica para olvidarse del miedo y el azoramiento que le provocaba mi presencia. En ocasiones se habría dicho que buscaba refugio tras el moisés de Carmine o que abrazaba al pequeño para defenderse de un intruso que la asustaba. ¡Y el intruso era yo! Pero aún no he dicho lo más extraño: que yo mismo, en su presencia, tenía miedo.

Digo «miedo» porque entonces no habría sabido definir con otra palabra más exacta mi turbación. A pesar de haber leído libros y hasta novelas de amor, en realidad seguía siendo un muchacho semibárbaro; ¿y acaso mi corazón aprovechaba, sin que yo lo supiera, mi inmadurez e ignorancia para defenderme de la verdad? Si repaso toda mi historia con N., desde el principio, advierto que el corazón, en su batalla con la conciencia, es tan antojadizo, sagaz e imaginativo como un diseñador de vestuario. Para crear sus máscaras se vale de cualquier recurso; a veces, para disfrazar algo se limita a sustituir una palabra por otra. Y la conciencia se mueve en este juego extravagante como un forastero en un baile de máscaras, entre los vapores del vino.

Desde que la había besado no podía mirarla sin experimentar unas palpitaciones mortales, que comenzaban ya en la calle, en cuanto divisaba la Casa dei Guaglioni, más cercana a cada paso. En su presencia esa ansia se transformaba en tormento, en amargura ante la injusticia y en rabia. Lo cierto es que, de los innumerables minutos que componían nuestro pasado común, al verla yo solo recordaba uno: aquel en que la había besado. Me parecía que mi beso le había dejado una marca visible por todo el cuerpo rodeándola con una especie de aureola cómplice, radiante, sedosa, dulce y mía. Como si N. fuese la prisionera encantada de mi beso y yo estuviera destinado a compartir con ella esa prisión de amor. Ya no podía verla sin sentir la necesidad, vehemente e irresistible, de estrecharla y volver a besarla. Pero ¿cómo podía imponerle mi necesaria exigencia, aun mi derecho, si se había convertido en mi enemiga a causa de mi beso? Y ese único beso, que yo consideraba una presencia casi luminosa, para ella, en cambio, representaba el espanto y la amenaza. Tenía la sensación —tanto era su miedo— de que si la abrazaba y la besaba otra vez la mataría. Un día que ella cortaba pan y yo la miraba con la misma palpitación de siempre, nuestras miradas se encontraron y en su rostro trémulo creí leer estas palabras: «Cuidado, si te acercas a mí, me atravieso con este cuchillo y caigo muerta».

De ese modo su miedo pasó a ser mi miedo. Cuando estábamos juntos en una habitación, nos movíamos perdidos, como a través de un estruendo incontenible que nos golpeaba, nos acercaba y nos separaba y nos prohibía encontrarnos. Al rato yo salía sin decirle adiós, incapaz de expresarle mi amargo sufrimiento y mi rebeldía. Su rechazo a mis besos me parecía sobre todo la negación de nuestra amistad y parentesco: una condena que pretendía relegarme injustamente a la soledad.

Esa injusticia, de la que acusaba a la madrastra, encadenaba mi voluntad con un poder solemne y un prestigio misterioso; sin embargo, en mi mente no se insinuaba ningún escrúpulo ni sentimiento de culpa. En lo que sentía por ella no advertía nada prohibido. Y tampoco en mi beso. Se lo había dado obedeciendo a un impulso de alegría y de gloria, irreflexivo y sin remordimiento. Entre mis certezas absolutas no había ninguna que dijera: «Es un delito besar a los amigos y parientes».

Como es lógico, no ignoraba que los besos no son todos iguales. Había leído, entre otros textos, el Canto de Paolo y Francesca, por ejemplo. Y conocía multitud de canciones en las que se hablaba de caricias y besos de amor. Además, en el puerto había tenido la oportunidad de ver revistas de cine ilustradas con fotografías de parejas besándose (y había aprendido el nombre de algunos astros). Con todo, estaba demasiado acostumbrado a ser considerado un niño para ocupar de pronto el lugar de Paolo, el condenado del círculo del Infierno, o el de Clark Gable, que por otra parte me resultaba antipático porque tenía la cara chata y para colmo era moreno. El amor alabado en las canciones, los libros y las revistas ilustradas seguía siendo una cosa remota y legendaria, ajena a la vida real. Como ya he dicho, la única mujer de mis pensamientos había sido mi madre y, siempre que había soñado con besos, habían sido los de una madre a un hijo.

Ahora que N., con el miedo que me tenía, me brindaba el mayor honor al que yo había aspirado —tratarme como a un hombre y no como a un niño—, no quería aceptar tal honor.

Prohibido

¡Claro! Ahora soy capaz de preguntarme si acaso la malicia de mi corazón se negaba a reconocer las pruebas evidentes a fin de dejarme obrar con impunidad. Ahora planteo conjeturas como un filósofo. Y digo y supongo. Si hubiese interrogado con valentía a mi conciencia, que, aunque inmadura, no era del todo bárbara, ella me habría respondido: «¡No inventes historias! Eres un embustero y un seductor». Pero en realidad, en los días límpidos y calmos de aquella primavera procitana, había descendido sobre mí una nube brillante, atravesada por luces nuevas y extrañas y por figuras abstrusas; y en ella vivía emboscado como un bandido, de modo que ni siquiera recordaba que existía la conciencia y a veces tampoco me acordaba de ser yo mismo.

Puede ser que en esa época de la vida a todos nos suceda algo parecido.

Volvía a pasar los días enteros fuera de casa para encontrarme lo menos posible con N. En aquellas horas que estábamos separados, mi pensamiento, sin intervención de la voluntad, se apartaba de la imagen de ella. No pensaba en su cara y menos aún en su cuerpo; se habría dicho que incluso mi mente rehuía la visión de la madrastra. Pero aunque no la mirase, como un peregrino con los ojos vendados, mi pensamiento regresaba siempre a ella.

Así era. Debo señalar, puesto que aún no lo he dicho, que en mi caprichosa memoria aquel beso fatal se había vuelto mucho más ingenuo de lo que había sido, como una música de la que solo se recuerda el tema. Se habían borrado de mi recuerdo ciertas violencias extrañas y poderosas que experimenté en aquel beso (por ese motivo era cada vez más improbable que reconociera mi culpa por haberlo dado). En cambio, no lograba olvidar que en aquella ocasión, por primera vez, la había llamado por su nombre, en lugar de decirle, como de costumbre, «¡Eh, tú!». No sé por qué decreto imaginario eso adquiría para mí el sabor de una infracción. Y ese sabor me tentaba a menudo.

No sé cuántas veces al día, aun sin pensar en N., me sorprendía repitiendo en voz baja: «Nunziata, Nunziatella», con una ligereza deliciosa pero temeraria, como si confiara un secreto a un compañero traidor. O con el dedo trazaba ese nombre en un cristal o en la arena, y enseguida lo borraba, del mismo modo que un malhechor elimina las huellas delatoras. Pero de repente el ruido de las olas, la sirena de los barcos, todos los sonidos de la isla y el cielo parecían gritar juntos: «¡Nunziata! ¡Nunziatella!». Parecía una inmensa revuelta embriagadora contra la prohibición —en realidad inventada por mí mismo— que desde siempre me negaba aquel nombre y, al mismo tiempo, una denuncia suprema de mi infracción, tanto que casi me arrollaba.

El nombre «Nunziata», «Nunziatella», se había transformado en una palabra extraña, casi en un lema incomprensible: como una contraseña de unos conjurados que pierde su sentido originario al emplearse en intrigas solapadas. Ni siquiera el sonido de aquel nombre, símbolo de una oscura ley conculcada, llevaba mi mente al rostro y el cuerpo de N. Cuando no me encontraba en su presencia, su persona parecía esconderse dentro de una nube; en cuanto volvía a verla, la nube se desgarraba para mostrarme el rostro severo de la negativa.

Hasta de mis sueños se mantenía alejada N. O al menos no recuerdo que apareciera en ellos.

Me acuerdo de que en aquella época tenía sueños dignos de *Las mil y una noches*. Soñaba que volaba. Que era un noble magnífico y arrojaba millares de monedas a la multitud. O un gran monarca árabe que atravesaba a caballo un desierto abrasador y a cuyo paso surgían de las rocas fresquísimas fuentes que se elevaban hacia el cielo.

Sin embargo, en la realidad tenía la impresión de haberme convertido de pronto en el enemigo de todo lo existente.

El palacio de Midas

He dicho que fue un período extraño para mí. El conflicto entre la madrastra y yo no era sino uno de los aspectos de la gran guerra que rápidamente, con el reflorecimiento de la primavera, parecía haberse desencadenado entre Arturo Gerace y el resto de la creación. Lo cierto es que el retorno de la hermosa estación coincidió aquel año con el tránsito por esa edad que en las buenas familias llaman «edad difícil». Jamás me había sentido tan feo: en mi persona y en todos mis actos advertía un extraño desgarbo, en primer lugar en la voz, que se había vuelto antipática y ya no era de soprano, como antes, ni todavía de tenor, como lo sería después; recordaba el sonido de un instrumento desafinado. Y el resto estaba en consonancia con la voz. La cara conservaba las formas redondeadas y suaves; el cuerpo, en cambio, no. La ropa de antes ya no me servía, de modo que N., pese a ser mi enemiga, tuvo que arreglarme unos pantalones de marinero que una amiga suya, tendera, le vendió a crédito. Entretanto tenía la impresión de crecer sin ninguna gracia, de un modo desproporcionado. Las piernas, por ejemplo, en cuestión de semanas se me alargaron tanto que me molestaban, y las manos se volvieron demasiado grandes comparadas con el cuerpo, todavía delgado. Cuando las cerraba, los puños me parecían los de un malhechor adulto, que no era yo. No sabía qué hacer con esos puños de asesino: siempre tenía ganas de estrellarlos contra lo que fuera, hasta el punto de que, de no habérmelo impedido la soberbia, me habría peleado con el primero que hubiese encontrado, aunque fuese un cabrero, un bracero…, cualquiera. En cambio, no hablaba ni discutía con nadie; me mantenía alejado de todos, aún más que antes si cabe. En realidad me sentía como un personaje maldito y fuera de lugar, y habría querido recluirme en alguna cueva para crecer en paz hasta el día en que, puesto que había sido un niño guapo, me convirtiese en un joven apuesto. ¡Recluirme! ¡Sí! Es fácil decirlo, pero ¿cómo soportaría el encierro, cuando tenía la impresión de llevar encima un espíritu infernal que me transformaba en una especie de animal salvaje, todo el día a la caza de no sabía qué presa? La benignidad de la estación me agriaba el carácter; me habría sentido más a gusto en invierno, en medio de una tempestad. Los encantos primaverales de la isla, que otros años me satisfacían tanto, me producían un rabioso desagrado mientras subía y descendía por las rocas y los prados con mis largas piernas, como un ciervo o un lobo, con una agitación constante que no hallaba desahogo. En algunos momentos la alegría triunfal de la naturaleza me vencía y me arrastraba a una exaltación extraordinaria. Las fabulosas flores de los volcanes, que invadían cada pedazo de terreno sin cultivar, parecían explicarme por primera vez algunos motivos deliciosos de sus formas y colores y me invitaban a una alegre fiesta relumbrante… Pero de pronto volvía a sentir aquella cólera desconsolada, más amarga aún por la vergüenza de mi inútil entusiasmo. No era ni una cabra ni una oveja para saciarme con hierbas y flores. Y en venganza devastaba el prado arrancando y pisoteando ferozmente las flores.

Mi desesperación se parecía al hambre y la sed, aun siendo algo distinto. Después de haber suspirado por ser mayor, ahora añoraba ser como antes. ¿Qué me faltaba? Nada. Cuando tenía ganas de comer, comía. Cuando tenía ganas de beber, bebía. Cuando quería divertirme partía en *La Torpedera de las Antillas*. La isla, hasta entonces un país de aventuras, un jardín feliz, se me presentaba como una mansión embrujada y voluptuosa en la que no podía saciarme, como el desdichado rey Midas.

Tenía ganas de destruir. Me habría gustado ejercer un oficio brutal, por ejemplo el de picapedrero, para ocupar mi cuerpo de la mañana a la noche en una acción violenta que me distrajese. Los placeres de aquella hermosa isla, que en el pasado me habían bastado, se me antojaban insuficientes e irrisorios. Y todo lo hacía con ánimo agresivo y feroz. Me zambullía en el mar con actitud belicosa, como un salvaje que se arroja contra el adversario con un cuchillo entre los dientes, y al nadar habría querido romper y destrozar el mar. Luego saltaba a mi barca, me alejaba de la costa remando como un loco y, una vez en alta mar, cantaba desesperado con mi voz desentonada como quien grita insultos.

Al volver me tendía en la arena soleada, que con su tibieza carnal semejaba un hermoso cuerpo de seda. Casi acunado, me abandonaba a la leve lasitud del mediodía, y habría querido abrazar la playa entera. A veces dirigía palabras dulces a las cosas, como si fuesen personas. Les decía, por ejemplo: «¡Ah, preciosa arena mía! ¡Playa mía! ¡Luz mía!», y otras expresiones de cariño más complicadas, dignas de un loco. Pero era imposible abrazar el enorme cuerpo de la playa, con aquella infinita arena vidriosa que se escurría entre los dedos. Cerca, un montículo de algas impregnadas de agua salada despedía un acre olor a fermentación, como el de la uva atacada por el mildiu, y yo, convertido en un gato, me divertía mordisqueándolas y desparramándolas con furia. Tenía muchas ganas de jugar… con cualquiera, ¡hasta con el aire! Y contemplaba el cielo parpadeando con fuerza. El azul nítido extendido sobre mí parecía acercarse y adornarse como un firmamento, después ardía en un gran fuego, luego se volvía negro como el infierno… Me revolcaba riendo en la arena: la inutilidad de esos juegos me exasperaba.

Entonces me invadía una autocompasión casi fraternal. Escribía mi nombre en la arena: ARTURO GERACE. Y agregaba: ESTÁ SOLO. Y a continuación: SIEMPRE SOLO.

Más tarde, cuando me dirigía a casa con la certeza de que solo encontraría a una enemiga, me asaltaba un deseo infernal. Decidía que agarraría por el pelo a la madrastra, la arrojaría al suelo y le pegaría con mis puños desproporcionados gritándole: «Basta, deja ya ese maldito comportamiento. Tienes que terminar con esto». Pero después, en su presencia, mis aviesos propósitos desaparecían. Me sentía lleno de vergüenza y turbación, como si en la cocina ya no hubiese sitio para mí. El banco donde antes me gustaba recostarme se había vuelto demasiado pequeño para mi estatura. Mis largas piernas, mi voz, tan poco natural, y mis manos me molestaban más que nunca. Y me invadía una sensación de desconsuelo y desastre: mi fealdad era la causa del rechazo de N.

Ya sé que más tarde, cuando somos mayores, esas tragedias nos parecen cómicas, y ahora, en la distancia, también yo me río. No obstante, hay que reconocer que no resulta fácil cruzar la última frontera de esa terrible «edad difícil» sin tener cerca a alguien a quien confiarse: ningún amigo, ningún pariente. Por primera vez en la vida sentí de verdad la amargura de estar solo. Empecé a extrañar con desesperación a mi padre (hacía unos dos meses y medio que faltaba de casa: un intervalo inesperadamente largo tras una época en la que, como ya he dicho, se le veía a menudo en la isla). En mi nostalgia, pintaba de él un retrato romántico y no demasiado fiel. Olvidaba por completo que entre los dos jamás había habido confidencias. Y que, sobre todo a él, no habría podido ni sabido contarle ciertas cosas. Olvidaba hasta su actitud de los últimos tiempos, nada propicia a la conversación.

Imaginaba a W. G. como una especie de gran ángel afectuoso, mi único amigo en la tierra, al cual habría confesado todas mis congojas, aun las inconfesables, y que habría podido entenderme y explicarme lo que yo no entendía. A medida que aquella pérfida primavera se desarrollaba en el caos y el tormento —sería la última que pasaría en Prócida—, me aferraba más a esa imagen angelical de mi padre, como a un último refugio desesperado. Me cuidaba de ocultarme a mí mismo todo lo que volvía utópico e inverosímil aquel sueño. La esperanza, en ocasiones, debilita la conciencia tanto como un vicio.

Y como cuando era niño, aunque por motivos diferentes, comencé a esperar todos los días a Wilhelm Gerace. Puntual y obstinado, acudía al muelle a la hora del arribo del vapor de Nápoles, hasta que, inevitablemente, un hermoso día regresó. Llegó en el segundo barco de la tarde, que entraba en el puerto en torno a las seis. Estábamos a mediados de mayo, los días eran largos, y a esa hora todavía brillaba el sol.

En el muelle

Cuando lo vi aparecer en cubierta, desgarbado y solitario, a cierta distancia del grupito de pasajeros que desembarcaban, comencé a llamarlo con una alegría irrefrenable. Pero de inmediato advertí, por su expresión, que casi le molestaba verme en el muelle. Se acercó y, sin siquiera saludarme, me indicó que volviera a casa, que él debía entretenerse y luego iría por su cuenta.

—Nos vemos en casa dentro de un rato —dijo. Tras echarme una ojeada, aunque distraído, agregó—: ¡Eh! ¿Qué has hecho, Arturo? ¡Cómo has crecido en estos meses!

En efecto, ya no tenía que levantar la vista para mirarlo como antes. En su sorpresa hubo cierta frialdad, como si al verme cambiado no me reconociese.

Con todo, esa frase apresurada y gélida fue la única señal de atención que me dio. En realidad, sus pupilas apenas parecían verme.

—Entonces, hasta luego —repitió. Y su actitud desorientada y un poco febril solo reflejaba impaciencia por librarse de mí.

Jamás había sucedido nada parecido en circunstancias similares. En general siempre le había gustado que lo acompañase hasta el vapor cuando partía, y se alegraba si le daba la sorpresa de ir a esperarlo a su vuelta. Este nuevo deseo suyo, inexplicable, me dolió más que una bofetada. En mi humillación y extrañeza, estuve a punto de pedirle, como una gracia, que me dejase llevarle la maleta a casa, pero al instante me avergoncé hasta el fondo de mi alma de haber sentido una tentación tan servil. No había ido al muelle para hacerle de criado. Y sin pedirle más explicaciones ni dirigirle una sola palabra me alejé con aire indiferente y una sonrisa socarrona en los labios.

Pero desobedecí la orden de volver a casa: casi a modo de desafío, me quedé en el muelle. Avancé unos pasos con indolencia y me detuve no muy lejos de él, junto a una pila de mercancías en la que me apoyé de lado, con la actitud que adoptan los bribones en algunas caricaturas de los bajos fondos. No quería mostrarle de ningún modo mi amarga humillación. Pero él, satisfecho porque lo había dejado solo, no se preocupó de comprobar si le había obedecido. Seguía junto a la pasarela, con la maleta a los pies, como si esperase a que desembarcara alguien más. Mantenía los párpados bajos con expresión de desdén, sin fijarse ni en mí ni en nada de lo que lo rodeaba. ¿Quién sería el pasajero rezagado al que esperaba? ¿Acaso no había vuelto solo a la isla? Al formularme estas preguntas, en un gesto de arrogancia me negaba a apartar los ojos de él; observé que estaba mucho más delgado. El traje, el mismo del invierno, le quedaba holgado. La camisa desabrochada dejaba ver la piel, muy blanca: era evidente que, a pesar del buen tiempo, todavía no había tomado el sol ese año.

Encendió un cigarrillo y enseguida lo tiró. Advertí que le temblaban las manos y que, a pesar suyo, la impasibilidad de su actitud delataba la valiente resolución de contener un ansia exaltada, impetuosa e infantil. Estaba claro que la misteriosa persona a la que esperaba ejercía un singular dominio sobre sus pensamientos. Pero, como última exigencia de su orgullo, quería fingir ante sí mismo que no participaba demasiado, con su atención vigilante, en aquella espera fiel y fascinada; por eso tenía la vista fija en el suelo, apartada con ferocidad del puente, de la pasarela, hacia los cuales se dirigían sus ansiosos nervios.

¿A quién esperaba? Era evidente que todos los pasajeros con destino a Prócida habían desembarcado, pues los que debían partir ya habían subido a bordo y solo se esperaba la señal para soltar las amarras y zarpar. «Quizá —pensé con ironía— espera a algún condenado a cadena perpetua.» En efecto, los nuevos huéspedes del presidio eran los últimos en desembarcar: una vez que cesaba el trajín de los que partían y llegaban y se disolvía la pequeña multitud en el muelle.

Un individuo siniestro

Había pensado solo como una ironía que quizá esperaba a un condenado a cadena perpetua, sin prever que adivinaba la verdad. En ese momento observé que al fondo de la plaza estaba aparcada la camioneta del presidio, que no había visto antes, y que un guardia con uniforme gris verdoso y la bayoneta calada se paseaba arriba y abajo cerca del barco; señales inequívocas de que a bordo había un nuevo huésped para el castillo de Prócida. Debía de estar encerrado en el camarote de seguridad, junto a la bodega, a la espera de que lo condujeran a tierra los dos guardias encargados de escoltarlo. Pasó quizá un minuto, durante el cual mi padre pareció alcanzar, por un enorme esfuerzo de voluntad, una apatía fría e inmóvil, como si no le importase nada lo que ocurriría a continuación ni ningún otro acontecimiento humano. Mantenía los párpados bajos, hasta que de pronto se sobresaltó y sus ojos, luminosos, infantiles, azules, se alzaron instintivamente hacia la cubierta del vapor. En ese instante el esperado trío, ya familiar para los habitantes de la isla, apareció sobre el puente y se dirigió hacia la pasarela. Entonces me sorprendió un sentimiento desacostumbrado, infernal y miserable.

Cada vez que en el puerto aparecía un trío como aquel, de inmediato mi corazón se ponía de parte del condenado. Podía tener un aspecto abyecto, atroz, de canalla desalmado; no me importaba. Era un prisionero y, por lo tanto, angelical a mis ojos. En cuanto lo veía, soñaba con la fraternidad, con evasiones; y mientras, en señal de respeto, apartaba la vista de él, habría querido comunicarle a gritos mi complicidad. Esta vez, en cambio, apenas eché un vistazo al nuevo presidiario sentí contra él una antipatía salvaje, que me impidió distinguir con claridad sus rasgos; sin más los juzgué de una fealdad horrenda (un juicio contrario a la realidad). En definitiva, que desde aquel primer instante me inspiró un odio rotundo. Casi sentí el deseo atroz de que las normas carcelarias ordenasen a los guardias —que lo escoltaban con actitud protectora— arrastrarlo con brutalidad y ultrajarlo con los peores escarnios durante el recorrido por el muelle.

Mirándolo con ojos desfavorables durante aquel breve trayecto vi que se trataba de un condenado jovencísimo; parecía tener aún menos edad que la mínima necesaria para ser un presidiario. En su rostro y en sus manos, aprisionadas por las esposas, resaltaba aquella palidez casi grisácea que adquiere la piel morena en la cárcel, pero ni siquiera ese triste color lograba avejentarlo; más bien subrayaba la joven brutalidad plebeya —muy ordinaria pero vistosa— esculpida en su rostro, sobre todo en la curva de los labios y en el nacimiento del pelo, que era negro. Esa oscura vitalidad, peor que la desvergüenza, y que a mí me pareció siniestra, de pronto se convirtió a mis ojos en el rasgo que lo caracterizaba. Fue una imagen oblicua, misteriosa por su negrura, y desde el principio me inspiró sentimientos coléricos y contradictorios.

Tenía el rostro inclinado sobre el pecho en un gesto de severa contrición, que sin embargo parecía tan solo una actitud de circunstancias y quizá de ironía. En efecto, el cuerpo desmentía la expresión de la cara con sus movimientos y con los andares, que reflejaban una adolescencia fresca, agresiva y juguetona. Era de estatura mediana pero mucho más vigoroso que mi padre, por lo que a primera vista podía parecer tan alto como él. Para el viaje se había puesto su mejor traje —de buen corte, novísimo y vistoso—, como hacen por coquetería algunos condenados, en especial los novatos; pero con aquel incómodo atuendo su cuerpo se movía como si vistiera un uniforme de yóquey, con una libertad indomable, fatua y feliz.

Parecía que en el fondo se dirigiera hacia su condena como a una justa, donde se unen las dos formas de audacia más envidiables: la autoafirmación y la aventura. (Más tarde pude explicarme su actitud con razones más profanas, pues su condena habría de resultarme bastante irrisoria. Y también debía de serlo su delito, supongo… Pero en aquel momento creí que aquel imberbe era un asesino, un verdadero condenado a cadena perpetua. Y atribuí su arrogancia a unas razones prometeicas que luego contaré.)

Aparte de algunas transfiguraciones de origen romántico, en el brevísimo tiempo que duró la escena recibí el don de una sensibilidad rayana en la clarividencia, como la que en ocasiones se observa en las mujeres o en los animales. Por ejemplo, tuve la convicción indudable de que mi padre conocía al penado, no de aquel día, sino de antes, y la mirada que le dirigió no se me borrará jamás de la mente. Sus ojos —siempre los más bellos del mundo para mí—, como dos espejos que reflejaran el paso de una forma celeste, se volvieron de un turquesa límpido y espléndido, sin el menor atisbo de la sombra que solía enturbiarlos. Y transmitieron un saludo fiel, un acuerdo imaginado, un recibimiento triste y desesperado, pero ante todo un ruego. Parecía que Wilhelm Gerace le pidiera una dádiva. Pero ¿qué podía pedirle a aquel desgraciado, a quien no se permitía decir ni una palabra, hacer ningún gesto? Lo único que podía suplicarle era una mirada en respuesta a la suya, de venerada amistad. Y lo único que imploraba, lo único que el otro podía darle, le fue negado. En efecto, el muchacho debió de entreverlo a pesar suyo, y cuando pasó por delante de él procuró que su rostro aniñado expresara hartazgo, aversión y el desprecio más insultante hacia Wilhelm Gerace. Sus ojos, negrísimos, miraron hacia otro lado. Todo esto duró unos segundos; el tiempo necesario para que el infausto trío llegase a la camioneta del presidio. Vi que mi padre echaba a andar intentando casi inconscientemente seguirlos, pero el policía que montaba guardia lo mandó detenerse. Solo le fue permitido pasar una vez cerrada la portezuela. La camioneta ya había arrancado cuando él llegó. Lo vi pararse un instante, indeciso, y luego correr unos pasos tras el vehículo, con gestos desesperados y casi cómicos de inutilidad. Como los de las madres heridas por el dolor cuando, al librarse de los brazos que las retienen, con un alarido de negación bajan corriendo a la calle, por donde, tras atravesar el portón, ya se alejan los fúnebres portadores con su pequeña carga a cuestas.

Se detuvo y permaneció unos instantes en actitud indolente, sin acordarse de la maleta, abandonada cerca del amarradero. Un chiquillo del puerto le tironeó de la chaqueta para advertirle del descuido. Con movimientos mecánicos retrocedió y la recogió. Yo seguía frente a él, junto a los cajones de mercancías, pero no me vio. Probablemente no me había visto en todo el rato. Se encaminó hacia la plaza con la maleta, la espalda un poco encorvada. Unos minutos después, con una sensación de tedio e inercia, me alejé del muelle.

Assunta

Que yo recuerde, aquella fue la temporada más larga que mi padre pasó en la isla: llegó a mediados de mayo, como ya he dicho, y no partió hasta el invierno. Durante ese intervalo reinó en la isla un verano espléndido e inconmovible, mientras que en la Casa dei Guaglioni el tiempo evolucionaba, oscuro e inconstante, hacia la tempestad final… Comenzaré por el primer acontecimiento importante que convirtió en histórico aquel verano para mí; sucedió unos días después de la llegada de mi padre, quizá en la tercera semana de mayo.

Entre las conocidas de N. había una viuda de unos veintiún años llamada Assuntina. Aunque la veía a menudo, no me había dado cuenta de que era más bonita que las otras mujeres que frecuentaban nuestra casa; lo único por lo que la distinguía de las demás y me mostraba quizá menos rudo con ella era que, a consecuencia de una enfermedad sufrida de niña, cojeaba un poco. Esa inferioridad aparecía ante mis ojos escépticos y belicosos casi como una gracia; sobre todo porque ella, con su vanidad de criatura sencilla, disfrutaba adoptando actitudes de enferma melancólica, a pesar de que su cuerpo rebosaba salud y lozanía juvenil. Sus parientes y sus amigas, para consolarla de la afección padecida y luego de la viudez, la habían malcriado con cuidados especiales y múltiples caricias; por eso había adquirido ciertas maneras de indefensión y debilidad, que recordaban la languidez oriental de una gata mimada.

Su cuerpo, aunque pequeño y de huesos delicados, estaba bien formado, era incluso hermoso, pero repito que yo no me había percatado. A mí me parecía un fardo, igual que las demás mujeres.

Tenía la piel morena, más bien aceitunada, y el pelo oscuro, largo y lacio.

Desde la ventana de nuestra cocina, que daba a la pendiente de la colina, se veía un camino sinuoso como un riachuelo que descendía hacia el valle, y al fondo se distinguía la humilde casita donde ella vivía con sus padres. Estos, agricultores propietarios, iban a diario a trabajar unos terrenos que tenían al otro lado de la isla. Ella estaba dispensada de las labores del campo a causa de su enfermedad y, como no tenía hijos, en verano pasaba gran parte del tiempo sola en su casa. Cuando por casualidad yo pasaba por delante, solía verla sentada a la entrada, mondando hortalizas para la menestra; o la encontraba peinándose delante de un espejito, mojando el peine en una palangana. Al verme echaba hacia atrás la melena con una sonrisa vacilante y ladeaba un poco la cabeza mientras me decía adiós con la mano. Unas veces yo le respondía con un «buenos días» apresurado; otras no le decía nada.

Siempre había sido amiga de N., pero aquella primavera había visitado con mayor asiduidad la Casa dei Guaglioni. Era muy apreciada tanto por N. como por Carmine, que solía quedarse en sus brazos cuando N. tenía que ir a la cocina. Casi todos los días, al volver a casa a las tres o las cuatro de la tarde para comer algo, la encontraba allí. Me saludaba con una sonrisa taciturna, esbozada apenas por unos labios carnosos apretados, y una sombra aterciopelada aparecía en sus ojos negros y almendrados. Yo no me fijaba mucho en ella ni en sus sonrisas; tenía otras cosas en que pensar. Al avanzar la primavera comencé a faltar de casa casi todo el día, de modo que tuve menos ocasiones de encontrarme con esa mujer.

Una tarde, pocos días después de la llegada de mi padre, salí a caminar por el campo en aquel condenado estado de ánimo que desde hacía un tiempo soportaba como una maldición. Ningún verano se me había presentado tan árido y miserable, y la presencia de mi padre en la isla, lejos de consolarme como había soñado, aumentaba mi extraña sensación de haberme convertido en una especie de animal desgalichado al que nadie quería. Durante aquella estancia en Prócida, Wilhelm Gerace evitaba tenazmente mi compañía, lo que nunca había sucedido. Desde la tarde de su llegada, tras la desilusión que sufrí en el muelle, atribuía su rechazo a que mi aspecto había cambiado (para peor). En cada mirada que me dirigía, creía leer un juicio crítico, estupefacto y negativo, como si no reconociera a su hijo Arturo en un individuo tan feo. Me parecía que sus ojos, cual gélidos estanques, me devolvían descritos uno a uno mis defectos, de modo que, a diferencia de Narciso, me desenamoraba de mí mismo de una manera furibunda. Deseaba con toda mi alma retroceder a la época en que W. G. gustaba de decir al menos: «Bueno, no está mal. Claro, por algo es mi hijo». Tras haber suspirado durante años por ser tan alto como él, ahora que casi lo había logrado mi estatura me molestaba y me avergonzaba. Tenía la impresión de que él la consideraba un abuso, algo que merecía contemplarse con antipatía o desconfianza. Me habría gustado volver a ser pequeño.

No obstante, no renegaba de mi soberbia. Le devolvía frialdad por frialdad y, como prefería evitar la ofensa de sus miradas —sin dejarle a él la iniciativa—, me comportaba como si rehuyera su compañía tanto como él rehuía la mía.

A esto había quedado reducida mi vida: mi padre me rechazaba y mi madrastra se alejaba de mí como de una víbora. De todos modos, cualquier cosa es mejor que dar lástima. Yo no quería dar lástima a nadie. Por la noche volvía a casa con aire misterioso y canallesco, como si hubiese pasado el día dirigiendo una banda de ladrones o barcos piratas. En algunos momentos me habría gustado ser un verdadero monstruo de fealdad; por ejemplo, me imaginaba albino, con enormes colmillos en lugar de dientes, y un ojo cubierto con un parche negro. De esa forma todos se espantarían con solo verme.

Una tarde de aquella época pasé por delante de la casa de Assuntina. Vi que me saludaba desde detrás de la ventana y creo que no respondí a su saludo. Cuando ya me alejaba, oí a mi espalda sus pasitos renqueantes y su voz que me llamaba:

—¡Gerace! ¡Gerace! ¡Arturo!

Los corales

Me volví.

—Buenos días... —dijo—. ¿Cómo usted por aquí? Hacía mucho tiempo que no le veía...

Era una novedad que me tratara de «usted»; recordé que antes me tuteaba.

—Buenos días —respondí. No sabiendo qué añadir, la miré de arriba abajo con la actitud sombría y desdeñosa de un tigre que se cruza en la selva con un grupo de leoncillos.

Sus pies desnudos sobre la tierra seca del camino estaban embarrados como si hubiese caminado por el lodo. Me contó que me había visto pasar cuando estaba lavándoselos y que con las prisas por alcanzarme no se los había secado. Al decirlo bajó la vista hacia aquellos pies minúsculos, como si dijera: «Mire este fango, agradézcalo como una muestra de mi interés por usted».

Volvió a mirarme con los ojos todavía un poco bajos y una expresión reticente, mezcla de reproche y servilismo.

—Estaba arreglándome para ir a su casa —prosiguió—, aunque ya sabía que a esta hora no lo encontraría… Antes alguna vez lo veía allí a esta hora, pero últimamente no le vemos el pelo ni esta hora ni a ninguna otra.

Al pronunciar estas palabras su voz cantarina parecía lamentarse. Y, por sus notas de dulce humildad, utilizaba algunos sonidos que emiten las perras y las burritas cuando se quejan de que les duele algo que nosotros no sabemos.

—A mí me parece —agregó tras una pausa— que se ha echado una novia del pueblo que lo tiene todo el día fuera de casa.

—¡No tengo ninguna novia! —declaré con hosca altanería.

—¿De veras? ¿De veras que no tiene novia? Pues no le creo…

¡Se atrevía a contradecirme! Sin embargo, esa ofensa por parte de una mujer no empañaba mi honor, como lo habría hecho de haberla cometido un hombre. Me limité a coger una piedra y la arrojé lejos con gesto amenazador; no me digné contestarle.

—Pero si de veras no tiene novia, ¿por qué está siempre fuera? Cien veces va una a su casa y cien veces no lo encuentra. ¡Ni por la mañana ni a primera hora de la tarde!

—¡¿Y a usted qué le importa?!

—A mí… Vaya, no tiene por qué ofenderse. Si se ofende, me da vergüenza y no hablo más. Pero no quiero mentir: importarme, sí me importa. Y el motivo es un secreto de Assuntina…, que Assuntina le contará solo a usted, a nadie más. Si quiere saberlo, se lo digo ahora mismo, pero si no le interesa no se lo digo.

En respuesta hice un gesto con los labios, como si dijera: «Me trae sin cuidado que lo diga o no lo diga. Haga lo que le dé la gana».

—¿Entonces? ¿Hablo o no hablo? Bueno, hablo, porque no puedo seguir con esta espina en la garganta. —Y con su voz lenta de soprano comenzó a decir—: Le contaré qué pasa. Si voy con tanto gusto al palacio de ustedes, y vuelvo a diario, por la mañana y por la tarde, ¡y con esta pierna coja!, es por más de una razón. Voy por amistad a Nunziata, claro, y por cariño al hermanito de usted, Carminiello. Claro que sí. Eso lo sabe todo el mundo, pero no es la razón principal. La razón principal es otra, y ese es el secreto que guardo…: Assuntina va a su casa con la esperanza de verlo a usted.

Se me encendió el rostro. Jamás hubiera creído que una mujer pudiera hacer con tanta naturalidad una declaración tan descarada. En cambio ella ni se sonrojó. Peor aún: al verme las mejillas esbozó una sonrisa dulce y sensual. Le vi las encías, rosadas y bañadas en una humedad que hacía brillar los dientes.

—Ahora mi secreto es también suyo. No debe conocerlo nadie más. ¡Hace mucho tiempo que lo pienso, desde antes de Pascua, se lo juro! Ya habrá visto que todos los días me quedo sola en casa a primera hora de la tarde; entonces me da por pensar. Usted es hombre y no piensa, claro. El único pensamiento de los hombres es salir; se van a las cantinas, a las tabernas… Ellos no piensan. Pero las mujeres sí que piensan. Pues bien, cuando lo veía pasar corriendo por delante de mi puerta, como hoy, pensaba: «Bien podría entrar alguna vez en mi casa y consolar a Assuntina, que está muy sola».

Hubo una pausa. Con los ojos bajos, me lanzó una mirada fugaz.

—Después pensé que era mejor que me olvidara de esa idea. Incluso me parecía oír en mi interior una voz como de vieja, que me decía: «¡Assunti! Quizá corre porque tiene una cita con la novia. A saber cuántas guapas novias tendrá. Tú, en cambio, guapa no eres, y eso sin tener en cuenta la pierna coja. Además, a su lado eres casi una vieja».

Dicho esto, se quedó en silencio, alardeando casi de su tristeza. Tenía los ojos bajos, como una persona virtuosa, mientras con la manita jugueteaba con una sarta de corales que llevaba al cuello.

Sin saber qué decir, exclamé con una vehemencia agresiva y desvergonzada:

—¡Qué bonitos esos corales que tiene!

—Sí, es verdad. Feos no son —respondió complacida, aunque todavía un poco triste—, y no son los únicos que tengo. Tengo más corales. A juego con este collar: los pendientes, la pulsera y un broche precioso; toda la *parure*. —(Me acuerdo de que empleó exactamente esta palabra francesa)—. Claro que con el luto no puedo ponérmelos todos juntos —agregó con cierto pesar. Luego su voz adquirió un sonido vacilante y aterciopelado—. Los tengo en casa, arriba, en mi habitación… Si le gustan los corales, venga cuando quiera, que se los enseñaré… Cuando quiera usted…

Se me quedó mirando. Yo no di muestras ni de agradecer ni de rechazar el ofrecimiento. Casi a traición, me preguntó:

—Y ahora, ¿adónde va?

Su rostro, de tez morena, se tiñó de rojo; no era pudor ni vergüenza; más bien todo lo contrario, diría yo.

No supe qué responder. Ni siquiera sabía adónde iba. En realidad no iba a ninguna parte.

—A esta hora hace mucho calor —prosiguió ella— y todo el mundo duerme…

Al decir esto, sin levantar los párpados, alargados y de espesas pestañas, que parecían pesarle sobre los ojos, me lanzó una mirada elocuente; como si ella fuera una odalisca y yo el sultán.

El pequeño mordisco

Tomándome de la mano, con una sonrisa solemne y misteriosa me condujo a la casa. Ante mis ojos terminó de lavarse los pies con sumo cuidado; luego se quitó el collar de corales, que dejó sobre la mesilla, junto a la cama, y desprendió las horquillas de la melena, muy lisa (era como si desanudara los lazos de una cofia azabache).

Así pues, aquel día tuve mi primera amante. En el transcurso de aquella hora, de vez en cuando veía sobre la mesilla los corales del collar. Desde entonces, siempre que veo corales me viene a la memoria la primera impresión del amor con un sabor de violencia ciega y festiva, de verano precoz. No importa que conociera ese sabor con una mujer a la que no amaba. De todos modos me gustó, y sigue gustándome; algunas noches vuelvo a soñar con corales.

Al caer la tarde, Assunta me aconsejó que me fuera, porque su familia no tardaría en volver. Antes de que nos despidiéramos me alcanzó un espejo y un peine para que me arreglase el pelo; al mirarme en el espejo vi que en el labio inferior tenía una minúscula herida de la que salía una gota de sangre. Con un estremecimiento me pregunté cómo me la había hecho, y entonces recordé que poco antes, haciendo el amor con Assunta, había tenido que morderme los labios hasta sangrar para no gritar otro nombre: el de Nunziata.

Fue como si en ese momento, delante del espejo, tuviese una revelación extraordinaria. Creí comprender lo que en realidad quería de mi madrastra: no era amistad ni una relación maternal, sino el amor; lo que hacen los hombres y las mujeres cuando están enamorados. En consecuencia, llegué a otro importante descubrimiento: que estaba enamorado de N. Así pues, ella era el primer amor de mi vida, del que se habla en novelas y poesías. Amaba a Nunz.; la amaba sin saberlo desde la tarde de su llegada, quizá desde el mismo instante en que la vi en el muelle con el chal sobre la cabeza y sus elegantes zapatos de tacón alto. Convencido de ese hecho, recorrí con la memoria las caprichosas vicisitudes, contradicciones y dolores que había vivido desde aquella tarde, y encontré explicación a cuanto antes no había sabido explicarme. Veía los largos meses transcurridos como una loca travesía sin rumbo, entre tempestades, caos y confusión, hasta que la Estrella Polar aparecía para orientarme. Esta era mi Estrella Polar: Nunz., mi primer amor.

Al principio el descubrimiento me llenó de un júbilo radiante e inconsciente, pero pronto me di cuenta de mi triste suerte. Si entre todas las mujeres del mundo había una inalcanzable para mí, a la que no debía amar por una prohibición suprema, esa era Nunz., ¡mi madrastra, la esposa de Wilhelm Gerace! Hasta poco antes, cuando todavía ignoraba que la amaba, hubiera podido permitirme la esperanza de acercarme a ella, de merecer de nuevo su amable amistad; pero ya no podía albergar ninguna. Tendría que haber dado gracias a N. por el estado de guerra que mantenía entre los dos, pues así se evitaba que mis criminales tentaciones tuvieran la oportunidad de manifestarse. Más aún: gracias a esa guerra que nos separaba, podía, sin demasiados peligros ni re-mordimientos, continuar en Prócida, en la misma casa que vivía mi amor, eludiendo así el castigo insoportable de no ver más su rostro.

Intrigas galantes

De ese modo encontré la manera de retrasar una despedida que ya se me anunciaba como un deber necesario, y el verano, que como de costumbre colmaba mis días de opulencia y acción, me ayuda-ba en ese aplazamiento. Todas las tardes, después del almuerzo, iba a la casita de Assuntina, que me esperaba, y en su alcoba encontra-ba un poco de alivio a mi inquietud. Le asombraba que, puesto que hacía el amor con ella, nunca le diera ningún beso, ni siquiera uno pequeño e inocente, como los que se dan a una hermana, y yo le decía que los besos no me gustaban, que me parecían empalago-sos. Pero la verdad era otra: no podía olvidar mi primer y único beso, el que había dado a N., y me habría parecido una traición a N. besar a esa otra mujer, a la que además no amaba.

Mi memoria —desdiciendo la impresión inicial— colmaba ese beso dado a N. de los ardientes sabores del amor: de las delicias carnales y de los pensamientos más apasionados. Me parecía que en aquel brevísimo instante en que había besado a N. había conocido todas las promesas paradisíacas que pertenecen al amor verdadero y que jamás conocería con Assuntina. Observando las posturas desvergonzadas de esta, recordaba las maneras de N., tan modesta, tan pura, y me dolía el corazón de pesar. Al ver que se me ensombrecía el rostro, Assuntina me preguntaba:

—¿Qué tienes?

—Déjame tranquilo —le respondía—, estoy triste.

—¿Y no puedo consolarte?

—No. Ni tú ni nadie puede consolarme. Soy un desgraciado.

A pesar de no querer a Assuntina, me alegraba de tener una amante. Y, sobre todo, me sentía tan orgulloso que me habría gustado contárselo a todo el pueblo (excepto a mi padre; con él me habría avergonzado, no sé por qué). Assuntina, como es natural, me pedía que lo mantuviéramos en secreto, y yo me sometía a ese sacrificio siguiendo las justas leyes del honor. No obstante, encontraba la forma de dar a entender —con ciertas actitudes fatuas— que en mi vida había algo…

Me habría gustado que se enterase una persona en particular…

Recuerdo que un día concebí el plan de comprar —a crédito, claro está— unos metros de encaje o unas ligas de mujer en la tienda de una amiga de N. y exhortarla a no contárselo a nadie, y mucho menos a mi madrastra; de esa forma la tendera comprendería que en mi vida había una mujer misteriosa. Pero al llegar al umbral de la tienda me faltó la serenidad necesaria para entrar y me fui sin más.

Debo advertir que al preparar ese plan frustrado no me engañé con respecto a la discreción de la tendera; al contrario, suponía que no sabría estar callada delante de N. Digo «suponía», pero en realidad debería decir que «estaba convencido».

Assuntina, a pesar de ser una amiga asidua y fiel de la señora Gerace, le ocultaba escrupulosamente su galante aventura con el hijastro Arturo. Gracias a su prudencia, la madrastra ignoraba aquella novedad tanto como Carminiello. Según la lógica moral, eso tendría que haberme confortado; sin embargo, en el fondo me molestaba.

En realidad, el deseo de alardear de mi conquista ante todos —de buena gana habría publicado la noticia en los diarios— tenía como objetivo mi madrastra. Con solo pensar que algún chismoso le susurrara al oído un indicio, una pista, se me escapaba la risa. Mi corazón sin reposo habría saboreado algo parecido al triunfo si N., de un modo u otro, hubiese llegado a enterarse...

El sendero

Pero ¿por qué «triunfo»? ¿Qué diantre de triunfo? Sin duda me habría resultado muy difícil responder a la pregunta. En cambio, no tenía muchas dificultades a la hora de fantasear.

Y, mientras fingía respetar la prudencia de Assuntina, en mi interior alimentaba una intención muy distinta, que me enseñaba caminos solapados y tortuosos. En ocasiones dejaba caer delante de N. alguna frase un poco reveladora, o bien lanzaba a Assuntina miradas ardientes, o le dirigía gestos imperceptibles de entendimiento fingiendo creer que la madrastra no nos miraba en ese momento… La taimada Assunta ponía cara de santa y más tarde, en su casita, me reprendía.

—¡Vamos, ten más cuidado!

Yo la tranquilizaba.

—No te preocupes, que la madrastra no se entera de nada. Tiene menos inteligencia que Carmine. Solo piensa en sus avemarías y padrenuestros. No ve ni entiende nada más. Si ahora se asomara a la puerta, creería que estamos juntos en la cama para dormir tranquilitos, como un hermano y una hermana.

Al menos sobre esto —que la madrastra era corta de entendederas— no mentía: decía lo que pensaba.

Cuando salía de la casita al caer la tarde, insistía con distintos pretextos en que Assunta me acompañase un trecho del sendero que llevaba a mi casa. Y en algún momento, sobre todo en el último tramo, de pronto la abrazaba, la tomaba por la cintura.

—¡Cuidado! ¿Qué haces? —protestaba ella intentando soltarse—. ¡Aquí no! ¡Alguien puede vernos!

—¿Quién quieres que nos vea? ¡Si no hay nadie!

En realidad, antes de estrecharla había divisado en la ventana de la cocina de la Casa dei Guaglioni una furtiva sombra rizada, que se retiraba a toda prisa de la reja en cuanto nosotros, doblada la última curva, aparecíamos en lo alto del sendero, al pie de la ventana.

En aquellos días, en la actitud de mi madrastra se advertía algo extraño que hasta un observador poco perspicaz habría notado. Se mostraba olvidadiza, y una palidez triste, casi lívida, le cubría la cara. Realizaba sus tareas y actividades cotidianas con lenta inercia y, en ocasiones, con una incoherencia distraída, como si su cuerpo se moviera de mala gana, desligado de la mente. Su mansedumbre había dado paso a un nerviosismo próximo a la irascibilidad. La oí maltratar a Carmine; llegó incluso a responder con brusquedad a mi padre. Sus amigas lamentaban aquella hosquedad tan contraria a su carácter.

Un día, al levantar la vista, la sorprendí mirándome. Al principio mantuvo instintivamente la mirada fija en mí, expresando un dolor palpitante y descarnado, hasta que fue consciente de lo que hacía y la cubrió con sus exánimes párpados.

No recuerdo si lo que voy a contar sucedió la tarde de aquel día o alguna otra posterior. Subía por el sendero con Assuntina lanzando, como de costumbre, alguna que otra ojeada hacia la ventana de la Casa dei Guaglioni, y de pronto vi que aquella pequeña sombra familiar se escondía apartándose de la reja.

Entonces me apresuré a estrechar con pasión a Assunta, y allí mismo, repentinamente, yo, que nunca la besaba, le estampé un beso en plena cara.

Pelea de mujeres

A la mañana siguiente, tras atracar en la playa decidí subir un instante a casa, no sé si para cambiar un remo o por otro motivo semejante. En el borde de la explanada me sorprendieron unos furiosos chillidos femeninos que provenían de la cocina y se mezclaban con el llanto de Carmine. Al llegar al umbral de la puerta vidriera me encontré ante una escena inusitada. En la cocina, además del hermanastro, que lloraba con desesperación en su moisés, estaban la madrastra y Assunta. La primera, fuera de sí, gritaba a la segunda como si quisiera despedazarla.

Assuntina, que parecía estupefacta y confusa, al verme entrar se deshizo en llanto y me llamó para que presenciase aquella escena que no acertaba a entender. Me contó que había acudido un rato antes a saludar a Nunziata, como de costumbre, y que había sacado a Carmine del moisés para mimarlo, como había hecho tantas veces. Pero mi madrastra se había abalanzado sobre ella hecha una fiera y se lo había arrebatado de los brazos; luego —como el pequeño, con ese acto tan brusco, se había puesto a llorar— la había regañado injustamente acusándola de haber hecho llorar al niño. Y le dijo a gritos que en adelante se guardara de cogerlo en brazos, porque Carmine la odiaba y con solo que Assunta lo tocara le daban ganas de llorar, como cuando entra humo en los ojos. Y en ese instante había llegado yo, concluyó Assunta deshecha en lágrimas. Y yo sería testigo del siguiente juramento: que ella no tenía la culpa de que mi hermanito llorara. No entendía por qué se la trataba tan mal, como si fuese un delito coger a una criatura en brazos.

Mientras escuchaba las explicaciones de Assunta, la madrastra, en lugar de calmarse, se sublevaba cada vez más, hasta que de repente, con el rostro transfigurado como el de una furia, gritó a su amiga:

—¡No quiero volver a verte en esta casa! —Y sacudía la cabeza como hacen las mujeres que riñen en las callejas de mala muerte—. ¡No quiero verte nunca más! ¡La dueña de esta casa soy yo! —continuó, fuera de sí. De pronto hizo ademán de abalanzarse sobre la otra.

Por suerte intervine a tiempo para impedirlo. La agarré con fuerza por las muñecas y la empujé contra la pared.

Inmovilizada de ese modo, por orgullo no intentó siquiera debatirse, pero a través de sus muñecas sentí que todos sus músculos temblaban con una ferocidad desesperada. Sus pupilas parecían los fuegos de dos míseras y sublimes estrellas perdidas en medio de la tormenta. Muy blanca, con los rizos en desorden y pegados a la frente por el sudor, volvió la cara hacia su adversaria.

—¡Vete! —le gritó arrebatada de odio. Y agregó—: ¡Vete, marcada por Dios!

Esa expresión de indigna vulgaridad, «marcado por Dios», la usan en nuestros pueblos algunos individuos sin corazón para insultar a los contrahechos, los cojos y otros infelices. Al oír esa alusión malvada, la pobre Assunta estalló en sollozos y se alejó con sus pequeños pasos defectuosos en dirección a la puerta. Indignado, solté a la embrutecida madrastra y salí con Assunta para acompañarla un rato, como supuse que era mi deber.

A pesar de agradecer mi caballerosidad, en cuanto estuvimos solos comenzó a reprocharme mis imprudencias.

—Si hubieras sido cauteloso, como yo te decía, tu madrastra no habría sospechado nada, porque no es maliciosa. En cambio, ahí tienes el resultado: lo ha descubierto. Aunque delante de ella he hecho como que me creía lo de Carminiello, no soy tan ignorante como para no comprender que ha sido solo un pretexto para no decirme la verdad. Además, ahora que lo pienso, hacía ya varios días que me ponía mala cara. Assunta te dirá qué ha pasado: como eres un despreocupado, tu madrastra se ha dado cuenta de que nos vemos. Y a su entender lo que hacemos es un gran pecado, y una mujer que, como yo, hace eso es una mujer sin honor, una desvergonzada. Y como es honesta le da asco mi amistad y no quiere saber nada de mí. Está bien: que sea lo que ella quiere. Pero es injusta, porque yo no soy una muchacha. Soy viuda, y una viuda, si se junta con alguno, no peca tanto como una muchacha. ¡Mucho menos! Paciencia… Ya sabía yo que esa era demasiado beata…, ¡pero no me imaginaba que tuviera tan mal genio! ¡Quién iba a decir que una mujer tan dulce, que parecía una gallina clueca, podía convertirse en una horrible águila feroz!

La madrastra de piedra

Durante este desahogo de Assunta recorrimos gran parte del sendero. Entonces vimos a lo lejos que una pariente suya se dirigía a la casita. Me rogó que me marchase para no fomentar más sospechas, y sin protestar me desvié por otro camino.

Agradecí que la casualidad me permitiera quedarme un rato solo y abandonarme sin testigos a mi profunda e irracional exultación.

En realidad no debería haber sentido euforia sino remordimientos. Assunta no se imaginaba hasta qué punto yo era culpable de lo sucedido. Me acusaba de incauto, pero no adivinaba lo peor: que mi conducta imprudente no era fruto de la despreocupación, sino intencionada. No obstante, pese a ser consciente de mi culpabilidad, no sentía ningún remordimiento; al contrario: experimentaba una alegría íntima, triunfante, que me hacía caminar ligero, como si mis pies no tocaran la tierra.

Casi sin darme cuenta había retomado el sendero que llevaba a casa. Era cerca de mediodía. En la cocina, Carminiello dormía con placidez en el moisés y la madrastra estaba de pie delante de la mesa, preparando la pasta, como cada día, tarea que había quedado interrumpida por la escena de antes. Sus manos se movían lánguidas sobre la masa, como si pusieran buena voluntad pero carecieran de fuerza. Tenía la cara tan blanca, rígida y estupefacta que parecía que sufriera una enfermedad grave.

Le pregunté si mi padre no había salido todavía del dormitorio. Sin fuerzas para hablar, movió un poco los párpados y respondió que no, pero hasta ese pequeño movimiento pareció costarle tal esfuerzo que empezó a temblarle todo el rostro, en especial los labios.

Espantado por su aspecto, le pregunté:

—¿Qué tiene? ¿Se siente mal? —Desde que ella me mantenía a distancia tras aquel beso, la trataba de usted. No habría sabido decir qué pretendía con eso, si era una muestra de respeto o de enojo.

Me miró con ojos trémulos, sin responder. De pronto, como si mi compasión hubiese derribado el último baluarte de su resistencia, cayó de hinojos y, escondiendo la cara sobre una silla, rompió en terribles sollozos secos.

—¿Qué tienes? —le dije—. ¡Dime qué tienes!

Sentí el dulce deseo de acariciarla, cuando menos el pelo. Pero al verle tan pálidas la frente y las manos, estropeadas por las labores domésticas, no me atreví a tocarla: temí que muriera si la rozaba. Entre sollozos, con un timbre de voz —adulto y desgarrado— que no parecía el suyo, comenzó a decir:

—¡Ah, estoy condenada, condenada…! Dios no me perdonará…

En mis labios se agolparon frases de adoración instintiva; habría deseado decirle: «Eres la santa de mi paraíso, mi ángel», pero comprendí que la habría espantado. «Será mejor que le hable como un padre», pensé. Y con una voz que, a mi pesar, más que severidad paterna expresaba una pasión alegre e insolente, le dije:

—¡Vamos! ¿Condenada por qué? ¡Déjate de tonterías!

Por fin aquellos crueles sollozos se desahogaron en lágrimas y su voz volvió a ser la de siempre, aunque desgarrada por un gran tormento.

—¿Cómo he podido decirle palabras tan horribles a esa pobre mujer? —se acusaba en medio del llanto—. ¿Qué culpa tiene ella de estar enferma? ¡Ah, decir palabras como esas es peor que matar! Me da vergüenza vivir. ¿Qué voy a hacer ahora, qué voy a hacer? Tengo que ir a casa de esa pobre cristiana a pedirle que me perdone, que olvide lo que le he dicho, que vuelva aquí como antes… ¡Ah, no, no puedo! ¡No puedo!

Y, como asustada de sí misma, se tapó la boca con las manos mientras sus ojos, tras la alusión a Assuntina, se agrandaban con un odio salvaje.

—¡Ah! ¿Qué voy a hacer? Dime, ¿qué debo hacer? —murmuró. Y entre estas preguntas me dirigió una mirada llorosa y desesperada que parecía implorar ayuda o consejo, como si yo fuese Dios. En ese momento sus ojos me parecieron tan hermosos que dejé de pensar en su dolor; en el fondo de su negrura creí vislumbrar, como dentro de dos espejos encantados, unos lejanos rincones de luz, de felicidad absoluta.

—¿Sabes lo que debes hacer? —exclamé en un arranque—. Tienes que irte de Prócida conmigo. Así no verás más a Assunta. Nos escapamos los tres: tú, Carminiello y yo. Total —agregué con amargura—, a mi padre no le importamos nada. Si nos vamos ni siquiera se dará cuenta. Nos iremos a un país estupendo, muy lejos de Prócida. Lo elegiré yo. ¡Y me ocuparé de que vivas mejor que una reina!

Con un movimiento repentino se cubrió el rostro con las manos; aun así, vi el intenso rubor que la encendió hasta el cuello y los brazos desnudos. No podía responderme: su respiración entrecortada se transformaba al pasar por la garganta en un áspero lamento feroz.

—¡Artù...! —dijo por fin—. Como todavía eres un muchacho, Dios te perdonará los disparates que dices, el mal...

Es posible que fuera a decir el «mal que haces», pero debieron de parecerle unas palabras demasiado severas y no terminó la frase. Ante su reproche, en lugar de arrepentirme, sentí una rebeldía gozosa que me enloqueció. La voz que atravesaba la máscara de sus manos me llegaba como un sonido fabuloso, que delataba sin remedio, más que indulgencia, la angustia de una renuncia, junto con el consuelo de una dulce gratitud. Corriendo hacia ella exclamé:

—¡Ah, mírame a la cara, por favor, mírame a los ojos!

Y con ternura y arrogancia le aparté las manos de la cara. Por un instante su rostro atribulado apareció ante mí todavía dulce, todavía encendido por el rubor. Pero enseguida se puso en pie, con una palidez que casi la desfiguraba.

—¡No! ¡No! —dijo retrocediendo hacia la pared—. ¿Qué haces? Vete... Artù, no te acerques más a mí si no quieres que yo...
—Y volviendo la cabeza apoyó sobre el muro la frente, arrugándola con fuerza, como si en su debilidad, que parecía a punto de derribarla, concentrase toda su energía en una voluntad gigantesca y desesperada.

Sin mirarme, volvió el rostro hacia mí. Estaba irreconocible: marchito, apagado, con las cejas, negras y pobladas, muy juntas. Parecía la efigie de una deidad bárbara, oscura y sin alma; de una verdadera madrastra malvada.

—Artù —dijo con una vocecita monocorde, que parecía la de una mujer de cuarenta años—, antes te quería… como a un hijo. Pero ahora… ya no te quiero.

Su voz sufrió una especie de convulsión sofocada; luego prosiguió a ciegas, con un sonido más agudo, desentonado y casi histérico.

—Y por eso, cuanto menos nos veamos y menos me hables, mejor. Considérame como una forastera, porque nuestro parentesco ha muerto para siempre. Y te pido que te mantengas lejos de mí, porque cuando estás cerca siento asco.

Supongo que alguien más experto que yo no habría dudado de que mentía y le habría dicho: «Avergüénzate, embustera malnacida, y aprende al menos a fingir mejor. Que son tan grandes tus mentiras que por miedo te apoyas en la pared, como si esperases caer fulminada. ¡Y tiemblas de tal modo que incluso desde aquí veo cómo se te eriza la piel de los brazos!».

Yo, en cambio, al escucharla no tuve esa certeza, sino que me pareció posible que sus palabras expresaran sus verdaderos sentimientos, y esa duda bastó para precipitarme en una tristeza helada, como si de golpe me hubiesen condenado a terminar mis días en una noche polar. Sentí la tentación de preguntarle impulsivamente: «Si es cierto lo que dices, júralo», pero no me atreví: tenía demasiado miedo de que lo jurase y me diera así una certeza definitiva. Lo que más me dolía era la palabra «asco», y pensé que aquel temblor que le había erizado la piel mientras hablaba de aquella manera quizá fuera el efecto natural de su aversión a mí. Entonces estuve a punto de convencerme de que Assuntina no se equivocaba al atribuir a la desaprobación moral la escena que N. le había hecho. Y pensar que me había ilusionado imaginando que se trataba de una escena de celos; hasta había sentido una secreta satisfacción al pensar que dos mujeres casi se peleaban por mí ante mis ojos. Nada más triste que renunciar a una fatuidad tan dulce y encantadora por la crueldad de una realidad tan fría y amarga.

La pequeña esclava india

Me hirió de manera tan penosa que enmudecí. En aquel momento se despertó Carmine o apareció mi padre, no lo recuerdo bien, pero lo cierto es que con aquellas palabras de N. terminó nuestro diálogo.

A partir de entonces su comportamiento conmigo no varió. Pasaban los días y seguía mostrándome aquella efigie bárbara y sin alma de ojos opacos y ceño fruncido, de modo que las cejas formaban una cruz oscura con las arrugas de la frente. ¡Ah!, habría preferido mil veces que me tratara como las pérfidas madrastras de las novelas. Habría preferido verla transformada en una loba asesina antes que en aquella estatua.

Con la esperanza de que me perdonara, pensé en abandonar de un modo escandaloso a Assuntina, pues supuse que eso nos uniría en la desaprobación moral. Pero enseguida recordé que la aversión que me demostraba había empezado antes de que me enredara con Assunta; se remontaba a la mañana del funesto beso. No, de nada serviría que abandonara a Assuntina. No había remedio: N. no me soportaba y nunca me perdonaría.

Sentía tal necesidad de confiarme a alguien, de recibir consuelo, que a veces estaba tentado de revelarle todo a Assunta: mi amor secreto por N., mi desesperación, etcétera. Pero siempre me contenía a tiempo, sobre todo por el temor a que, tarde o temprano, Assunta le contara mis confidencias a N., cuya aversión por mí llegaría a lo más alto si se enteraba de que la amaba. Esa revelación habría confirmado su idea de que yo era un terrible monstruo del mal, la verdadera encarnación de Satanás. Este pensamiento bastaba para sofocar en mi garganta cualquier deseo de sincerarme. Y así, por suerte, Assunta nunca conoció la verdad.

Tras los últimos acontecimientos, Assunta me parecía menos hermosa; hasta la pierna mala, que antes consideraba algo gracioso, me resultaba desagradable. Ya no me tentaba el deseo de presumir de amante y cada vez me gustaba menos estar con ella. Aun así, seguía yendo a su casita a diario, pues era el único refugio que me quedaba. Assunta me decía con satisfacción que me había vuelto más apasionado; quizá las llamas desesperadas que escondía mi corazón necesitaban arder donde fuera.

Además, en ocasiones, pese a no amarla, me inspiraba un sentimiento de piedad parecido al amor. Al pensar que no la amaba, que no me atraía, que me aburría con ella, le tenía lástima. Viéndola tan pequeña y desnuda sobre el colchón de farfolla, con sus pequeños pechos aceitunados de pezones color geranio y un poco alargados, que recordaban los de las cabras, y con el pelo suelto y lacio, a veces me parecía un ser de otras tierras, quizá una pequeña esclava india. Yo era su amo y hacía con ella lo que quería. Entonces N. se me aparecía allá arriba, en la Casa dei Guaglioni, como una gran señora blanca y fulgente de desprecio; y para apartar esa imagen fascinante y dolorosa me desahogaba con Assuntina casi maltratándola con mi súbito ardor.

Sin embargo, nunca la besaba. Tenía la impresión de que mis besos estaban consagrados a N. por una especie de decreto santo que no podía transgredirse sin ofender al amor.

Al atardecer abandonaba la casita avergonzado de haberme entretenido con una miserable esclava, como si se tratara de una nueva indignidad contra N. Me demoraba en los campos de los alrededores, dominados por los muros macizos, ruinosos y teñidos de rosa de la Casa dei Guaglioni, y ya no alzaba la vista hacia la ventana de la cocina, porque sabía que la encontraría desierta. Detrás de aquellas paredes, cercada por oscuras prohibiciones, vivía mi dueña, N., excelsa e inalcanzable. Desde lejos su estatura se me presentaba mayor que la real, y me parecía que todos los ángeles y las ángelas de su fantasía volaban a su alrededor como bandadas de espléndidos búhos, cigüeñas y gaviotas, animándola día y noche a aborrecerme.

7

La Tierra Amurallada

O flots abracadabrantesques
(A. R.)

Más querido que el sol

Entretanto, mientras vivía bajo el mismo techo que N., con el ánimo de un réprobo en una corte celestial, otro castillo comenzó a dominar mi imaginación con un prestigio aún más fabuloso. El presidio de la isla, que siempre había considerado la triste morada de las tinieblas, casi tan odiosa como la muerte, se iluminó de pronto con un fulgor radiante, como sucede con las metamorfosis alquímicas, donde lo negro se convierte en oro.

Aquel año, el verano parecía resplandecer inútilmente para Wilhelm Gerace. Asistíamos a un hecho novedoso en nuestra historia: mi padre pasaba las horas más luminosas del día encerrado, como si el tiempo se hubiese detenido para él en una perpetua noche invernal. Rehuía con tenacidad las deliciosas ocupaciones de aquella estación hermosa que habían sido siempre nuestra mayor felicidad compartida. Ver el color blanco de su piel en julio y agosto me resultaba triste y antinatural, como si presenciase un peligroso trastorno cósmico.

A menudo, sobre todo al principio, iba a buscarlo, con la frente baja y ceñuda, e insistía en que fuese a la playa o saliésemos juntos en la barca. Él rechazaba mis invitaciones con negativas desdeñosas y teñidas de angustia y teatralidad. Por sus respuestas se habría dicho que ese año había jurado un odio asqueado y vengativo contra el sol, el mar y el ardiente aire libre que tanto había amado, y que, por otro lado, su renuncia implicaba una especie de sacrificio sagrado y propiciatorio. Era una actitud parecida a la de un devoto que se mortifica para ser digno de la divinidad.

Al final, aunque se hiciera el misterioso, acabó sincerándose (se reconocía aún la gracia no terrenal de su corazón, que en medio de los dramas más desesperados se complacía un poco en sus propios misterios). Por ciertas alusiones comprendí con claridad la causa secreta de su conducta —que ya presentía—: alguien cuya amistad apreciaba más que nada pasaba los días entre cuatro malditas paredes. ¿Cómo habría podido él gozar de un verano que al otro se le negaba? Deseaba experimentar, hora por hora, el padecimiento de su amigo, e incluso habría querido merecer, como si se tratase de un honor, su misma condena, si no fuese porque la privación de libertad le habría impedido comunicarse con él. Solo para eso le servía su libertad, y la tierra con el verano y el mar, y el cielo con el sol y todos los planetas le parecían meros armazones y le inspiraban repulsión.

Perlas y rosas convencionales

Al oír aquellas exclamaciones de mi padre me sentí tentado de responderle que sabía a quién se refería. Que lo había visto en el muelle a unos cuatro metros de mí. Que lo despreciaba con toda el alma y lo consideraba un malcarado apestoso, indigno no ya de amistad, sino de ser mirado, porque su fealdad era odiosa. Pero no dije nada. Arrugué con soberbia la frente, di la espalda a mi padre, como si ni siquiera hubiese escuchado sus palabras, y me fui solo, como siempre, a la playa.

Después del encuentro en el desembarcadero había evitado evocar la imagen del joven desconocido que había visto pasar entre los dos guardias en el muelle. La escena de aquella tarde, superada por otras amarguras, había quedado arrinconada en mi mente igual que él había sido relegado en su prisión. Me daba mala espina, y, así como aquel día no había querido observar sus facciones, tampoco ahora deseaba detenerme a recordarlo. Si por casualidad, sin yo quererlo, mi pensamiento lo evocaba, no distinguía una figura humana precisa, sino una masa informe de arcilla, gris y turbia, marcada por la fealdad.

Al mismo tiempo, resplandecía ante mí, con una elegancia alada, su manera de caminar, con desvergüenza y naturalidad, al dirigirse hacia su destino... Esa hermosa aparición, como una espada que fulgurase contra mi desprecio, me atenazaba el corazón con una angustia que me sobresaltaba. De pronto, en lugar del guiñapo infeliz sepultado en un calabozo, surgía ante mí un bravucón adornado de amables encantos, al que hasta los policías y los carceleros debían servir.

A traición, regresaban de mi infancia, para adornarlo todavía más, algunas ideas novelescas. Quiero decir que el simple título de «condenado» era como un blasón en mi fantasía de niño. Y también —debo añadir— en la del adulto Wilhelm Gerace.

En efecto —ahora me doy cuenta—, la fe de Wilhelm Gerace

necesitaba encenderse con la chispa primitiva de una seducción convencional, y el personaje del condenado se adaptaba muy bien a sus deseos, que eran eternamente infantiles, como los del universo. Del mismo modo, el público teatral, para inflamarse de fe, reclama heroínas convencionales (la Traviata, la Esclava, la Reina...). Así, por siempre, cada perla del mar imita a la primera perla, y cada rosa de la tierra imita a la primera rosa.

Metamorfosis

Por lo tanto, aunque no lo pensase, desde hacía tiempo sabía a quién se dirigían las promesas y los insólitos suplicios que desde el otoño anterior atormentaban la existencia de Wilhelm Gerace. Pero durante los días de aquel verano febril ese tenebroso conocimiento crecía y se ramificaba escondido tras otros pensamientos.

Las escasas alusiones de mi padre que he mencionado fueron las únicas que sobre el tema hubo entre los dos. Dejé de proponerle que me acompañara a la playa o a cualquier otra parte y no volvimos a hablar de sus secretos. Ese silencio tortuoso y tenaz no lo impuso su voluntad, sino la mía. Yo lo consideraba un testimonio de mi desprecio hacia el desconocido del muelle, y quizá me engañara pensando que aplastaba su existencia bajo una piedra sepulcral al negar su misterioso poder. Hasta el punto de que una vez, conversando con mi padre, al nombrar el presidio no sé por qué, enrojecí de rebeldía y rabia contra mí mismo.

Todos los días, a cierta hora —al caer la tarde—, mi padre interrumpía su tedioso encierro y salía de casa sin aceptar compañía. No me hacía falta espiarlo para saber adónde iba, y la zona elevada de la ciudadela, que en el pasado había evitado en mis caminatas por una especie de respeto sagrado, se envolvió en una nueva prohibición, extraña y monstruosa. Aún hoy me resulta difícil describir mis sentimientos de entonces, que en aquel momento me negué a examinar. Quizá puedan compararse con los que debieron de experimentar las tribus mosaicas hacia el templo de Baal en Babilonia.

Las contadas alusiones de mi padre me confirmaron que él y el condenado del muelle se conocían y eran amigos antes del día en que los había visto bajar del mismo barco en Prócida. Y el oscuro favor —no podía ser casualidad— que había llevado al recluso a una tierra tan querida por mi padre era para mí la constatación de una especie de complicidad mágica entre ellos. La actitud del joven al desembarcar no bastaba para inducirme a creer que no correspondía a la amistad de mi padre: la insolencia me parecía algo tan natural en él como las manchas en la piel del leopardo.

Ignoraba el delito cometido por nuestro Presidiario, pero tenía motivos para suponer que era grave, pues el penal de Prócida rara vez albergaba a delincuentes de poca monta; por eso imaginaba que estaría condenado a cadena perpetua.

La idea de que pasaría encerrado toda su vida podía proporcionarme algún consuelo, pero era un consuelo pobre y cruel. En efecto, me parecía que la condición de condenado a cadena perpetua, aunque por una parte limitaba el poder del Presidiario sobre mi padre, por otra lo aumentaba al agrandar su figura ante los ojos de él tanto como ante los míos.

Entretanto, mi fe infantil y supersticiosa en el poder de mi padre —un poder más que humano y capaz de cualquier portento—

volvió a actuar. Sabía que, según la ley, los reclusos de la prisión podían recibir de vez en cuando visitas de unos pocos minutos, siempre en presencia de los carceleros. Pero en algún rincón inexplorado de mi mente comenzó a arraigar la idea de que si mi padre salía todas las tardes era para ver al Presidiario. Gracias a quién sabe qué poderes ocultos o sobornos, ambos recorrían pasajes subterráneos y secretos para encontrarse a diario. En esa misma región durmiente de mi fantasía, como en medio de una niebla turbia, esos encuentros adquirían una forma imprecisa, misteriosa y horrible. La extraña imagen de arcilla oscura y fluida como la lava con la que, no sé por qué, me representaba al joven recluso se transmutaba, por medio de un sucio encantamiento, con el cuerpo de mi padre y ambos se fundían y plasmaban en una estatua informe, cambiante y fabulosa. Esa indescifrable metamorfosis tenía para mí el valor oculto de algunos sueños que, cuando despertamos, aparecen carentes de sentido, pero que mientras los soñamos se nos presentan como oráculos nefastos.

Y en medio de este confuso horror volvía a encenderse, peor que cualquier otra cosa, aquella llama de gracia perentoria y sin rival que transfiguraba en mi interior al espectro del muelle. Era como si el joven prisionero me saludase con ironía dejando de ser un monstruo deforme para transformarse en un elegante personaje heráldico que gritaba «¡Impostor!». E impostura era mi desprecio. Sin la menor piedad, mis prejuicios infantiles volvían a adornarlo... Y en un instante el penal se me presentaba como el castillo de los Caballeros de Siria; legendarios aventureros heráldicos, consagrados a un voto sanguinario, pululaban en aquel castillo amurallado donde únicamente mi padre era recibido. Dominaban la isla con su trágico encantamiento; en sus rostros demacrados, los distintos delitos y la esclavitud se convertían en un artificio de seducción, como los afeites en los de las mujeres. Y todos rodeaban y protegían con un código de silencio aquel nebuloso lugar subterráneo donde mi padre se encontraba con el espectro del muelle.

Pese a su proximidad, la ciudadela me parecía situada en una dimensión inexorable, más allá de lo humano, como un fúnebre Olimpo. Llegué a excluirla no solo de mis itinerarios habituales, sino también, en la medida de lo posible, de mi vista. Cuando iba en la barca evitaba acercarme a la punta septentrional, donde el castillo, encaramado sobre una base de rocas, dominaba el mar. Y cuando pasaba por delante miraba hacia alta mar para no ver aquella forma irregular y maciza que de lejos semejaba una montaña de toba erosionada. En aquel tramo de mar, mi superstición me provocaba algunas impresiones que yo sabía que eran falsas, pese a lo cual me resultaban terroríficas. Me parecía que de la mole de toba, situada a mi espalda, me llegaban ecos extrañamente melodiosos, que sonaban al unísono. Me espantaba la extraña sospecha de distinguir en aquel coro la voz de mi padre, irreal como la de un fetiche o un muerto. Vagaba por allí, en una magnificencia funeraria, con su rostro blanco y consumido.

El final del verano

Estábamos a últimos de septiembre. Un día me entretuve tanto en alta mar que sin darme cuenta se me pasó la hora de ir a casa de Assuntina. Al desembarcar supuse, por la posición del sol, que debían de ser cerca de las cuatro de la tarde; en efecto, al poco el campanario dio las cuatro y cuarto. Decidí que era muy tarde para ir a ver a Assuntina y renuncié a ella por ese día. Tras arrastrar la barca hasta la arena seca, busqué mi andrajosa camiseta y las alpargatas bajo la roca donde las dejaba todas las mañanas, y comencé a trepar sin ninguna meta por unos atajos que llevaban al pueblo.

Las sombras de los tallos y los troncos eran ya muy largas, y los colores, tenues y frescos. Dos meses antes, a esa misma hora, la isla era un incendio. Los días se habían acortado mucho desde entonces. Pronto terminaría el verano.

Los días anteriores, en compañía de Assuntina, no me había detenido a considerar esa realidad. Fue como si, aprovechando mi soledad, un triste genio descolorido de ojos entrecerrados hubiese surgido ante mí y me saludara deslizándose por la hierba con un susurro otoñal. Aquel saludo era un adiós. Y así supe, de manera definitiva, que aquel era mi último verano en la isla.

A decir verdad, durante aquellos meses había fijado, aunque de un modo vago, el final del verano como fecha límite de mi permanencia en Prócida. Pero entonces la palabra «verano» me evocaba una estación imprecisa y sin límites, semejante a una larga existencia. Me engañaba en la confusa confianza de que ese verano, igual que hacía madurar las uvas, las aceitunas y otros frutos de los huertos, haría madurar la amargura de mi suerte para transformar mis sufrimientos en una explicación reconfortante. En cambio, el verano había llegado a su fin y mis sufrimientos seguían siendo acerbos; ese era el presagio en el que no podía creer y que advertía en la luz, en el delicado soplo del aire, como un saludo ambiguo y helado. «Pregunta sin respuesta» quería decir, traducido en palabras, aquel saludo, y nada ni nadie decía otras palabras, ni siquiera los ojos de N., bellos y maternales, pero pétreos para mí.

Llevado por mi mente distraída, me encontré subiendo por la empinada cuesta de los Dos Moros, que desemboca en la plazuela del Monumento. A esa hora la plazuela, limitada a poniente por una simple balaustrada desde la que se contemplaba el mar, estaba tranquila y espléndida, encendida con el color rosa anaranjado de sus muros y el reflejo dorado del agua. He hablado muchas veces de esa hermosa placita, pero quizá todavía no haya dicho que de ella partían cuatro calles. Una era la cuesta de los Dos Moros. Otra, la que tantas veces recorrimos en el coche de punto, la que bajaba al puerto y en el otro extremo de la plaza proseguía, con otro nombre, en la callejuela bordeada de jardines. Por último, en el lado de poniente se encontraba la más ancha, bien empedrada, que serpenteaba como un tortuoso mirador hasta lo alto del peñasco. La balaustrada de la plazuela la bordeaba por la parte exterior, y a esa hora, igual que la plaza, recibía de pleno el sol, que la teñía de un maravilloso rosa anaranjado.

La Tierra Amurallada

Esa era la única calle de la isla que conducía a la puerta de la Tierra Amurallada, como, en recuerdo de las antiguas fortificaciones, llama la gente del pueblo a la zona donde se halla el presidio. Por ella pasaba la camioneta con los prisioneros que llegaban al puerto. Hacía tanto tiempo que yo no la pisaba que era como si la hubieran borrado de la isla.

Pero aquel día la elegí por instinto, sin titubeos ni extrañeza, advirtiendo tan solo que el corazón se me aceleraba, como si al transgredir mi propia prohibición acometiera un acto temerario y solemne. La larga franja que formaba la calle estaba desierta hasta el último recodo visible, y me producía una sensación de paz subir en medio de esa calma encantada, que parecía ofrecerme un refugio en su horrenda melancolía. La isla, que entre los juegos de la espuma tendía a mis pies su forma de delfín, con el humo de sus casitas y el rumor de voces, me parecía muy lejana y carente de fascinación para mí, que buscaba seducciones más audaces. Me aventuraba en una zona que estaba fuera del tiempo, donde el fin del verano no llevaba consigo ni esperanzas ni adioses. Allá arriba, en los trágicos edificios de la Tierra Amurallada, existía una única estación desesperada y madura, apartada del mundo de las madres, en medio de una soberbia devastación.

Casi en lo alto de la cuesta, a mano izquierda, enfrente de la balaustrada, se hallaban las primeras construcciones de la penitenciaría: las viviendas de los empleados, las oficinas y la enfermería. Al final la cuesta se ensanchaba en una terraza que ofrecía en ambos lados la vista del mar abierto al infinito y un frescor celestial. Allí se alzaba la gigantesca puerta de la Tierra Amurallada, con su profunda bóveda de piedra y las garitas de los centinelas excavadas en las columnas. Delante de una de ellas paseaba siempre un centinela armado, pero no impedía la entrada a los transeúntes, ya que al otro lado de la puerta, además del conjunto de las prisiones, había un barrio populoso con iglesias y conventos antiguos.

Al llegar a la terraza, a apenas unos metros, vi a mi padre. Apoyado en la balaustrada de espaldas al panorama y sumido en una especie de apatía ensoñadora, dejaba que la brisa de poniente lo despeinara. Me detuve sobresaltado; pero él no me vio. Contra la luz del sol declinante, su rostro, anguloso por la delgadez, parecía casi de adolescente con aquella sombra de barba descuidada que lo cubría como vello dorado. Al poco rato se movió, con la americana de tela azul desteñida desabrochada sobre el pecho blanco y sacudida por el viento, y se internó bajo el arco de la puerta. Entonces, con paso lento para mantenerme a cierta distancia de él, caminé en la misma dirección. Me pareció que desde el principio sabía que iría allí a espiarlo. Y me di cuenta de que quizá desde el comienzo del verano me preparaba para seguir en algún momento el rastro de su misterio.

La persecución

El pasaje abovedado de la puerta, un lúgubre corredor con cruces de un negro polvoriento pintadas al fresco sobre el revoque, llevaba a la plaza central de la Tierra Amurallada, que por lo inmensa parecía una plaza de una gran ciudad, pero que siempre estaba desierta. A la izquierda, al fondo de un escarpado desnivel empedrado, una reja cerraba el acceso a un vasto patio amarillo y desnudo, rodeado de enormes edificios rectangulares. Sobre la reja se leía la inscripción «Penal» en torno a un relieve policromado de santa María de la Piedad.

Aquella era la entrada del presidio. En ese punto, a través de edificios bajos protegidos por murallas, la colina de las prisiones ascendía por detrás de la plaza central hasta el antiguo castillo, que descollaba a la derecha por encima del arrabal apiñado a sus pies. Durante un segundo imaginé, con el corazón en vilo, que mi padre se encaminaría hacia el terraplén para desaparecer, como por arte de magia, tras aquella reja prohibida. Pero no lo hizo. Giró a la derecha y, bordeando la plaza, se dirigió hacia la zona alta de la Tierra Amurallada, donde, sobre las terrazas de roca antigua, en un laberinto de encrucijadas, subidas y bajadas se arracimaban desde hacía siglos las casitas del arrabal.

A diferencia de la plaza central, ya casi en sombra, aquella zona todavía estaba iluminada por el sol, que teñía de rojo los vidrios de las ventanitas, entre los arcos superpuestos, los tejados desiguales y los balcones florecidos de geranios. Caminando con pasos torcidos, casi de borracho, mi padre se adentró en las callejuelas, bulliciosas al atardecer. Calzaba unas sandalias con suela de madera, de esas que suelen usarse durante el verano en nuestras playas, y el ruido que hacían sobre las piedras me guiaba por el dédalo de calles. En cambio mis pisadas eran silenciosas, gracias a las alpargatas de esparto; por lo demás, a pesar de seguirlo a corta distancia, ya no temía que me descubriera. Me sentía protegido por una especie de cinismo y de fatalidad, como si me hubiese tragado el anillo que vuelve invisible y él fuera un elfo, una materia inane, y la comunicación entre ambos hubiese quedado interrumpida. Casi tenía la impresión de que las personas que se llamaban entre sí y charlaban en las callejuelas, asomadas a los balcones o sentadas en las escaleras no nos veían pasar.

Mi mente se había paralizado, pero una certeza abúlica, casi desconsolada, me decía que Wilhelm Gerace caminaba indefenso ante mí como un guía que no sabe que lo es, y que inevitablemente, sin que yo supiera cómo, me conduciría al escenario de sus misterios.

Ni siquiera sentía curiosidad, pero sí experimentaba esa sensación de olvido y malestar que a veces se tiene en los sueños. No debían de haber pasado más de cinco o seis minutos, que me parecieron horas, desde que había cruzado la puerta de la Tierra Amurallada.

La meta de W. G. en esa zona no podía ser sino una: el antiguo castillo. No cabía duda de que allí se alojaba el Presidiario. Debía de vivir en una de las pequeñas celdas con tragaluz que daba al mar sin que este pudiera verse; al pasar frente a Prócida, los pasajeros del vapor asomados con curiosidad a la borda solían contemplar con tristeza esos tragaluces del sótano. Sin embargo, pese a que no podía tener más meta que aquella, mi padre siguió vagando un rato por aquellas callejuelas, dando vueltas en torno a la única calle, llamada via del Borgo, que conducía al castillo. Me pregunté si no habría bebido. Aquel deambular sin sentido recordaba el revoloteo enloquecido de las mariposas nocturnas alrededor de las lámparas. Por fin se decidió y, como era de suponer, tomó la via del Borgo. Fue allí donde, de pronto, perdí su rastro.

La via del Borgo era una especie de galería cubierta, excavada en el terreno rocoso bajo los edificios y sin más pavimento que una espesa capa de tierra. En toda su extensión, de unos trescientos metros desde el arco de la entrada hasta el que desembocaba frente al castillo, no recibía más luz que la procedente de una abertura a mitad de camino, no más ancha que una puerta. Grandes tramos de la calle, que los residentes solían llamar «el Canalón», se hallaban sumidos en una oscuridad perenne; solo de trecho en trecho parpadeaba en los lados un poco de claridad en las entradas subterráneas, semejantes a cuevas, donde alguna escalerilla llevaba al interior de las casuchas de arriba.

Cuando enfilé la via del Borgo, la mancha azul del traje de mi padre, que me precedía unos metros, ya había sido engullida por las tinieblas. Sin embargo, al principio aún distinguía —aunque más débil sobre el suelo de tierra— el ruido de las sandalias de madera, que retumbaba un poco bajo la bóveda. Después no oí nada. Del arrabal llegaban las voces de unas muchachas que llamaban a sus hermanos para que volvieran a casa, pues el día ya acababa; y en las pequeñas entradas negras se adivinaba la presencia de algún niño que jugaba sentado en el suelo, junto a la escalerilla, entre perros, gallinas y el revoloteo de alguna paloma. Mis ojos se habían habituado a la escasa luz; apresuré el paso y en vano agucé la vista intentando atisbar a mi perseguido. Para alcanzarlo cubrí corriendo el último trecho de la via del Borgo y pronto salí al enorme patio cubierto de hierba, al fondo del cual, por un portón macizo empotrado en una especie de bastión, se accedía a los subterráneos del castillo. Pero de mi padre no había ni rastro. En aquel césped árido, delante del portón atrancado, solo estaba el soldado que montaba guardia con el fusil al hombro; me miró de soslayo, con más somnolencia que desconfianza. No había ninguna otra señal de presencia humana. Me detuve unos instantes, indeciso; luego me encogí de hombros y con paso perezoso volví a la via del Borgo.

Me pareció inútil volver a recorrer de un extremo a otro el tenebroso Canalón y a mitad de camino atajé por la abertura que daba al exterior. Se me ocurrió que quizá también mi padre habría salido por allí; eso explicaría su desaparición sin tener que recurrir a maquinaciones fantásticas. Era posible. Pero, en ese caso, ¿quién sabía dónde se hallaba? Y, por otra parte, ¿qué me importaba a mí W. G.? ¿Qué me importaban sus secretos? Lo que me había abandonado de pronto, más que la esperanza, era el deseo de encontrarlo. Subiendo hacia lo alto del peñasco tropecé con un grupo de niños que bajaban llevando una cometa y estuve tentado de preguntarles si habían visto a un hombre alto vestido de azul, pero decidí que no valía la pena. Casi había renunciado a proseguir la persecución. Caminaba únicamente por inercia, sin ninguna intención concreta.

El palacio

Desde la abertura en la pared del Canalón, a través de montículos de escombros y ruinas se subía a un terreno abandonado al que llamaban el «Guarracino», que se extendía detrás del arrabal a lo largo del borde de la Tierra Amurallada, sobre los acantilados más altos de la isla. El Guarracino quedaba cerrado al fondo por el inmenso palacio del antiguo castillo. El último tramo era una montañita de casuchas destruidas —creo que en tiempos de los corsarios turcos—, sepultadas en gran parte bajo montones de tierra. Esa elevación de ruinas estaba separada del castillo, erigido casi en el filo de las rocas, por un barranco natural, insalvable, en cuyo fondo se acumulaban piedras e inmundicias; a la derecha el terreno descendía, cubierto de zarzales, hasta el precipicio que caía sobre el mar.

Abajo se encontraba la punta septentrional de la isla, que durante la pasada estación yo había evitado como a un espectro cada vez que surcaba la zona con mi barca. Se oía cómo el mar, al internarse en los huecos de las rocas, borbollaba con un pequeño estrépito. En los alrededores no se oía nada más. El Guarracino estaba desierto. Al trepar por la montañita roñosa y devastada sentí que se apoderaba de mí una tristeza desconsolada.

Las voces de las viviendas más cercanas, que me llegaban suaves y amortiguadas en la calma del aire, me parecían voces de una estirpe infantil, diferente de la mía; al oírlas sentí lo que experimentaría un lúgubre caballero errante que al atardecer avanzara solo por bosques y valles oyendo el diálogo de los pájaros que se recogen en los árboles para dormir juntos. Añoré los días pasados, cuando a esa misma hora callejeaba por el puerto, saciado tras hacer el amor con Assuntina y con un poco de sueño ya; incluso sentí remordimientos al pensar en la pequeña esclava india, que me habría esperado en vano. En estos momentos —pensé—, en su casita, se apresura a preparar la cena para sus padres, que vuelven del campo. Y la madrastra, en la Casa dei Guaglioni, canta junto al moisés para que Carmine se duerma. Y él no tiene sueño y quiere seguir jugando… Todos estaban ocupados en cosas simples, naturales. Solo yo andaba tras unos misterios terribles y extraordinarios, que quizá no existían y que, además, ya no deseaba conocer.

Entre los restos acumulados en las casuchas enterradas se alzaban vestigios de construcciones más elevadas, paredes de dos y tres metros con recuadros corroídos en el lugar de las antiguas ventanas. Inesperadamente, al pie de uno de esos muros vi las sandalias de madera de mi padre.

Retrocedí para esconderme detrás de la pared; de pronto, después de tanto buscar a W. G., me daba miedo verlo, aunque él no me viese a mí. Me quedé quieto, con el corazón agitado, sin aventurarme a salir del escondite. Sin duda se había quitado las sandalias para caminar más ligero por aquel terreno abrupto; y debía de estar cerca, pues el acantilado y el mar cortaban todos los caminos. Sin embargo, ni aun conteniendo la respiración advertí a mi alrededor ningún indicio de una presencia viva.

El palacio del castillo no tenía ninguna puerta ni ventana que diera a aquel lado del promontorio; solo se veían gigantescos muros ciegos, reforzados con pilastras, arcos y contrafuertes. Casi parecía una mole de rocas naturales más que una construcción humana. Solo en un ala semicircular y cortada a pico sobre el mar se divisaban unos cuantos tragaluces; pero de esas ventanas no llegaba ningún sonido ni se advertía tras ellas ningún movimiento, como si los personajes de tétrico uniforme blanco que habitaban el palacio yacieran sumidos en un letargo, escondidos entre aquellas paredes.

Solo provisto de alas era posible llegar por aquel lado de la Tierra Amurallada a las celdas del palacio. En el silencio desolado que me rodeaba resurgieron toda clase de visiones fantásticas en torno a W. G. Escalada de muros, pasajes secretos, trampas legendarias o, quizá, también la muerte. Lo imaginé quitándose las sandalias de madera y precipitándose desde lo alto del acantilado, y me pareció que ya no me importaba siquiera que hubiese muerto. Me era indiferente que estuviese vivo o muerto, cerca o lejos. De pronto anhelé haber abandonado ya la isla, encontrarme entre gentes extrañas, sin la intención de volver, y decidí que a cuantos conociera en el futuro les diría que era un expósito, sin padre ni madre ni parientes. Que me habían abandonado en una escalinata y que había crecido en un orfanato, o algo por el estilo.

Bostecé con el ánimo de ofender a la sombra invisible de W. G. Pero, enervado, permanecí allí sin saber qué esperaba. El sol ya casi se había hundido en el mar. No sé cuántos minutos transcurrieron. Entonces lo oí muy cerca. Cantaba.

La voz infeliz y las señales

Su voz, que reconocí de inmediato con un estremecimiento, procedía de la parte inferior y más escondida del promontorio, y por eso parecía surgir del fondo del precipicio marino. Aquella ilusión daba a la escena la desasosegante solemnidad de los sueños. Con todo, lo más extraño para mí era que cantase. Nunca le había oído cantar, y de hecho no tenía una voz hermosa (era lo único feo en él): sonaba áspera, casi femenina, disonante. Pero, precisamente por carecer de musicalidad y belleza, su canto, de manera misteriosa, me conmovió aún más. Creo que ni siquiera la melodía de un arcángel me habría emocionado de aquel modo.

Cantaba unos versos de una cancioncilla napolitana, una de las más conocidas, que yo sabía, podría decirse, desde que aprendí a hablar, de modo que, a fuerza de oírla y repetirla, había llegado a ser de lo más banal para mí. Era esa que dice:

> *Nun trovo 'n'ora 'e pace*
> *'a 'notte faccio iuorno*
> *'sempre pe sta 'cca 'ttuorno*
> *speranno 'e te parlà!**

La entonaba con una persuasión tan amarga, tosca y desesperada que al escucharla me pareció una espléndida canción nueva de significado trágico. Era como si los cuatro versos, que él cantaba

---

* No encuentro una hora de paz, / de la noche hago día; / para estar cerca de ti, / esperando contigo hablar.

despacio y casi a gritos, hablaran de mi soledad; de cuando vaga-
bundeaba para evitar a N., sin amigos, felicidad ni reposo; y de ese
mismo día, en que había acabado en aquel promontorio miserable,
en ese imprudente escondrijo, para descubrir la última tristeza.

Como desde donde me encontraba no podía ver a W. G., me
encaramé a un saliente de la pared que me servía de escondite.
Espiando por una ventana destruida atisbé al cantor. Estaba solo,
recostado en una franja de tierra cubierta de hierba, muy cerca del
borde del acantilado, y en aquel estrecho parterre escarpado,
como un mísero escuerzo que canta a la luna, cantaba hacia el
palacio. Tenía los ojos fijos en uno de los ventanucos abiertos en
el ala semicircular, entre el barranco del promontorio y el mar.
Era una ventana aislada y no muy alta. Como las otras, no traslucía ninguna señal de vida; solo ofrecía silencio y oscuridad.

Aun así, parecía que mi padre esperase alguna respuesta a su
canto. Terminados los cuatro versos, se sumió en un silencio inquieto, dando vueltas angustiadas sobre el suelo como un enfermo en la cama de un hospital. Al rato volvió a cantar el mismo
fragmento. Entonces, temiendo que me descubriese, bajé de un
salto de mi atalaya. Asomándome un poco por detrás de la pared
podía observar, aunque sin ver a mi padre, la impasible ventana
del palacio. Y, en efecto, no aparté los ojos de ella.

Otras tres o cuatro veces me llegó desde la base del promontorio su voz, que retomaba la canción con una testarudez infantil y
sombría. Repetía siempre los mismos versos, y en cada ocasión su
tono expresaba un dolor distinto: súplica, mandato, capricho trágico y exigente. Pero el ventanuco permanecía ciego y sordo, como
si el prisionero que ocupaba aquella celda hubiera escapado o estuviese muerto, o cuando menos sumido en un sueño profundo.

Por fin cesó aquel canto inútil. Y al poco surgieron de aquella hondonada oculta, en un nuevo intento de llamada hacia el ventanuco, unos breves silbidos rítmicos. Al oírlos temblé corroído por los celos.

En el ritmo de los silbidos reconocí enseguida un lenguaje secreto de señales, una especie de alfabeto Morse que mi padre y yo habíamos inventado en los felices días de mi infancia y mi pubertad. Durante nuestros juegos estivales en el mar lo usábamos para transmitirnos mensajes a distancia, y alguna que otra vez para bromear, de común acuerdo, en el puerto o en el café de la plaza, a costa de algunos procitanos presentes que ignoraban qué sucedía.

Era evidente que mi padre había enseñado al Presidiario el alfabeto secreto, que yo había creído propiedad exclusiva de nosotros dos, de Wilhelm Gerace y mía.

Conocía tan bien aquellas señales inventadas que, apenas las oía, las traducía en palabras mucho mejor de lo que lo haría un telegrafista anciano. Aun así, por culpa de los celos que me habían asaltado me perdí las primeras sílabas del mensaje lanzado por mi padre. Lo que después oí decía:

… NI-VISITAS-NI-CARTAS-NADA
AL-MENOS-UNA-PALABRA
¿QUÉ-TE-CUESTA?

Siguió un nuevo silencio expectante. La ventana se obstinaba en su sepulcral indiferencia. Mi padre repitió:

AL-MENOS-UNA-PALABRA

y tras otro silencio:

¿QUÉ-TE-CUESTA?

Por fin, por la pequeña abertura de la parte superior del ventanuco, donde el tragaluz se abría como un fuelle dejando al descubierto la parte superior de la reja, se vieron dos manos aferradas a los barrotes. Mi padre las atisbó al instante y de un salto se puso en pie. Entonces lo vi correr hacia el borde del despeñadero, donde se detuvo, casi bajo el palacio, separado de este por un hueco de tres o cuatro metros, con el vacío del mar al fondo. Permaneció mudo, expectante, como si aquellas tristes manos aferradas fuesen dos estrellas aparecidas para revelarle su destino.

Poco después las manos soltaron la reja, pero sin duda el Presidiario siguió junto a la ventana, quizá subido a un banco a fin de alcanzar la parte superior del tragaluz, y se llevó dos dedos a los labios para lanzar las señales de respuesta. En efecto, no tardaron en oírse sus silbidos, agudísimos y rítmicos, en una sucesión de armonía bárbara. Con una certeza increíble reconocí en ellos —como en una voz restallante de orgullo adolescente y de desprecio— la altanería exasperada del malhechor del muelle.

El mensaje para mi padre, que enseguida traduje, se componía de estas dos palabras:

VETE, PARODIA

Después, nada más. Aunque me pareció —quizá por una simple alucinación auditiva— que de las ventanas cercanas salía un coro de risas graves, como una enorme mofa lúgubre contra mi padre. Volvió a imponerse un silencio sepulcral, interrumpido poco después por los golpes que los guardianes de ronda daban con las porras a las rejas al revisar las celdas antes del anochecer. El ruido se acercaba cada vez más por las invisibles ventanas de la fachada que daba al mar, y vi que mi padre, al oírlo, se apartaba de donde estaba y se preparaba para marcharse lentamente. Temiendo que me sorprendiera, corrí hasta el pie del montículo y a grandes zancadas regresé sobre mis pasos.

Durante todo el camino de vuelta repetí en mi interior, para no olvidarla, la palabra «parodia», cuyo sentido no tenía del todo claro. Al llegar a casa fui a buscar un diccionario escolar muy viejo que llevaba años en mi habitación; probablemente había pertenecido a mi abuela maestra o al estudiante de Romeo el Amalfitano. Junto al vocablo «parodia» se leía: IMITACIÓN BURLESCA DE UNA OBRA LITERARIA, EN LA CUAL LO SERIO SE VUELVE RIDÍCULO, CÓMICO O GROTESCO.

De ese modo, Wilhelm Gerace me había tendido una última trampa. En verdad, si con plena conciencia e intención hubiese estudiado la manera más malévola de volver a someterme a su hechizo, no habría podido inventar un juego tan pérfido como aquel al que me había atraído sin saberlo. Comprendí con toda claridad que en sus peregrinaciones a la Tierra Amurallada no lo esperaba sino una vergonzosa soledad; que allí se le mortificaba y rechazaba como al último de los siervos. Y con ese descubrimiento, no sé por qué, mi cariño hacia él, que creía sofocado y casi extinguido, volvió a encenderse más amargo y desgarrador, casi terrible.

8

Adiós

Non piú andrai, farfallone amoroso,
notte e giorno d'intorno girando,
delle belle turbando il riposo [...]
[...]
[...] Coi guerrieri, poffarbacco!

Aria de *Fígaro*

La sombra odiada

Pasaron otros dos meses. Estábamos cerca de finales de noviembre. Entonces me enteré de que Assuntina me traicionaba.

No vale la pena que me entretenga contando cómo lo descubrí, pues debo apresurarme a terminar estos recuerdos. Baste decir que me informaron sin que existiese duda alguna. No me engañaba solo con un amante, sino con varios, que ya tenía antes de enredarse conmigo. El día que lo supe, pasé a propósito por delante de su casa. Al ver que no me detenía, corrió detrás de mí, me di la vuelta y la aparté con insultos tan claros y tal violencia que se alejó atemorizada. Más tarde volví a pasar: no había nadie delante de la casita; la puerta estaba cerrada. Con el cortaplumas grabé en la madera de la puerta el dibujo de una cerda con la siguiente inscripción: «Adiós para siempre». Luego caminé por los campos de los alrededores, hasta que por último me tumbé en un prado y rompí a llorar.

No amaba a Assuntina, es cierto, pero en los últimos tiempos había pensado incluso en casarme con ella: ¡tanto deseaba tener una mujer que me quisiese y fuese mía! Había decidido que tras la boda le daría besos como el que había dado a N. y siempre le había negado a ella. Además —y eso era lo principal— tendríamos un hijo. Me gustaba muchísimo la idea de tener un hijo, me divertía pensando cómo sería y proyectaba llevarlo conmigo en mis futuros viajes, como a un verdadero amigo. Pero aquellos planes se fueron al traste, igual que tantos otros.

Si por lo menos mi madre hubiese estado viva, habría podido desahogarme contándole mis penas a alguien. Por un instante surgió la visión de N. tal como había sido conmigo en otro tiempo, pero enseguida se le sobrepuso su imagen de aquel momento: tan torva que hasta sus rizos se habían vuelto amenazadores. Había que reconocer que la infame Assuntina había tenido razón al decir que, bajo la apariencia de una cordera, mi madrastra escondía la dureza indomable de una bestia feroz.

Basta: de momento estaba solo. Entonces, ¿qué me seducía todavía de aquella isla embrujada? ¿Qué me impedía abandonarla para siempre como había hecho con mi infiel amante?

Respuesta: Wilhelm Gerace, que otros años por aquella época ya habría partido de viaje, aquel otoño aún honraba a Prócida con su presencia.

A menudo nuestros afectos, que suponemos magníficos, incluso sobrehumanos, son en realidad insípidos; solo una amargura terrenal, atroz, puede darles, como la sal, el sabor misterioso que transforma esa profunda mezcolanza. Durante la infancia y la pubertad había creído amar a W. G., y quizá me engañaba. Tal vez solo ahora comenzaba a quererlo. Me sucedía algo sorprendente, que no habría creído posible si me lo hubieran predicho: me compadecía de W. G.

No era la primera vez que sentía compasión por alguien. A lo largo de mi vida la había sentido, por ejemplo, por extraños o por desconocidos, incluso por transeúntes. Por Immacolatella. Por N. También por Assuntina. En fin, sabía lo terrible de ese sentimiento. Pero las personas que me la habían inspirado, si bien las quería, se habían relacionado conmigo por una casualidad o porque las había elegido; no me unía a ellas ningún parentesco consanguíneo. Ahora, en cambio, por primera vez conocía esta violencia inhumana: tener compasión de mi misma sangre.

A pesar del aburrimiento invernal que ya reinaba en la isla, desde hacía varias semanas W. G. se mostraba menos sombrío y más sociable. No era que se hubiese librado de su idea fija; al contrario, se habría dicho que aquel pensamiento lo dominaba más que nunca. Pero ahora parecía sacarlo de su duermevela angustioso y arrastrarlo, día a día, hacia una impaciencia nueva y oscuramente festiva. Por eso iba sin sosiego de una habitación a otra, por las calles del pueblo y por los senderos del campo como si lo persiguiese una multitud de presagios crueles y de vaticinios insoportables. En ocasiones lo desbordaba una alegría exaltada, ingenua, de persona inmadura; pero esa alegría parecía cansarlo desesperadamente y entonces, en busca de reposo, se refugiaba en una horrible melancolía.

Advertí que había espaciado sus peregrinaciones a la Tierra Amurallada, pero eso no bastaba para engañarme. En todo momento reconocía en sus ojos, en sus maneras, aquella sombra odiada que ocupaba su mente. Por eso le mostraba siempre un semblante malhumorado y taciturno. Cuando —y esto sucedía de nuevo desde hacía algunos días— buscaba mi compañía para ir al pueblo o a pasear por el campo, yo lo seguía sin ganas. Y si me hablaba le respondía con pocas palabras y de mal talante.

Al pensar ahora en aquellas últimas semanas me parece que en verdad volaron, que fueron las más rápidas de mi vida. Y quién sabe lo largas que le resultaron a él, que debía de contar los días. La alegría dramática e impaciente de la espera se sentía en el aire, a su alrededor. Yo intuía que estaba a punto de producirse alguna novedad, pero me negaba a compartir su alegre drama. Ya no intentaba explicarme aquella espera e incluso fingía ignorarla. La explicación, sin embargo, no tardó en llegar.

Una noche

Una noche de principios de diciembre regresé a casa muy tarde. Desde que N. me había declarado su aversión irremediable, acudía lo más tarde posible para no encontrarme con ella. Antes de irse a dormir me dejaba la cena junto a las brasas, para que no se enfriara, pero desde hacía unas semanas yo solía cenar por mi cuenta en el pueblo, en la taberna del Gallo o en el café de la viuda. Aquel otoño era rico, pues mi padre me daba mucho dinero. No pasaba un día sin que me entregase cincuenta o cien liras. Esa misma mañana me había regalado la disparatada suma de quinientas. Yo no sabía qué hacer con tanto dinero; dejaba billetes olvidados entre los libros y entre los trapos del cajón. Siempre tenía al menos siete u ocho arrugados en los bolsillos, y daba propinas generosas, como los procitanos no debían de ver desde la dominación española del XVII.

Por lo general iba a cenar a la taberna a eso de las siete, pero, como me quedaba en el pueblo hasta las diez o más tarde, a veces tenía hambre al volver a casa y me comía lo que me había dejado preparado la madrastra. Con esa intención me encaminé a la cocina aquella noche. Y me llevé una sorpresa: las cenizas de las brasas estaban todavía calientes, pero las dos pequeñas cazuelas de barro donde N. solía dejarme la cena estaban destapadas y vacías. Y sobre la mesa no se veían, como otras noches, los platos y cubiertos que N. había puesto para mí.

Era la primera vez que sucedía algo semejante. Saqué del cajón un pedazo de pan y salí a comerlo a la explanada. Pero se me había quitado el hambre y lo tiré.

Era una noche oscura. Corría un viento húmedo y frío. Apenas había dado unos pasos cuando, a mi espalda, las ráfagas cerraron las contraventanas de la puerta vidriera iluminada, que había dejado abierta. Sin luna ni luz, la explanada se veía tan negra que no se distinguían sus límites; resultaba poco atractiva y enseguida decidí volver a entrar. Al acercarme a la casa, silenciosa y sumida en el sueño, atisbé una leve luz rojiza tras el ventanal del salón.

Sobre todo en invierno, aquel enorme salón gélido permanecía cerrado y abandonado. En lo primero que pensé, aun sin creer en ellos, fue en los espíritus; me acordé de todos los cuentos que de niño me llenaban de dudas: el espectro del Amalfitano, los de sus *guaglioni*... «Quizá los espíritus se hayan comido también mi cena», pensé, y al entrar en casa, escéptico y perplejo, me encaminé hacia el salón.

Pronto descubrí que la luz rojiza que había visto desde la explanada provenía del hogar. Con la ilusión de calentar un poco aquella especie de caverna que era nuestro salón, alguien había encendido unos pedazos de leña en la vieja chimenea, que, poco acostumbrada al fuego tras más de medio siglo de inactividad, había llenado de humo la estancia. Cuando entré, una forma solitaria se movió sobre uno de los desvencijados sofás colocados cerca de la chimenea. Al principio, en medio de la oscuridad, pensé que sería un perro. Pero cuando se levantó vi que era un hombre. Giré el interruptor de la luz y enseguida lo reconocí. Aunque no hubiese reconocido sus rasgos ni su traje —el mismo traje de domingo que llevaba puesto aquella tarde en el muelle—, para reconocerlo me habría bastado el odio repentino, acerbo y devorador que sentí en cuanto lo vi.

En el salón

La araña de luces, cubierta de polvo y con un resplandor muy débil, apenas iluminaba aquel ángulo del salón. Aun así, esa mísera claridad bastó para revelarme de inmediato, con toda exactitud y detalle, la hospitalaria acogida señorial y exultante que mi padre, con inexperta improvisación, le había preparado: una especie de cándido festín desordenado. Sobre la mesa, arrimada al sofá, vi los platos con las sobras de mi cena, además de aceitunas, algunos dulces, dátiles, cigarrillos, vino, una botella vacía de espumoso y otra de licor. Sobre el suelo, desenterrada de quién sabe qué rincón de la casa, había una alfombra; y en el sofá, una almohada y la manta de lana de mi padre... Todo eso, a mis ojos de salvaje herido, cobró la importancia de un boato principesco.

También vi las facciones del hombre —a diferencia de aquel día en el muelle— con una precisión extraordinaria, mayor que si lo iluminase un faro. Advertí cuánto me había equivocado en el muelle al juzgarlo feo, y la instantánea conciencia de que en realidad era agraciado me atravesó como un cuchillo. Quizá no habría aborrecido tanto su belleza si hubiese sido rubio, pero era moreno, tanto o más que yo, y eso provocó en mis sentimientos, no sé por qué, el mismo impacto que un drama insoportable.

Mi conversación con él permanece en mi recuerdo como una escena envuelta en humo e incendiada por el odio. Odiaba la forma de su cuerpo, alto y bien desarrollado, cuya musculatura, que no parecía haber sufrido con el cautiverio, se marcaba con cada movimiento. Y sus hombros. Y el robusto cuello, que sostenía con orgullo la cabeza, modelada con gracia intrépida y donde resaltaba la palidez de prisionero. Y el hermoso pelo negro, infantil, cortado con esmero, con la línea de nacimiento baja sobre la frente, como en algunas esculturas... No había en él ningún rasgo que pudiese llevarme a perdonarlo.

Bajo las espesas cejas, sus ojos, de cuencas hundidas, tenían una manera desdeñosa, insolente y taimada de no mirar directamente a su interlocutor, sino de través. La boca, severa y hermosa, al sonreír no despegaba los labios: se limitaba a levantar apenas una comisura con una especie de brutalidad alusiva, como si una verdadera sonrisa amable desentonase con su virilidad. Y en el mentón tenía un hoyuelo, que añadía resolución y audacia a su semblante.

Traición

—¿Dónde está mi padre? —le espeté nada más entrar en el salón. Mi tono, tumultuoso y agresivo, debió de anunciarle que ya le había jurado hostilidad.

Me observó sin apartarse ni un paso de la chimenea.

—¿Y quién es tu padre? —me preguntó a su vez con fingida ignorancia.

—¿Cómo? ¡Mi padre! El propietario de esto. ¡Soy Arturo Gerace!

—¡Ah! Mucho gusto… —dijo con un remedo de solemnidad indolente—. El propietario está arriba en este momento, pero no tardará en volver.

—Entonces, lo espero. —Y me quedé en la puerta, con la espalda apoyada en el marco.

—Siéntate —repuso con una mueca de indiferencia, como para dar a entender que mi presencia le importaba tanto como la de una hormiga. Luego, tendiéndose de nuevo en el sofá, agregó—: Pero apaga la luz. Tu padre me ha recomendado que no la encienda, por el peligro de que nos vean desde fuera…

No me moví. Me miró de reojo.

—Bueno, ¿a qué esperas para apagarla?

Ante mi desobediencia deliberada, se irguió un poco apoyándose en un codo, y un fugaz rayo, entre juguetón y arrogante, le atravesó las pupilas.

—Te digo que es peligroso —añadió con tono de vaga amenaza—. La policía… —Y, bajando la voz, con un énfasis canallesco anunció—: ¡SOY UN FUGITIVO!

Lo miré sin parpadear. En sus maneras y en su acento se olía el engaño, pero también podía ser que dijese la verdad. De hecho, sus palabras concordaban a la perfección con la imagen que de él me había formado el primer día… Y explicaban la presencia en nuestra casa de un condenado a cadena perpetua, que era la pena que yo suponía que le habían impuesto…

A pesar del odio, por un instante me dejé fascinar por aquel espejismo de magnífica complicidad que brillaba ante mí, sorprendente e imprevisto: ¡esconder en nuestra casa a un auténtico fugitivo, perseguido por la policía! Era un honor y, al mismo tiempo, significaba ejercer un poder sobre él, tenerlo a mi merced… Con todo, en la duda, dejé la luz encendida, más que nada para que no llegara a suponer que lo tomaba en serio. Volvió a mirarme.

—¿A qué esperas para apagarla? —repitió.

Con una expresión de repugnancia, alcé los hombros. Entonces, tras sus labios cerrados con arrogancia estalló, casi a su pesar, una breve carcajada infantil. Al mismo tiempo, adoptando un aire irónico y desdeñoso, arqueó las cejas y arrugó la frente.

—Bueno, por mí haz lo que quieras —dijo—. *Soy un fugitivo* es el título de una película. ¿Qué te habías creído? Desde esta tarde soy un ciudadano libre, en paz con la autoridad. Me han desalojado legalmente de mi domicilio, en la villa de allá arriba, a las diecinueve horas del día de hoy, tres de diciembre, si es que te interesa saberlo.

Sin abandonar su postura indolente, me dirigió una mirada perezosa e impasible, pero cargada de malicia implícita.

—Te ha sentado mal, ¿eh? —añadió tras una pausa—. Di la verdad. Te has tragado la historia de la fuga y ya disfrutabas con la idea… de ir a denunciarme…

Desde que me había plantado junto a la puerta, frente a él, tenía el propósito de no dirigirle la palabra, como si ese hombre fuese un animal. Pero al oírle proferir una calumnia tan descabellada no pude contener una sonora y soberbia exclamación burlona.

Su única respuesta fue una semisonrisa de suficiencia, como si mantuviese su opinión.

—Puedes ahorrarte el esfuerzo —prosiguió impertérrito, acomodándose mejor en el sofá—, y en cuanto a las luces, te aseguro que me da igual que estén encendidas o apagadas. Es tu padre quien, por prudencia, ha ideado esa treta de apagar la lámpara… La policía no tiene nada que ver. Se trata de asuntos privados vuestros, de familia.

Bostezó y encendió un cigarrillo.

—Para que te enteres —aclaró—, tu padre no quiere que sepáis que estoy aquí. Y por eso, como ves, no me ha invitado a alojarme arriba. Creo que sobre todo no desea presentarme a la señora…

Hablaba con un acento distinto del napolitano, al que yo estaba acostumbrado: menos cantarín y más robusto. Sin embargo, no empleaba ningún dialecto, sino un italiano bastante preciso. Más aún: parecía divertirse, por el placer de provocar, pronunciando frases rebuscadas, y sus maneras, originariamente plebeyas, resultaban más soberbias y provocativas cuando se hacía el educado. Hablaba despacio, entre una calada y otra. Y cada vez que decía «tu padre» se percibía una nota de respeto sarcástico y de rechazo, como si eludiera un asunto triste y fastidioso y, al mismo tiempo, se burlase de aquella figura paterna de la que me enorgullecía.

—¡Y es lógico! —prosiguió desgranando las palabras con aire de sultán indiscutido, como si se considerara el gángster más importante del siglo—. Yo no soy un individuo al que presentar a la familia, soy un sospechoso peligrosísimo… En el juicio —declaró con orgullo— me cayeron dos años. Sí. Después tuvieron que reducirme la condena debido a los grandes acontecimientos internacionales, y como consecuencia llegó el indulto de Su Majestad el rey… ¿No te alegra la afortunada coincidencia? De no ser por la marcha de la historia, ahora no estaría aquí, en vuestro palacio, ¡gozando de esta hermosa velada!

Al oír sus palabras le dirigí a mi pesar una mirada perpleja, casi interrogante. No por los «grandes acontecimientos internacionales» que había mencionado —nada sabía de ellos y en ese momento no me importaban—, sino por otra cosa. «¡Solo dos años!», pensé desconcertado. Aquel a quien había creído un auténtico condenado a cadena perpetua era un recluso de poca monta. No obstante, advertí con rabia que ni siquiera sabiendo que era un mísero carterista o un matón de barrio, en lugar de un asesino o un malhechor peligroso, disminuía a mis ojos su odiosa magnificencia.

Aun así, para demostrarle que le daba poca o ninguna importancia, hice una mueca de repulsión con los labios. Por su parte, comenzó a bostezar de forma exagerada, como si la «hermosa velada» le provocase un terrible aburrimiento. No añadió ni una palabra más.

Siguieron unos instantes de silencio. Continué apoyado en el marco de la puerta, con una mano en un bolsillo, en la actitud de un jefe de bandoleros frente a otro jefe enemigo en medio de la desierta pampa. Por fin rompí el silencio.

—¿Qué? ¿Vas a dormir aquí esta noche? —le pregunté con aspereza.

—¿Dónde quieres que duerma? ¿En el Grand Hotel? ¿Por qué? —agregó con tono sarcástico tras una pausa—. ¿Es que la idea te incomoda? Quizá…

Alcé los hombros con un desprecio de gran señor.

—¡Pufff! Me importa un comino lo que hagas —repliqué.

—Ya. He aceptado la invitación de tu padre —dijo en un tono de concesión serena, con una especie de generosidad de bribón—, porque, después de pensarlo, y teniendo que pasar mi última noche en la isla, este me ha parecido el mejor alojamiento. Hasta mañana no zarpa ningún vapor para el continente…

En ese momento su rostro reflejó una impaciente nostalgia, largamente madurada, que lo volvió más elemental, hasta infantil.

—Si no hubiese sido por tu padre, a quien se le ocurrió meterse en mis asuntos —exclamó de pronto con tono vengativo, bajando las piernas del sofá—, esta noche yo podría haber dormido en Roma, cerca de mi novia. Desde la cárcel de Viterbo, donde estaba antes, a mi casa, en el Flaminio, se tarda menos de una hora en coche. Y fue él, por mucho que quiera negarlo, el que arregló, con no sé qué pretextos, que me trasladaran a este bello oasis de Prócida. Tantos tejemanejes con sus conocidos de las altas esferas…

Ah, ¡entonces era eso…! Al oír sus palabras evoqué, como una corte de secuaces velados y huidizos, aquella misteriosa sociedad poderosa y sin nombre que de niño había imaginado al servicio de mi padre. Y, ambicioso, me complació el prestigio paterno, como cuando era un chiquillo. Por fin me explicaba por qué la famosa Tierra Amurallada había albergado a ese preso insignificante, condenado a una reclusión breve. La voluntad de mi padre lo había arrastrado al territorio de los Gerace, como a un esclavo reacio e insolente...

Ante esa visión, de repente recordé —me asombró no haberlo pensado antes—, con un verdadero estremecimiento, la promesa que mi padre había hecho al difunto Amalfi: jamás disfrutaría de la compañía de ningún otro amigo en esa isla y en esa casa, unidas para siempre a su memoria. En mis oídos resonaron las palabras de Wilhelm Gerace: «Si faltara a ese juramento sería un traidor y un perjuro».

Y en efecto lo era.

Mi rostro debió de reflejar el íntimo y súbito desaliento que me invadió. Y quizá esa expresión desvalida indujo a mi adversario a mostrarse cortés. Con un movimiento distraído de sus ojos airados y oscuros, señaló en dirección a la mesa y, con un tono de urbanidad casi patricia, dijo:

—A propósito, no me he disculpado por haberme comido tu cena...

Sus excusas me hicieron temblar de rabia, pero no quise darle el gusto y, mostrándole una agresividad de pirata acostumbrado a las más siniestras francachelas de taberna, le espeté con una indiferencia feroz:

—¿De qué cena me hablas? Yo ceno siempre fuera.

—Ah, no lo sabía... —respondió de modo ceremonioso, y comenzó a mirarme con curiosidad y ojos risueños—. De hombre a hombre, dime —agregó, con un tono distinto, indiscreto y lleno de intención—, ¿por qué vuelves tan tarde? ¿Tienes una novia?

—¡No! —respondí con hosquedad.

—No tienes una novia —dijo con una súbita expresión de complicidad en su mirada alegre—, sino dos o tres por lo menos.

¿Sabes qué me ha contado tu padre hace un rato? Que cenas fuera y te acuestas tarde porque todas las noches sales a cazar mujeres, como los monos. ¡Que estás loco por las mujeres y tienes varias amantes!

Sentí que enrojecía: conque W. G. estaba al tanto de mis aventuras. Por suerte el otro no advirtió mi rubor adolescente. Había apartado la mirada y de pronto pasó de las sonrisas a un humor sombrío. Exhaló un gran suspiro anhelante, como de lobo, y poniéndose en pie proclamó con tono triunfal y amenazador, como si desafiase a muerte a quien se atreviera a contradecirle:

—¡También a mí me gustan las mujeres! —Y subrayó, más amenazador que antes—: ¡Me gustan las mujeres, Y PUNTO!

Y comenzó a pasearse por el salón con su elástico y orgulloso paso de yóquey. Dirigía miradas coléricas a los frescos de las paredes, cubiertas de pérgolas, pámpanos y racimos, a los garabatos de los *guaglioni,* a la mesa puesta, a todo, como si todavía se hallara en una celda. Se volvió hacia mí.

—¡Oye, si conoces a alguna mujer guapa de aquí, podrías haberla traído! Al menos así lo habríamos pasado bien esta noche.

Y se arrojó de nuevo sobre el sofá, cuyo armazón desfondado dejó escapar un crujido de dolor. Las bombillas de la lámpara, que seguía encendida a pesar de mi padre, no daban mucha más luz que una vela y, a causa de la poca corriente, sus filamentos oscilaban como agonizantes insectos cautivos.

Mi padre tardaba. A cada instante decidía irme, pero no sé qué bárbara exigencia de mi instinto —o quizá la predestinación de nuevas amarguras— me retenía en aquel maldito salón, frente a aquel individuo. Esta vez fue él quien interrumpió el silencio. Con voz de descontento, enfurruñada, y sin apenas mirarme, dijo:

—¡Eh! ¡Arturo Gerace!

Me limité a responderle con un gruñido. Entonces él, tendido boca arriba en su postura soñolienta, se llevó las manos a la boca para formar un megáfono y comenzó a declamar, con la artificiosa vehemencia angustiada de una película policíaca:

—¡ATENCIÓN! ¡ATENCIÓN! ¡Se busca un criminal peligroso, fugado de la prisión de Sing Sing! Atención a sus señas personales: nariz normal, boca normal, perfil griego…

Se echó a reír para sí tras esa clara alusión maliciosa —aunque también afable— a mi credulidad de antes. Estuve a punto de replicarle con algún insulto terrible, pero ya había vuelto a caer en su lánguido silencio de tedio, como si dormitara… De pronto, en medio del silencio, casi sin esperarlo yo mismo, le lancé, con una brusquedad perentoria, una pregunta que hacía rato quería formularle:

—¿Por qué te encerraron? ¿Qué hiciste?

Al cabo de unos instantes, se volvió a mirarme con los párpados entornados y levantó la mitad del labio en una sonrisa de orgullo vanidoso que, aun así, parecía indicar que no me negaría una respuesta.

—Tienes curiosidad por saberlo, ¿eh?… —dijo a modo de preámbulo.

Y en efecto, olvidando hasta mi antipatía, yo lo miraba absorto, con el ansia aventurera de escucharlo. Casi esperaba que su confidencia en el salón fuera a revelarme un crimen extraordinario y singular, que yo jamás habría oído ni leído en ningún libro; un crimen adornado con seducciones maravillosas y detestables… Y eso me provocaba una sensación fantástica, como si fuera a vivir una iniciación fúnebre o una promoción viril; un sentimiento de importancia y de repulsión fascinada.

Entretanto él, tendido y con los párpados entornados, se estiraba. Retrasaba la respuesta. Por fin comenzó a hablar, con tono de sorna, mirando al vacío:

—Bueno…, ¡asalto a mano armada! Asalté una diligencia… que viajaba a novecientos metros por hora… en el camino de Buffalo, en Texas…

No tardó en desdecirse.

—Eso no —prosiguió con el mismo tono—. Rapté y violé… a una doncella de cincuenta y siete años… ¡de sangre real!

Luego, tras otra pausa:

—No, tampoco, me equivoco… Le robé… el frac al cura. —Y concluyó—: Ahora puedes elegir.

—¿A quién le interesa saberlo? —exclamé con un rictus despectivo. Y decidí permanecer mudo, como si en el sofá, en lugar de estar él, yaciera una momia egipcia o un cadáver.

Al rato me ofreció un cigarrillo, como si quisiera reconciliarse conmigo. Lo rechacé. Finalmente se puso en pie y con un tono de seriedad religiosa me espetó:

—¿Sabes quién soy?

Sin despegar los labios, levanté la barbilla en un gesto desdeñoso de negación. Entonces sumergió un dedo en el vino del vaso y con él trazó una estrella en la pared, entre los viejos dibujos y firmas de los *guaglioni*.

—Soy Stella, Tonino Stella —declaró.

Y ante mi indiferencia indisimulada proclamó resentido, vanagloriándose:

—¡Mi nombre ha salido en todos los periódicos!

Se acercó a mí y, como si quisiera documentar su identidad, se levantó un poco la manga para mostrarme la minúscula estrella que llevaba tatuada en la muñeca.

Pero antes de echar siquiera una ojeada al tatuaje vi en la muñeca algo que me sobresaltó: un reloj, demasiado conocido y familiar para que no pudiera distinguirlo entre todos los de Europa. Además de la marca Amicus, reconocí una pequeña raspadura sobre la esfera, y en la pulsera de acero vi unas manchas salobres. No cabía duda de que era el reloj que Puñal Argelino había regalado a mi padre como prueba sagrada de amistad, y del cual este no se separaba desde hacía años. Recordaba habérselo visto puesto esa misma mañana, y por un instante sospeché que Stella lo había robado. Pero de inmediato comprendí que la verdad era otra: no se trataba de un robo, sino de un regalo que mi padre le había hecho a Stella en esa noche de fiesta, sin ninguna consideración hacia su fiel amigo.

En un solo día W. G. había renegado sin ningún escrúpulo de Romeo y de Marco, sus dos compañeros más leales. Doblemente traidor y perjuro. Y en honor de ese desagradecido.

Parodia

Estoy casi seguro de que Stella se dio cuenta enseguida de que yo reconocía el reloj; aun así, no mostró remordimiento ni turbación. Al contrario: sin dejar de hablar con desenvoltura, contempló el magnífico cronómetro complacido a todas luces de ser su dueño.

—Pero ¿es que aquí no llegan los diarios de Roma? —decía con altanería—. En algunos salió hasta mi fotografía, hará un año, por la época en que me buscaban… Pregúntale a tu padre… Fue entonces, me parece, mientras estaba escondido, cuando tuve el honor de conocerlo. —Se interrumpió—. Por cierto, el conde se hace esperar esta noche… Hará más de media hora que se fue arriba.

Con una sacudida del antebrazo subió la manga sobre la muñeca y miró el reloj.

—¡Exactamente veintisiete minutos y medio! —declaró.

Por lo visto quería incomodarme con el reloj: le dio cuerda, se lo acercó al oído. Por último, siguiendo la dirección de mis miradas, me preguntó con una arrogancia insidiosa:

—¿Qué? ¿Quizá reconoces este reloj? Bueno, te informo de que ha pasado a ser de mi propiedad…, por derecho.

Me encogí de hombros y, para demostrarle que me importaba un bledo, di un puntapié al sillón más cercano.

—Por DERECHO, sí. Me lo debía tu padre. Y todavía me DEBE unos prismáticos de marino, un fusil de pesca y unas gafas de bucear que, según dice, tiene guardados arriba. Además, mañana mismo, porque me los DEBE, me comprará un traje nuevo en la mejor sastrería de Nápoles y unos zapatos nuevos con suela de crepé. Después, según lo prometido, me dará el dinero que me debe: todo el que necesite para abrir un garaje en Roma de modo que pueda casarme con mi novia.

Se había sentado con gran compostura, la espalda recta contra el respaldo del sofá, imponente y desenvuelto como un rey. Con las últimas palabras, su frente reflejó una ceñuda perplejidad.

—Por cierto, ¿de veras es tan rico tu padre?

Su tono evidenció un recelo despectivo, y entonces la ira, largo rato camuflada de despreocupación, comenzó a agitarse funestamente en mi pecho. Pero más que nunca comprendí que si desenmascaraba mi indiferencia le daría una satisfacción demasiado ansiada. Así pues, me conformé con proferir un gruñido sordo a modo de respuesta.

—Cualquiera que lo oiga —insistió, frunciendo los labios con un escepticismo apenas velado— creería que gasta lo que quiere porque tiene millones… Pero viéndolo nadie diría que es millonario. No tiene aspecto de señor rico, la verdad…

—Ah, eso lo dices tú…

—¡Sí, lo digo yo! Y cualquier persona digna de respeto, aunque no lo diga, lo piensa. ¿Qué clase de señor es ese que anda vestido con harapos, sin siquiera remendarlos, y que no se afeita ni se lava y hasta huele mal…?

—¡Eh, cuidado con los que dices!

—Bueno, perdona.

—¡Cuidado con lo que dices, te repito!

—Te lo repito: perdona… Por otra parte —prosiguió Stella—, si me intereso por su economía es por cuestiones de negocios. Se trata de un acuerdo que tu padre me ha propuesto: él me da todo lo que acabo de decirte, objetos y dinero, y a cambio yo acepto pasar quince días viajando con él… Pero la pasta…, quiero decir el dinero que me prometió me lo dará al acabar los quince días y no antes, porque dice que si lo desembolsa por anticipado pierde la única garantía de que no me largaré… ¡Está bien! Confío en su palabra. Pero, por su bien, más vale que no me engañe.

Stella me miró amenazador y severo, como si me tomara por testigo y garante.

—Está claro —concluyó con una mueca de desprecio— que si en lugar de volverme enseguida a Roma, con mi novia, me voy a contemplar las puestas de sol con él, no es por su cara bonita.

Luego pareció hundirse en una cavilación rigurosa y crispada, como si la simple idea de aquel futuro viaje para el que se preparaba le destrozara los nervios. En cuanto a mí, desde que había oído la palabra «viaje» estaba sin color ni aliento, pasmado.

Apenas reconocí mi voz, que sonó perdida y débil en la pregunta que, desde remotas regiones infantiles, acudió a mis labios:

—¿Vais... lejos?

Stella abrió un ojo.

—Lejos..., ¿qué? —dijo con aire distraído—. ¿Yo, dices? ¿Con tu padre? ¡Ah, te refieres a nuestro viaje! ¡Lejísimos! ¡Imagínate! Más o menos la misma vuelta de siempre. —Frunció un poco los labios en una semisonrisa escéptica y burlona—. Tu padre —añadió como quien corrobora un hecho bien sabido— no es de los que se mueven mucho. La pena lo trastornaría. Viaja siempre por la misma zona. ¿Sabes lo que son los globos cautivos? Bueno, así es él...

Lleno de incertidumbre, alcé los ojos hacia mi interlocutor para ver si hablaba en serio. No era la primera vez que oía un juicio inesperado de esa índole sobre mi padre. Recordaba haber escuchado a otra persona afirmar algo similar. Y me pareció un acto de brujería —casi una alusión arcana e intrincada a mi naturaleza y mi destino— que dos testigos desconocidos entre sí, opuestos y remotos coincidieran en una opinión que yo —¿quizá el último en el mundo entero?— me obstinaba en considerar una herejía.

—¡Tú no sabes nada de mi padre! —grité.

—Ah, a lo mejor tú sabes más...

—¡Ni te imaginas los viajes que ha hecho mi padre! —vociferé—. ¡Toda su vida ha viajado por los países más lejanos! ¡Siempre! ¡Toda la vida!

Mirándome con una leve sorpresa irónica pero sincera, Stella arqueó las cejas como solía hacerlo, de modo que en la frente se le formaron muchas arrugas paralelas.

—Ah, ¿en serio? ¡No tenía ni idea...! ¿Y cuáles son, si puede saberse, los principales viajes que ha realizado? Desde luego, Alemania-Italia, hace unos cuarenta años. ¿Y después? Bueno, por de pronto viaja por la línea Circumvesuviana, en la que tiene un abono...

—¡Me das lástima! —declaré llameante de desprecio.

—Ah, te doy lástima... ¿De veras? Pero, volviendo a lo nuestro, ten la bondad de satisfacer otra curiosidad que tengo, si no es demasiada molestia. ¿Por qué dedica toda su vida a esos grandes viajes? ¿Tienen un fin turístico, misional o de otro tipo?

Sentí que se me crispaban los nervios y me hervía la sangre, tan grandes eran la rebeldía y la amargura que me invadían.

—¿Por qué? —repetí—. ¿Con qué fin? ¡Para ser libre, para conocer, ese es su fin! Para conocer todo el mundo y las naciones sin ningún límite...

Stella se dio la vuelta para reírse.

—Basta —me interrumpió levantando una mano con aire satisfecho, como si ya hubiera tenido suficiente—, te he arrastrado hasta aquí... Ahora tengo la prueba de que es verdad lo que dice: que lo admiras hasta el delirio.

—¿Quién lo dice?

—Él. Me dijo: «Tengo dos hijos. El pequeño es rubio, y el otro, moreno. Hijos más hermosos que los míos nadie tendrá jamás. Y el moreno, desde que nació, me admira hasta el delirio».

—No es cierto, no dijo eso.

—Sí. Lo dijo. Y es cierto que deliras.

—¡No es verdad!

—¿No es verdad que deliras?

—No.

—Entonces, ¿cómo se explican esas patrañas que me cuentas de él? Oyéndote se diría que es una especie de aviador que atraviesa los océanos sin hacer escalas…, un… —y se puso en pie con solemnidad— un… un verdadero ciudadano del mundo. —Y con tono sarcástico agregó—: Cuando en realidad es un hombre que no ha soltado la teta de su madre y nunca la soltará. En cuanto a viajes, desde que abandonó su bárbara tierra natal y vino a la hermosa cuna de este volcán, lo más lejos que habrá ido, creo yo…, es a Benevento, o a Roma y Viterbo.

Por primera vez desde que hablaba de mi padre, Stella soltó una curiosa risotada de irreprimible y mal disimulada indulgencia.

—Quizá —continuó— tenga miedo de que esta sagrada isla del tesoro se hunda en el mar si él la pierde de vista. Apenas se aleja tres o cuatro estaciones de más, empieza a añorarla y a agitarse como un huerfanito. Y al recordarla pone unas caras… Está celoso de ella como de una mujer. ¡Cómo será que algunos le han apodado Prócida…!

Esos últimos detalles, fuesen verdad o mentira, no me disgustó oírlos. Esperaba con avidez que Stella continuase. Sin embargo, de pronto abandonó el tema y, volviendo a arrojarse sobre el sofá, con una especie de alegría brutal y descarada sacudió la cabeza de tal modo que se alborotó el cabello, que se había alisado y engominado muy bien. En su rostro se dibujó una expresión plebeya, de belleza infantil, en la que no sé qué reflexiones, divertimentos, abandonos e intrigas se combinaban con la perversidad. Era evidente que de pronto se había distraído con un pensamiento del que yo estaba excluido; pero no podía saberse si ese pensamiento lo atraía o lo trastornaba. Igual que cuando observamos un gato que sigue las evoluciones de una pluma, era imposible adivinar si su estado de ánimo se inclinaba hacia el juego o la tragedia.

Con aire hastiado e impulsivo, se levantó y estiró los brazos; luego volvió a sentarse. Y de repente estalló en una carcajada extrañamente seria, casi dramática.

—¡Tu padre es una PARODIA! —exclamó.

Estaba escrito: la ira, siniestra e irrefrenable, me arrastró. Apretando los puños, avancé hacia Stella.

—Te escupo en la cara —dije.

Entonces una sombra severa y extrañamente cruel le cubrió el rostro. Se acercó a mí.

—¿A quién… le escupes tú en la cara? —dijo marcando las sílabas.

La escena final

Como respuesta, iba a abalanzarme sobre él lleno de rabia, fuera de mí, cuando en el pasillo se oyeron unos pasos presurosos que reconocí; mi padre entró por la puerta, que estaba a mis espaldas, y me agarró de un brazo.

Había oído las últimas palabras de Stella, y como un eco repitió:

—¿A quién le escupes tú en la cara?

Al decirlo me dirigió una mirada penetrante, teñida de amenaza y aprensión, al tiempo que palidecía. Esa palidez de angustia me desarmó. Pero con brusca violencia me solté de su mano y me negué a darle explicaciones. Con gesto sombrío me aparté de Stella, quien, renunciando a la pelea, ya se había sentado en el sofá con actitud despreocupada y sarcástica. Me quedé en el rincón de la chimenea, a pocos pasos de ambos.

Mi padre traía de arriba sábanas, mantas y una almohada. «Como un sirviente», me dije. Al mismo tiempo observé con amarga sorpresa que se había puesto ropa nueva, que yo no le conocía: pantalones de pana, chaleco de punto gris y, al cuello, un pañuelo de seda color turquesa. Estaba bien afeitado y llevaba el pelo peinado hacia atrás. Viéndolo limpio y elegante me pareció un príncipe de novela. Mientras lo contemplaba deslumbrado me sorprendí buscando en él, absurda y desesperadamente, aquel aspecto cómico o grotesco que justificase el epíteto de «parodia».

Ansiaba descubrir en él algo que en verdad resultase ridículo, pero solo veía belleza en su persona. Con su delgadez nerviosa, que aquel atuendo elegante resaltaba, parecía más débil y más joven, y a su lado el vigor adolescente de Stella ofendía como una desconsideración o una vulgaridad.

Volvió a mirarnos a Stella y a mí con una expresión de alarma, pero no hizo más preguntas. Olvidando adrede nuestra riña misteriosa, como si no hubiese pasado nada, se acercó al sofá y, dejando caer las sábanas y las mantas al lado de Stella, anunció con franca animación:

—Bueno, ya está todo. He preparado también la maleta. —Y volviéndose hacia mí, con una voz muy distinta y un tono de soberbia autoridad, dijo—: A propósito, Arturo. Quería decírtelo, pero no estabas en tu habitación. Me marcho por la mañana en el primer vapor.

¡Por la mañana! Hasta que oí esas últimas palabras me había negado a comprender la inminencia de esa realidad que con su derrumbe tempestuoso aplastaba el día siguiente y todos mis días futuros. Miré a mi padre con desazón y él me miró arrugando la frente.

—Será mejor que nos despidamos ahora, porque mañana no tendré tiempo…

—Te vas… con él —exclamó mi voz, sofocada por la rebeldía.

—Eso a ti no te importa —respondió mi padre.

—¡No puedes hacerlo! ¡No, no puedes hacerlo!

Me miró de reojo, inundándome con su refulgente esplendor.

—Yo me voy con quien me parece —afirmó—. Y usted debe aceptarlo.

Me di cuenta de que se adornaba con su peor soberbia contra mí para brillar a ojos de Stella; quizá también para vengarse, con su dominio, de la servidumbre a que este lo sometía. Stella parecía comprenderlo, pues lo miraba con disimulo, irónico, sin el menor aprecio. Pero mi padre no advertía aquella ironía, tan inmerso estaba en su ardor teatral.

—Entonces, Arturo, ¿estamos de acuerdo? —concluyó volviéndose hacia mí con una expresión resuelta y terminante, con la que me invitaba a despedirme.

Me disponía a responder: «Muy bien. ¡Te digo adiós!», y volverle la espalda, cuando un instinto más fuerte que la voluntad, semejante al denominado «de conservación», me gritó, como un trueno junto a los oídos, que todo terminaría entre él y yo y que fuera del salón me aguardaba una noche sin fondo. Avancé un paso y, rozando apenas con una mirada de desprecio a Stella, como si fuese indigno de tenerse en cuenta, me situé frente a mi padre.

—Tengo dieciséis años —exclamé—. Me prometiste que cuando fuese un hombre viajaría contigo. Ya ha llegado ese momento. Tengo la edad, soy un hombre.

—Ah, me alegro —repuso mi padre. Se dirigió hacia un extremo de la chimenea, se apoyó en ella, hundió una mano en el bolsillo y, con una calma forzada, me indicó—: Ven, Arturo, ponte delante de mí, por favor.

Era evidente que temía que volviera a ofender a Stella. Desdeñoso, le obedecí. Entonces, mirándome, dijo:

—Separémonos de buenas maneras, Arturo.

Arrugué la frente sin responderle.

—Bueno, en cualquier caso —prosiguió, dominando a duras penas su tempestuosa impaciencia—, te ruego que dejemos el tema para otra ocasión y que, si no te importa, te retires a tu alcoba. Estamos de acuerdo en cuanto a la promesa que te hice. Entre caballeros las promesas son sagradas… Pero no me parece el mejor momento para hablar de eso, a medianoche, cuando estoy por irme… Charlaremos con más calma a mi regreso.

Solté una risotada de cinismo desesperado. Mi padre se ensombreció.

—Así tendrás tiempo para crecer un poco más —agregó con voz alterada y torva—. Y aprenderás, por ejemplo, a no hacerte el valentón, como esta noche, porque de ese modo solo consigues demostrar que, a pesar de tu edad, eres todavía un niñito, un párvulo… ¡Buenas noches!

Sentí que me sonrojaba y que luego me quedaba pálido como un muerto.

—Sí, me voy —repliqué—. Y puedes guardarte tus promesas. No las quiero…

Confusamente advertí que mi voz subía de tono. Se había transformado en una voz varonil, sin el desentono de los meses anteriores, y al oírla se renovaba la extraña sensación de que un extranjero desconocido, un bárbaro, hablaba por mi boca. No pensaba en lo que decía ni veía más que la figura de W. G., que me miraba con una especie de curiosidad en sus nebulosos ojos celestes. Los míos, llenos de amargura, se dirigieron a su muñeca izquierda, desprovista del reloj.

—¡Tú no tienes palabra! —continué a voz en grito—. ¡No cumples ni las promesas ni los juramentos! ¡Has traicionado incluso la amistad! ¡Ahora te conozco! ¡Sé que eres un traidor!

Tuve la sensación de hallarme en peligro en medio de una tremenda tormenta, con un horrible balanceo bajo los pies. Vi a W. G. apartarse lentamente de la chimenea, con su andar un poco cansino pero resuelto, para encararse a mí, y pensé que quería pegarme. Habría sido la primera vez que me ponía la mano encima. Y en aquellos breves segundos tuve tiempo de pensar que no reaccionaría. Era mi padre, y los padres tienen derecho a pegar a sus hijos. Aunque yo fuese ya mayor, él sería siempre quien me había engendrado.

No puedo decir que me pegase. Se contentó con aferrarme por los brazos, muy cerca de los hombros, diciendo:

—¡Oye, negro! —Luego me soltó con un movimiento brusco, el semblante sombrío, pero dejando escapar al mismo tiempo una risilla casi divertida—. ¡Ah, dices que ahora me conoces! Bueno, si tú me conoces ahora —agregó, dando dos o tres pasos delante de mí—, yo te conozco a ti desde hace mucho, ¡negrito, mío!

—No, tú no me conoces en absoluto —murmuré—. ¡A mí no me conoce nadie!

—¡Oh, es verdad, mi gran desconocido! Pero te equivocas: yo te conozco muy bien, como a la palma de mi mano. ¡Y ahora, ante testigos, quiero decirte lo que eres!

—Dilo. ¡Qué me importa!

Se detuvo a un paso de mí, en actitud belicosa y despiadada. Y en ese momento comenzaron a desfilar por su rostro la magnificencia y la alegría, la complicidad y los veredictos supremos, la doblez, la fatuidad y la masacre; en resumen, todas las expresiones conocidas que adoptaba cuando no se sabía si preparaba (quizá) alguna augusta sanción mortífera o si tramaba (quizá) una maldad infernal.

—Bien —dijo—, afirmo, y todo el mundo tiene que saberlo, que tú, Arturo, ¡eres CELOSO! Con mayor exactitud, diremos que su señoría se merece el título de celoso universal. Pues su señoría, ¡oh, gran hidalgo!, ¡oh, don Juan!, ¡oh, rey de corazones!, de pronto se encapricha de todos. Y a todos lanza sus dardos, como Amor, el hijo de Venus, y si no acierta se pone celoso... Pretende que el mundo entero esté enamorado de Arturo Gerace, pero su señoría, por su parte, no ama a nadie, pues es un caprichoso y un vanidoso, un egoísta y un bribón, preocupado únicamente por su propia belleza. Y ahora vete a dormir. ¡Fuera!

—Me voy, sí... —musité. Y a continuación, con voz cada vez más alta, cavernosa y desesperada, repetí—: ¡Sí, me voy! ¡Y quiero olvidarme de ti! ¡Para siempre! ¡Escucha! ¡Esta es mi última palabra!

—Muy bien —repuso—, de acuerdo. ¡Es la última palabra!

Impetuosamente me volví hacia la puerta, y con ese movimiento mi mirada topó con Stella, medio tumbado en el sofá grande, que estaba contra la pared. Había asistido a nuestra reyerta sin pronunciar una palabra, como si estuviera en el teatro, y entre las últimas frases de mi padre había soltado algunas risas disimuladas. Y, en efecto, lo sorprendí con el gesto de quien está a punto de echarse a reír, lo que me hizo perder el último resto de razón. Retrocedí un paso y, fuera de mí, sin saber lo que hacía, cogí un cubierto de la mesa y se lo arrojé.

Mi padre permaneció inmóvil unos segundos, dominado por la cólera y el estupor, mientras Stella, tras esquivar con habilidad el golpe, colocaba con calma el cubierto —creo que no era un cuchillo, sino un tenedor, pero no podría asegurarlo— sobre una silla que tenía cerca.

Mientras tanto, plantado a mitad de camino entre la chimenea y la puerta, yo esperaba resuelto. Tras aquel desafío no podía irme sin más ni más, con el riesgo de que supusieran, quizá, que huía por miedo a Stella. Pero este, sin siquiera levantarse del sofá, me sonrió muy serio y me dijo con tono conciliador:

—Vaya, ¿por qué la tomas ahora conmigo? Perdona, pero no me reía de ti. —Acto seguido, volviéndose hacia mi padre con una expresión de paciencia generosa y superior, añadió—: Desde el principio, desde que puso los pies en este cuarto, ha intentado por todos los medios pelearse conmigo.

—¡Sal de aquí! ¡Vete y que no vuelva a verte! ¿Me has entendido? —repitió mi padre, que temblaba con una cólera terrible.

Mi mirada endurecida recorrió todo el salón, que parecía dar vueltas, como una gran escena giratoria a punto de desaparecer para siempre, y salí corriendo. Al llegar a mi cuarto no encendí la luz. Me arrojé sobre la cama, con la cara hundida en la almohada, y así permanecí unos minutos, esperando un apocalipsis, un terremoto o cualquier catástrofe cósmica que terminase con aquella odiosa noche. Por una parte, habría querido que nunca llegara la mañana; por otra, contaba con terror las interminables horas de la noche, pues estaba seguro de que no podría dormir.

La carta

Mi voluntad era permanecer en vela toda la noche, pero al mismo tiempo habría deseado sumirme en un letargo de días, meses o incluso siglos, como en los cuentos. Aunque me ardían los párpados, no tenía sueño. Al cabo de un rato encendí la luz y escribí una carta para mi padre.

Como es lógico, no recuerdo el texto exacto de la carta, pero sí la idea general. Más o menos decía así:

> Querido papá:
>
> Mis últimas palabras, que ahora te escribo, son estas: te has equivocado esta noche si de verdad has creído que aún deseaba viajar contigo como cuando era niño. En aquel entonces quizá lo deseara, pero ese deseo ya no existe. Y te equivocas también si crees que siento envidia de tus amigos. Quizá sea cierto que de niño los envidiaba, pero ahora sé que son unos monstruos delincuentes y unos malos bichos apestosos. Y espero que alguna vez, en la ciudad donde te encuentras con ellos, alguno te mate. Porque te odio. Y preferiría haber nacido sin padre. Y sin madre y sin nadie. Adiós.
>
> ARTURO

No sé cuánto tiempo permanecí despierto, con el oído atento para captar el momento en que mi padre subiera a su cuarto, pues pensaba salir al pasillo en cuanto oyera sus pisadas y entregarle la carta sin dirigirle una sola palabra. Pero ningún ruido o paso interrumpió el silencio de la noche al otro lado de mi puerta entornada. Podría haber llevado la carta a su habitación y haberla dejado bien a la vista, sobre la maleta. Lo pensé. Pero me inquietaba la idea de recorrer el pasillo y entrar en el gran dormitorio desierto. Me parecía que aquellas paredes y todos los objetos familiares estaban marcados y se habían vuelto funestos por culpa de la ofensa que había recibido. Y que afrontar a solas sus mudas presencias quizá fuera una nueva ofensa para mí.

Incapaz de decidirme a llevar aquella carta terrible a su destino, volví a echarme en la cama, donde poco a poco me dormí con la luz encendida. Me desperté sobresaltado antes de que despuntara el día y, al ver la carta abierta sobre la mesa, la tomé y la escondí bajo el jersey, que no me había quitado. Regresé a la cama, apagué la luz y me envolví en la manta, pues tenía mucho frío.

Adiós

No volví a conciliar el sueño. Ya se oía cantar a los gallos y al poco apareció la primera claridad del alba. A través de la ventana cerrada me llegó de la calle un ruido de ruedas y de cascos de caballo que se detenían delante de nuestra puerta. «Ya está aquí el coche que viene a buscarlos para llevarlos al puerto», me dije. Pensé en la carta que tenía bajo el jersey, pero ahora me apetecía menos hacérsela llegar a mi padre y permanecí inmóvil bajo la manta, aguzando el oído para distinguir los mínimos ruidos de la casa. Por lo general toda la familia se ponía en movimiento cuando mi padre partía, pero aquel día la madrastra no debía de haberse despertado. Los dormitorios y el pasillo del primer piso descansaban en el silencio y la quietud. En la calle se oía de vez en cuando el murmullo del cochero, que hablaba a su caballo.

De pronto se oyeron en el pasillo unas zancadas apresuradas que intentaban ser sigilosas. La puerta se abrió sin hacer ruido. Mi padre entró en el cuarto y la cerró tras de sí.

Enseguida bajé los párpados para fingir que dormía. Me zarandeó un poco al tiempo que emitía con los labios el suave silbido que empleaba cuando quería despertarme por las mañanas. Después me llamó en voz baja.

—Arturo…, Arturo…

Abrí los ojos, duros y fijos, sin mirarlo.

—Me voy dentro de unos minutos —dijo.

No pestañeé ni me moví. Sin mirarlo todavía, en la luz aún pálida del alba entreví el color turquesa de sus ojos. Se advertía en él una ansiedad vacilante, que, junto con la alegría inquieta y nerviosa de la partida, lo retenía a mi lado y le partía en dos el corazón. Notaba su aliento, con un sabor fresco. Y me pareció que a mi pequeño cuarto había traído, como un segundo cuerpo hecho de aire que lo rodeaba, toda la frescura helada y festiva de las mañanas invernales en los muelles con la animación de los embarques.

—Eh, ¿me oyes, Arturo? —insistió en un susurro—. Me voy. Dejo dormir a los demás; ya me despedí de ellos anoche… He venido a decirte adiós.

—Está bien, adiós.

—Mi amigo se ha ido al puerto por su cuenta. Me espera en el vapor. Iré yo solo en el coche.

Se oía el caballo piafar junto a la puerta.

—El coche está abajo, esperando… —prosiguió.

Me volví un poco, envuelto en la manta, y sentí que la carta me raspaba la piel bajo el jersey. Era el momento de entregársela. Pero no fui capaz.

—Entonces, ¿qué haces, Arturo? ¿No te levantas? ¿No me acompañarás hasta el puerto como siempre?

—No —respondí.

—¿No quieres? —me preguntó con un tono en el que se mezclaban la invitación y la pena, el reproche, la sonrisa y el arrepentimiento. Pero al mismo tiempo se advertía que sus nervios vibraban de impaciencia por irse al puerto, al barco donde lo esperaba Stella.

—¡No! —repetí.

Me volví sobre la almohada, con el gesto dubitativo de darle la espalda, como una persona enfadada que quiere que la dejen dormir. Alcancé a ver que se inclinaba sobre mí y que un mechón le caía sobre la frente desilusionada. Y en ese momento, al posar la mirada en aquel mechón, advertí que entre el rubio había algunas canas.

—Entonces, hasta la vista —dijo con desenfado.

—Hasta la vista —respondí. Y cuando ya salía de la habitación pensé: «Hasta la vista…, aunque no volveremos a vernos nunca más».

El 5 de diciembre

Cuando la puerta se cerró tras él, me ovillé en la cama, me cubrí con las mantas hasta la cara y me tapé los oídos con los puños para no oír los pasos que se alejaban, ni los movimientos previos a la partida en las habitaciones, ni el rodar del coche por la cuesta. Aguanté en aquella rigidez de muerte mucho más tiempo de lo natural. Cuando comencé a moverme y aparté las mantas, el sol ya entraba en el dormitorio y la casa había vuelto a sumergirse en el silencio.

Abrí la ventana y, asomándome cuanto pude, miré hacia el otro lado de la reja. La pequeña explanada de delante del portón y la calle estaban desiertas; ni siquiera se oía ya un lejano eco de ruedas y cascos de caballo. En el límpido frío de la mañana solo resonaban, dispersas y distantes, voces desconocidas. Pero a esas voces reales se impuso un sonido irreal y altísimo, de una única nota aguda, que me pareció oír desde dentro de mi cerebro: una especie de exclamación ensordecedora e increíble que quizá podría traducirse en las palabras «¡Adiós, Wilhelm Gerace!».

Sentí la loca tentación de correr por la calle con la esperanza de alcanzar el coche y acompañar a mi padre al menos el último tramo. Aunque ese deseo me desgarraba el corazón, permanecí inmóvil, dejando pasar los minutos hasta que esa esperanza se volvió imposible.

En las habitaciones comenzaron a oírse los ruidos y las voces familiares: la madrastra y el hermanastro se habían levantado. Lleno de rabia, corrí hacia la puerta y la cerré con llave. La única compañía que me habría complacido en aquel momento habría sido la de un perro amigo que me lamiera las manos con su lengua áspera, sin preguntarme nada. Cualquier compañía humana e incluso la visión del paisaje y de los lugares conocidos me resultaban intolerables con solo pensar en ellos. Me habría gustado transformarme en una estatua para no sentir nada.

Permanecí encerrado en mi dormitorio como un muerto. Durante unas horas nadie se preocupó de mí. Alrededor del mediodía oí unos golpes en la puerta y la madrastra, con voz tímida y muy débil, me preguntó si no quería comer, si me encontraba mal y por qué no me había levantado. La eché a gritos, con malas palabras. Aun así, al cabo de unas horas volvió a llamar y con la misma voz, aún más tímida y más débil que antes, me avisó de que me dejaba la merienda junto a la puerta, sobre una silla, por si la quería. Casi bramando respondí que no me apetecía comer ni beber nada, que solo deseaba que me dejasen en paz.

Por primera vez en mi vida, a pesar de no estar enfermo, no tenía hambre. De vez en cuando me adormilaba, pero enseguida me despertaba sobresaltado, con la sensación de una horrible sacudida o de un estruendo espantoso. Y de inmediato advertía que en realidad no había habido nada, ni estruendos ni terremotos; era el dolor, que se valía de aquellos malvados artificios para mantenerme despierto y no dejarme ni un instante. Y, en efecto, no me abandonó en todo el día. Por primera vez conocí de verdad el dolor. O por lo menos creí conocerlo.

Sabía, con una determinación extrema, que esas eran mis últimas horas en la isla y que el primer paso que diera al otro lado del umbral de mi puerta sería para partir. Quizá por eso me obstinaba en seguir encerrado en el cuarto: para postergar, al menos unas horas, ese paso irremediable y peligroso.

Entretanto, no deseaba llorar y lloraba. Habría querido olvidar a W. G., como olvidamos a una persona insignificante con la que nos hemos topado alguna vez en el café o en una esquina, y sin embargo, en medio del llanto, me sorprendía llamándolo, «¡Papá!», como un niño de dos años. En cierto momento cogí la carta que guardaba bajo el jersey y la rompí.

Naturalmente, el ayuno me debilitaba. A fuerza de pensar en mi padre terminé por engañarme con la idea de que en esos momentos también él pensaba en mí. Y que, mientras yo decía «papá», él, allá donde se encontrara, susurraba para sí «Arturo, mi querido negro», o algo por el estilo. Al final, aunque parezca imposible, con el correr de las horas surgió una última esperanza, que al atardecer logró convencerme casi por completo con su poder de seducción. Debo explicar de qué se trata. Todavía no he dicho que el día siguiente era 5 de diciembre, o sea, mi cumpleaños. Cumpliría los dieciséis. Por orgullo, la noche anterior no le había recordado la fecha a mi padre. Él no solía a acordarse de los cumpleaños ni de otras cosas de ese género. Con todo, yo confiaba en que esta vez la memoria, como inspirada por un milagro, le advirtiese del olvido en pleno viaje. Y que entonces decidiera volver para felicitarme y, ¡ojalá!, para pasar el día conmigo en la isla. Me decía que quizá no se hallase demasiado lejos; a lo mejor todavía estaba en Nápoles, de donde le sería fácil volver para un día. Recordaba su expresión arrepentida cuando, pocas horas antes, se había inclinado sobre mí, y habría jurado que ese arrepentimiento, junto con la desesperación de que no lo hubiese acompañado hasta el muelle, lo traería de vuelta a la isla. Al caer la noche, en mi fantasía aquella esperanza se había transformado en una verdadera certeza. De modo que, con ese consuelo, me sentí al mismo tiempo exaltado y cansado. Me asomé al pasillo, a buscar la merienda que la madrastra me había dejado sobre la silla: pan, naranjas y una tableta de chocolate, una golosina insólita en nuestra casa. Comí, me acosté y me dormí.

Me desperté, como el día anterior, cerca del alba. Y así comenzó aquella segunda mañana, que debía ser para mí aún peor que la anterior.

De inmediato recordé que era mi cumpleaños y experimenté un sentimiento alegre, convencido más que nunca del regreso de Wilhelm Gerace. A la espera de su llegada, permanecí en mi cuarto, igual que el día anterior, como un prisionero voluntario, con la puerta cerrada con llave. Pero esa mañana la reclusión era más bien un conjuro supersticioso, pues preveía una inminente salida gloriosa. Tenía la certeza mágica de que mi padre llegaría a Prócida en el primer vapor, el de las ocho de la mañana.

Cuando desde mi ventana, donde montaba guardia, oí que daban las nueve sin que se hubiese producido ninguna novedad, de golpe pasé de la certidumbre a la duda: quizá no llegase tampoco en el segundo vapor, el de las diez; quizá no volviese. No obstante, la esperanza había anidado en mí como un parásito, que no deja el nido por voluntad propia. Durante otras dos horas seguí contando cada cuarto que daba el campanario, cambiando de sitio sin cesar, de la cama a la ventana, tapándome los oídos, deteniéndome para escuchar mejor, cavilando si acaso no podría regresar en algún vapor secundario o privado; iba y venía por la habitación, sobresaltándome con cada ruido, cada susurro, cada silbido. En suma, la historia de siempre cuando esperas y desesperas. Al final, pasadas las once, comprendí que había sido un necio y que había confundido mis fantasías sentimentales con presagios celestes; que W. G. ni siquiera había pensado en volver, y que por tanto no acudiría.

Entonces, por primera vez desde que estoy en la tierra, creí desear sinceramente la muerte.

Dieron las doce con el habitual carillón. Durante toda la mañana, por suerte, nadie había osado importunarme, pero al poco de cesar el concierto de las campanas oí que llamaban a mi puerta con unos golpecitos aún más suaves que los del día anterior, casi imperceptibles. Por los sonidos que capté, deduje que se trataba de la madrastra con Carmine. No atreviéndose a llamar por sí misma, había guiado la mano del niño. Y ahora le enseñaba en voz baja a decir «muchas felicidades», frase que él repitió obediente, chillando con su estilo primitivo.

En aquel momento, esa atención familiar me sublevó más que una injuria atroz. Y en respuesta descargué un puntapié contra la puerta para indicar con toda claridad que no quería felicitaciones y que los mandaba a todos al infierno.

Durante alrededor de hora y media nadie dio señales de vida. Debía de faltar muy poco para las dos de la tarde cuando se oyeron de nuevo aquellos obstinados golpes en mi puerta. Era ella quien llamaba, y con fuerza, casi con brutalidad. No di muestras de haber oído nada; entonces ella, con voz insegura y helada por el espanto y la circunspección, dijo:

—Artù…

El pendiente

No respondí.

—Artù… —repitió más deprisa, casi sin aliento, como quien habla y corre al mismo tiempo—. ¿Qué haces? ¿Por qué no te levantas? Te he preparado la tarta, como el año pasado, para tu fiesta…

Aunque siempre había pensado que en el fondo era tonta, su estupidez jamás me resultó tan evidente como entonces: era inconmensurable, mayor que el infinito. ¿Cómo podía venir a hablarme de banalidades como una tarta en momentos tan trágicos? Sus mismas gentilezas, a las que desde hacía cierto tiempo no estaba acostumbrado y que pocos días antes me hubieran servido de consuelo, me irritaron como nunca. La habría preferido hostil, severa como siempre, y me parecía que ella tendría que haberse dado cuenta.

—¡Vete, boba, idiota! —le grité. Y con una ferocidad desesperada abrí la puerta con gran estrépito.

Estaba con el niño en brazos, los labios temblorosos, blanca como una muerta. Noté enseguida, con una mirada que el furor volvía más aguda, que se había puesto la falda de terciopelo y que también había vestido de fiesta a Carmine para celebrar más dignamente aquella jornada. Todo aquello, en lugar de enternecerme, exacerbó mi rencor. Llevado por no sé qué impulso de amargura extrema, corrí hacia el dormitorio de mi padre.

La habitación conservaba el desorden en que la había dejado al partir. La madrastra, que por su carácter nunca se apresuraba a arreglar los cuartos, se había conformado con amontonar en un rincón los trajes viejos, zapatos, diarios, libros y paquetes de cigarrillos vacíos que sin duda mi padre, con las prisas por preparar la maleta, había desparramado por el suelo. En la cama solo estaba el colchón, sin mantas ni almohada. Una rápida mirada al armario me bastó para saber sin remedio lo que ya preveía: el lugar donde W. G. guardaba nuestros tesoros —el fusil de pesca, los prismáticos de marino, etcétera— estaba vacío.

En la pared, junto a la cama, sonreía como siempre, ajeno a todo, con sus gentiles ojos ciegos, el retrato de Romeo el Amalfitano.

Avancé febrilmente por la habitación desierta, bajo la mirada, triste y turbada, de la madrastra, que me había seguido hasta el umbral.

—¿Sabes con quién se ha ido? —le grité—. ¡No se ha ido solo, como te hizo creer! ¡Se ha ido con Stella!

Me miraba mientras intentaba esquivar a Carmine, que, nervioso por mi extraño comportamiento, para darse ánimos se había puesto a jugar con los rizos de su madre.

—¡Prefiere a Stella antes que a ti! —proseguí con la tenacidad vengativa de un niño.

Inquieta, entró en el dormitorio y dejó a Carmine sobre la cama.

—¿Quién es Stella? ¿Es una de aquí? —preguntó, con los rasgos descompuestos por una ferocidad amenazadora y bárbara.

Comprendí que oía ese nombre por primera vez, puesto que ella suponía que correspondía a una mujer. En cuanto se enteró de que se trataba de un tal Tonino Stella, su rostro se relajó y se tiñó de alivio.

Al advertir esas cambiantes emociones sentí que renacían en mí los celos del pasado (aunque nunca confesados).

—¡Ah! —le grité, lleno de dolor y trastornado por unos celos dobles—: ¡Pero él ama a Stella! ¡LO AMA!

—Lo ama... —repitió, y su voz era inexpresiva, como un eco inocente y frío. Sin embargo, apenas pronunció esas palabras, se interrumpió, con la boca titubeante, en un acceso de pudor repentino. Sus ojos me escrutaron un momento, interrogantes y preocupados. Después se apartaron con rapidez.

—¡Sí, lo ama! ¡LO AMA! ¡Y él le importa mucho más que tú... y que Carmine... y que yo! ¡Más que todos! —continué como un demente.

Movió los labios para protestar, pero se calló con una mueca débil y penosa, que le dio una expresión de niñez madura precozmente. Huyendo de mí pareció encerrarse en sí misma, como un pájaro enfermo que se refugia en sus plumas. Después reaccionó y se dirigió a mí casi con brutalidad.

—Lo que dices no es verdad… —exclamó con respiración trémula.

Miró a Carmine, acaso temerosa de que el pequeño, con su cerebro de apenas un año, hubiese comprendido mis horribles palabras contra su padre.

—Ese Stella con el que se fue —prosiguió sombría, frunciendo las cejas— no será nunca igual que un pariente. Es una amistad… —Alzó un hombro—. Eso es otra cosa —concluyó, con una curiosa expresión de escepticismo pueblerino, mezcla de indulgencia y desprecio.

En ese momento pareció recubrirla una madurez luminosa, casi suntuosa. Y se calló, altanera y tranquila, con las cejas fruncidas, como para darme a entender que el tema estaba zanjado.

—Pero ¿tú lo amas? —le grité, en un arranque enloquecido.

Vi que se sobresaltaba al oír aquella pregunta inesperada y que luego se quedaba desconcertada, como si de pronto se le hubiese detenido el corazón.

—¿Cómo… yo… a quién? —balbuceó.

—¡A él! ¡A mi padre! ¿Lo amas?

Con las mejillas encendidas de un rubor oscuro, como una quemadura que le estragaba la piel, estaba frente a mí al otro lado de la cama, sin siquiera atender a Carmine.

—¿Qué dices? —repitió dos o tres veces—. Él… es mi marido.

Quizá creía que la acusaba de no amar a mi padre, cuando en realidad, desgraciado de mí, la acusaba de lo contrario.

—¡Ya lo sé! —exclamé por fin, dando rienda suelta a mi amargura—. ¡Lo sé! ¡Sé que lo amas!

En lugar de recuperar el coraje al oír mis palabras, le tembló bruscamente el rostro, como por un estremecimiento, y me miró con sus grandes ojos muy abiertos, inerme, en una especie de plegaria caótica.

—¡Lo sé! ¡Lo amas! —repetí—. ¿Por qué lo amas?

—¡Ah!, yo… no puedo… oír estas palabras… Yo… soy su mujer…

—¡Él te ha ofendido! ¡Te ha ofendido!

—¡Ah! Artù… ¿por qué hablas así? Es tu padre —me interrumpió. Una conmoción impetuosa le había demudado la cara, transformando el rubor de antes en un rosado febril y tímido—. Además, él tiene menos suerte… que tú…

—¿Mi padre… no tiene suerte?

—Tú… tienes más suerte que él —afirmó sacudiendo con lentitud la cabeza. Maquinalmente, casi sin darse cuenta, se había acercado a Carmine y, para distraerlo de nuestra blasfema conversación, lo hacía jugar con una cinta que se había quitado del pelo—. Tú tienes más suerte que él —repitió—. Sí, quién sabe cuántas mujeres hermosas podrás tener en la vida…

Al hacer este pronóstico le tembló la barbilla como a una niña. Y la natural ingenuidad, casi insípida, apenas acidulada, de su voz recibía de unas lágrimas ocultas una resonancia parecida a la música imperfecta de ciertos instrumentos simples e infantiles.

—¡A él, en cambio, no lo quieren las mujeres! —prosiguió sin dejar de menear la cabeza—. Es… demasiado espontáneo, no es atento…, no es capaz de halagarlas… Bueno, porque a muchas no les gustan los que están con ellas tan poco tiempo… y después las olvidan. Y nunca tienen ni un gesto de simpatía…, ningún cumplido; al revés, como si trataran con una mala mujer… A muchas esto les causa mala impresión…

Esas frases, necesarias para demostrarme su conclusión, se las arrancó del pecho con visible dificultad —entre sonrojos de timidez y de inocencia, y entre los ecos, apenas perceptibles en su aliento, de involuntarios suspiros secretos—, pero con una gravedad de persona muy experta. Casi divertido, reconocí en sus palabras algunas de las infames consideraciones de su madre, Violante.

—Por eso —concluyó— te digo que tiene menos suerte. Porque nunca podrá ser afortunado con las mujeres.

—Pero —objeté— ¡es un hombre muy apuesto!

—¿Muy apuesto…? Bueno, no quiero decir que sea feo, ¡no! Más o menos… Además, es viejo.

—¡Viejo!

—¿Cómo no va a serlo? ¿Sabes cuántos años tiene? —Contó con los dedos—. Treinta y cinco, camino de los treinta y seis. Ya tiene arrugas y canas…

También yo lo había notado, pero hasta entonces no había pensado que, efectivamente, mi padre había llegado a la vejez.

—Por todo eso —continuó— te ruego que recuerdes el respeto que le debes. Porque, además de ser su hijo, con tu suerte, comparada con la suya, eres un gran señor cubierto de riquezas. Quién sabe cuántas mujeres hermosas tendrás en la vida, y señoritas elegantes, y forasteras que… que… te… querrán. Y quién sabe lo guapa que será tu esposa…

Tragó una, dos veces. Se le había quebrado la voz. Pero pronto concluyó, bajando la frente con una seriedad afable, dulce y persuasiva:

—Él, en cambio, si no me pescaba a mí, ¿dónde iba a encontrar, ahora que es viejo, el cariño de otra cristiana? Si no hubiese estado yo, quizá ninguna otra se habría arreglado con él... Como nació así, sin familia, pobrecito, habría seguido solo y como un gitano toda la vida, igual que un militar de la legión... Solo me tiene a mí para que lo cuide...

No pronunció esas últimas palabras con humildad, sino con la satisfacción de una superioridad matronal, que se mezclaba con un aire de importancia un tanto infantil. Y con esa divertida mezcolanza su belleza inalcanzable me pareció magnífica, digna de un verdadero rey. Seguí contemplándola un momento y exclamé:

—¡Te equivocas si crees que me casaré!

—¡Artù! ¿Por qué...?

—¡Te equivocas! ¡Hay solo una mujer que hubiera podido ser mi esposa! ¡Yo sé quién es! ¡No quiero a ninguna otra! ¡Jamás me casaré!

Me miró con cara de pavor, como si le hubiese gritado una blasfemia. Pero, sin quererlo, con los ojos expresó una gratitud alada, sonriente, pese a la incredulidad que los ensombrecía, como si en el fondo no le entristeciera que permaneciera soltero en honor de aquella mujer.

Entonces todo mi amor por ella volvió a encenderse con un enorme fuego de pesares, exigencias y rebeldía. Como una girándula enloquecida, en mi fantasía destellaron las mil atenciones que le habría dedicado si hubiese sido su marido; los besos y las caricias que le habría dado; cómo habría dormido todas las noches pegado a su cuerpo desnudo para sentir muy cerca su pecho hasta en el sueño. Y los preciosos vestidos que le habría comprado, y las combinaciones de seda, y la camisa de seda y encajes, para verlos cuando la desvistiera. Y la habría llevado a visitar a su madre, Violante, con un abrigo de pieles y un sombrero de plumas, como una gran señora de Nápoles. Y mis viajes habrían tenido como único objetivo mandarle a diario cartas tan bien escritas como las poesías de un genio. Y habría ido hasta América, hasta la lejana Asia, para traerle joyas que ninguna otra mujer podría tener. Y no para que las guardara, sino para cubrirle con ellas el cuello, las orejas y las manos, como si las alhajas fuesen besos míos. Y sus amigas y conocidas, al verla pasar cubierta de oro y piedras preciosas, comentarían: «Dichosa ella, que tiene un marido tan importante».

Esos pensamientos, rechazados penosamente durante los últimos meses, desde el día en que descubrí que la amaba, giraron en mi cabeza, repito, como fuegos artificiales. La imposibilidad, que transformaba en dolor el gozo de esas ideas, era una injusticia que me consumía y, dado que N. estaba delante de mí, respirando y carnal, de pronto aquella imposibilidad me resultó absurda. Y llevado por el ímpetu de mi felicidad corrí hacia el otro lado de la cama, hacia ella.

—¡Te amo! —dije.

Era la primera vez en mi vida que pronunciaba esas palabras, y consideré que al oírlas ella debía sentir la misma conmoción que sentía yo al decirlas. En cambio, la negativa habitual, que en ese momento me pareció más odiosa que cualquier vil superstición, volvió a demudarle el rostro.

—¡No! —gritó—. ¡Artù! ¡No hay que hacer el mal!

Y entonces yo, con la rabia de quien exige un derecho, la abracé con fuerza e intenté besarle en la boca.

Pero ella se zafó echando la cabeza hacia atrás febrilmente y repitió: «¡No, no!», a modo de salvaje invocación de ayuda, como si en el dormitorio, aparte del aterrado e inerme Carminiello, hubiera alguien capaz de socorrerla. Se defendió de mí con las rodillas, los codos y los puños; hasta con las uñas y los dientes. Una fiera del desierto, para matarme, no hubiese mostrado tanta ferocidad como la que usó ella para negarme un beso. Entonces mi amor se transformó en odio y, antes de soltarla sin haberla besado, con manos rabiosas me desahogué golpeándole a ciegas las mejillas, el cuello y el pelo. Hasta que con atónito estupor, en el que había una extraña inocencia más que remordimiento, vi entre la confusión de rizos que de su rosada oreja brotaban unas gotas de sangre.

En mi cólera incontrolada, le había dado un violento tirón al pendiente, de modo que el cierre se había desabrochado y le había desgarrado un poco el lóbulo. Y al soltarla encontré entre los dedos un pobre botín: el arete de oro. Entretanto oía como en sueños el llanto del hermanastro, que debía de estar convencido de que yo quería matar a su madre. Y vi que ella se acercaba al niño, pálida, y lo agarraba de la ropa para que no se cayese al suelo. Me pareció que ni siquiera se lamentaba, de lo alterada que estaba, y me miraba con sus grandes ojos muy abiertos, aturdidos y apenados, como si esperase de mí algún nuevo horror. Arrojé a sus pies el pendiente.

—¡Ruin, asesina! —le grité—. ¡No temas, que no te besaré nunca más! —Y saliendo a la carrera de la habitación agregué—: ¡Adiós para siempre! ¡Todo ha terminado!

En la gruta

Se quedó quieta, apoyada en la cama, sin decir palabra, pero al alcanzar el descansillo de la escalera la oí gritar desde el umbral del cuarto: «¡Artù! ¡Artù! ¿Adónde vas?», llena de espanto. Y también oí que en la habitación el llanto de Carmine se volvía más agudo y que ella corría a calmarlo. Cuando atravesaba el zaguán, me llegó de nuevo su voz desde lo alto de la escalera: «¿Adónde vas? ¡Artù!», confundida con el ruido de los zuecos al bajar los primeros peldaños y con los balbuceos de Carmine, al que llevaba en brazos. Enseguida estuve en la calle y las voces de la casa fueron apagándose detrás de mí, en la distancia, como sonidos de otro mundo.

No sabía adónde huir. No tenía ningún amigo en la isla y, para colmo, con mi furia había olvidado coger dinero y había dejado todo mi capital en mi dormitorio. Además, excepto el pan, el chocolate y la fruta de la noche anterior, llevaba un día y medio en ayunas; a eso se debía en parte el extraño sentido de irrealidad que me impulsaba y que aligeraba un poco mi angustia. Con una determinación inexorable, sabía que para mí la isla pronto pertenecería al pasado. Ese día no partían más barcos hacia el continente, pero no me preocupaba cómo y cuándo me iría. Lo único que pedía por el momento era refugiarme en algún rincón desierto de la isla para ocultar mi soledad lacerante. «Y así —me dije con amargura— concluye el día de mi cumpleaños».

Atravesé la piazza de Cristo Pescatore, tras la Marina Grande, dejando atrás el muelle y, sin una meta fija, en busca de lugares deshabitados y solitarios giré a la izquierda, hacia la última y pequeña playa grisácea, que sobre un fondo de rocas terrosas cierra la isla por ese lado. En la explanada que se abre delante de la lengua del Faro, repleta como un astillero de barcas en reparación, unas niñas del pueblo jugaban a la rayuela. En mi brutal paso por allí, tropecé con una de las que saltaban y, desoyendo sus protestas y las de sus compañeras, me alejé hacia la costa.

Aquellas rocas estaban horadadas de grutas naturales, dos o tres de las cuales —con una entrada no más ancha que una puerta corriente y un interior amplio y acogedor— eran utilizadas como depósitos de aparejos, remos y otros utensilios por algunos patrones de barco. Pagaban por ellas un alquiler al ayuntamiento y les habían instalado fuertes puertas de madera, que solían estar cerradas con llave. Pero al caminar por la playa vi una abierta. Quizá el arrendatario hubiera dejado la isla y la gruta estuviera abandonada. En efecto, dentro solo había un amasijo de cuerdas viejas casi podridas y algún tarro de cola cubierto de moho.

Había llegado allí por casualidad y la casualidad me ayudaba. Aquel cuartucho abandonado era lo que necesitaba. Entré y empujé la puerta, que, dilatada por la intemperie, encajó bien en el marco, de modo que, vista desde fuera, sin duda parecería cerrada con llave como las demás. Para asegurarla mejor contra el viento, la bloqueé con el montón de cuerdas, sobre el cual me tumbé. Y en aquella gruta, olvidado por todos, me sentí libre y solo como un vagabundo desventurado.

El ayuno, seguido de la larga carrera, comenzó a dejarse sentir a través de leves zumbidos en los oídos y de un confuso cansancio. No pensaba en mi destino, ni siquiera en el más inmediato, como si no me perteneciese a mí, sino a un desconocido al que no me interesaba mucho conocer. Ya no odiaba a mi padre ni amaba a N.

En lugar del terrible dolor que hasta hacía poco me habían agitado, sentía solo una tristeza ambigua, en la que no cabían sentimientos hacia nadie.

La diosa

El viento había cambiado. Soplaba el siroco y el tiempo era templado, borrascoso y oscuro. Por las rendijas de la puerta de tablas se colaba una luz un poco turbia, mezclada con el denso olor salobre del aire. Aquella costa, en esa estación, estaba más desierta que el confín del mundo, y durante unos minutos no me llegó ningún ruido, salvo el estrépito del mar agitado por el viento africano. Pero poco después, en medio de aquel fragor, oí acercarse, traída por el viento, la misma voz que al emprender mi fuga me había seguido hasta la calle, y que continuaba gritando, rota por la carrera y la pena: «¡Artuuuro! ¡Artuuù!».

Era evidente que la madrastra había tardado apenas el tiempo necesario para dejar a Carmine en un sitio seguro antes de correr en mi búsqueda. Alguien que me había visto pasar y las niñas que jugaban a la rayuela debían de haberle informado de la dirección que había tomado yo. Pero nadie me había visto entrar en la gruta y, a salvo en mi escondrijo, me levanté del jergón de cuerdas y, agachado tras la puerta, atisbé por las rendijas de la madera.

Al poco vi a la madrastra, que, jadeante, apareció al final de la playa. Por sus gestos adiviné sin dificultad cuáles eran sus pensamientos: al oírme pronunciar en la habitación aquellas palabras de despedida, «Adiós para siempre», debió de sospechar que quería atravesar de nuevo las Columnas de Hércules, y esta vez para no volver (confieso que en realidad yo había querido que entendiera algo por el estilo). Y en aquella lúgubre costa desierta sus sospechas aumentaron.

Pasó por delante de las grutas sin detenerse, porque era evidente que, al tratarse de locales privados y en general bajo llave, no creía posible que yo estuviese allí… Corrió por la playa hasta la última barrera rocosa y regresó sobre sus pasos, más frenética. Y de pronto comenzó a golpear con los puños las puertas de las grutas, pero solo para desahogar su rabia, no porque tuviera ninguna esperanza; el caos enloquecido de sus puñetazos indicaba que estaba segura de golpear en el vacío. Me pareció que con sus débiles manos intentaba forzar la entrada de la gruta contigua a la mía. Enseguida desistió de la empresa, que debió de parecerle absurda y vana.

Y empezó a pasearse arriba y abajo por la playa como una asesina desesperada. Quizá ya me imaginaba en el fondo de un remolino y arrastrado a quién sabía qué distancias. Corría gritando «Artù» en todas las direcciones, con una nueva voz extraña y carnal de una agudeza desgarradora, y dejaba que el viento le abriera el vestido sin ningún pudor. El chal negro le había resbalado de la cabeza revelando los rizos, desordenados y enmarañados tras su lucha conmigo; cuando corría contra el viento, el pelo le cubría la cara y le entraba en la boca, sofocando sus gritos. De vez en cuando aflojaba el paso, pues las rodillas se le doblaban, y los labios, lívidos e hinchados de tanto gritar, se relajaban y adquirían una aspereza brutal y desanimada. En pocos minutos, desde que la había dejado en casa, parecía haberse transformado en una mujer de treinta años y haber cambiado su alma honesta por la de una pecadora. De su presente fealdad, devastada y pálida, de mujer mayor, emanaba un esplendor lleno de barbarie y de dulzura. Como si su alma hablara para implorar: «¡Ah, Arturo, no te mueras, ten piedad de esta pobre amante! Vuelve vivo y yo, aquí mismo, tumbada entre estas piedras, no solo te daré besos, sino todo lo que quieras. Que si tengo que ir al infierno por ti, amor mío, me sentiré orgullosa».

Pero yo, con una frialdad desconsolada y cruel, pensé: «Vete. Todo ha terminado. Ya no te amo a ti ni odio a los demás. No siento nada por nadie. Vete a casa, vete, que ni siquiera me gustas».

Y volví a tenderme, con los brazos cruzados bajo la nuca, esperando a que se fuera pronto y me dejara solo.

Durante un rato la oí gritar «Artù» por la playa, pero cada vez más bajo, en una especie de balbuceo desconsolado. Al final aquella mísera voz se alejó en dirección al pueblo y la playa quedó desierta.

Entonces casi experimenté de veras la sensación de estar sin vida, en el fondo del mar, como ella tanto temía. Apenas se marchó, el viento me trajo la sirena del vapor de las tres, que entraba en el puerto. Pero ese sonido no significaba nada para mí, pues no esperaba a nadie. La certeza de que mi padre no regresaría para mi cumpleaños ya no me causaba ningún dolor. Peor aún: estaba convencido de que su llegada no me alegraría.

«Dentro de una hora o poco más comenzará a oscurecer —pensé con satisfacción—, y entonces nadie pasará por esta playa olvidada; nadie vendrá a fastidiarme.» Una noche sin tiempo ni conciencia era quizá el único final tolerable de aquel día.

A medida que pasaban los minutos sentía que, con la inmovilidad, los músculos se entumecían y los pensamientos se detenían, como si poco a poco me transformara en una gigantesca tortuga de mar dentro de una coraza de piedra negra. La segunda señal del vapor, que tras su breve escala dejaba el puerto, me llegó como a través de siglos de distancia, de cuentos fabulosos que yo no quería volver a escuchar. Muy cerca, junto a la entrada de aquel antro, se mezclaban los rumores del viento y de las olas, y ese coro natural, sin ninguna voz humana, debatía mi destino con un lenguaje incomprensible como la muerte.

Y en ese momento —la sirena del vapor acababa de perderse en la lejanía— de nuevo oí por la playa una voz —esta vez no era de mujer ni frenética, sino viril, segura y casi alegre— que llamaba a Arturo. No era el timbre de voz de mi padre, como tampoco eran suyos aquellos pasos rápidos, de pesados zapatones, que resonaban sobre las piedras de la playa.

Igual que antes, me levanté para espiar entre las tablas. A pocos metros de mi gruta vi pasar un soldado.

Era moreno y de pelo ensortijado, estatura más bien baja y cara redonda, con bigote negro y ojos oscuros y vivaces que exploraban el lugar.

No creía conocerlo, aunque en su figura percibí algo curiosamente familiar que me produjo una palpitación de sorpresa y de misterio.

—¡Eh! ¿A qué Arturo buscas? —grité desde detrás de la puerta.

—¡A Arturo Gerace! —respondió.

Entonces abrí la puerta.

—Yo soy Arturo Gerace.

Y exclamando «¡Arturo!» corrió hacia mí con evidente alegría. Y sin más me besó en las mejillas.

—¿No me reconoces? —agregó. Y con una sonrisa insinuante y misteriosa me mostró el anillo que lucía en el anular de la mano derecha: un anillo de plata que llevaba engarzado un camafeo con la cabeza de la diosa Minerva.

El alfiler hechizado

Acaso nuestra naturaleza nos lleve a considerar las jugadas del azar como mucho más vanas y arbitrarias de lo que en realidad son. Por ejemplo, cada vez que en un relato o un poema el azar parece intervenir de acuerdo con alguna secreta intención del hado, con mucho gusto acusamos al escritor de novelero. Y en la vida algunos acontecimientos imprevistos, naturales y simples, nos parecen, según la disposición de ánimo que tengamos en ese momento, extraordinarios y hasta sobrenaturales.

Supongamos que aquel día de mi funesto cumpleaños mi único amigo, por un instinto desconocido, advirtiera desde lejos mi desesperación y por eso acudiera en mi auxilio… Muy bien. Un caso como ese, según la razón y la ciencia, no tiene nada de milagroso. ¡Si hasta las golondrinas y otras aves, simples criaturas migratorias, intuyen el momento en que deben partir y encuentran el camino sin que nadie se lo enseñe!

Con todo, la llegada del visitante inesperado que de pronto me sorprendió en aquella costa me pareció tan novelesca que, más que una presencia viva, creí que se trataba de una alucinación. Al ver el camafeo —regalo mío al ayo Silvestro—, que demostraba la identidad de esa persona, me quedé sin respiración. Como si de pronto hubiese emergido en la playa un Valle de los Reyes u otra quimera sepultada.

Un instante después, reconociendo la realidad, murmuré:

«¡Silvestro!», y rápidamente le devolví sus dos besos en las mejillas, con la alegre seguridad de que al menos él, mi ayo legítimo, no me acusaría de condenar por eso su alma al infierno.

Al besarlo caí en la cuenta de que en realidad su presencia en Prócida en el día de mi cumpleaños, aunque una novedad, no era tan extraña. En todo caso, la extrañeza —y la ingratitud— era mía, por haberme olvidado de él en mi natalicio, cuando Silvestro no dejaba pasar mis cumpleaños sin mandarme algo, aunque solo fuese una tarjeta postal con sus felicitaciones. Pero en los últimos tiempos pensaba demasiado en otras personas para dedicarle a él un solo pensamiento.

Me explicó que, llamado de nuevo a filas, había aprovechado un permiso y la rebaja concedida a los militares en los barcos para realizar ese viaje —que llevaba casi diez años prometiendo hacer— y así felicitarme en persona... Me contó que poco antes, apenas desembarcado en Prócida, al atravesar la plaza había oído a un grupo de mujeres y niñas repetir el nombre de Arturo. Y que, al enterarse de que una de esas señoras era mi madrastra y estaba buscándome, se presentó y le propuso registrar él mismo la playa mientras ella continuaba con sus indagaciones en la plaza, adonde las niñas aseguraban que yo podía haber regresado deslizándome por unos atajos abruptos que discurrían entre las rocas más allá de los depósitos...

Silvestro me aconsejó que avisáramos enseguida a la madrastra, porque la pobre mujer estaba sumamente angustiada. «Debe de tener —agregó— un carácter muy nervioso.»

—No —dije entre risas—, no es nerviosa. Pero comprendo que esté afligida. ¡Cree que me he muerto!

—¡Muerto!

Me encogí de hombros al considerar que era mejor no dar muchas explicaciones. Con todo, encontré muy justo el consejo de Silvestro y nos dirigimos a la lengua del Faro. Vi de lejos a una de las niñas de antes, a la que conocía de vista y que ahora saltaba sola sobre la rayuela, y la llamé. Acudió.

—Corre a la plaza y busca a la señora Gerace —le indiqué—. Y dile que me has visto con mi amigo y que antes estaba en lo alto de las rocas, descansando detrás de esas matas… Dile que mi amigo y yo tenemos que conversar un rato y que vuelva tranquila a casa, que más tarde iremos nosotros…

Logré decir todo esto de un tirón, pero, una vez que la niña se fue para cumplir el recado, me senté desfallecido en el suelo y supliqué a Silvestro que, por piedad, antes que nada corriese a la tienda de la esquina a comprarme algo de comer, porque tenía tanta hambre que temía caer desmayado. Agregué que le pagaría lo que gastara, pues en casa tenía mucho dinero.

Aquel perfecto ayo me consiguió en la tienda huevos frescos, queso y pan, que surtieron el efecto de un elixir de la vida. Después volvimos juntos a mi gruta, con la cual me había encariñado como si fuese mi tienda de campaña de general u otro lugar de similar valor e importancia. Y allá nos sentamos, sobre el montón de cuerdas, para conversar con comodidad.

Me informó de que debía partir de Prócida al día siguiente, de madrugada, en el primer vapor, porque se le acababa el permiso. Le pregunté por qué había vuelto al ejército.

—Comienzan a llamar a filas —respondió—, por la guerra.

—¿Qué guerra?

—¿Cómo? ¿No sabes nada de la guerra? ¿No has escuchado la radio? ¿No has leído los diarios?

La verdad es que jamás los leía: mi padre sostenía que eran unas inmundicias, que estaban llenos de invenciones y de idioteces, y hasta le desagradaba tener que utilizarlos en el retrete. En cuanto a la radio, en el pueblo había por lo menos una, propiedad del mismo posadero que en un tiempo tuvo un búho. Alguna vez, al pasar por su puerta, la oía hablar y cantar; pero en esas contadas ocasiones no transmitía sino canciones o entretenimientos, ningún asunto serio.

En resumen, conocía la historia desde los tiempos de los antiguos egipcios, las vidas de los más destacados capitanes y las batallas de los siglos pasados, pero de la época contemporánea no sabía nada. Había entrevisto sin demasiada atención los escasos signos del presente que llegaban a la isla. La actualidad nunca había despertado mi curiosidad. Como si todo, salvo la historia fantástica y las certezas absolutas, fuera una simple crónica periodística.

Y al oír las noticias que Silvestro me daba tuve la impresión de haber dormido dieciséis años, como la niña del cuento, en un patio cubierto de maleza y telarañas, entre mochuelos y búhos, con un alfiler hechizado clavado en la frente.

Me contó que, a pesar de un reciente acuerdo de paz firmado con gran ceremonia por las potencias —comprendí que esos debían de ser los «acontecimientos internacionales» a los que Stella había aludido, origen de la amnistía y de su puesta en libertad—, la guerra mundial era inminente e irremediable. Podía estallar antes de un mes, quizá en los días siguientes. E incluso quienes se oponían a ella, como era su caso, se veían arrastrados a aquel embrollo demoníaco.

Después de oír esas novedades, reflexioné unos instantes. Luego revelé mis propósitos a Silvestro.

Le confié en primer lugar que ciertas razones secretas, muy graves, casi trágicas, me impedían permanecer en la isla un día más. Por eso tenía intención de partir con él en el primer barco de la mañana, para no volver jamás. Si se declaraba la guerra, estaba decidido a presentarme voluntario el primer día de la intervención de nuestro país. Quería participar en la contienda a toda costa, aunque fuese acudiendo de extranjis al campo de batalla si mi solicitud fuese rechazada por motivos de edad.

Silvestro escuchó con gran seriedad mis palabras. Por discreción evitó preguntar sobre los motivos secretos que me alejaban de Prócida; pero, aun sin conocerlos, comprendió que se trataba de razones justas y graves. Acogió favorablemente, más aún, con alegría, mi decisión de partir con él al día siguiente. En cambio, no aprobó la segunda parte de mi plan, es decir, mi propósito de enrolarme voluntario para participar en la guerra. Viéndolo tan perplejo y receloso declaré con el mayor fervor que, a mi modo de ver, un hombre no era tal hasta que superaba la prueba de la guerra. Y que permanecer en casa sin combatir, mientras los demás luchaban en el frente, sería un deshonor.

Me escuchó poco convencido, con una expresión de duda. Al final afirmó que mi idea podía tener sentido en las guerras antiguas, pero que las modernas, según él, eran muy diferentes. En su opinión, la guerra moderna era una gran maquinaria carnicera y un horrendo hormiguero de devastaciones, sin que hubiera lugar para el verdadero valor. En cuanto a la contienda que se avecinaba, consideraba que ninguna de las dos partes, en líneas generales —desde el punto de vista de la «causa verdadera»—, tenía razón, pero que, de la dos, la que se había equivocado sin duda era la nuestra. Y pelear así, sin tener la razón, era como cantar con una espina en la garganta. Un desastre sin ninguna compensación.

Sus palabras me hicieron meditar, y también reír. De todos modos, repliqué con resolución, no me importaba demasiado tener razón o estar equivocado. Lo que quería era aprender a combatir como los samuráis orientales. El día en que fuese dueño absoluto de mi valor, elegiría mi causa. Pero para conseguir ese dominio era necesario superar una prueba. La prueba que se me brindaba era la guerra, y no quería dejarla pasar; lo demás no me importaba.

—Eso —observó con tono de amarga incertidumbre— es como decir que buscas que te maten por nada. —Y, escrutándome muy serio, me preguntó—: ¿Por qué diablos tienes ganas de que te maten por nada?

Enrojecí, como si Silvestro hubiese denunciado un escándalo misterioso y extraordinario que debía permanecer en secreto. Pero me recuperé y retomé mis antiguas ideas. Y lleno de pasión le conté que desde que era pequeño había un desafío pendiente entre la muerte y yo. Del mismo modo que algunos niños temen la oscuridad, yo había temido la muerte y solo la muerte. Esa repulsión que sentía por ella envenenaba la certeza de la vida. Y hasta que aprendiera a despreocuparme de la muerte no sabría si de verdad había crecido. Más aún: si era un valiente o un cobarde.

Le expuse brevemente mis ideas sobre la vida y hasta mis certezas absolutas. De estas casi me había olvidado en los últimos meses, y al revivirlas me pareció que así reparaba una traición. Me apasioné hablándole, y al escucharme él se apasionó tanto como yo. De pronto, con una sonrisa tímida e ingenua me confió que mis ideas coincidían con las suyas y con la revolución del pueblo. Porque él, según me dijo, era un revolucionario, y le encantaba darse cuenta de que yo, solo en Prócida, sin hablar jamás con nadie, había elaborado por mi cuenta los mismos pensamientos que los mejores maestros. Al hacer esa declaración Silvestro mostró con claridad, en el rostro y en la voz, lo mucho que admiraba a Arturo Gerace. Por otra parte, era evidente que esa admiración por A. G. no comenzaba en ese momento, sino que existía desde siempre, por así decirlo, y que había esperado la ocasión propicia para confirmarse. Dirigida hacia mí, ilimitada y casi mágica, era, en cierto modo, para entendernos, semejante a la que yo sentía por W. G.

En conclusión: con mi entusiasmo convencí a Silvestro de que aceptara todo lo que me satisfacía, hasta mi necesidad moral de combatir en la primera guerra que se presentara. «Quién sabe —fantaseamos esperanzados—, a lo mejor acabamos en el mismo regimiento.» (Nuestra esperanza no se cumplió. Yo me incorporé a una compañía de jóvenes de aproximadamente mi edad y él a una de reservistas.)

Por último sacó del bolsillo mi regalo de cumpleaños, del que, distraído por tantas emociones, se había olvidado: una bufanda de lana roja, tejida por su esposa. Enseguida me la puse muy contento. Así me enteré de que hacía poco se había casado con la que había sido su novia durante varios años. Ahora que él estaba en el ejército, la mujer se había trasladado a casa de su madre, en un pueblecito cercano a Nápoles; y me dijo que, si quería, durante los primeros meses podría vivir con ellas. Con el tranvía se podía ir del pueblecito a Nápoles en un visto y no visto.

Mientras conversábamos había anochecido, y Silvestro me recordó que ya era hora de volver a casa, según mi promesa a la madrastra. Al oírlo me sonrojé, pero por suerte estaba oscuro y él no se dio cuenta. Temía que me temblara la voz al exponerle mis planes, pero logré hablar con resolución.

—Oye, por motivos personales que no puedo confiar a nadie, no pienso volver a casa nunca más. Ve tú solo y habla con ella, y hazle creer la siguiente mentira: dile que he partido para Ischia en el vapor de las cuatro y media. Y que mañana te reunirás allí conmigo para seguir juntos hasta Nápoles, donde nos embarcaremos hacia el extranjero… Dile que le digo adiós, porque ella y yo no nos veremos durante mucho tiempo, si es que acaso volvemos a vernos. Y que se acuerde de mí y me perdone los disgustos que le he dado. Y despídete también de mi hermano Carminiello por mí.

»Pide una maleta a la madrastra y dile que me la llevarás mañana a Ischia. Y vas a mi habitación y guardas todas las hojas escritas que encuentres y todo mi dinero, que hay un montón entre los libros y dentro de los cajones. Coge todos los papeles escritos, sin dejar ni uno, pues son importantes: soy escritor.

»Si quieres, puedes dormir en casa, porque tu cuarto sigue igual, con el catre y todo. Pero antes de irte a dormir tendrás que traerme unas mantas y algo de comer. Hasta mañana no quiero pasar siquiera por la plaza, porque me trae demasiados recuerdos. Yo dormiré en esta gruta, donde estaré bastante cómodo. Por suerte no hace frío. Sopla el siroco.

Silvestro me prometió que cumpliría todos mis encargos y agregó que, si yo dormía en la gruta, también lo haría él, para no dejarme solo. La mayor parte de su vida, trabajando de vigilante de empresas de construcción, había dormido en barracas, y como militar debía habituarse a dormir en las trincheras. Y, comparada con estas, una gruta como la nuestra era un palacio vaticano.

Así pues, me dijo que lo esperase, que volvería lo antes posible con todo lo necesario.

Sueños opuestos

No habían pasado ni dos horas cuando vi avanzar, desde el fondo tenebroso de la playa, el resplandor oscilante de una pequeña linterna de vela. Corrí al encuentro de Silvestro, que, sosteniéndola ante sí, regresaba más cargado que los Reyes Magos. Además de la maleta repleta de manuscritos y vituallas, traía varias mantas gruesas de lana, un edredón y hasta un brasero para caldear un poco el aire húmedo de la gruta. Aquel hombre previsor había conseguido parte de aquellas cosas en la Casa dei Guaglioni, pero había preferido pedir prestado el resto en el pueblo para que mi madrastra no sospechase que yo pernoctaría en la isla.

—¿Le has dicho... lo que te indiqué? —le pregunté apenas estuve a su lado.

—Sí —respondió.

—¿Y... te ha creído?

—Sí, me ha creído.

Por el momento no le pregunté nada más.

Colocamos la linterna sobre un saliente de la roca, en un rincón de la gruta, extendimos el edredón encima de las cuerdas desparramadas en el suelo y nos sentamos en ese lecho improvisado pero bastante cómodo, dispuestos a cenar. Entre los variados alimentos que Silvestro sacó de la maleta había una gran tarta envuelta en papel grueso. Me contó que la madrastra le había rogado que me la llevase a Ischia diciéndole que la había preparado para mi fiesta y que ya no le apetecía comerla.

Además de la tarta, me mandaba de regalo, por si me veía en apuros, todos sus ahorros, que Silvestro me entregó: cerca de cuatrocientas cincuenta liras, envueltas en un pañuelo anudado y no muy limpio. Por último había dado a Silvestro, rogándole que me dijese que lo conservara como un recuerdo suyo, un pendiente de oro.

Al recibir de manos de Silvestro aquel arete, enrojecí. Me eché sobre el edredón y, con la cara envuelta en las sombras, le pedí que me contase cómo se había desarrollado la escena con la madrastra.

Supe así que ella, al verlo llegar solo a la Casa dei Guaglioni, lo había mirado sorprendida, pero sin preguntar por mí. Al oír las primeras palabras de Silvestro: «Arturo me manda decirle...», palideció, pero encontró fuerzas para murmurar: «¿Por qué se queda de pie? Tome asiento», y ella misma se sentó en una silla, delante de la mesa de la cocina. Él le dijo muy deprisa lo que había ido a decirle. Al oír que yo me había embarcado, que ya me encontraba en el mar, lejos de Prócida, la madrastra lo miró con sus enormes ojos, serios y fríos, que parecían no ver. De pronto su palidez se volvió extraña, verde, como de muerta, y sin emitir una sola palabra, ni una exclamación, ni un suspiro, se desmayó y se golpeó la frente contra el tablero de la mesa.

Al cabo de unos instantes se puso en pie y, a decir verdad, le recomendó que no me mencionara aquel desvanecimiento, del que hablaba balbuceando con timidez, como si se tratase de una vergüenza. Después lo ayudó, moviéndose de un lado para otro como una sombra sin sangre, a preparar la maleta que él debía llevarme a Ischia.

Llegados a esta parte del relato, yo, tumbado y con la cara envuelta en la oscuridad, interrumpí a Silvestro para rogarle por favor que no volviera a hablarme de ella nunca más. Prefería que en adelante nadie me la nombrara.

Terminada la cena, Silvestro y yo seguimos conversando hasta muy tarde. Por suerte había tenido la idea de procurarse un par de velas de repuesto para la linterna. Hablamos de mil cosas, del pasado, pero sobre todo del futuro; y de las certezas absolutas, de la revolución, etcétera. Me rogó que le leyese algunas de mis poesías; naturalmente, elegí las más bellas, las más emotivas, y vi que las escuchaba con el rostro bañado en lágrimas.

El brasero, encendido en medio de los dos, creaba una agradable tibieza, y a la misteriosa luz de la linterna, sentados en la gruta sobre aquel suntuoso edredón naranja, podíamos imaginar que estábamos en una tienda árabe o persa y que los ladridos de los perros a lo lejos eran rugidos de fieras exóticas. El viento y el mar se habían calmado, lo que nos prometía una travesía tranquila al día siguiente. A eso de las diez sacamos el brasero para no correr el riesgo de envenenarnos con sus emanaciones. Cerramos la puerta, apagamos la linterna y, envueltos en las mantas, nos echamos a dormir.

En contraste con la hermosa velada de que había disfrutado, tuve sueños angustiosos. Aparecían, confusos, N., Carminiello y mi padre. Luego caos y ruido de tanques, banderas negras blasonadas con calaveras, combatientes de uniforme negro mezclados con reyes moros, filósofos indios y mujeres pálidas y ensangrentadas. Aquella multitud pasaba con gran estruendo sobre una trinchera emparedada en la que yo yacía tendido. Quería salir para ir a la batalla, pero no había salida. Alrededor del cuerpo sentía un peso de arena que me engullía y que al tragarme produjo una especie de horrible suspiro humano. Yo llamaba a la gente que pasaba por encima de mí, pero nadie me oía.

Desperté sobresaltado en medio de la noche, sorprendido por un estrépito ensordecedor que retumbaba en las paredes de roca. Al principio no recordaba nada: ni los acontecimientos del día anterior, ni por qué me encontraba en esa cámara de piedra. Pero no tardé en poner en orden mis ideas. Me di cuenta de que el ruido que tanto me asombraba eran los ronquidos de Silvestro, tan fuertes que, en realidad, equivalían a los de un pelotón entero. El descubrimiento me divirtió mucho. Intenté recordar los millares de veces que debía de haber escuchado esa sinfonía cuando de niño dormía con Silvestro; y me reí al imaginar lo que en aquel entonces habría pensado oyendo a mi ayo producir sonidos tan curiosos. Con regocijo anticipado, me prometí hacerle bromas sobre ese arte suyo en cuanto nos levantáramos por la mañana.

Después, aquellos enormes ronquidos, que poco antes, en sueños, se habían transformado en estruendosos sonidos de muerte, me colmaron, en ese breve intervalo de vigilia, de una profunda sensación de reposo y confianza. Casi acunado por ese ritmo simpático y rebosante de amistad, volví a dormirme, esta vez con un sueño tranquilo.

El vapor

El despertar natural me sobrevino demasiado pronto. Todavía reinaba la oscuridad, y a la luz de un fósforo vi en el despertador

—se lo habían prestado a Silvestro en el pueblo— que aún faltaban más de treinta minutos para la hora de levantarse. Sin embargo, no tenía ganas de dormir, de modo que salí de la gruta, con
cuidado de no perturbar el sueño de Silvestro, que seguía roncan-
do, aunque con mayor discreción.

Llevaba la manta sobre los hombros, al estilo siciliano, como
una capa, aunque en realidad no hacía frío, pese a que el siroco
había cesado. El reflejo lustroso de las piedras indicaba que debía
de haber llovido durante toda la noche. En el cielo deshilachado
se divisaban, aquí y allá, las pequeñas estrellas de diciembre, y
una última hoz de luna esparcía un palidísimo resplandor de crepúsculo. El mar, calmado por la lluvia sin viento, se mecía levemente, adormilado y monótono. Avanzando por la orilla con aquella
enorme capa, me sentía como una especie de mesnadero, sin casa
ni patria, con una calavera bordada en el uniforme.

Del campo llegaba el canto de los gallos. Y de pronto un pesar
desconsolado me atenazó el corazón ante la idea de que amanece-
ría en la isla igual que todos los días: se abrirían las tiendas, las
cabras saldrían de los corrales, la madrastra y Carminiello bajarían
a la cocina… Si por lo menos hubiese durado para siempre ese
invierno, enfermizo y pálido, sobre la isla… Pero no: el verano
volvería sin falta, como siempre. No se le podía matar; era un
dragón invulnerable que siempre renacía con su infancia maravillosa. Me atacaron unos celos horribles al pensar en la isla tórrida
en el verano y sin mí. La arena volvería a estar caliente, los colores
de las grutas se iluminarían de nuevo y las aves migratorias, de
regreso a África, atravesarían una vez más el cielo… Y en esa fiesta
dorada nadie, ni siquiera un gorrión, una minúscula hormiga o
un ínfimo pez del mar, lamentaría esta injusticia: que el verano

volviera a la isla y que Arturo no estuviera. En la inmensa naturaleza no habría ni un pensamiento para A. G. ¡Como si Arturo Gerace nunca hubiera estado allí!

Me tendí con la manta sobre las piedras mojadas y pálidas, cerré los ojos y fingí retroceder hasta una estación bella y lejana; y estar tumbado sobre la arena de mi pequeña playa; y que aquel rumor cercano era el del mar sereno y fresco, dispuesto a recibir a *La Torpedera de las Antillas*. El fuego de aquella infinita época infantil me subió por la sangre con una pasión tan fuerte que creí desmayarme. Y el único amor mío de aquellos años volvió a despedirse. Le dije en voz alta, como si de verdad estuviera a mi lado: «Adiós, papá».

De pronto, el recuerdo de su persona surgió en mi mente: no como una figura definida, sino como una especie de nube que avanzaba cargada de oro y de azul turbio; o como un sabor amargo; o como un vocerío de multitud, aunque en realidad eran los numerosos ecos de sus llamadas y sus palabras, que regresaban desde todos los puntos de mi vida. Y vi algunas características suyas, insignificantes: un encogimiento de hombros; una risa distraída; la forma de sus uñas, grandes y descuidadas; las articulaciones de los dedos; una rodilla arañada por las rocas… volvieron de uno en uno para hacer que me palpitara el corazón, como los únicos símbolos perfectos de una gracia múltiple, misteriosa, ilimitada… Y de un dolor que me resultaba aún más cruel por este motivo: porque me daba cuenta de que todo eso era una cosa de la infancia; igual que un choque de corrientes turbulentas, se precipitaba sobre ese presente y breve tiempo de despedida. Después lo olvidaría, naturalmente, lo traicionaría. Y comenzaría otra edad, y entonces pensaría en él como en una leyenda.

En ese momento le perdoné todo. Incluso su marcha con el otro. Hasta aquel severo discurso final, en el que, en presencia de Stella, me había llamado, entre otras cosas, «rey de corazones» y «don Juan», lo que me había ofendido sobremanera.

Pasado el tiempo, al reflexionar sobre eso, me he preguntado si, en el fondo, aquel discurso no era acertado, al menos en parte... Es posible que yo me creyera enamorado de tal persona, o de dos o tres a la vez, pero que en realidad no amara a ninguna. Lo cierto es que, en general, estaba demasiado enamorado del enamoramiento: esta ha sido siempre mi verdadera pasión.

Puede ser que en verdad nunca haya amado en serio a W. G. En cuanto a N., ¿quién era en realidad esa mujer? Una pobre napolitana sin nada especial, como hay tantas en la ciudad.

Sí, tengo la fundada sospecha de que mi padre no se equivocó del todo en aquel discurso. La sospecha, no la certeza... La vida sigue siendo un misterio. Y yo mismo continúo siendo el principal misterio para mí.

Desde esta distancia infinita vuelvo a pensar en W. G. Lo imagino más envejecido, afeado por las arrugas, con el pelo gris. Va y viene, solo, perdido, adorando a quien lo llama «parodia». Nadie lo ama, pues hasta N., que ni siquiera era hermosa, amaba a otro... Me gustaría decirle: no importa, aunque seas viejo, para mí siempre serás el más hermoso.

De ella tuve noticias más adelante, en Nápoles, a través de algunos viajeros llegados de Prócida. Estaba bien de salud, aunque mucho más delgada. Llevaba la vida de siempre en la Casa dei Guaglioni, junto con Carmine, que cada día era más espabilado. Ella ya no lo llamaba Carmine. Prefería llamarlo por su segundo nombre: Arturo. Me alegra que en la isla haya otro Arturo

Gerace, rubio, que a estas horas, quizá, corre libre y feliz por las playas...

De la gruta, cuya puerta había dejado entornada, me llegó el campanilleo del despertador. Acudí, temeroso de que no fuese suficiente para sacar del sueño a mi ayo; sin embargo, lo encontré sentado entre las mantas, restregándose los ojos amodorrado y mascullando improperios contra aquella campanilla inoportuna. De inmediato me acerqué a él y le anuncié con impaciencia triunfal:

—¡Eh! ¿Sabes que roncas?

—¿Cómo? —preguntó sin comprender, aún soñoliento.

Entonces le grité al oído, con voz sonora y unas ganas de reír que estallaban en cada palabra:

—SI-SABES-QUE-CUANDO-DUERMES-RONCAS.

—¡Eh! ¡Que me haces cosquillas con el aliento! —protestó frotándose la oreja—. Ronco..., ah... ¿Y qué? Es normal —prosiguió. Comenzaba a espabilarse—. ¿No tendría que roncar? Todo cristiano ronca al dormir.

—¡Claro! —exclamé tronchándome de risa—. Pero ¡hay maneras y maneras! ¡Tú ganas el campeonato mundial! ¡Pareces una orquesta de radio a todo volumen!

—¿Ah, sí? ¡Me encanta! —replicó, ya despierto del todo y ofendido—. ¿Es que tú te crees, muchacho, que roncas bajito? Esta noche, no sé a qué hora, he tenido que salir a la playa a hacer pis, ¡y a unos diez metros de la gruta todavía se oían tus ronquidos como si pasase una escuadrilla de aviones a baja altura!

La noticia me alegró. Si roncaba de esa manera, era señal de que podía considerarme mayor, adulto y realmente viril en todos los aspectos.

Cogimos el equipaje, las mantas y demás, y nos encaminamos al pueblo por la playa, que comenzaba a iluminarse con el alba. A lo largo de la línea de levante, el color rojo que asomaba bajo las franjas de nubes oscuras anunciaba un día de tiempo inestable. Cuando llegamos a la plaza, Silvestro fue a la Capitanía, ya abierta a esa hora, para encomendar a un conocido suyo que devolviera a sus respectivos propietarios los objetos obtenidos en préstamo el día anterior. También se encargó de comprar los pasajes para la travesía mientras yo me dirigía al muelle.

Los primeros rayos del sol, quebrados y brillantes, se extendían sobre el mar en calma. Pensé que muy pronto vería Nápoles, el continente, las ciudades, las multitudes. Y sentí el profundo anhelo de partir, de abandonar aquella plaza y aquel puerto.

El vapor ya esperaba. Al mirarlo comprendí toda la extrañeza de mi pasada infancia. ¡Cuántas veces lo había visto atracar y zarpar, y nunca me había embarcado en él! Como si para mí no fuese un pobre barquito de línea, una especie de tranvía, sino un fantasma hosco e inaccesible, destinado a quién sabía qué desolados glaciares.

Silvestro regresó con los pasajes. Los marineros disponían la pasarela para el embarque. Mientras mi ayo conversaba con ellos, saqué del bolsillo, sin que nadie me viera, el arete de oro que N. me había enviado la noche anterior. Y a escondidas lo besé.

Al volver a mirarlo, una debilidad embriagadora me oscureció la vista. En ese momento comprendí todos los significados que encerraba la entrega del pendiente: adiós, confianza, coquetería amarga y maravillosa. ¡De pronto descubrí que mi querida enamorada era coqueta! Sin saberlo, pero lo era. ¿Qué otra despedida femenina podría expresar una coquetería más hermosa? Mandarme de recuerdo no el símbolo de una caricia o un beso míos, sino la huella de un maltrato infame. Era como decirme que hasta eso era una señal de amor para ella.

Sentí la furiosa tentación de regresar corriendo a la Casa dei Guaglioni, acostarme junto a ella y decirle: «Déjame dormir un rato a tu lado. Partiré mañana. No haremos el amor si tú no quieres. Pero deja al menos que te bese la oreja, donde te lastimé».

Sin embargo, el marinero situado al pie de la pasarela ya rasgaba nuestros billetes; Silvestro subía a bordo, y yo con él. La sirena daba la señal de zarpar.

Cuando me senté al lado de Silvestro, oculté la cara en el brazo, apoyado en el respaldo.

—Oye —le dije—, no quiero ver cómo Prócida se aleja, se desdibuja y se convierte en una masa gris… Prefiero pensar que no ha existido. Por eso será mejor que no mire hasta que ya no se distinga. Tú me avisas cuando llegue ese momento.

Y seguí con la cara sobre el brazo, como si estuviera enfermo, sin ningún pensamiento, hasta que Silvestro me zarandeó con delicadeza.

—Arturo, ya puedes despertarte.

En torno a nuestro barco el mar se extendía sin límites, como un océano. Ya no había isla.

Índice